테러리스트

TERRORISTERNA

테러리스트

마이 셰발, 페르 발뢰 지음 | 김명남 옮김

Martin Beck

엘릭시르

차례

서문

소설의 제목인 '테러리스트'에서 예상할 수 있듯이, 마이 셰발과 페르 발뢰의 마지막 '마르틴 베크' 시리즈인 이 책에서는 테러가 잔뜩 벌어진다. 하지만 테러로 인한 혼란은 줄거리의 맨 앞과 뒤를 장식한(첫 번째는 라틴아메리카에서, 뒤에는 스톡홀름에서 일어난다) 정치적 암살에서만 발생하는 게 아니다. 셰발과 발뢰가 이 책에서 꾀하는 바는 테러의 근본적인 정의 자체를 훨씬 더 폭넓게 탐구하는 것이다. 그래서 마르틴 베크를 비롯하여 저마다 개성 강한 살인수사과 동료들은 스톡홀름 거리에서 벌어질 것으로 예상되는 폭력적 사건만을 다루는 데 그치지 않는다. 그들은 동시에 부유한 포르노 제작자가 살해된 사건을 해결해야 하며, 순진한 열여덟 살 여성 레베카 린드가 사회

복지 체제의 덫에 걸려서 파멸해가는 과정에도 관여해야 한다. 이런 일을 다룰 때 그들에게 최대의 적은 총알이나 폭탄이 아니다. 스스로에게 불행한 상황을 오히려 치켜세우고 보상하는 관료 기구다.

시리즈의 열 번째 작품인 이 소설은 마르틴 베크가 등장하는 최후의 작품이다. 그런 만큼, 소설 속 현실적인 경찰관들의 연대기에서 베크가 대부분의 주인공들보다 월등히 앞선 존재라는 사실을 말해둘 가치가 있겠다. 베크는 많은 심리적 상처를 안고 있고 스스로도 자신이 우울한 성격임을 인정하지만, 우울함이 지나쳐서 피학적 자기 연민에 이르는 지경은 아니다. 그런 자기 연민이 하드보일드 소설 주인공의 비극적 세계관인 양 제시된 것을 우리는 다른 소설들에서 너무 자주 보았다. 베크는 중년에 접어든 성실한 직업인이고, 건강한 연애를 즐기며, 세상 속 자신의 위치에 관해서 일말의 환상도 품고 있지 않다.

특별한 인물이라고는 해도, 베크는 어디까지나 일개 공무원이다. 그야 물론 그는 훌륭한 경찰관이지만, 셰발과 발뢰가 보기에 희망이 없을 정도로 흠이 많은 사회체제에서 한 명의 훌륭한 경찰관이란 하나의 훌륭한 부속에 지나지 않는다. 베크의 재능은 "좋은 기억력, 이따금 고집불통처럼 보이기도 하는 끈기, 논리적 사고 능력 (……) 또한 사건과 관련된다면 어떤 일이라도, 설령 나중에 무의미한 사실로 밝혀지고 마는 하찮은 일이라도 반드시 시간을 내어 확인하고 넘어간다는 점"이다. 이것이 좋은 경찰관의 자질이다. 총도 아니고, 어떤 크나큰 감정도 아니고, 풍차에게 돌진하는 무모함도 기계문명에 저항하는 분노도 아니다. 그런 것은 작가의 일이다.

경찰관의 일은 다만 끈질기게 해나가는 것, 증거를 검토하는 것, 데이터를 취합하는 것, 보고서를 통과시키는 것, 사건을 종결하는 것이다. 왜냐하면 그 과정에 방해가 되는 장애물, 즉 관료제의 대대적인 무능함은 셰발과 발뢰가 그리는 1975년 스웨덴의 고정된 요소이기 때문이다. 체제 전체의 비효율이라는 가시덤불을 뚫고서 진실을 추구하는 사람은 아무리 특색 없는 인간이라도, 아무리 시시한 인간이라도 영웅이다. 그리고 마르틴 베크가 바로 그런 사람이다. 그 대비는 엄청나게 유능하고 냉철한 테러리스트 라인하르트 하이트가 "스웨덴 같은 나라에 그런 경찰관이 있다니, 이해할 수 없"다고 생각할 정도다.

아, 정말로 그렇다. "스웨덴 같은 나라에". 셰발과 발뢰가 묘사하는 스웨덴은 실패한 복지 국가로서 부정적인 것은 물론이거니와 물리적 풍경마저도 볼품없고, 금발 미녀와 광천수가 많다는 소문은 뻔뻔한 신화에 불과하며, 실제로는 매일 아침 "칙칙하고 더럽고 우울한 회색 새벽"을 낳을 뿐인 곳이라서, 독자는 셰발과 발뢰가 열 권의 마르틴 베크 소설을 쓰는 동안 어떻게 그곳에서의 삶을 견뎠는지 의아해하게 된다. 그곳은 십일월 말의 세상, 어두운 하늘이 한껏 팽창해서는 머리 위 십 센티미터 높이에서 짓누르는 나날이 오월까지 이어지는 세상이다. 법정은 제대로 기능하지 않고, 학교는 변변치 못한 결과만을 배출하며, 지배 계층은 가장 좋은 것을 자신이 취하고서 가난한 사람들이 커피 찌꺼기라도 얻으려고 다투는 모습으로부터 등을 돌린다.

이런 사회체제의 불평등을 가슴 미어질 만큼 잘 체화한 인물이 레베카 린드다. 레베카는 사회를 전혀 이해하지 못한다. 은행에 무턱대고 찾아가서 출납원에게 돈을 요구하면서 은행은 돈이 필요한 사람에게 돈을 꿔주는 곳이라고 들었다고 말할 정도다. 레베카는 그냥 거절당하는 데 그치지 않고 체포되고, 그리하여 마르틴 베크가 몸담은 그 우스꽝스러운 사법 체계를 온몸으로 겪게 된다. 정치에는 관심이 없고 그저 이 사회는 이해할 수 없는 곳이라고, 지도자들은 범죄자 아니면 미치광이라고 생각할 뿐인 레베카는 소설의 고결한 바보이자 희생양이고, 그를 보살피겠노라고 호언하고서는 정작 고립된 그가 경제적 어려움에 처하자 대번에 그를 저버리는 사회에서 표류하는 신세다.

소설이 전개되면서 레베카는 마르틴 베크와 그의 여자 친구 레아와 만나게 되고, 곧 둔기에 맞아서 살해될 운명인 포르노 제작자 발테르 페트루스와도 만나게 된다. 뚱뚱하고 성적으로 불능인 페트루스는 사춘기 여자아이들을 도색 영화에 출연시키는데, 얼마나 저예산으로 찍는지 찍는 영화마다 섹스 장면이 "똑같은 낡은 소파에서" 벌어지고 "가끔 소파 커버가 바뀌기는" 할 뿐이다. 페트루스는 처음에 여자아이들을 마약으로 꾄다. 아이들이 일단 마약에 의존하게 되어서 약을 더 구할 수만 있다면 뭐든지 하겠다는 상태가 되면, 페트루스는 그 '뭐든지'가 영화에 출연해서 섹스하는 것이라고 밝힌다. 레베카 린드는 페트루스의 마수에서 벗어나지만(기껏 그러고서는 체제의 냉담한 손아귀에 붙잡힐 뿐이다), 그러지 못하는 아이도 많다. 별도의 안내가 없어도 독자는 페트루스의 밀거래에 수반되는 폭력 행위와, 테러 조직 울라그의 암살 행위나 국가가 조장하는 폭력 사이의 연관성을 셰발과 발뢰가 주장하고 있음을 읽어낼 수 있다.

라인하르트 하이트가 이끄는 다국적 암살단의 표적은 "트루먼 대통령에게 최초의 원자폭탄을 떨어뜨리라고 조언했고 (……) 태국, 한국, 라오스, 베트남, 캄보디아에서 '해법'을 찾아내는 데 적극적으로 관여"한 미국의 어느 반동적 상원 의원이다. 히로시마에 원자폭탄을 떨어뜨리도록 부추긴 인물이라면 도덕적으로 일말의 정상참작이 가능할지도 모르겠으나, 나가사키에 폭탄을 떨어뜨리도록 부추겼거나 캄보디아의 민간 관개수로에 폭격을 가하자고 주장한 사람이라면 그렇지 않다. 이런 행위를 국가가 후원한 테러의 대표적 사례라고 부를 수 없다면, 대체 무엇이 그렇겠는가?

암살자들도 자유를 위해서 싸우는 낭만적인 아나키스트들은 아니다. 그들은 냉혹하고, 악의적이고, 어떤 진정한 대의나 보편적 진실에 헌신하지 않는다는 점에서 예의 미국 상원 의원과 별다를 바 없다. 상원 의원과 마찬가지로, 그들이 표방하는 유일한 진실은 힘이 곧 정의라는 것이다. 그들은 대중의 의지를 꺾어서 사람들이 자신의 의지는 무의미하다고 여기도록 만드는 데 있어 살인이 최고의 수단이라고 믿는다. 그들의 폭력 행위가—페트루스의 폭력, 상원 의원의 폭력, 스웨덴 총리의 폭력도 마찬가지다—더 무섭게 느껴지는 것은 그것이 아무런 특색이 없고, 열정도 없으며, 언뜻 진부해 보이기 때문이다. 소설 속 파괴 행위의 흉포함이 우리에게 더 무섭게 느껴지는 것은 그 일을 자행하는 인간들 스스로는 흉포함을 느끼지 않기 때문이다. 그들은 아무것도 느끼지 않는다. 무언가를 느끼는 사람들, 가령 레베카 린드, 페트루스의 희생자의 아버지, 베크의 옛 파트너 콜베리 같은 사람들은 차에 치이거나 아예 고속도로에서 빠져 나가버린다.

그래서 해법이 무엇일까?

이 책과 시리즈 전체를 '마르크스'라는 이름으로 끝맺음으로써, 셰발과 발뢰는 공산주의를 주장하는 것처럼 보인다. 하지만 이것은 그다지 잘 궁리된 해법으로 느껴지지 않는다. 기껏해야 그로부터 삼십사 년 뒤에 세라 페일린이 자본주의의 모든 해악에 대한 해법으로 자유시장을 부르짖는 것처럼 느껴질 따름이다. 다행히 소설가 셰발과 발뢰는 논객 셰발과 발뢰보다 요령이 있다. 이들은 음악적 아름다움이 느껴질 정도로 유려하면서도 명료하게 현대의 폭력을 그린다. 서두의 라틴아메리카 암살 장면은 완벽하게 선별된 세부와 거의 코믹할 정도의 서술적 거리감을 모범적으로 보여준다. 훨씬 더 나중에 상원 의원의 차량 행렬이 스톡홀름을 통과하여 달리는 장면은 간결하고 명료한 문장으로 묘사되지만, 깨물어봐야 이 하나 들어가지 않을 것처럼 두텁고 단단한 긴장감이 느껴진다. 충격적이게도 스웨덴 정치인이 살해되는 장면은 리 하비 오즈월드, 잭 루비, 시르한 비샤라 시르한* 같은 저격범들을 전혀 언급하지 않으면서도 그

* 리 하비 오즈월드는 존 F. 케네디를, 시르한 비샤라 시르한은 로버트 F. 케네디를 암살했다. 잭 루비는

모두를 환기시킨다. 그리고 라인하르트 하이트가 마르틴 베크를 스토킹하는 대목은 변태적으로 장난스러우면서도 트라우마를 남긴다는 점에서 히치콕의 영화나 하이스미스의 소설 속 어느 장면 못지않다.

소설 중간쯤에서 레아가 베크에게 이렇게 말한다.

"당신은 훌륭한 사람이에요, 마르틴. 하지만 당신의 직업은 지독해요. 당신이 살인 같은 범죄로 붙잡는 이들은 어떤 사람들이죠? 가령 지난번 그 사람, 자기 인생을 망가뜨린 자본주의자 개자식에게 복수했던 영락한 노동자."

이 엄연한 비난을 소설 마지막에서 콜베리도 마르틴 베크에게 반복한다.

"마르틴, 자네의 문제는 잘못된 직업을 가졌다는 것뿐이야. 잘못된 시대에, 잘못된 나라에서, 잘못된 체제에서."

그 체제와 접촉한 사람은 누구나 물들고 만다. 순수한 사람

암살 혐의로 체포된 오즈월드를 사살했다.

들은 파괴된다. 그들을 착취하는 사람들도 파괴될 때가 많다. 소설 속 사건들이 일으킨 여파는 영혼을 난도질하는 것이어서, 좋은 사람이든 나쁜 사람이든 아무 상처도 입지 않고 빠져나올 수는 없다. 오직 체제 그 자체만이 모든 더러움과 어리석음을 고스란히 간직한 채로 꾸역꾸역 굴러간다. 그 규범을 지켜내려고 애쓰는 영리하고, 끈질기고, 멜랑콜리한 마르틴 베크와 함께.

데니스 루헤인*

* 앤서니상, 배리상 등 유수의 추리소설 상을 수상한 미국의 하드보일드 스릴러 작가. 등장인물에 대한 번뜩이는 심리학적 통찰과 흡인력 있는 플롯으로 높은 평가를 받고 있다. 클린트 이스트우드에 의해 영화화된 『미스틱 리버』는 2004년 아카데미 시상식에서 주요 부문 수상을 하였으며, 2003년 작 『살인자들의 섬』은 레오나르도 디카프리오 주연의 영화 〈셔터 아일랜드〉로 제작되어 전 세계적인 흥행에 성공했다.

스톡홀름
사밧스베리
공원
달라가탄
노르말름
외스테르말름
뉘브로가탄
쿵스가탄
스톡홀름
군사 박물관
쿵스홀멘 섬
바사가탄
경찰 본부
쿵스홀름스가탄
스톡홀름 중앙역
스톡홀름 시청
N
감라스탄
리다르홀멘

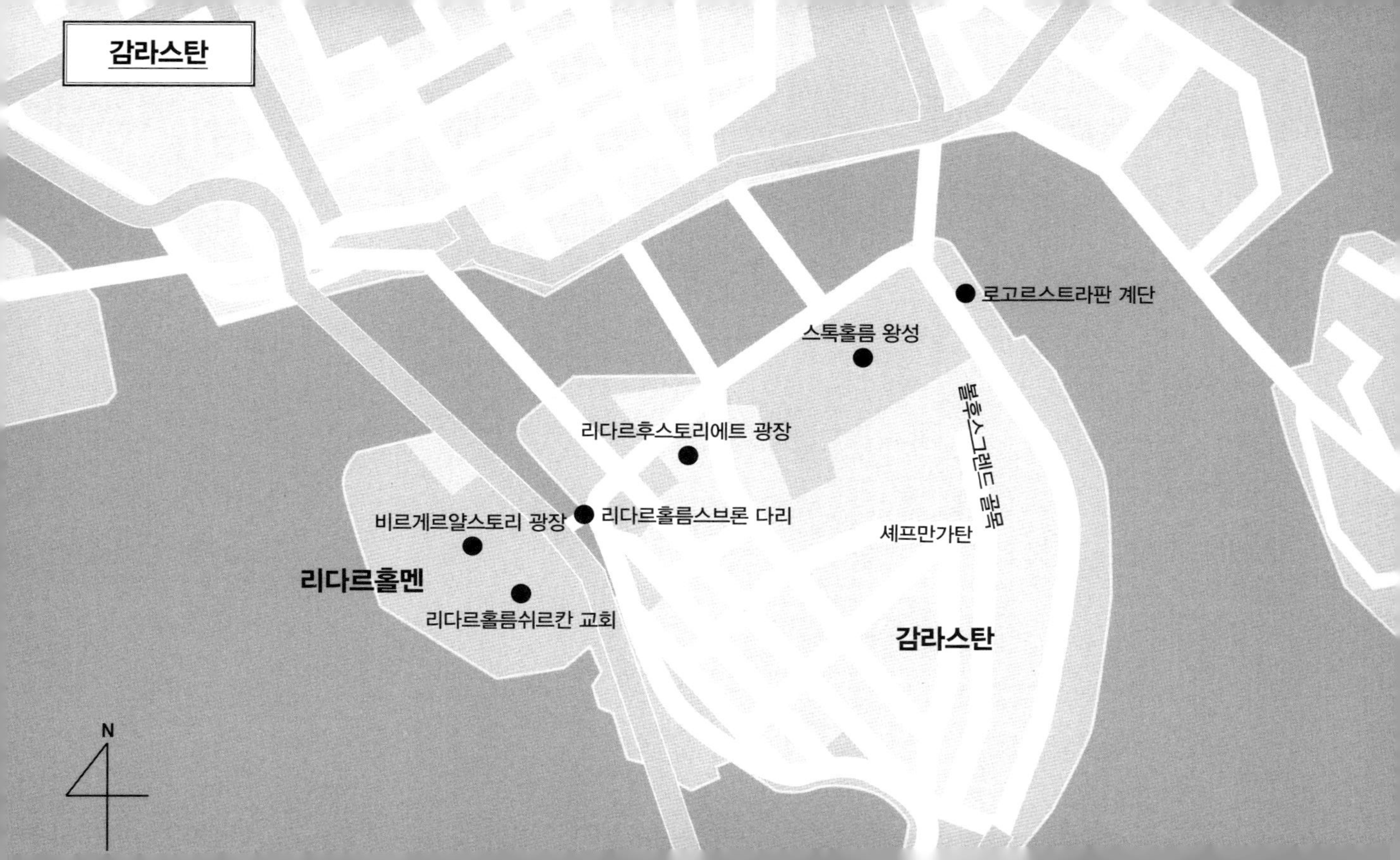

감라스탄
로고르스트라판 계단
스톡홀름 왕성
블루스그렌드 골목
리다르후스토리에트 광장
리다르홀름스브론 다리
비르게르얄스토리 광장
셰프만가탄
리다르홀멘
리다르홀름쉬르칸 교회
감라스탄
N

1.

국가경찰청장은 미소 지었다.

보통 그는 소년처럼 매력적인 미소를 언론과 텔레비전에만 보여주었고, 지금처럼 내부자들만 있는 자리에서는 좀처럼 하사하지 않았다. 이 자리에는 국가경찰위원회 국장 스티그 말름, 보안청장 에리크 묄레르, 국가범죄수사국 살인수사과의 책임자 마르틴 베크가 있었다.

세 남자 중 한 명만 미소로 답했다.

스티그 말름은 새하얗고 고른 이를 드러내며 미소 짓기를 좋아했다. 지난 몇 년 동안 그는 다양한 종류의 미소를 무의식적으로 습득해왔는데, 지금 사용하는 종류는 누가 봐도 간살스럽게 알랑거리는 미소였다.

보안청장은 하품을 참았고, 마르틴 베크는 코를 풀었다.

겨우 오전 7시 30분이었다. 청장이 긴급회의를 소집하기 좋아하는 시각이었지만, 그렇다고 해서 그가 평소에도 이 시각에 출근한다는 뜻은 아니었다. 그는 종종 오전 늦게야 나타났고, 출근해서도 최측근들이 아니면 만나지 않았다. '집무실은 나의 성이니'라고 문에 새겨둬도 될 법했다. 실제로 그곳은 아무나 들어갈 수 없는 요새였고, 알맞게도 '용'이라는 별명을 가진 말쑥한 비서가 그 앞을 지켰다.

이날 아침에 청장은 쾌활하고 상냥했다. 심지어 보온병에 든 커피와 함께 평소에 사용하는 플라스틱 컵이 아닌 진짜 도자기 잔을 냈다.

스티그 말름이 일어나서 커피를 따랐다.

마르틴 베크는 말름이 자리에 앉기 전에 손가락으로 바지 주름을 살짝 꼬집으리라는 것, 앉고 나서는 잘 다듬은 곱슬머리를 손으로 세심하게 매만지리라는 것을 알았다.

스티그 말름은 마르틴 베크가 전혀 존경하지 않는 직속 상사였다. 말름의 자기도취적인 간사함과 자기보다 높은 실력자들에게 알랑거리는 태도는 이제 짜증스럽지도 않고 한심하게 보일 뿐이었다. 한편 마르틴 베크가 짜증스럽게 느끼는 것, 그리고 종종 일에 방해가 되는 것은 말름의 융통성과 자기비판력 결핍이었다. 말름은 실제 경찰 업무에 백지인 것처럼 그런 특징에서도 백지였다. 그가 그렇게 높은 자리에 오른 것은 야망, 정치적 기회주의, 약간의 행정 능력 덕분이었다.

보안청장은 커피에 각설탕 네 덩이를 넣고 스푼으로 저은 뒤 후루룩 마셨다.

몸매를 신경 쓰는 말름은 설탕 없이 마셨다.

마르틴 베크는 속이 좋지 않았다. 이렇게 이른 시각에 커피를 마시고 싶지 않았다.

청장은 설탕과 크림을 다 넣었고, 새끼손가락을 동그랗게 구부리면서 잔을 들었다. 그는 단숨에 잔을 비우고 잔을 밀면서 아까부터 반들반들한 회의용 탁자 구석에 놓여 있던 초록색 파일을 집어 당겼다.

"자." 청장이 다시 미소 지으며 말했다. "커피를 마셨으니 오늘 할 일로 넘어가지."

마르틴 베크는 손대지 않은 잔을 우울하게 바라보면서 찬 우유를 마시고 싶다고 생각했다.

"마르틴, 좀 어떤가?" 청장이 짐짓 걱정하는 척 물었다. "몸이 좋아 보이지 않는군. 또 아프려는 건 아니겠지? 자네가 없으면 안 된단 걸 알잖나."

마르틴 베크는 아프려는 게 아니라 이미 아팠다. 간밤에 새

벽 3시 반까지 스물두 살 딸과 그 남자 친구와 와인을 마셨다. 그래서 지금 자기 몰골이 끔찍하다는 걸 알았다. 하지만 자초한 불편에 대해서 상관과 이야기하고 싶진 않았고, "또"라는 말은 좀 부당하다고 느꼈다. 자신이 독감과 고열로 사흘 쉬었던 게 3월 초였는데 지금은 벌써 5월 7일이었다.

"아닙니다." 마르틴 베크가 말했다. "괜찮습니다. 감기 기운이 좀 있을 뿐입니다."

"정말 좋아 보이지 않는군." 스티그 말름이 말했다.

말름은 걱정하는 척조차 없고 나무라는 투였다.

"정말 별로인 것 같아."

말름이 마르틴 베크를 뚫어져라 보았다. 마르틴 베크는 짜증이 솟는 걸 느끼면서 말했다.

"걱정 고맙습니다만 괜찮습니다. 제 상태나 건강을 논하자고 모인 건 아닐 텐데요."

"맞아." 청장이 말했다. "본론으로 들어가세."

청장이 초록색 파일을 열었다. A4 용지가 기껏해야 서너 장 든 것으로 보아 오늘 회의는 오래 끌지 않으리라는 희망이 보였다.

맨 윗장은 타이핑된 편지였다. 흘려 쓴 서명 밑에 초록색 고무도장이 큼직하게 찍혀 있었다. 기관명도 인쇄되어 있었지만 마르틴 베크가 앉은 자리에서는 잘 보이지 않았다.

"모두 기억하다시피, 우리가 국빈 방문이나 그와 비슷하게 민감한 상황에서 적절한 경호 조치를 취하는 경험이 부족하다는 문제를 그간 논의해왔지. 유난히 공격적인 시위, 혹은 치밀하든 허술하든 암살 시도가 예상되는 상황 말이야." 청장은 공식 접견에서 늘 취하는 점잔 빼는 말투를 자동적으로 취했다.

스티그 말름은 웅얼웅얼 동의했고, 마르틴 베크는 잠자코 있었지만, 에리크 묄레르는 이의를 제기했다.

"저, 우리가 그렇게 경험이 부족하진 않습니다. 흐루쇼프 방문은 잘 치렀지요. 로고르스트라판 계단에 누가 빨갛게 칠한 돼지를 풀어놓은 일만 빼고는. 코시긴 방문 때도 진행이나 경호나 좋았습니다. 약간 다른 예이지만 환경회의*도 잘 치렀고요."

"물론 그랬지. 하지만 지금 우리가 처한 문제는 더 어려운 것이거든. 십일월 말에 있을 미국 상원 의원 방문 말이야. 이런 표현을 써도 되는지 모르겠지만, 뜨거운 감자가 될지도 모르는 일이라네. 미국 정상급 귀빈 방문은 우리가 처음 겪는 일이지. 날짜가 정해졌고, 나는 벌써 몇 가지 지침을 받았어. 우리는 일찍부터 철저히 준비해야 한다네. 어떤 상황에도 다 대비되어 있어야 해."

* 1972년 최초의 유엔인간환경회의가 스톡홀름에서 열렸다.

청장은 이제 미소 짓지 않았다.

"이번에는 계란 투척보다 더 폭력적인 사태에도 대비해야 할지 모른다네." 청장이 엄숙하게 덧붙였다. "이 점을 명심하도록, 에리크."

"예방 조치를 취하면 됩니다." 묄레르가 대답했다.

"어느 정도는 되겠지." 청장이 으쓱했다. "하지만 문제를 일으킬 것 같은 인간을 모조리 없애거나 잡아다 가둘 순 없지 않나. 자네도 알 텐데. 나는 내 할 일이 있고, 자네는 자네 할 일이 있을 거야."

나도 할 일이 있겠지, 마르틴 베크는 울적하게 생각했다.

마르틴 베크는 여태 초록색 파일의 편지지에 인쇄된 기관 이름을 읽으려고 애쓰는 중이었다. "폴리스" 아니면 "폴리시아"라는 단어는 알 것 같았다. 눈이 뻑뻑했고, 입안이 사포처럼 거칠고 건조했다. 그는 마지못해 쓴 커피를 홀짝였다.

"하지만 그런 얘기는 나중에 하지." 청장이 말했다. "오늘 논의하려는 건 이 편지라네."

청장이 펼친 파일 속 종이를 검지로 톡톡 쳤다.

"우리 문제와 관련이 많은 내용이야."

청장이 편지를 스티그 말름에게 건네며 돌려 보라고 한 뒤 이어 말했다.

"보다시피 초청장이야. 우리가 그 나라에 곧 있을 국빈 방문을 참관하게 해달라고 요청한 데 대한 답장이야. 방문자인 대통령은 그 나라에서 인기가 그다지 좋지 않은 인물이라, 그곳 경찰은 그를 보호하는 데 만전을 기할 거야. 라틴아메리카 국가들이 대개 그렇듯이, 그 나라는 자국 정치인이나 외국 정치인을 노린 암살 시도를 많이 겪었어. 그 결과 상당한 경험을 쌓았지. 그들의 경찰력과 보안 수준은 이 분야 최고라고 볼 만하다네. 우리는 그들의 수법과 절차에서 많이 배울 수 있을 거야."

마르틴 베크는 편지를 훑어보았다. 매우 격식 있고 정중한 영어로 쓰인 편지였다. 대통령의 방문은 한 달이 채 남지 않은 6월 5일에 있을 것이며, 스웨덴 경찰 대표는 준비 작업의 중요한 단계를 지켜볼 수 있도록 이 주 전에 오면 환영하겠다고 적혀 있었다. 서명은 우아하고 전혀 알아볼 수 없었지만, 타자로도 이름이 적혀 있었다. 긴 스페인 이름은 어쩐지 귀족적이었다.

편지가 초록색 파일로 돌아갔을 때, 청장이 말했다.

"문제는 누굴 보낼 건가 하는 걸세."

스티그 말름이 심사숙고하는 표정으로 천장을 올려다보았지만, 말은 없었다.

마르틴 베크는 자신이 천거될까 봐 두려웠다. 불행한 결혼을 끝내기 전이었던 오 년 전만 해도 잠시 집을 벗어날 수 있는 임무라면 기껍게 받아들였겠지만, 지금 그가 제일 싫어하는 일은 집을 떠나는 것이었다. 그는 얼른 말했다.

"이건 대체로 보안청 일 아닙니까?"

"나는 못 갑니다." 묄레르가 말했다. "우선, 부서를 떠나 있을 수 없습니다. A부가 조직 재편중인데 시간이 좀 걸립니다. 둘째, 우리는 이미 그 문제에 정통한 전문가가 많습니다. 그러니 경호를 잘 모르는 사람이 가는 편이 나을 겁니다. 수사국이나 치안경찰 쪽 사람이. 누가 가든 돌아와서 배운 걸 전달하면 모두에게 도움이 되겠죠."

"그래, 에리크 자네 말에 일리가 있어." 청장이 끄덕이며 말했다. "자네가 말했듯이 자네를 뺄 순 없고 말이야. 물론 자네도 안 되지, 마르틴."

마르틴 베크는 속으로 안도의 한숨을 쉬었다.

"게다가 저는 스페인어를 못 합니다." 보안청장이 말했다.

"그거야 누구나 그렇죠." 말름이 미소 띤 얼굴로 말했다.

말름은 청장도 표준 스페인어를 익히지 못했다는 것을 알았다.

"할 줄 아는 사람을 압니다." 마르틴 베크가 말했다.

말름이 눈썹을 치켰다. "누구? 수사국 사람?"

"네, 군발드 라르손입니다."

말름이 눈썹을 일 밀리미터 더 치키고 여전히 미소 띤 얼굴로 기막히다는 듯 말했다. "하지만 그를 보낼 순 없어, 안 그런가?"

"왜죠?" 마르틴 베크가 대답했다. "그를 보내면 좋을 것 같습니다만."

마르틴 베크는 자기 목소리가 살짝 화났다는 걸 인식했다.

여느 때 그는 군발드 라르손을 좀처럼 두둔하지 않았지만, 말름의 말투에 짜증이 난데다가 말름에게 반대하는 게 습관이 되어놔서 거의 자동적으로 맞섰다.

"그처럼 불손한 자가 경찰을 대표할 순 없어." 말름이 말했다.

"그가 정말 스페인어를 하나?" 청장이 미심쩍이 물었다. "어디서 배웠지?"

"군발드는 선원일 때 스페인어를 쓰는 나라에 많이 다녔습니다." 마르틴 베크가 대답했다. "우리가 말하는 도시는 큰 항구이니까, 그가 틀림없이 가봤을 겁니다. 군발드는 영어, 프랑스어, 독일어도 모두 유창하게 합니다. 러시아어도 조금 하고요. 그의 파일을 보면 나와 있을 겁니다."

"그래도 불손한 자야." 스티그 말름이 고집했다.

청장은 궁리하는 얼굴이었다.

"내가 그의 자격 요건을 살펴보지." 청장이 말했다. "사실 나도 그를 떠올렸다네. 그가 다소 상스럽게 행동하는 건 사실이고, 규칙을 안 지키긴 해. 그래도 의심할 바 없이 우리 최고의 수사관 중 한 명이지. 명령을 따르고 규정을 지키는 걸 좀 못하기는 해도."

청장이 보안청장을 보았다.

"에리크, 어떻게 생각하나? 그가 적합할까?"

"뭐, 저는 그를 썩 좋아하진 않습니다만, 대체로 이의 없습니다."

말름은 기분이 나빠 보였다.

"그를 보내는 건 대단히 부적합한 처사라고 생각합니다." 말름이 말했다. "그는 스웨덴 경찰에 먹칠할 겁니다. 막되게 굴고, 고급 선원보다 부두 막노동꾼에 어울리는 말을 쓰는 친구입니다."

"스페인어로 말할 때는 아닐지도 모르죠." 마르틴 베크가 말했다. "그리고 군발드가 가끔 말을 막 뱉긴 하지만, 적어도 때를 가릴 줄 압니다."

완벽한 진실은 아니었다. 마르틴 베크는 최근에도 군발드 라르손이 말름의 면전에서 그를 "천하의 똥멍청이"라고 부르는 걸 들었지만, 다행히 말름은 그것이 자신을 가리킨 말인 걸 알아차리지 못했다.

청장은 말름의 이의에 크게 개의치 않는 듯했다.

"괜찮은 생각일 수도 있겠군." 청장이 곰곰이 말했다. "그가 예의 없게 굴곤 한다는 사실이 이 경우에는 큰 문제가 되지 않을 것 같네. 그는 원한다면 점잖게 행동할 줄 알아. 남들보다 출신 배경이 낫지. 부유하고 세련된 집안 출신으로 최고의 교육과 훈육을 받았으니, 어떤 환경에서도 알맞게 행동하는 법을 배웠을 거야. 그런 건 숨기려고 애써도 다 드러나거든."

"정말 그럴까요." 말름이 웅얼거렸다.

마르틴 베크는 스티그 말름이 이 임무를 배정받고 싶지만 자신이 거명조차 되지 않아서 짜증 났다는 걸 눈치챘다. 군발드 라르손을 잠시 멀리 보내면 좋겠다는 생각도 들었다. 군발드 라르손은 동료들에게 별로 인기가 없는데다가 이상하게도 소란과 문제를 일으키는 능력이 뛰어났다.

청장이 스스로의 논리로도 진심으로 확신하지 못하는 것 같기에, 마르틴 베크는 격려차 말했다.

"군발드를 보내는 게 좋겠습니다. 군발드는 이 일에 필요한 자격을 다 갖췄습니다."

"나는 그가 외모에 신경 쓴다는 걸 알고 있었다네." 청장이 말했다. "옷 입는 걸 보면 취향이 좋고 품질을 아는 친구야. 그게 틀림없이 좋은 인상을 줄 테지."

"맞습니다." 마르틴 베크가 말했다. "중요한 사항이죠."

자신의 옷차림은 결코 취향이 좋다고 말할 수 없는 상태임을 마르틴 베크는 의식했다. 바지는 구깃구깃하고 헐렁했고, 폴로 셔츠는 자주 빨아서 칼라가 펀펀하게 늘어졌고, 닳은 트위드 재킷은 단추가 하나 없었다.

"강력반은 인원이 충분하니까 라르손이 몇 주쯤 없어도 되겠지." 청장이 말했다. "달리 제안할 사람 있나?"

모두 고개를 저었다.

말름마저도 군발드 라르손을 잠시 멀리 둘 수 있다는 이점을 인식한 듯했고, 에리크 묄레르는 회의가 끝나가는 데 만족한 표정으로 재차 하품했다.

국가경찰청장이 일어서면서 파일을 덮었다.

"좋아." 그가 말했다. "그러면 합의한 거라네. 라르손에게는 내가 직접 결정을 알리지."

군발드 라르손은 소식을 무덤덤하게 받아들였다. 그 임무를 받았다는 사실에 딱히 우쭐하지도 않았다.

군발드 라르손은 자부심이 탄탄한 사람이었지만, 자신이 자리를 비우면 일부 동료들이 후련해할 것은 물론이요 그가 영영 사라진 게 아니라는 점만을 아쉽게 여기리라는 것을 모르지 않았다.

군발드 라르손은 경찰 내에 자신의 친구가 한 손으로 꼽을 만한 수라는 걸 알았다. 사실은 한 명뿐인 것 같았다. 자신이 골칫거리 반항아로 여겨진다는 것도, 종종 목이 간당간당하다는 것도 알았다.

그리고 이 사실에 눈곱만큼도 괘념하지 않았다.

그와 같은 직위와 연봉의 여느 경찰관이라면 끊임없는 정직과 심지어 해고의 위협에 약간의 불안이라도 느낄 테지만, 군발드 라르손은 그런 걱정으로 잠 못 이룬 밤이 하루도 없었다.

그는 독신이고 아이가 없고 부양가족도 없었다. 그가 경멸하는 속물적인 상류층 가족과는 연을 끊은 지 오래였다.

그는 자기 미래를 그다지 걱정하지 않았다.

경찰 생활을 하는 동안 종종 옛 직업으로 돌아가면 어떨까 저울질하곤 했지만, 이제는 쉰이 다 되었으니 다시 바다로 나갈 일은 없으리라는 걸 알았다.

출발일이 다가오자, 군발드 라르손은 즐거워지기 시작했다. 이 임무는 다들 중요하다고 말해도 딱히 어려운 일이 아니었다.

적어도 이 주간 일상을 벗어날 기회였으니, 그는 휴가라도 가는 것처럼 여행을 기대하기 시작했다.

출발 전날 저녁, 군발드 라르손은 볼모라의 집 침실에서 팬티만 입은 채 옷장 문 안쪽에 달린 전신 거울을 보고 서 있었다.

파란색 바탕에 노란색 말코손바닥사슴이 그려진 팬티가 마음에 쏙 들었다. 그는 똑같은 걸로 다섯 장 더 갖고 있었다. 무늬는 같지만 초록색 바탕에 빨간색 사슴이 그려진 팬티도 여섯 장 있었는데, 그것들은 지금 침대 위에 열려 있는 대형 돼지가죽 여행 가방에 들어가 있었다.

군발드 라르손은 키가 196센티미터에 힘센 근육질 몸과 솥뚜껑만 한 손발을 가진 남자였다. 그가 방금 샤워한 뒤 습관대로 욕실 체중계에 올라갔을 때 몸무게는 120킬로그램이었다. 지난 사오 년 동안 10킬로그램쯤 늘었다. 그는 팬티 고무줄 위로 튀어나온 뱃살을 시무룩이 보았다.

배를 쏙 집어넣어보았다. 경찰서 체육관에 더 자주 가야겠다는 생각이 들었다. 수영장이 완공되면 수영을 시작하든가.

하지만 그는 뱃살 빼고는 자기 외모에 썩 만족했다.

그는 마흔아홉 살이었다. 그래도 머리숱이 많았고, 앞머리가 벗어져서 이마가 넓어지지도 않았다. 좁은 이마에는 가로로 줄이 두 개 파여 있었다.

짧게 자른 머리카락은 옅은 금발이라서 속에 난 흰머리가 눈에 띄지 않았다. 지금은 막 감고 빗은 뒤라 넓적한 머리통에 매끄럽게 붙어 있지만, 다 마르면 푸시시 일어나서 부스스해 보였다. 숱진 눈썹도 금색이었다. 코는 크고 튼실하고 콧구멍이 컸다. 새파란 눈은 다부진 얼굴에 비해 작은 편이고 가운데로 좀

몰렸는데, 그 탓에 무표정할 때는 기만적이리만치 멍청해 보이는 인상이었다. 자주 있는 일이지만, 성질이 나면 그의 미간에 주름이 무시무시하게 잡혔다. 그때 그 새파란 눈은 부하들은 물론이고 닳고 닳은 범죄자들에게도 공포를 일으켰다.

군발드 라르손의 화를 한 번도 받아보지 않은 사람은 스톡홀름 강력반 동료이자 유일한 친구인 에이나르 뢴뿐이었다. 뢴은 유순하고 과묵한 북부 출신 사내로, 노상 훌쩍이는 딸기코가 하도 두드러져서 다른 특징은 눈에 들어오지 않는 얼굴이었다. 뢴은 또 고향인 라플란드의 아리에플로그를 그리워했다.

군발드 라르손과 뢴은 같은 부서에서 일하니까 거의 매일 만났지만, 여가 시간도 함께 보내곤 했다. 둘은 가능하다면 연례휴가를 같은 때로 맞춰서 함께 아리에플로그로 갔다. 거기서는 주로 낚시를 했다.

다른 동료들은 이처럼 상이한 두 사람의 우정을 이해하지 못했다. 다들 뢴이 차분하게 몇 마디 건네는 것만으로 날뛰던 군발드 라르손을 온순한 양으로 바꿔놓는 것을 놀랍게 여겼다.

이제 군발드 라르손은 잘 갖춰진 옷장에 걸린 양복을 살펴보았다.

그는 방문할 나라의 기후를 익히 알았다. 오래전 그 항구에 갔을 때 봄날의 몇 주가 숨 막힐 듯 더웠던 것을 기억했다. 그

더위를 견디려면 가볍게 입어야 했는데, 충분히 시원한 양복은 두 벌뿐이었다.

혹시 모르니까, 그는 그것들을 입어보았다. 속상하게도 한 벌은 아예 들어가지 않았고, 다른 한 벌은 숨을 크게 들이쉬고 애써야만 바지가 잠겼다. 상의는 어렵잖게 잠겼지만, 그것도 어깨가 꼭 껴서 활동이 제약되거나 솔기가 터질 것 같았다.

그는 쓸모없는 정장을 옷장에 도로 걸고 다른 한 벌을 열린 가방에 걸쳐두었다. 이것으로 때워야 했다. 누가색 바탕에 자잘한 흰 줄무늬가 들어간 이집트면 정장은 사 년 전에 맞춘 것이었다.

그는 면바지 세 벌, 실크 재킷, 너무 끼는 정장을 챙겨서 짐 싸기를 마쳤다. 가방 안주머니에는 제일 좋아하는 소설을 넣었다.

그다음 가방을 닫고, 넓은 끈의 황동 버클을 끼워서 현관에 가져다 놓았다.

군발드 라르손은 자신의 EMW 차를 공항 주차장에 세워두기에는 너무 아꼈으므로, 내일 아침에 뢴이 와서 스톡홀름 알란다 공항까지 태워주기로 했다. 여느 스웨덴 공항처럼 위치가 나쁘고 칙칙한 알란다는 잔뜩 기대하고 온 방문객들에게 스웨덴이 받아 마땅한 것보다 더 왜곡된 인상을 주는 데 성공하는 시설이었다.

군발드 라르손은 파란색과 노란색 사슴 무늬 팬티를 욕실 빨래 바구니에 던져 넣고 잠옷을 입고 침대로 갔다.

여행 전날의 초조함 따위는 느끼지 않는 그는 거의 즉시 잠들었다.

2.

경호 전문가는 키가 군발드 라르손의 위 팔뚝 중간까지도 닿지 않았으나, 아름답게 다려진 하늘색 나팔바지 정장을 단정하고 우아하게 차려입고 있었다. 거기에 분홍색 셔츠를 입었고, 끝이 뾰족하고 반짝거리는 검은색 구두를 신었고, 라일락색 넥타이를 맸다. 머리카락은 거의 검었고, 피부는 연갈색이었고, 눈동자는 올리브색이었다. 유일하게 부조화스러운 점은 왼쪽 겨드랑이에 툭 튀어나온 권총집이었다. 프란시스코 바하몬데 카사베테스 이 라리나가라는 이름의 그는 엄청난 명문가 출신이었다.

프란시스코 바하몬데 카사베테스 이 라리나가는 경호 계획서를 난간에 펼쳤다. 하지만 군발드 라르손은 그것 대신 자기 양복을 내려다보았다. 경찰 재단사가 그 옷을 만드는 데 이레가 걸렸는데, 결과는 훌륭했다. 이곳은 재단의 예술이 아직 수준 높게 보존된 나라였다. 재단사와 군발드 라르손의 의견이 갈린 대목은 하나, 권총집용 어깨띠 공간이었다. 재단사는 그걸 당연시했지만, 군발드 라르손은 권총을 어깨띠 대신 벨트에 클립으로 끼워서 차고 다녔다. 여기 외국에서는 물론 무장하지 않았지만, 양복은 스톡홀름에서도 입을 것이었다. 잠깐의 입씨름 끝에 군발드 라르손이 이겼다. 당연했다. 그는 흡족한 기분으로 잘 맞는 바지를 살펴보고 기분 좋게 한숨 쉰 뒤 주변을 둘러보았다.

그들은 어느 호텔 8층에 서 있었다. 그곳은 신중하게 고른 장소였다. 자동차 퍼레이드가 이 발코니 밑을 지나서 한 블록 떨어진 왕궁으로 갈 예정이었다. 군발드 라르손은 예의 바르게 계획서를 보았지만, 내용을 이미 외우는 터라 별 흥미는 없었다. 그는 이날 아침에 항구가 완전 차단되었다는 것, 대통령 전용기가 내린 뒤 공항도 차단되었다는 것을 알고 있었다.

정면에 항구와 새파란 바다가 보였다. 멀리 대형 여객선과 화물선 몇 척이 정박해 있었다. 움직이는 것은 내항의 군함 한 척, 호위함 한 척, 경찰선 몇 척뿐이었다.

호텔 바로 밑은 야자와 아카시아가 가로수로 심어진 한길이었다. 길 건너편에 택시들이 줄 서 있었고, 그 너머에 여러 색깔 말들이 끄는 마차 택시들이 늘어서 있었다. 모두 철저한 확인을 거친 것들이었다.

한길 양편에 팔 길이만큼 간격을 두고 늘어선 헌병과 경찰을 제외하고, 근방의 모든 사람들은 요즘 대형 공항에 갖춰져 있는 것과 비슷한 금속 탐지기를 통과했다.

경찰은 녹색 제복을, 헌병은 청회색 제복을 입었다. 경찰은 무릎까지 오는 부츠를, 헌병은 발목을 덮는 부츠를 신었다.

군발드 라르손은 한숨을 참았다. 오전에 바로 이곳에서 대통령 외에는 모든 것을 제자리에 두고 예행연습을 마친 터였다.

자동차 퍼레이드는 이렇게 구성되었다. 선두에 특수 훈련을 받은 경호 경찰이 모는 오토바이 열두 대가 지나간다. 그 뒤로 일반 경찰의 오토바이가 역시 열다섯 대 지나간다. 그 뒤로 경호 요원이 탄 차가 두 대 따른다. 그다음이 대통령이 탄 차로, 푸른색 방탄유리를 갖춘 검은색 캐딜락이었다.

예행연습 때는 군발드 라르손이 대타로 캐딜락 뒷좌석에 앉았다. 의문의 여지 없는 영광이었다.

그 뒤로 경호 요원이 탄 미국제 오픈카가 따른다.

그다음으로 경찰 오토바이 부대가 더 따르고, 마지막으로 방송 기자들이 탄 버스와 그 밖의 허가받은 기자들이 탄 차량이 따른다.

공항에서 이곳까지 오는 길에도 곳곳에 민간 경호원이 배치되어 있었다.

가로등마다 대통령 사진이 걸려 있었다. 길이 제법, 아니 아주 길기 때문에, 퍼레이드가 끝날 즈음 군발드 라르손은 굵은 목에 통통한 얼굴에 까만 쇠테 안경을 쓴 그 얼굴에 질리고 말았다.

지상 경호는 그 정도였다.

하늘에는 군대 헬리콥터가 세 고도로 나누어 각 세 대씩 떠 있었다.

게다가 스타파이터 전투기 부대가 왔다 갔다 하며 상공을 지켰다.

경호 계획은 완벽했고, 뜻밖의 불쾌한 사건이 벌어질 가능성은 거의 생각할 수 없었다.

한낮의 더위는 그야말로 찌는 듯했다.

군발드 라르손은 땀이 났지만, 심하진 않았다. 일이 그릇될 가능성은 없어 보였다. 모든 준비가 대단히 세밀하고 철저했다. 계획에만 몇 달이 걸렸다고 했다.

그들은 계획을 짠 뒤에 별도의 검토단에게 확인을 받았고, 지적에 따라 여러 수정을 가했다. 그동안 이 나라에서 발생했던 암살 시도 횟수가 적지 않았음에도 불구하고 모두 실패했다는 사실도 고려해야 했다. 이 나라가 이 분야에서 세계 최고의 전문성을 갖추었다던 청장의 말은 사실인 듯했다.

오후 3시 십오 분 전, 프란시스코 바하몬데 카사베테스 이 라리나가가 손목시계를 보며 말했다.

"앞으로 이십일 분 남았습니다."

알고 보니 스페인어를 할 줄 아는 사절을 보낼 필요가 없었다. 경호 전문가는 런던 벨그레이비아*에서도 가장 세련된 클럽에서 쓸 법한 영국식 영어를 구사했다.

군발드 라르손은 자기 시계를 보며 끄덕였다.

1974년 6월 5일 수요일 오후 3시를 앞둔 시각, 정확히 말하자면 십삼 분 삼십오 초 앞둔 시각이었다.

항구 입구에서 호위함이 방향을 틀며 환영의 기적을 울렸다. 호위함의 유일한 임무였다.

상공에서 전투기 여덟 대가 새파란 하늘에 흰 지그재그를 그렸다.

군발드 라르손은 주변을 둘러보았다. 길 저 끝에는 벽돌 건물에 아치 회랑을 흰색과 붉은색으로 칠한 대형 투우장이 있었

* 영국 런던 중심의 한 구역으로, 상류층 부촌으로 유명하다.

다. 길 반대쪽 끝의 분수는 방금 색색의 물줄기를 높게 쏘아 올리기 시작했다. 연중 가뭄이 심한 나라라서, 이 분수를 비롯한 모든 분수는 특별 행사에만 틀게 되어 있었다.

이제 헬리콥터와 자동차 퍼레이드의 사이렌 소리가 들렸다.

군발드 라르손은 시각을 확인했다. 퍼레이드가 예정보다 이른 듯했다. 그는 새파란 눈을 들어 항구를 훑어보았다. 경찰선들이 움직이기 시작한 게 눈에 띄었다. 항구 시설 자체는 그가 선원일 때와 거의 같았지만, 배들은 전혀 달랐다. 초대형 유조선, 컨테이너선, 사람보다 차를 나르는 것이 더 중요한 대형 페리는 그가 항해하던 시절에는 없던 것들이었다.

행사가 예정보다 이르게 진행되고 있다는 사실을 알아차린 건 군발드 라르손만이 아니었다.

카사베테스 이 라리나가가 무전기에 대고 빠르게 하지만 침착하게 뭐라 말했다. 그다음 그는 금발의 손님에게 미소를 보내고는 반짝이는 분수 너머로 시선을 옮겼다. 녹색 제복의 경찰관 대열 사이로 벌써 특수 경호 경찰이 탄 오토바이 부대가 나타났다.

군발드 라르손은 시선을 옮겼다. 호텔 바로 밑에서 시가를 문 경호 요원이 길 한가운데를 어슬렁거리면서 주변 지붕에 배치해둔 경찰 사격수들을 지켜보고 있었다. 경찰관 대열 너머로 측면에 파란색 줄이 그어진 택시들이 줄 서 있었고, 그 앞에 노란색과 검은색의 무개 마차가 서 있었다. 마부의 옷도 노란색과 검은색이었고, 말의 머리띠에도 노란색과 검은색 깃털이 꽂혀 있었다.

그 너머에는 야자나무와 아카시아나무, 그리고 호기심 많은 구경꾼들이 있었다. 그중 몇 명은 관에서 허락한 유일한 팻말, 즉 굵은 목에 통통한 얼굴에 까만 쇠테 안경을 쓴 대통령의 사진을 들고 있었다. 이 인물은 인기 있는 손님은 아니었다.

자동차 행렬은 빠르게 달렸다.

경호 요원이 탄 첫 차가 벌써 발코니 밑에 와 있었다.

경호 전문가는 군발드 라르손에게 웃어 보인 뒤, 다 되었다는 듯이 고개를 끄덕이면서 계획서를 접기 시작했다.

바로 그 순간, 땅이 폭발했다. 땅은 거의 정확하게 방탄 캐딜락 밑에서 터졌다.

충격파가 두 남자를 날려 보냈지만, 군발드 라르손은 다른 건 몰라도 힘 하나는 센 남자였다. 군발드 라르손은 두 손으로 난간을 쥐고 위를 보았다.

도로가 화산처럼 갈라졌고, 그곳에서 피어오른 불기둥이 족히 오십 미터까지 치솟았다.

불기둥 꼭대기에 다양한 물체가 있었다.

첫눈에 보이는 것은 방탄 캐딜락의 뒤쪽 절반, 뒤집힌 채 떠

오른 파란색 줄무늬의 검정 택시, 이마에 검은색과 노란색 깃털을 꽂은 말의 상체, 검은색 부츠와 녹색 제복을 걸친 다리 한 짝, 긴 시가를 손가락에 낀 팔 한 짝이었다.

불에 타거나 타지 않은 물체가 우수수 쏟아지기 시작해, 군발드 라르손은 몸을 숙였다. 군발드 라르손이 새 양복을 걱정하는 순간, 뭔가가 그의 가슴을 세게 때렸다. 그는 발코니의 대리석 타일 바닥 위에서 주르르 뒤로 떠밀렸다.

이윽고 폭발음이 잦아들었다. 이제 사람들의 비명 소리, 절박하게 도움을 구하는 소리, 우는 소리, 신경질적으로 욕하는 소리가 울려 퍼졌다. 그러다가 구급차와 소방차 사이렌이 울리기 시작하며 사람들의 소리를 덮었다.

군발드 라르손은 일어났다. 자신이 크게 다친 데가 없는 것을 확인한 뒤, 무엇이 자신을 자빠뜨렸는지 찾아보았다.

그 물체는 발밑에 있었다.

그것은 굵은 목과 퉁퉁한 얼굴에 이상하게도 여태 까만 쇠테 안경을 쓰고 있는 머리통이었다.

경호 전문가가 허둥지둥 일어섰다. 그는 다치지 않은 듯했으나 우아함은 약간 잃었다.

그가 경악한 표정으로 머리통을 보다가 성호를 그었다.

군발드 라르손은 자기 옷을 보았다. 엉망이었다.

"젠장."

군발드 라르손은 다시 발밑의 머리통을 보았다.

"저걸 집에 가져가야 할지도 모르겠군." 군발드 라르손이 혼잣말처럼 말했다. "여행 기념품으로."

프란시스코 바하몬데 카사베테스 이 라리나가가 당혹한 눈으로 손님을 보았다.

"이건 재앙입니다." 경호 전문가가 말했다.

"네, 그렇군요." 군발드 라르손이 대답했다.

프란시스코 바하몬데 카사베테스 이 라리나가가 하도 속상해하는 얼굴이라, 군발드 라르손은 괜한 의무감에 이렇게 덧붙였다.

"하지만 아무도 당신을 크게 비난하진 못할 겁니다. 그리고 어쨌거나 너무 못생긴 머리통이었습니다."

3.

군발드 라르손이 경치가 아름다운 발코니에서 희한한 사건을 경험한 날, 스톡홀름 법원에서는 18세 여성 레베카 린드가 은행 무장 강도죄로 재판을 받고 있었다.

담당 검사는 불도저 올손이었다. 최근 몇 년 동안 올손은 전국에 전염병처럼 퍼진 은행 강도 사건들에 관해서 사법부의 최고 전문가가 되었다.

그래서 올손은 어마어마하게 바빴다. 집에 있을 시간이 거의 없어서, 아내가 베개 위에 간결한 메시지를 남겨두고 그를 떠났다는 사실을 삼 주 뒤에 알았을 정도였다. 그래도 큰 변화는 없었다. 그는 여느 때처럼 신속하게 행동에 나서서 사흘 만에 새 아내를 찾았다. 새 배우자는 그를 전적으로, 헌신적으로 존경하는 비서들 중 한 명이었다. 확실히 그후로 그의 양복은 이전보다 구김이 약간 덜했다.

이날 올손은 재판이 시작하기 이 분 전에 헐레벌떡 도착했다. 그는 작고 뚱뚱하지만 민첩한 사내로, 명랑한 표정과 활기찬 몸짓을 가졌다. 늘 분홍색 셔츠를 입었고, 넥타이 취향이 이루 말할 수 없이 형편없어서 한때 그의 특별반에서 일했던 군발드 라르손이 그 때문에 거의 미치려고 했었다.

불도저 올손은 휑하고 난방이 부실한 대기실을 둘러보았다. 그곳에 그가 소환한 증인을 포함하여 다섯 명의 사람이 있었는데, 그 외에도 존재 자체가 놀라운 사람이 한 명 더 있었다.

그 사람은 살인수사과의 책임자였다.

"여기서 뭐 합니까?" 불도저가 마르틴 베크에게 물었다.

"증인으로 소환됐습니다." 마르틴 베크가 대답했다.

"누구한테요?"

"피고인 측에게."

"피고인 측? 무슨 말입니까?"

"피고인 변호인 브락센 말입니다." 마르틴 베크가 말했다. "그가 이 사건을 맡은 모양입니다."

"'불청객'이라." 불도저는 확연히 심란해하는 표정이었다. "나는 오늘 벌써 회의 세 건과 체포 두 건을 마치고 왔습니다.

그런데 이제 오후 내내 여기서 불청객의 장광설을 들어야 하겠군요. 사건에 대해서 뭐 좀 압니까?"

"별로 없습니다. 브락센의 말에 설득되어서 온 것뿐입니다. 당장은 특별한 일이 없기도 해서."

"당신네 살인수사과 사람들은 진짜 일이 뭔지 몰라요." 불도저 올손이 말했다. "나는 현재 맡은 사건만 서른아홉 건이고, 보류한 건도 그 정도 됩니다. 당신도 나랑 일해봐야 해요. 그러면 진짜 일이 뭔지 알 겁니다."

불도저 올손은 극소수의 예외를 제외하고는 모든 사건을 이겼다. 이 사실은, 조심스럽게 표현하자면, 사법부가 그리 자랑할 일이 못 되었다.

"어쨌든 오늘 오후는 재밌게 보내겠군요." 올손이 말했다. "불청객이 분명 멋진 쇼를 보여줄 겁니다."

그때 사건 번호가 호출되어서, 두 사람은 대화를 마쳤다. 한 명을 제외하고 모두 관계자인 사람들은 법정으로 들어갔다. 법원에서 가장 칙칙한 구역에 있는 법정은 창문이 크고 웅장했다. 그 점이 변명이 될 수는 없겠지만, 창문들이 누가 봐도 오랫동안 닦지 않은 상태라는 사실에 대한 이유는 되어주었다.

재판장, 배석판사, 일곱 명의 배심원이 긴 책상 뒤의 연단에서 엄숙하게 앞을 보고 있었다.

피고인이 작은 옆문으로 들어왔다. 금발을 어깨까지 기르고, 부루퉁한 입과 멍한 갈색 눈의 여자였다. 여자는 가볍고 얇고 긴 연녹색 자수 원피스를 입었고, 검은색 나막신을 신었다.

법정 안의 모두가 자리에 앉았다.

재판장이 벤치 왼쪽에 앉은 피고인에게 물었다.

"이번 사건의 피고인은 레베카 린드입니다. 당신이 레베카 린드입니까?"

"네."

"좀더 크게 말하겠습니까?"

"네."

"생년월일이 1956년 1월 3일입니까?"

"네."

"피고인은 좀더 크게 대답하십시오."

재판장은 정해진 절차인 것처럼 이렇게 말했다. 법정의 음향이 몹시 나쁘기에, 실제로 그가 습관적으로 하는 말이었다.

"피고인 변호를 맡은 헤도발드 브락센은 늦는 듯합니다." 재판장이 계속 말했다. "기다리는 동안, 증인들을 소환하겠습니다. 검찰은 증인을 두 명 신청했습니다. 은행원 셰르스틴 프란센과 순경 켄네트 크바스트모입니다. 변호인 측 증인은 다음과 같습니다. 살인수사과 경감 마르틴 베크, 순경 칼 크리스티안손, 은행 지점장 룸포르드 본데손, 가정 과목 교사 헤뒤마리에 비렌. 피고인 변호인은 사업가 발테르 페트루스도 증인으로 소환했습니다만, 그는 이 자리에 참석할 수 없으며 이 사건과 여하한 관계도 없다고 통보했습니다."

배심원 한 명이 키득거렸다.

"증인들은 법정을 나가도 좋습니다."

이런 자리에서 늘 입는 대로 정복 바지와 검은색 구두와 칙칙한 블레이저 차림인 두 순경, 마르틴 베크, 은행 지점장, 가정 교사, 은행원은 로비로 나갔다.

피고인, 경비원, 그리고 한 명의 방청인만이 법정에 남았다.

불도저 올손은 이 분간 서류를 바삐 살펴보다가 방청인에게로 호기심 어린 눈길을 던졌다.

방청인은 불도저가 보기에 서른다섯쯤 된 여자였다. 여자는 앞에 수첩을 놓고 벤치에 앉아 있었다. 평균보다 키가 작았고, 곧은 금발 머리는 그다지 길지 않았다. 바랜 청바지, 색깔을 모를 셔츠, 끈 샌들을 신었다. 볕에 그은 발은 넓적했고, 발가락이 곧았고, 셔츠를 통해 빤히 들여다보이는 납작한 가슴의 젖꼭지는 컸다.

그러나 여자에게서 가장 눈에 띄는 특징은 작고 각진 얼굴의 튼튼한 코와 파랗고 꿰뚫는 듯한 눈동자였다. 여자는 그 눈으로 지금 법정의 사람들을 차례차례 보고 있었다. 시선은 피고인과 불도저에게 유독 오래 머물렀다. 그 눈길이 어찌나 예리한지, 검사는 일어나서 물을 한 잔 마시고 여자 뒤쪽으로 자리를 옮겼다. 여자는 당장 고개를 돌려서 그와 눈을 맞췄다.

불도저에게 혹 선호하는 여성 타입이 있다면 여자는 그 타입이 아니었으나, 그래도 그는 여자의 정체가 궁금해서 미칠 지경이었다. 뒤에서 보니 여자는 통통하다고는 할 수 없지만 다부진 체형이었다.

만약 불도저가 로비 구석에서 어정거리고 있는 마르틴 베크에게 물어보았다면, 몇 가지 답을 들었을지도 모른다.

가령 여자는 서른다섯이 아니라 서른아홉 살이라는 것. 사회학을 꽤 깊게 공부했으며, 지금은 사회복지 분야에서 일한다는 것.

마르틴 베크는 사실 여자에 대해서 아주 많이 알았지만, 대부분 사적인 내용이었기에 남에게 제공하고픈 정보는 거의 없었다.

누군가 묻는다면, 마르틴 베크는 여자의 이름이 레아 닐센이라는 것 정도는 말했을 것이다.

정해진 시각에서 이십이 분 뒤, 문이 벌컥 열리며 불청객이 들어왔다. 변호사는 한 손에 연기가 모락모락 나는 시가를, 다른 손에 서류를 들고 있었다. 그러고는 서류를 께느른히 보고 있다가, 재판장이 의미심장하게 세 번 헛기침을 하고 나서야 시가를 법원 직원에게 건넸다. 직원은 당장 그것을 법정 밖으로 가지고 나갔다.

"드디어 브락센 변호사가 출석했습니다." 재판장이 쌀쌀맞게 말했다. "재판을 시작하는 데 반대하는 분 있습니까?"

불도저가 고개를 저으며 말했다. "아니요, 없습니다. 적어도 저는 이의 없습니다."

브락센이 일어나서 법정 중앙으로 걸어갔다.

법정 안의 다른 사람들보다 확연히 높은 연배인 브락센은 인상적인 뱃구레와 권위를 갖춘 남자였다. 그는 또 복장이 눈에 띄게 칠칠찮고 촌스러웠다. 결벽증이 없는 고양이라면 그의 조끼에 묻은 음식 자국으로 한 끼 배불리 먹을 수 있을 것 같았다. 브락센이 한참 말없이 묘한 표정으로 불도저를 노려보다가 이윽고 말했다.

"이 아가씨가 애당초 법정에 서지 말았어야 했다는 점을 제외하고, 다른 법률적 반대는 없습니다. 순전히 법적으로만 말하자면."

"그러면 검사 측, 사건 내용을 진술하십시오." 재판장이 말했다.

불도저가 발딱 일어나서, 고개를 숙인 자세로 서류가 놓인 탁자 주변을 뱅글뱅글 돌기 시작했다.

"지난 5월 22일 수요일, 레베카 린드는 PK 은행 미솜마르크란센 지점에서 무장 강도를 저질렀습니다. 그리고 자신을 구류하러 온 경찰관에게 저항하는 과정에서 경찰관을 폭행했습니다."

"피고인 측 주장은 뭡니까?"

"피고인은 무죄를 주장합니다." 브락센이 말했다. "따라서 이 모든…… 헛소리를 부인하는 것이 저의 의무입니다."

브락센이 다시 불도저를 보면서 서글픈 목소리로 물었다.

"죄 없는 사람을 괴롭히는 기분이 어떻습니까? 이 아가씨는 텃밭의 당근만큼이나 죄가 없어요."

모두가 이 신선한 이미지를 머릿속에 그려보았고, 곧 재판장이 말했다.

"그건 이 법정이 결정할 사항 아닙니까?"

"안타깝게도 그렇습니다." 불청객이 대꾸했다.

"그게 무슨 뜻입니까?" 재판장의 목소리가 제법 날카로웠다. "올손 씨, 사건 진술을 시작하시지요."

불도저는 방청인을 보았다. 하지만 그녀가 대드는 듯이 정면으로 그의 시선을 받는 바람에, 불도저는 시선을 브락센에게로 돌렸다가 다시 재판장, 배석판사, 배심원들에게로 돌렸다가 결국 피고인에게 고정했다. 한편 레베카 린드의 시선은 이 관료적

절차와 모든 선악으로부터 멀리 떨어진 허공에 고정된 듯했다.

불도저는 뒷짐을 지고 오락가락했다.

"자, 레베카." 불도저가 친근하게 말을 걸었다. "지금 당신은 오늘날의 많은 젊은이가 처한 불행을 겪고 있습니다. 우리가 다 함께 당신을 돕겠습니다……. 내가 이름을 불러도 되겠지요?"

만약 그것이 질문이었다면, 피고인은 질문을 듣지 못한 것 같았다.

"기술적인 측면에서, 이 사건은 논의의 여지가 거의 없고 결과가 뻔한 사건입니다. 기소인부 절차에서 확인되었듯이……."

딴생각에 빠져 있는 듯했던 브락센이 갑자기 안주머니에서 꺼낸 큼직한 시가로 불도저의 가슴을 겨누며 외쳤다.

"이의 있습니다! 기소인부 때 나도 다른 어떤 변호인도 참석하지 않았습니다. 그때 카밀라 룬드에게 변호인을 둘 권리가 있다는 사실을 고지했습니까?"

"레베카 린드입니다." 배석판사가 말했다.

"네, 네." 브락센이 짜증스레 말했다. "그렇지 않았다면, 체포는 불법입니다."

"전혀 아닙니다." 불도저가 말했다. "우리는 피고인에게 권리를 고지했고, 피고인은 상관없다고 대답했습니다. 실제로도 상관없습니다. 제가 곧 설명하겠지만, 불 보듯 뻔한 사건이기 때문입니다."

"기소인부 절차 자체가 불법이었습니다." 브락센이 단호하게 말했다. "본 변호인의 이의를 반드시 기록에 남겨주십시오."

"자, 레베카." 불도저가 제 자산 중 하나인 호감 가는 미소를 띠며 말했다. "지난 5월 22일에 당신에게 일어난 일을, 그리고 그 일이 왜 일어났는지를 분명하고 진실되게 밝혀봅시다. 당신은 은행에서 도둑질을 했습니다. 분명 절박한 심정에서 생각 없이 그랬겠지요. 그리고 당신은 경찰관을 폭행했습니다."

"검사의 표현에 이의를 제기합니다." 브락센이 말했다. "나와 이 아가씨에 대한 검사의 태도에도 이의를 제기합니다."

천하의 불도저도 일순 발끈한 듯했다. 하지만 그는 곧 자신을 추스르고, 브락센이 말도 안 되는 이의를 마흔두 번이나 제기하며 훼방하는데도, 여느 때처럼 사람 좋은 몸짓과 미소로 주장을 이어가며 결론에 다다랐다.

사건 개요는 이러했다. 5월 22일 오후 2시 직전, 레베카 린드는 PK 은행 미솜마르크크란센 지점에 들어가서 한 출납원에게 다가갔다. 린드는 어깨에 메고 있던 큰 숄더백을 카운터에 올려놓고 돈을 달라고 말했다. 출납원은 린드가 칼을 갖고 있는 것을 보았기 때문에, 경보 버튼을 밟은 뒤 지폐를 가방에 넣기 시작했다. 가방에 넣은 금액은 총 오천 크로나였다. 린드가 약탈물을 들고 은행을 떠나기 전에, 무전을 받은 순찰차가 도착했다. 두 순경이 총을 빼 들고 들어와서 강도를 무장해제시켰고, 그러면서 티격태격하는 와중에 지폐가 바닥에 좌르륵 쏟아졌다. 순경들은 강도를 붙잡았고, 강도는 격렬히 저항하면서 한 순경의 정복에 피해를 입혔다. 순경들은 강도를 쿵스홀멘으로 데려갔다. 18세의 레베카 린드로 신원이 밝혀진 강도는 형사과로 보내졌다가, 은행 강도 사건을 전담하는 특별반으로 이송되었다. 린드는 은행 무장 강도 시도죄와 경찰관 폭행죄로 이튿날 스톡홀름 법원에서 약식 기소인부 절차를 밟았다.

불도저는 기소인부와 관련하여 몇 가지 형식이 지켜지지 않았다는 점을 인정했지만, 그것은 중요하지 않다고 주장했다. 레베카 린드 본인이 변호에 흥미가 없었으며, 자신이 돈을 얻으러 은행에 갔다는 사실을 즉각 시인했기 때문이라고 했다.

모두가 시계를 보기 시작했지만, 불도저 올손은 휴정을 거부하고 바로 첫 증인을 불렀다. 은행 출납원 셰르스틴 프란센이었다.

은행원의 짧은 증언은 지금까지 불도저가 한 말을 뒷받침했다.

불도저가 물었다.

"이것이 강도 사건이라는 걸 언제 알았습니까?"

"저 여자가 카운터에 가방을 던지고 돈을 요구했을 때요. 그때 칼을 봤거든요. 엄청 위험해 보였어요. 단검 같은 거였어요."

"왜 돈을 내줬습니까?"

"저희는 이런 상황에서 절대 저항하지 말고 강도가 시키는 대로 하라고 교육받아요."

사실이었다. 은행들은 피고용인이 다쳐서 값비싼 피해 보상금이나 생명 보험금을 지불해야 하는 위험을 감수하고 싶어 하지 않았다.

꺽 소리가 신성한 법정을 천둥처럼 뒤흔들었다. 헤도발드 브락센의 트림 소리였다. 그것은 드문 일이 아니었고, 그에게 '불청객'이라는 별명이 붙은 여러 이유 중 하나였다.

"피고인 측, 질문 있습니까?"

브락센이 고개를 저었다. 그는 종이에 뭔가 쓰느라 바빴다.

불도저가 다음 증인을 불렀다.

켄네트 크바스트모가 증인석에 올라와서 선서를 읊었다.

크바스트모의 증언은 여느 경우처럼 자기소개로 시작했다. 자신은 순경이고, 1942년 아르비카 출생이고, 솔나에서 일을 시작하여 지금은 스톡홀름에서 순찰조로 일한다는 내용이었다.

불도저가 어리석게도 이렇게 말했다.

"증인은 직접 자유롭게 말해보십시오."

"뭘 말입니까?"

"당연히 사건 말입니다."

"네." 크바스트모가 말했다. "현장에 저 여자, 저 살인범이 있었습니다. 물론 저 여자가 사람을 죽이진 못했지만 말입니다. 칼레는 늘 그렇듯이 가만히 있기만 해서, 제가 표범처럼 저 여자에게 몸을 날렸습니다."

그것은 그다지 탐탁지 않은 이미지였다. 크바스트모는 풍만한 엉덩이, 황소 같은 목, 두둑한 살집의 덩치 큰 남자였다.

"저 여자가 칼을 꺼내려는 순간 제가 여자의 오른손을 붙잡았고, 당신을 체포하겠다고 말하고 체포했습니다. 그다음 순찰차로 데려가서 뒷좌석에 태우는데, 여자가 격렬하게 저항했습니다. 그것은 공직자 폭행에 해당하는 짓이었습니다. 왜냐하면 제 견장이 거의 떨어져 나가서, 아내가 봐야 하는 방송이 있는데 바느질을 해야 한다며 화냈기 때문입니다. 제 정복 단추 하나도 거의 떨어져 나가서, 안나그레타가, 제 아내입니다, 파란색 실이 없다며 화냈습니다. 은행에서 일을 마무리한 뒤에는 칼레가 운전해서 경찰서로 갔습니다. 그 뒤에는 별일 없었습니다. 저 여자가 저를 돼지라고 부르긴 했지만, 그건 경찰관 모욕이라고 할 수 없으니까요. 돼지는 경찰을 무시하거나 경멸하지 않습니다. 개별 경찰관, 그러니까 이 경우에는 제게도 그렇고 우리 경찰 전체에게도 그렇고요. 안 그렇습니까? 아무튼 저 여자가 그렇게 말했습니다."

크바스트모가 레베카 린드를 가리켰다.

순경이 입담을 자랑하는 동안, 불도저는 방청인을 지켜보았다. 방청인은 줄곧 바삐 메모하다가, 지금은 팔꿈치를 허벅지에 대고 손으로 턱을 받치고 진지하게 브락센과 레베카를 번갈아 보고 있었다. 그녀는 심란한 표정, 혹은 몹시 불편한 표정이었다. 그녀가 손톱을 씹으면서 허리를 굽혀서 다른 손으로 발목을 긁었다. 그리고 다시 브락센을 보았는데, 가늘게 뜬 푸른 눈에 체념과 약간의 기대가 비쳤다.

헤도발드 브락센은 법정에 몸만 와 있는 듯, 증언을 한마디라도 들었다는 기색을 비치지 않았다. 그는 이렇게만 말했다.

"질문 없습니다."

불도저 올손은 만족했다. 자신이 처음에 말했던 대로 뻔한 사건이었다. 너무 오래 걸렸다는 게 유일한 흠이었다. 재판장이 한 시간 휴정을 권유하자, 불도저는 힘차게 끄덕여서 동의하고 통통 튀는 걸음으로 서둘러 문으로 갔다.

휴식 시간에 마르틴 베크와 레아 닐센은 아마란텐 호텔로 가서 맥주와 샌드위치를 먹고, 커피와 브랜디로 입가심했다.

마르틴 베크는 따분한 시간을 보낸 뒤였다.

아까 쿵스홀름스가탄의 본부에 들러서 뢴과 스트룀그렌을 만났지만, 소득은 없었다. 마르틴 베크는 스트룀그렌을 좋아한 적이 없었고, 뢴과는 관계가 복잡했다. 엄연한 사실인 바 이제 쿵스홀름스가탄에는 마르틴 베크의 친구가 한 명도 없었다. 쿵스홀름스가탄에도 국가경찰위원회에도 마르틴 베크를 존경하는 사람은 더러 있었고, 그를 싫어하는 사람도 더러 있었으며, 가장 많은 세 번째 부류는 그를 그저 부러워했다.

렌나르트 콜베리가 경찰을 떠난 뒤로는 베스트베리아의 남부 경찰서에도 친구가 없었다. 콜베리의 자리에는 벤뉘 스카케가 지원했고, 마르틴 베크의 추천으로 임명되었다. 마르틴 베크와 스카케는 사이가 퍽 좋았지만, 정말로 따뜻한 사이가 되려면 아직 멀었다. 마르틴 베크는 가끔 멍하니 허공을 보면서 콜베리가 돌아오면 좋겠다고 생각했다. 요즘은 마르틴 베크가 예전과 달리 스스로에게 더 솔직한 편이니 솔직하게 말하자면, 마르틴 베크는 마치 죽은 아이나 떠난 연인을 애도하는 것처럼 콜베리를 애도했다.

마르틴 베크는 뢴의 방에서 잠시 잡담을 나눴다. 하지만 뢴은 무심한 대화 상대인데다가 일이 많았다.

"군발드는 어쩌고 있나 모르겠어." 뢴이 말했다. "나랑 바꾸자면 기꺼이 바꿀 텐데. 투우에 야자나무에 경비 처리되는 저녁 식사라니, 어이구."

뢴은 마르틴 베크에게 죄책감을 안기는 데 전문이었다. 마르틴 베크는 왜 누구보다 격려를 받아 마땅한 뢴에게 그 출장을 제안하지 않았을까?

뢴에게 진실을 말할 수는 없었다. 노상 코를 훌쩍이는데다가 한껏 과대평가해야만 영어를 그럭저럭한다고 말할 수 있는 북부 출신 남자를 경찰 대표로 보낸다는 것은 생각지도 못할 일이었다고, 그러니 자신이 실제로 뢴을 차별한 셈이라고 말할 수는 없었다.

하지만 뢴은 좋은 형사였다.

처음에는 이렇다 할 장점이 없었던 뢴은 지금은 의심할 여지없이 부서 최고의 인재였다.

평소처럼 마르틴 베크는 격려할 말을 찾는 데 실패했다.

그래서 곧 그 방을 나왔다.

그리고 지금 마르틴 베크는 레아와 함께 있었다. 솔직히 이 편이 훨씬 좋았다.

문제는 레아가 슬퍼 보인다는 점이었다.

"이 재판 말이에요." 레아가 말했다. "제기랄, 너무 우울해요! 칼자루를 쥔 사람들은 또 어떻고요. 검사는 광대예요. 게다가 나를 보는 눈길이 꼭 여자를 난생처음 보는 사람 같더라니까요."

"불도저 말이군요." 마르틴 베크가 말했다. "그는 여자를 아주 많이 봤을 테고, 어차피 당신은 그의 타입이 아니에요. 하지만 그는 호기심이 아주 많아요."

"피고인 변호사는 자기 의뢰인의 이름도 모르던걸요. 그 아가씨는 영 희망이 없어요."

"아직 안 끝났어요. 불도저가 거의 늘 이기긴 하지만, 가끔 질 때는 늘 브락센에게 져요. 스베르드 사건 기억해요?"

"기억하다마다요!"

레아가 거친 목소리로 웃었다.

"당신이 처음 우리 집에 온 때잖아요. 밀실이랑 뭐 그런 것 때문에. 거의 이 년 전이네요. 어떻게 잊어요?"

레아는 즐거워 보였다. 그 모습처럼 마르틴 베크를 즐겁게 만드는 것은 또 없었다. 두 사람은 그 사건 이후 대화, 질투, 친근한 말다툼, 무엇보다 좋은 섹스와 신뢰와 우정이 가득한 시간을 보내왔다. 마르틴 베크는 쉰 살이 넘었고, 자신이 인생을 겪을 만큼 다 겪었다고 생각했는데도, 레아와 함께하면서 새로운 경험을 했다.

마르틴 베크는 레아도 이 관계에 대해서 자신과 같게 느끼기를 바랐다.

하지만 확실히 그러리라는 생각은 들지 않았다. 레아는 그보다 육체적으로 더 강하고 생각이 더 자유로웠다. 아마 더 지적일 테고, 적어도 머리 회전이 더 빠른 건 분명했다. 레아에게도 단점은 많았다. 가령 그녀는 자주 골을 내고 예민해지는 편이었다. 하지만 그는 그 점을 사랑했다. 사랑이라니 좀 한심하고 지나치게 낭만적인 표현 같았지만, 그보다 더 나은 표현은 떠오르지 않았다.

그는 그녀를 보았다. 그리고 자신이 더는 질투하지 않는다는 사실을 깨달았다. 그녀는 셔츠 안쪽으로 가슴이 훤히 보였고, 단추도 아무렇게나 채웠으며, 샌들을 벗고 맨발을 탁자 밑에서 비비고 있었다. 가끔 허리를 숙여서 발목을 긁기도 했다. 그래도 그녀는 그녀 자신의 것이지 그의 것이 아니었다. 어쩌면 그녀에게서 가장 좋은 점은 바로 이 사실이었다.

이내 레아의 얼굴이 심란해졌다. 가지런하지 않은 이목구비에 불안과 불쾌감이 어렸다.

"나는 법을 잘 모르지만," 레아가 이렇게 말을 꺼냈는데, 사실은 아니었다. "이 사건은 질 것 같아요. 당신이 뭔가 사태를 뒤집을 만한 증언을 할 순 없어요?"

"어렵겠는데요. 변호인이 내게 뭘 원하는지도 잘 모르겠어요."

"피고인 측 다른 증인들은 쓸모없어 보여요. 은행 지점장, 가정 교사, 순경. 그중 현장에 있었던 사람이라도 있나요?"

"있어요, 크리스티안손. 순찰차를 몰았죠."

"그 사람도 다른 순경처럼 멍청해요?"

"그래요."

"그러면 피고인 측 최종 변론에서 사건을 이길 가망은 없겠군요?"

마르틴 베크는 미소 지었다. 레아가 이렇게까지 몰두하리라는 것을 예상했어야 했다.

"그래요, 그럴 것 같진 않아요. 하지만 당신은 피고인이 이겨야 한다는 것, 레베카가 무죄라는 것은 확신하나 보죠?"

"수사가 쓰레기였다고요. 사건을 경찰에 고스란히 돌려보내야 해요. 제대로 조사된 게 없어요. 나는 그 점만으로도 경찰이 미워요. 조사를 절반도 마치지 않은 사건을 검찰에 넘겨버리잖아요. 그러면 검사는 쓰레기장을 뒤지는 칠면조처럼 으스대고요. 평결을 내리라고 불려온 사람들은 정치적으로든 다른 측면으로든 쓸모없는 이들이라서 거기 앉아 있는 것뿐이고."

레아의 말이 여러모로 옳았다. 정당의 밑바닥에서 긁어모은 배심원들은 검사의 친구일 때가 많았고, 그렇지 않더라도 기본적으로 그들을 멸시하는 판사들의 강한 의지에 속절없이 휘둘리곤 했다.

"이상하게 들리겠지만, 당신은 브락센을 과소평가하고 있어요.” 마르틴 베크가 말했다.

법원으로 돌아가는 짧은 길에 레아가 갑자기 그의 손을 잡았다. 이것은 자주 있는 일이 아니었고, 그녀가 불안하거나 긴장했다는 뜻이었다. 그녀의 손은 그녀의 다른 모든 것처럼 강하고 믿음직했다.

두 사람과 동시에 불도저도 로비에 도착했다. 재판 재개 일분 전이었다.

“바사가탄의 은행 강도 건은 마무리되었어요.” 불도저가 숨가쁘게 주워섬겼다. “하지만 대신 두 건이 새로 터졌는데, 게다가 그중 한 건이…….”

불도저가 문득 크바스트모를 보고 하던 말을 멈췄다.

“당신은 집에 가도 좋습니다.” 불도저가 크바스트모에게 말했다. “아니면 일터에 복귀하든가요. 그러면 내가 개인적으로 고맙게 생각하겠습니다.”

이것이 불도저가 사람을 꾸짖는 방식이었다.

“네?” 크바스트모가 말했다.

“일하러 가라고요. 모두 제자리를 지켜야 하는 시국이니까.” 불도저가 말했다.

“제 증언으로 저 범죄자 계집을 붙잡은 거지요?” 크바스트모가 물었다.

"그래요, 훌륭했습니다." 불도저가 말했다.

크바스트모는 다른 곳에서 범죄자들과의 싸움을 이어가고자 떠났다.

재판이 속개되었다.

브락센이 첫 번째 증인을 불렀다. 은행 지점장 룸포르드 본데손이었다. 형식적 절차가 끝난 뒤, 브락센이 갑자기 불 댕기지 않은 시가로 증인을 겨누면서 신문하듯이 물었다.

"당신은 레베카 린드를 만난 적 있습니까?"

"네."

"언제?"

"약 한 달 전이었습니다. 저 아가씨가 은행 본점으로 찾아왔습니다. 지금과 같은 옷차림이었는데, 그때는 무슨 포대기 같은 걸로 아기를 안고 있었습니다."

"그래서 당신이 만났습니까?"

"네, 마침 여유가 있었습니다. 제가 요즘 젊은이들에게 관심이 있기도 하고요."

"특히 젊은 여성들에게?"

"네, 뭐, 인정합니다."

"본데손 씨, 당신은 몇 살입니까?"

"쉰아홉입니다."

"레베카 린드가 무엇을 요구했습니까?"

"돈을 빌려달라고 했습니다. 기초적 금융 지식조차 없는 아가씨인 게 분명했습니다. 누가 은행이 돈을 빌려준다고 말하는 소리를 듣고서 제일 가깝고 큰 은행으로 와서 책임자를 찾은 겁니다."

"그래서 당신은 뭐라고 대답했습니까?"

"은행은 상업 기관이라서 이자나 담보 없이는 돈을 빌려주지 않는다고 말했습니다. 그러자 저 아가씨는 자기한테 염소 한 마리와 고양이 세 마리가 있다고 대답했습니다."

"왜 돈을 빌리고 싶다고 하던가요?"

"미국에 가야 해서 빌린다고 했습니다. 미국 어딘지는 모르고, 가서 어떻게 해야 할지도 모르지만, 아무튼 주소를 갖고 있다고 했습니다."

"또 뭐라고 말하던가요?"

"제게 상업적이지 않은 은행도 있느냐고 물었습니다. 시민이 주인이라서 보통 사람이 돈이 필요할 때 갈 수 있는 은행이 있느냐고요. 저는 반쯤 농담으로 크레디트방켄 은행이, 요즘은 PK 은행이라고 하지요, 국가 소유였으니까 시민의 소유라고 못 할 것도 없다고 말했습니다. 아가씨는 제 대답에 만족한 듯했습니다."

브락센이 증인에게 다가가서 시가로 그의 가슴을 찌르며 물었다.

"달리 또 나눈 말이 있습니까?"

본데손이 대답하지 않자 재판장이 나섰다.

"본데손 씨, 당신은 선서를 했습니다. 하지만 만약 당신에게 불리한 불법적 사실을 밝혀야 하는 것이라면, 대답하지 않아도 좋습니다."

"네." 본데손은 마지못한 기색이 역력했다. "젊은 아가씨들은 종종 제게 관심을 보입니다. 저도 그렇고요. 그래서 저 아가씨에게 제가 단기적 문제를 해결해주겠다고 제안했습니다."

증인은 법정을 둘러보다가 레아 닐센의 잡아 죽일 듯한 시선과 마주쳤고, 제 문서를 보느라 여념이 없는 불도저 올손의 반짝이는 대머리도 보았다.

"레베카 린드는 뭐라고 대답했습니까?"

"기억나지 않습니다. 결국 아무 일 없었습니다."

브락센은 자기 탁자로 돌아가서 서류를 뒤진 뒤 이렇게 말했다.

"경찰 조사에서, 레베카는 자신이 이렇게 말했다고 진술했습니다. '나는 더럽고 늙은 남자들이 싫어요.' 또 이렇게 말했다고 했습니다. '당신이 역겨워요.'"

브락센이 큰 목소리로 되풀이했다.

"더럽고 늙은 남자들."

브락센은 시가를 든 손으로 손짓하여 질의가 끝났다는 것을 알렸다.

"이 얘기가 사건과 무슨 관계인지 모르겠군요." 불도저는 고개를 들지도 않고 말했다.

증인은 상처받은 분위기로 내려갔다.

다음은 마르틴 베크의 차례였다. 똑같이 형식적인 선서가 진행되었는데, 이번에는 불도저가 더 관심을 보였고 피고인 변호인의 질문을 주의 깊게 들었다.

"어제 말입니다." 절차가 끝난 뒤 브락센이 말했다. "필리프 트로파스트 마우릿손의 항소가 기각되었다는 소식을 들었습니다. 베크 경감, 당신도 기억하겠지만, 마우릿손은 십팔 개월 전에 은행 무장 강도와 관련된 살인죄로 유죄 선고를 받았던 사람입니다. 당시 고발을 진행했던 것이 여기 계시는, 당시 평검사였고 지금은 수석 검사인, 그다지 학식이 높다고는 할 수 없는 스텐 로베르트 올손 씨였습니다. 그리고 제가, 직업상 종종 짊어지곤 하는 도덕적 고뇌와 함께, 마우릿손을 변호하는 보람 없는 일을 맡았습니다. 마우릿손은 분명 우리가 세간에서 말하는 '범죄자'였습니다. 내가 당신에게 물을 질문은 하나뿐입니다. 베크 경감, 당신은 마우릿손이 문제의 은행 강도 및 살인에 대해 유죄라고 생각하고, 또한 여기 계시는 올손 검사의 수사가 경찰의 관점에서 만족스러웠다고 생각합니까?"

"아닙니다." 마르틴 베크가 대답했다.

불도저의 뺨이 삽시간에 셔츠 색과 비슷한 분홍색으로 물들자, 금색 인어와 훌라 댄서가 그려진 흉측한 넥타이가 더 도드라져 보였다. 그래도 불도저는 태연히 미소 지으며 말했다.

"저도 질문 하나 하겠습니다. 베크 경감, 당신은 그 은행 살인 때 수사에 조금이라도 참여했습니까?"*

"아닙니다." 마르틴 베크가 대답했다.

불도저는 눈앞에서 짝 두 손을 맞부딪고 흡족한 듯이 묵례했다.

마르틴 베크는 증인석을 내려와서 레아 옆에 앉았다. 그가 그녀의 금발 머리카락을 헝클어뜨리자 그녀가 흘겨보았다.

"겨우 이것뿐일 줄은 몰랐어요." 레아가 말했다.

"난 더 할 말이 없어요." 마르틴 베크가 말했다.

두 사람을 바라보는 불도저 올손의 눈이 호기심으로 거의 미칠 지경이었다. 하지만 브락센은 상황을 의식조차 못하는 듯했

* '마르틴 베크' 시리즈 8권 『잠긴 방』의 사건을 말한다.

다. 브락센은 불도저 뒤편의 창가로 절뚝절뚝 걸어가서 창문에 낀 먼지에 '바보'라고 썼다.

그러고는 말했다.

"다음 증인으로 칼 크리스티안손 순경을 요청합니다."

크리스티안손이 불려 들어왔다. 소심한 남자인 그는 경찰 내부에도 계급이 있으며 그중 윗사람들은 아랫사람들을 딱히 착취하려는 것이 아니라 그냥 그들의 삶을 지옥으로 만들고 싶어서 그따위로 행동하는 것이라는 결론을 최근에 내린 터였다.

브락센이 한참 후에야 뒤로 돌아서서 법정 안을 오락가락하기 시작했다. 불도저도 똑같이 했다. 하지만 속도가 달라서, 두 사람은 흡사 이상한 임무를 받은 두 보초처럼 보였다. 이윽고 브락센이 땅이 꺼져라 한숨 쉬면서 질의를 개시했다.

"내가 알기로, 당신은 순경 생활을 십오 년 해왔지요."

"네."

"상사들은 당신을 게으르고 멍청한 사람이라고 생각하더군요. 그래도 스톡홀름 경찰의 다른 경찰관들 못지않은 정도로는 정직하고 직무에 적합하다고요. 그들 못지않게 부적합한 건지도 모르겠지만."

"이의 있습니다! 이의 있습니다!" 불도저가 외쳤다. "변호인은 증인을 모욕하고 있습니다."

"내가요?" 브락센이 말했다. "만일 내가 검사를 가리켜서 이 나라 최고로, 아니 세계 최고로 웃기고 유창한 말을 잘도 떠벌리는 체펠린비행선 같다고 말한다면, 그건 모욕이 아니지 않습니까? 자, 검사에 대해서 이야기하자는 건 아니고요. 증인에 대해서라면, 나는 그가 우리 도시의 다른 경찰관들과 어깨를 나란히 할 정도로 유능하고 지적이고 경험 있는 경찰관이라고 적시한 것뿐입니다. 증인의 훌륭한 자질과 뛰어난 판단력을 강조하려고 한 것뿐입니다."

레아 닐센이 크게 웃었다. 마르틴 베크가 자신의 오른손을 레아의 왼손에 얹었다. 레아가 더 크게 웃었다. 재판장이 방청인은 정숙을 지키라고 말한 뒤, 두 변호인을 짜증스레 보았다. 불도저는 레아를 뚫어지게 쳐다보느라고 하마터면 질의 시작을 놓칠 뻔했다.

반면 브락센은 아무 반응을 보이지 않고, 증인에게 묻기 시작했다.

"먼저 은행에 들어간 게 당신이었습니까?"

"아닙니다."

"이 아가씨, 레베카 올손을 붙잡은 게 당신이었습니까?"

"아닙니다."

"레베카 린드죠, 참." 브락센이 조금 킬킬거렸다.

"아닙니다."

"그러면 당신은 뭘 했습니까?"

"다른 사람을 붙잡았습니다."

"강도 현장에 사람이 두 명 있었다는 말입니까?"

"네."

"그 사람을 왜 붙잡았죠?"

크리스티안손은 잠시 생각한 후에 대답했다.

"바닥에 떨어지면 안 되니까요."

"그 사람은 몇 살이었습니까?"

"사 개월쯤 된 아기였습니다."

"그러니까 레베카 린드를 붙잡은 건 크바스트모였군요?"

"네."

"그 과정에서 크바스트모가 폭력이나 지나친 완력을 썼다고 말할 수 있습니까?"

"변호인이 무슨 이야기를 하려는지 모르겠군요." 불도저가 빈정거리듯이 말했다.

"내 말은, 우리가 아까 만났던 크바스트모가……."

브락센이 한참 서류를 뒤적거렸다.

"여기 있군요. 크바스트모는 몸무게가 백 킬로그램이 넘습니다. 그는 또 가라테와 레슬링을 잘한답니다. 상사들은 그를 열

성적이고 의욕 넘치는 친구로 평가하더군요. 하지만 노르만 한손 경위에 따르면, 크바스트모는 종종 열성이 지나치다고 합니다. 그에게 잡혀온 사람들이 그에게 맞았다고 말할 때가 많다고 합니다. 켄네트 크바스트모는 또 다양한 징계를 받은 전력이 있고, 의사 표현 능력이 상당히 부족하다고 합니다."

브락센이 서류를 내려놓고 말했다.

"증인은 크바스트모가 폭력을 썼는가 하는 질문에 대답하세요."

"네." 크리스티안손이 말했다. "썼다고 할 수 있습니다."

크리스티안손은 임무에 관해서는 거짓말하면 안 된다는 것을 그간의 경험으로 배웠다. 최소한 너무 심하게, 너무 자주 하면 안 되었다. 그리고 그는 크바스트모가 싫었다.

"그래서 당신은 아기를 맡았습니까?"

"네, 그럴 수밖에 없었습니다. 여자가 포대기 같은 걸로 아기를 안고 있었는데, 크바스트모가 여자에게서 칼을 빼앗을 때 아기가 땅에 떨어질 뻔했거든요."

"그때 레베카가 저항했습니까?"

"아니요. 내가 아기를 안으니까, '떨어뜨리지 않게 조심해요'라고만 말했습니다."

"충분히 설명된 것 같군요." 브락센이 말했다. "폭력이 더 쓰였을지도 모르는 상황에 대해서는 나중에 다시 질문하겠습니다. 지금은 다른 것을 묻겠습니다."

"네."

"은행 돈을 보호하는 일을 맡은 특별수사반에서 현장에 아무도 나오지 않았기 때문에." 브락센이 이렇게 말하고 잠시 검사를 도도하게 쏘아보았다.

"우리는 밤낮없이 일합니다." 불도저가 말했다. "이건 중요하지 않은 사건이라고 봤습니다. 이런 사건이 한둘인 줄 압니까."

"그렇다는 것은 곧 현장에 나간 경찰관이 초동 조사를 해야 했다는 뜻이지요." 브락센이 말했다. "누가 출납원과 이야기 나눴습니까?"

"제가요." 크리스티안손이 대답했다.

"출납원은 뭐라고 말했습니까?"

"여자가 포대기에 아기를 안고 와서 카운터에 숄더백을 올려놓았다고 말했습니다. 출납원은 여자가 칼을 가진 걸 봤고, 그래서 가방에 돈을 넣었다고 말했습니다."

"레베카가 칼을 꺼내 들었습니까?"

"아니요. 벨트에 꽂고 있었습니다. 등 쪽에."

"그런데 어떻게 출납원이 칼을 봤습니까?"

"모르겠습니다. 아, 물론 여자가 돌아선 뒤에 봤겠죠. 그래서 출납원이 '칼, 칼, 칼을 갖고 있어요!'라고 소리쳤습니다."

"칼집 있는 칼이나 단도였습니까?"

"아니요, 그냥 보통 부엌칼처럼 생긴 것이었습니다. 집에서 쓰는 칼이요."

"레베카는 출납원에게 뭐라고 말했습니까?"

"별말 안 했습니다. 그러니까, 그때는 아무 말 안 했습니다. 나중에서야 웃으면서 '돈 빌리기가 이렇게 쉬울 줄 몰랐어요'라고 말했습니다. '영수증 같은 걸 써야 할 것 같은데요'라고도 말했습니다."

"돈이 바닥에 온통 흩어졌던 것 같은데요." 브락센이 말했다. "어쩌다 그렇게 됐습니까?"

"그게, 크바스트모가 여자를 붙잡고서 증원이 오기를 기다리고 있었습니다. 그런데 출납원이 없어진 게 있나 하고 돈을 세기 시작했습니다. 그래서 켄네트가 '멈춰, 그건 불법이다' 하고 외쳤습니다."

"그래서?"

"그리고 '칼레, 장물에 아무도 손대지 못하게 막아' 하고 말했습니다. 저는 아기를 안고 있었기 때문에 가방끈을 한쪽만 잡았는데, 그러다가 그만 가방을 엎었습니다. 지폐가 모두 소액권이어서 사방에 흩어졌습니다. 어, 그다음에 순찰차가 한 대 더

왔습니다. 우리는 아기를 그 친구들에게 넘기고, 범인과 함께 쿵스홀멘 경찰서로 갔습니다. 제가 운전하고, 켄네트가 뒷좌석에 여자와 함께 탔습니다."

"뒷좌석에서 문제가 있었습니까?"

"네, 약간. 여자가 아기를 어쨌는지 알려달라고 울면서 말했습니다. 여자가 점점 더 크게 우니까, 크바스트모가 수갑을 채우려고 했습니다."

"당신은 아무 말 안 했습니까?"

"했습니다. 수갑을 채울 필요는 없을 것 같다고 말했습니다. 크바스트모가 여자보다 덩치가 두 배인데다가 여자가 저항하지 않았으니까요."

"당신은 차에서 또 뭐라고 말했습니까?"

크리스티안손은 몇 분간 묵묵부답했다. 브락센도 묵묵히 기다렸다.

정복 바지를 내려다보던 크리스티안손이 죄지은 사람처럼 고개를 들며 입을 열었다.

"'때리지 마, 크바스트모'라고 말했습니다."

나머지는 간단했다. 브락센이 일어나서 크리스티안손에게 갔다.

"켄네트 크바스트모가 사람들을 잡아들일 때 자주 때립니까?"

"그런 적이 있습니다."

"당신은 크바스트모의 견장과 단추가 떨어질락 말락 하는 걸 봤습니까?"

"네, 그 친구가 먼저 알려줬습니다. 자기 마누라가 자기를 잘 챙기지 않는다면서."

"언제 그랬습니까?"

"그 전날이었습니다."

"검사 측 증인이 그랬단 말이죠." 브락센이 부드럽게 말했다.

불도저는 크리스티안손과 시선이 마주치자 그를 노려보았다. 멍청한 경찰관 때문에 망친 사건이 그동안 얼마나 많았던가? 하지만 그 덕분에 건진 사건도 얼마나 많았던가?

"질문 없습니다." 불도저는 가볍게 말했다.

그러고는 지나가는 말인 양 덧붙였다.

"검찰은 경찰관 폭행 죄목을 제외하겠습니다."

이번에는 브락센이 휴정을 요청했다. 브락센은 시가에 불을 붙이고 화장실을 오래 다녀온 뒤, 레아 닐센 앞에 서서 대화를 나눴다.

"당신은 대체 어떤 여자들하고 어울리는 겁니까?" 불도저 올손이 마르틴 베크에게 물었다. "저 여자는 처음에는 재판 중에 웃어젖히더니 이제는 불청객하고 이야기를 나누는군요. 불청객의 입냄새가 오십 미터 밖의 오랑우탄을 기절시킬 정도라는 건 모두가 아는 사실인데요."

"좋은 여자들하고 어울리죠." 마르틴 베크가 대답했다. "저 여성이 훌륭하다고 말하는 게 맞겠군요."

"아, 재혼했습니까? 나도 마찬가집니다. 인생에 좀 활기가 돌죠."

레아가 그들에게 다가왔다.

"레아." 마르틴 베크가 말했다. "이분은 수석 검사인 올손 씨."

"그러시군요."

"다들 이분을 불도저라고 불러요." 마르틴 베크는 이어 올손에게 말했다. "이 사건은 그쪽에게 불리할 것 같군요."

"네, 절반은 이미 무너졌고요." 불도저가 말했다. "하지만 나머지는 고수할 겁니다. 위스키 한 병 걸겠습니까?"

그때 속개를 알리는 소리가 들려서, 불도저 올손은 쏜살같이 법정으로 돌아갔다.

피고인 측은 다음 증인으로 오십 줄의 가무잡잡한 여성인 헤뒤마리에 비렌을 불렀다.

브락센은 서류를 뒤적이다가 겨우 찾던 것을 발견하고 질의를 시작했다.

"레베카는 학교 성적이 좋지 않았군요. 고등학교에 진학하기에는 너무 나쁜 성적으로 중등학교까지만 마쳤습니다. 그런데 모든 과목을 다 못했습니까?"

"제 과목은 잘했습니다." 증인이 말했다. "제가 가르친 학생 중 최고였어요. 레베카는 자신만의 아이디어를 많이 갖고 있었습니다. 특히 채소와 자연 식품에 관해서요. 오늘날 사람들의 식생활에 문제가 많다는 것, 슈퍼마켓에서 파는 식품이 어떤 식으로든 대부분 오염되어 있다는 걸 알았죠. 레베카는 어린 나이부터 건강한 생활 방식의 중요성을 깨우쳤습니다. 채소를 직접 길렀고, 자연에서 얻을 수 있는 걸 언제든 거둬들였습니다. 텃밭용 칼을 벨트에 꽂고 다닌 게 그 때문이지요. 저는 레베카와 이야기를 많이 나눴답니다."

"유기농 순무에 대해서요?" 브락센이 말끝에 하품을 했다.

"물론 그런 이야기도 했고요. 제가 말하고 싶은 건, 레베카가 착실한 아이라는 겁니다. 학교에서 배운 지식은 변변찮았을지 몰라도, 그 애 입장에서는 의도적인 결정이었어요. 레베카는 쓸데없는 지식을 머릿속에 넣고 싶어 하지 않았어요. 어떻게 자연 파괴를 막을 것인가 하는 문제에만 관심이 있으니까요. 레베카는 정치에도 관심이 없어요. 이 사회는 이해할 수 없는 곳이라고, 지도자들은 범죄자 아니면 미치광이라고 생각할 뿐이죠."

"이상입니다."

이제 브락센은 따분한 표정이었다. 집에 가고 싶어 죽겠다는 표정이었다.

“저는 그 칼에 흥미가 있습니다.” 불도저가 폴짝 일어서면서 말했다.

불도저는 재판장 앞 탁자로 걸어가서 칼을 집었다.

“평범한 텃밭용 칼이죠.” 헤뒤마리에 비렌이 말했다. “레베카가 늘 지니고 다니던 거예요. 보다시피 손잡이가 닳았고, 오래 쓴 흔적이 있지요.”

“그래도 이건 위험한 무기입니다.” 불도저가 말했다.

“저는 전혀 동의하지 않아요. 저라면 그 칼로는 참새 한 마리 죽일 엄두를 못 낼 겁니다. 그리고 레베카는 늘 폭력에 반대하는 아이였어요. 사람들이 왜 폭력을 쓰는지 이해하지 못하는데다가, 레베카 자신은 남의 뺨을 때리는 것조차 상상도 하지 않을 겁니다.”

“그래도 저는 이것이 위험한 무기라고 생각합니다.” 불도저가 텃밭용 칼을 휘두르면서 말했다.

하지만 불도저도 자기 말을 확신하지는 못하는 것 같았다. 증인에게 미소를 보이고는 있었지만, 증인의 다음 말을 그 특유의 호인 같은 태도로 받아넘기기 위해서는 갖은 인내를 짜내야 했다.

"그건 당신이 사악하거나 정말로 멍청하다는 뜻이죠." 증인이 말했다. "담배 피우시나요? 술은 하세요?"

"더 질문 없습니다." 불도저가 말했다.

"질의는 끝났습니다." 재판장이 말했다. "피고인 성격 감정서 낭독과 최종 변론 전에 더 질문하고 싶은 분 있습니까?"

브락센이 입을 쩝쩝 다시고 절뚝거리면서 재판장에게 다가갔다.

"성격 감정서는 판에 박은 글일 뿐입니다. 작성자가 오십 크로나쯤 벌려고 대충 쓴 글일 뿐이죠. 그 대신 저는 다른 분들도 책임감 있게 동참해주길 바라면서 레베카 린드 본인에게 직접 질문을 몇 개 하고자 합니다."

브락센이 처음으로 피고인을 마주보고 물었다.

"현 스웨덴 왕의 이름이 뭐죠?"

불도저조차 이 질문에 놀란 듯했다.

"몰라요." 레베카 린드가 대답했다. "알아야 하나요?"

"아니요." 브락센이 말했다. "알아야 하는 건 아닙니다. 그러면 총리의 이름은 아나요?"

"아니요. 그게 누구예요?"

"정부 우두머리로서 이 나라를 이끄는 정치인입니다."

"그렇다면 그는 나쁜 사람이에요." 레베카 린드가 말했다.

"스웨덴이 스코네의 바르세베크에 원자력 발전소를 지었다는 걸 알아요. 코펜하겐에서 겨우 이십오 킬로미터 떨어진 곳인데도요. 환경 파괴는 정부 책임이라고 사람들이 말했어요."

"레베카." 불도저 올손이 친근하게 말을 걸었다. "총리 이름도 모르면서 어떻게 원자력 발전소 같은 걸 알지요?"

"내 친구들은 그런 이야기를 많이 해요. 하지만 다들 정치에는 관심 없어요."

브락센은 장내의 모든 이들이 이 대화를 음미하도록 살짝 뜸을 들이다가 이어 물었다.

"아까 그 은행 지점장, 안타깝게도 내가 이름은 잊었는데요, 영영 잊을 작정이지만, 그를 만나기 전에 당신은 은행에 들어가 본 적이 있나요?"

"아니요, 없어요."

"왜 없죠?"

"왜 가겠어요? 은행은 부자들이 가는 데예요. 나랑 친구들은 그런 데는 가지 않아요."

"그런데도 이번에는 갔지요. 왜 갔죠?"

"돈이 필요했어요. 한 친구가 은행에 가면 돈을 빌릴 수 있다고 알려줬어요. 그리고 그 끔찍한 지점장이 시민들이 소유한 은행이 있다고 말해줬어요. 그래서 거기 가면 돈을 얻을 수 있겠다고 생각했어요."

"그래서 PK 은행에 갔군요. 정말로 거기서 돈을 빌릴 수 있을 거라고 생각했나요?"

"네. 하지만 너무 쉬워서 놀랐어요. 얼마가 필요하다고 말하지도 않았는데 주더라고요."

변호인의 논지를 알아차린 불도저가 성급히 끼어들었다.

"레베카." 불도저가 얼굴 가득 미소 지으며 말했다. "내가 이해되지 않는 점이 몇 가지 있습니다. 오늘날의 매스미디어 사회에서, 어떻게 사람이 사회에 관한 가장 기초적인 사실도 모르고 살 수 있지요?"

"당신의 사회는 내 사회가 아니에요." 레베카 린드가 말했다.

"틀렸어요, 레베카." 불도저가 말했다. "우리는 이 나라에 함께 살고 있고, 좋든 나쁘든 모든 것을 함께 책임지고 있습니다. 아무튼 내가 궁금한 건, 어떻게 사람이 라디오를 듣지도, 텔레비전을 보지도 않고, 신문에 적힌 내용도 전혀 모르고 살 수 있나 하는 겁니다."

"나는 라디오도 텔레비전도 없어요. 신문에서는 별자리 운세만 읽어요."

"하지만 구 년 동안 학교에 다녔지요?"

"학교는 쓸데없는 것만 잔뜩 가르쳤어요. 나는 듣지 않았고요."

"하지만 돈은, 돈은 누구나 관심 있는 문제 아닌가요."

"나는 아니에요."

"생활비는 어떻게 구했습니까?"

"복지 수당으로요. 하지만 나는 돈이 거의 필요 없었어요. 지금까지는."

이어서 재판장이 피고인의 성격 감정서를 읽었다. 브락센의 예상과는 달리, 흥미로운 내용이 전혀 없지는 않은 감정서였다.

레베카 린드는 1956년 1월 3일에 중하층 가정에서 태어나서 자랐다. 아버지는 작은 건축 회사의 사무원이었다. 가정환경은 좋은 편이었다. 하지만 레베카는 어려서부터 부모에게 반항했고, 열여섯 살에 반항기가 절정에 이르렀다. 학교 공부에는 통 관심이 없었기에, 9학년을 끝으로 그만두었다. 교사들은 그녀가 걱정스러울 정도로 무지하다고 여겼다. 그녀는 머리가 나쁘진 않았지만 태도가 특이했고 현실과 괴리되어 있었다. 일을 구하지 못하는 것에도 그다지 신경 쓰지 않았다.

더는 가족과 함께 살기가 어려워지자, 그녀는 열여섯 살에 집을 나갔다. 그녀의 아버지는 면담자에게 그것이 모두에게 좋은 결정이었다고 말했다. 자기 부부에게는 그녀보다 덜 실망스러운 자식들이 있기 때문이라고 했다. 처음에 그녀는 지인으로부터 영구 임대한 셈인 시골 오두막에서 살았다. 나중에 스톡홀름 남부의 허름한 동네에서 방 하나짜리 집을 구한 뒤에도 그 오두막은 계속 돌보았다. 그러다 1973년 초에 나토 군대*에서 탈영한 미국인 짐 코스그레이브를 만났고, 그와 함께 살기 시작했다.

그녀는 곧 임신했다. 스스로 바란 일이었다. 1974년 1월에 딸 카밀라가 태어났다. 코스그레이브는 일하고 싶어 했지만, 장발 외국인이라 일을 구할 수 없었다. 그가 스웨덴에 머무는 동안 유일하게 한 일은 어느 여름에 이 주간 핀란드를 오가는 페리에서 그릇을 닦은 것뿐이었다. 게다가 그는 미국에 돌아가고 싶어 했다. 미국에서는 일한 경력이 있었으니, 일단 고향에 돌아가면 자신과 가족을 수월하게 돌볼 수 있으리라 여겼다. 2월 초에 코스그레이브는 미국 대사관과 접촉하여, 몇 가지 약속만 해준다면 자진 귀국하겠노라 밝혔다. 대사관은 탈영에 대한 처벌은 요식에 불과할 것이라고 약속하면서 그를 귀국시키려고 했다. 그는 2월 12일에 미국으로 갔다. 레베카는 남자 친구의 부모가 돈을 융통해준다면 자신도 3월에 뒤따라갈 수 있으리라 생각했지만, 한 달이 흐르고 두 달이 흘러도 코스그레이브로부

---

* 나토(북대서양조약기구)의 군사 작전을 맡는 유럽연합군의 일부로, 1952년부터 현재까지 유럽에 주둔하고 있는 미국유럽사령부 군대를 뜻한다. 1970년대에는 약 25만여 명의 미군이 유럽에 주둔해 있었다.

터 연락이 오지 않았다. 그녀는 복지국을 찾아갔다. 하지만 코스그레이브가 외국인이어서 자신들이 해줄 수 있는 일이 없다는 답만 들었다. 그녀가 직접 미국에 건너가서 상황을 확인해야겠다고 결심한 게 그때였다. 그래서 그녀는 돈을 구하고자 은행을 찾았고, 결과는 모두가 아는 바였다.

성격 감정서의 의견은 대체로 긍정적이었다. 레베카가 훌륭한 어머니라는 점, 나쁜 일에 손대거나 범죄 성향을 보인 적이 한 번도 없다는 점이 좋게 평가되었다. 그녀는 타락과 거리가 멀고 정직한 사람이지만, 세계관이 비현실적이고 너무 어리숙한 듯하다고 했다. 코스그레이브에 대한 간략 평가도 있었다. 그를 아는 사람들에 따르면, 그는 목적의식이 뚜렷한 젊은이로서 진심으로 미국에서 자신과 가족이 잘 살 수 있다고 믿었으며 결코 책임을 회피하고자 떠난 게 아니라고 했다.

불도저 올손이 최종 진술을 하려고 일어났다.

레아는 반쯤 감은 눈으로 그를 관찰했다. 형편없는 복장을 제외하고 본다면, 그는 엄청난 자신감과 자기 일에 대한 강렬한 열정을 뿜어내는 남자였다.

불도저는 브락센의 논지를 꿰뚫어 보았지만, 거기에 흔들리지 않을 작정이었다. 그는 앞서의 주장을 견지하면서 간명하게 의견을 표명했다. 그는 가슴을, 정확하게 말하자면 주로 배를 한껏 부풀린 채 더러운 갈색 구두를 내려다보면서 매끄럽게 입을 열었다.

"저는 이미 증명된 사실을 재차 지적하는 것으로 진술을 마치고자 합니다. 레베카 린드는 현금을 담을 넉넉한 가방을 메고 칼로 무장한 채 PK 은행에 들어갔습니다. 단순한 은행 강도 사건을 무수히 처리해온 제 오랜 경험에 따르면, 이런 사건이 작년 한 해에만 수백 건 벌어졌습니다. 피고인이 비록 경험 부족으로 즉석에서 붙잡히기는 했어도, 그의 행동은 여느 범인들의 행동 패턴과 일치합니다. 개인적으로 저도 피고인을 안타깝게 여깁니다. 이토록 젊은 나이에 나쁜 생각에 현혹되어 중범죄를 저지르다니요. 그래도 저는 법을 존중하는 자로서, 피고인의 무조건적 수감을 요구하지 않을 수 없습니다. 법정에 제출된 증거는 반박 불가능합니다. 어떤 논리로도 그것을 무효화할 수 없습니다."

불도저는 넥타이를 만지작거리면서 마지막으로 말했다.

"이에 본 검사는 법정의 처분을 바라며 진술을 마칩니다."

"피고인 측은 최종 진술할 준비가 되었습니까?" 재판장이 물었다.

브락센은 전혀 준비되지 않은 듯 보였다. 그는 뒤죽박죽된 서류를 들쑤시고, 불붙이지 않은 시가를 한참 바라보다가, 그것을 주머니에 넣었다. 그러고는 법정을 둘러보며, 모두 처음 보는 사람들인 것처럼 한 명 한 명 호기심 어린 눈으로 응시했다.

이윽고 그가 일어나서 절뚝거리는 걸음으로 재판장 앞을 오락가락하기 시작했다.

그가 입을 열었다.

"앞에서도 말했듯이, 피고인 벤치, 아니 의자에 앉은 이 젊은 여성은 무고합니다. 따라서 구태여 제가 그를 변론할 필요도 없습니다만, 그래도 몇 마디 하겠습니다."

모두가 브락센의 "몇 마디"는 얼마나 길까 하는 생각에 불안해졌다.

브락센은 재킷 단추를 끄르고, 꺼억 트림한 뒤, 배를 쑥 내밀고 말을 이었다.

"검사가 방금 지적했듯이, 이 나라에서는 은행 강도 사건이 많이 발생합니다. 그런 사건은 널리 보도되고, 게다가 경찰이 종종 눈부신 저지 시도를 보여주는 덕분에, 여기 계시는 검사는 유명 인사가 되었고 대중은 히스테리를 겪게 되었습니다."

브락센이 잠시 바닥을 보며 집중하려고 애쓰는 듯하더니 이내 말을 이었다.

"레베카 린드는 사회로부터 별다른 도움도 즐거움도 얻지 못하고 살아왔습니다. 학교, 부모, 기성세대는 그녀에게 아무런 지원도 격려도 주지 않았습니다. 그녀가 현 사회체제에 관여하기를 거부한 것은 그녀를 탓할 일이 아닙니다. 오늘날의 많은 젊은이와는 달리 그녀가 일하고 싶어 했을 때, 돌아온 대답은 일자리가 없다는 말뿐이었습니다. 저는 왜 젊은 세대가 할 일이 없는가에 대해서도 논하고 싶은 마음이 굴뚝같지만, 그것은 참겠습니다.

좌우간, 어려운 처지에 놓인 그녀는 은행에 기대고자 했습니다. 그녀는 은행이 어떻게 돌아가는지 전혀 몰랐기에, PK 은행은 덜 자본주의적이다, 혹은 시민 소유 은행이다, 하는 잘못된 결론을 내렸습니다. 출납원은 레베카를 보자마자 그녀가 은행을 털러 왔다고 생각했습니다. 한편으로는 이런 사람이 왜 은행에 왔는지 이해하지 못해서였고, 다른 한편으로는 최근 들어 은행원들에게 수시로 시달되는 지시에 신경이 곤두선 탓이었습니다. 출납원은 대뜸 경보를 울리고, 레베카가 카운터에 내려놓은 가방에 돈을 담기 시작합니다. 그리고 어떻게 되었지요? 네, 여기 계신 검사가 부리는 유명 형사들은 이런 시시한 사건에 시간을 낼 수 없으시기 때문에, 대신 순찰중이던 순경 두 명이 왔습니다. 한 순경은 본인의 말마따나 표범처럼 레베카를 덮쳤고, 다른 순경은 지폐를 바닥에 엎질렀습니다. 그 순경은 또 출납원에게 사정을 청취합니다. 그 대화에 따르면, 레베카는 은행 직원을 협박하지 않았고 돈을 요구하지도 않았습니다. 이 소동은 그저 오해에서 비롯된 일이었던 것입니다. 레베카가 순진하게 행동하기는 했습니다만, 여러분도 알다시피 그것은 범죄가 아닙니다."

브락센이 절뚝절뚝 제자리로 돌아가서 서류를 뒤적이면서 재판장과 배심원들에게 등을 돌린 채로 말했다.

"저는 레베카 린드를 방면하고, 그녀에게 제기된 고소를 무효화할 것을 요청합니다. 달리 타협할 여지는 없습니다. 상식 있는 사람이라면 누구나 그녀가 무죄라는 것, 다른 평결은 있을 수 없다는 것을 알 테니까 말입니다."

심의는 오래 걸리지 않았다. 삼십 분도 지나지 않아 결과가 나왔다.

레베카 린드는 무죄로 즉시 방면되었다. 다만 고소가 무효화되지는 않아서, 검찰이 항소하려면 할 수 있었다. 배심원 중 다섯 명은 방면에 투표했고, 두 명은 반대했다. 재판장은 배심원단에게 유죄를 권고했다고 했다.

법정을 떠나는 길에 불도저 올손이 마르틴 베크에게 와서 말했다.

"봤죠? 당신이 조금만 눈치가 빨랐다면 위스키를 땄을 텐데요."

"항소할 겁니까?"

"아니요. 내가 항소심에서 불청객이랑 종일 시시껄렁한 입씨름을 할 만큼 한가한 줄 압니까? 이딴 사건으로?"

불도저는 서둘러 떠났다.

브락센이 어느 때보다 심하게 절뚝거리며 다가왔다.

"와줘서 고맙습니다." 브락센이 말했다. "이런 일에 와줄 사람은 많지 않을 겁니다."

"당신의 생각을 알 것 같았습니다." 마르틴 베크가 말했다.

"그게 문제죠." 브락센이 말했다. "남의 생각을 이해하는 사람은 많지만, 그걸 지지하고 나서는 사람은 거의 없다는 것."

브락센이 시가 끝을 물어뜯으면서 곰곰이 레아를 보았다.

"휴식 시간에 이분…… 음…… 이분과 유익하고 흥미로운 대화를 나눴지요."

"닐센입니다." 마르틴 베크가 말했다. "레아 닐센."

"고맙습니다." 브락센이 제법 다정하게 말했다. "내가 이름을 잘 못 외우는 편이라 지는 게 아닌가 싶을 때도 있답니다. 아무튼, 닐손 부인은 법조계로 와야 합니다. 부인은 십 분 만에 사건을 분석하고 요약해내더군요. 저 검사라면 몇 달이 걸렸을 텐데 말입니다. 그러고도 제대로 해냈을지 모르겠지만."

"만약 불도저가 항소한다면, 고등법원에서 지지는 않을 텐데요." 마르틴 베크가 말했다.

"글쎄요." 브락센이 말했다. "상대의 심리도 고려해야 하는 법이지요. 불도저는 일단 지면 항소하지 않습니다."

"왜요?" 레아가 물었다.

"눈코 뜰 새 없이 바쁜 인물이라는 이미지를 잃고 싶지 않기 때문이지요. 그리고 만약 모든 검사가 불도저만큼 승소율이 높다면, 이 나라의 인구 절반은 감옥에 들어가 있을 겁니다."

레아가 찌푸렸다.

"다시 한번 고맙습니다." 브락센은 이렇게 말하고 절뚝절뚝 걸어갔다.

마르틴 베크는 곰곰이 브락센을 보다가 레아에게 물었다.

"어디로 갈까요?"

"집."

"당신 집, 우리 집?"

"당신 집. 간 지 오래되었잖아요."

그 오래란 정확히 나흘이었다.

4.

마르틴 베크는 감라스탄의 셰프만가탄 거리에 살았다. 스톡홀름 중심에서도 가장 중심이라고 할 만한 위치였다. 잘 관리된 건물에는 엘리베이터도 있었다. 살셰바덴이나 유르스홀름에 널따란 정원과 수영장이 딸린 대저택을 짓고 사는 이들 중에서도 소수의 고집불통이 아니고서는 누구나 이상적인 아파트라고 생각할 만한 집이었다. 이 집을 발견한 것은 마르틴 베크에게 행운이었다. 더 놀라운 것은 마르틴 베크가 속임수나 뇌물이나 부패 행위로, 달리 말해 경찰관들이 보통 특권을 획득하는 방식으로 이 집을 얻은 게 아니라는 점이었다. 그는 이 행운에 힘입어 십팔 년간의 불행한 결혼 생활을 끝낼 용기도 낼 수 있었다.

그다음에 운이 바닥났다. 그로부터 일 년 뒤에 그는 어느 지붕 위에서 미친 남자가 쏜 총에 가슴을 맞았다. 가까스로 퇴원했을 때는 정말이지 한데 버려진 느낌이었다. 일은 지루했고, 바닥에 카펫이 깔리고 벽에 기성 화가의 작품 원본이 걸린 사무실에서 회전의자에 앉아 여생을 보내게 되리라는 전망은 끔찍했다.

지금은 그럴 위험이 거의 없었다. 경찰 윗선은 그가 정신이 나간 건 아닐지언정 상부에서 함께 일하기에는 불가능한 상태라고 판단한 모양이었다.

그래서 마르틴 베크는 국가범죄수사국 살인수사과 책임자로 남았고, 구식이지만 뛰어나게 효율적인 이 조직이 폐지되는 날까지는 그 자리에 머물 것이었다.

역설적이게도 살인수사과는 바로 그 효율성으로 말미암아 비판받았다. 어떤 사람들은 살인수사과의 탁월한 사건 해결률은 비교적 적은 사건에 과도하게 뛰어난 인력이 배치되었기 때문이라고 말했다.

마르틴 베크를 개인적으로 싫어하는 사람도 윗선에 몇 있었다. 그중 한 명은 심지어 마르틴 베크가 여러 부당한 방법으로 렌나르트 콜베리를 설득해서, 전국 최고의 경찰관 중 하나였던 콜베리가 경찰을 그만두고 군사박물관에서 권총 분류 따위나 맡도록 만들고 그의 가엾은 아내가 밥벌이하도록 만들었다는 소문을 퍼뜨렸다.

마르틴 베크는 진심으로 화내는 일이 거의 없는 사람이지만, 이 험담을 들었을 때는 문제의 인간을 찾아가서 얼굴에 한 방 먹일 뻔했다.

사실 콜베리의 사직은 모두에게 이득이었다. 콜베리는 성미에 맞지 않는 일에서 벗어났을 뿐 아니라 가족과 더 많은 시간을 보낼 수 있게 되었고, 그의 아내와 아이들은 그를 더 자주 보는 편을 훨씬 더 좋아했다. 또 다른 수혜자는 콜베리의 자리로 옮겨옴으로써 인생 목표인 국가경찰청장에 도달하기 위한 점수를 더 많이 딸 수 있게 된 벤뉘 스카케였다. 국가경찰위원회의 일부 위원들에게도 이득이었다. 그들은 콜베리가 좋은 경찰관이라는 사실은 마지못해 인정하면서도 콜베리가 "골칫덩이"이고 "곧잘 문제를 일으킨다"는 사실은 통 극복하지 못했었다.

종합적으로 따지자면, 콜베리를 아쉬워하는 사람은 결국 한 명뿐이었다. 그것이 마르틴 베크였다.

약 이 년 전에 퇴원했을 때, 마르틴 베크는 좀더 개인적인 문제도 겪고 있었다.

그때 마르틴 베크는 전에 없는 방식으로 외로웠고, 자신이 고립된 듯 느꼈다. 동료들이 그에게 작업 치료 겸 떠안긴 사건은 탐정소설을 현실로 옮긴 것 같다는 점에서 독특한 사건이었다. 밀실에서 살인이 벌어졌고, 수사는 혼란스러웠으며, 해결은 불만족스러웠다. 그는 그다지 흥미로운 점 없는 피해자가 아니라 자신이 밀실에 갇힌 것 같다고 느꼈다.

그는 결국 살인범을 찾아냈다. 하지만 이후 재판에서 불도저 올손이 피고인을 그 사건이 아닌 다른 은행 강도 사건과 결부된 살인죄로 법정에 세우기로 선택했는데, 사실 문제의 남자는 후자의 사건에는 전혀 죄가 없었다. 아까 브락센이 언급했던 것이 이 사건이었다. 마르틴 베크는 이후 불도저와 관계가 좀 불편해졌지만, 둘 사이가 아주 나쁜 것만은 아니었다. 마르틴 베크는 불도저를 원망하지 않았고, 그와 이야기하는 것이 좋았다. 그래도 물론 오늘처럼 검사의 계획을 어그러뜨리는 것은 재미났다.

그다음에 그에게 다시 행운이 찾아왔다. 레아 닐센이라는 행운이. 처음 그녀를 만났을 때, 그는 불과 십 분 만에 자신이 그녀에게 끌린다는 것을 깨달았다. 그녀도 그에게 끌리는 마음을 숨기지 않았다.

어쩌면 그에게 가장 의미 있었던 점은, 적어도 처음에는, 그의 뜻을 단박에 이해할뿐더러 자신의 의향과 암묵적 의문도 오해나 복잡함의 여지 없이 명료하게 드러내는 사람을 만났다는 것이었다.

그렇게 이야기가 시작되었다. 두 사람은 자주 만났지만, 처음에는 그녀의 집에서만 보았다. 그녀는 툴레가탄에 주거용 건물을 한 채 갖고 있었고, 이후 의욕이 차츰 줄기는 했어도, 그곳을 일종의 공동체처럼 운영하고 있었다.

그녀가 셰프만가탄의 집에 온 것은 몇 주가 지나서였다. 그날 그녀는 저녁을 요리했다. 좋은 음식은 그녀의 관심사 중 하나였다. 그날 저녁에 그녀는 다른 관심사도 있다는 것을 드러냈다. 두 사람이 공통으로 지닌 관심사였다.

멋진 밤이었다. 어쩌면 마르틴 베크에게는 최고의 밤인 것 같기도 했다.

두 사람은 이튿날 아침을 함께 먹었다. 마르틴 베크는 식사를 준비하면서 그녀가 옷 입는 모습을 쳐다보았다.

이전에도 그녀의 벗은 몸을 여러 번 봤지만, 충분히 봤다는 느낌이 들려면 앞으로 몇 년은 더 지나야 할 것 같았다.

레아 닐센은 강하고 튼튼했다. 약간 땅딸한 편이지만 보기 드물게 기능적이고 조화로운 몸이었다. 얼굴도 마찬가지로, 이목구비가 고르지 않지만 하나하나 강하고 인상적이었다.

마르틴 베크가 그녀에게서 가장 좋아하는 특징은 서로 무관한 다섯 가지였다. 단호한 푸른 눈, 납작하고 둥근 가슴, 연갈색 젖꼭지, 사타구니의 금빛 털, 그리고 발.

그녀가 걸걸하게 웃었다.

"계속 봐요. 가끔은 바라보는 대상이 되는 게 꽤 좋아요."

그녀가 팬티를 올렸다.

그들은 차와 토스트와 마멀레이드로 아침을 먹었다.

그녀는 생각에 잠긴 듯했다.

마르틴 베크는 이유를 알았다. 자신도 심란하기 때문이었다.

몇 분 뒤, 그녀가 이렇게 말하고 떠났다.

"근사한 밤 고마웠어요."

"당신 덕분이에요."

"전화할게요. 만약 너무 길어진다 싶으면, 당신이 전화해요."

그녀는 다시 심란한 표정을 짓고는 빨간 나막신을 발에 꿰고 말했다.

"그럼 갈게요. 다시 한번 고마워요."

마르틴 베크는 쉬는 날이었다. 레아가 간 뒤, 그는 샤워를 하고 가운을 입고 침대에 누웠다. 여전히 심란했다.

일어나서 거울에 자신을 비춰보았다. 그가 마흔아홉 살처럼 보이지 않는다는 건 사실이었지만, 그것이 그의 나이란 것도 사실이었다. 그가 보기에 자신의 외모는 지난 세월 동안 뚜렷한 변화가 없었다. 그는 날씬하고 키가 컸으며, 피부가 약간 노랗고 턱이 넓었다. 머리카락은 셀 기미가 없었다. 이마가 벗어질 기미도 없었다.

아니면 이 모든 것이 망상일까? 자신이 그렇게 보고 싶어 하기 때문일까?

그는 침대로 돌아가서 뒤통수에 손깍지를 끼고 누웠다.

그는 막 인생 최고의 시간을 보냈다.

그와 동시에 해결 불가능해 보이는 문제를 만들어냈다. 레아와 자는 것은 무척 좋았다. 하지만 레아는 어땠던가? 구체적으로 생각하려니 썩 내키진 않았지만, 그래봐야 할 것 같았다.

요전에 툴레가탄에서 누가 그녀에 대해서 뭐라고 말했더라?

절반은 여자아이, 절반은 터프가이라고?

우습지만 어쩐지 어울리는 표현이었다.

지난밤은 어땠지?

그에게는 최고의 밤이었다. 성적으로. 하지만 그는 그 분야에서 경험이 많지 않았다.

그녀는 어땠지? 그는 여기에 대답해야 했다. 더 핵심적인 문제로 들어가기 전에.

그녀는 재미있다고 생각했다. 가끔 웃었다. 가끔은 우는 것 같기도 했다.

여기까지는 좋았지만, 이제 생각이 다른 방향으로 향했다.

우리는 잘되지 않을 거야.

상황을 어렵게 만드는 요소가 너무 많았다.

나는 그녀보다 열세 살이 많아. 우리는 둘 다 이혼했지.

둘 다 아이가 있어. 롤프는 열일곱 살이고 잉리드는 곧 스물한 살이 되니까 내 아이들은 다 컸지만, 그녀의 아이들은 아직 어려.

구 년 뒤에 내가 예순 살로 은퇴할 때가 되어도 그녀는 아직 마흔일곱 살일 거야. 잘되지 않을 거야.

마르틴 베크는 레아에게 전화하지 않았다. 하루하루 시간이 흘렀다. 일주일이 지난 어느 날, 아침 7시 반에 그의 전화가 울렸다.

"여보세요." 레아였다.

"여보세요. 지난주엔 고마웠어요."

"나도요. 지금 바빠요?"

"전혀."

"맙소사, 경찰은 바빠야 하잖아요." 레아가 말했다. "그건 그렇고, 당신은 대체 언제 일해요?"

"우리 부서는 현재 잠잠해요. 하지만 시내로 나가보면 이야기가 다르죠."

"고맙지만 세상이 어떤지는 나도 알아요."

레아가 잠시 멈추고 거칠게 기침한 뒤에 말했다.

"오늘 이야기 좀 할까요?"

"그러죠."

"좋아요. 당신이 정하는 시각에 내가 갈게요. 당신 집이 좋겠어요."

"이야기하고 나서 외식할까요." 마르틴 베크가 말했다.

"네." 레아는 머뭇거렸다. "그것도 좋죠. 그런데 요즘 나막신을 신고도 식당에 갈 수 있어요?"

"그럼요."

"그럼 7시까지 갈게요."

짧지만 둘 모두에게 중요한 통화였다. 두 사람은 생각이 늘 비슷한 궤도로 흐르는 편이었으니, 이번에도 그러리라고 보는 게 타당했다. 부정할 수 없이 중요한 문제에 대해서, 두 사람은 비슷한 결론을 내렸을 가능성이 높았다.

레아는 7시 정각에 왔다. 그녀가 빨간 나막신을 차버리고 까치발로 그에게 키스했다.

"왜 전화하지 않았어요?"

마르틴 베크는 대답하지 않았다.

"왜냐하면 고민을 마쳤기 때문이죠." 레아가 말했다. "그리고 그 결과가 맘에 들지 않았고?"

"대충 그래요."

"대충?"

"정확히 그래요." 마르틴 베크가 말했다.

"그러니까 우리는 함께 살거나 결혼하거나 아이를 더 갖거나 하는 어리석은 짓을 할 순 없어요. 그러면 모든 게 너무 복잡해져서 엉망이 될 테고, 좋은 관계가 최악으로 바뀔 거예요. 깨지고 닳을 거예요."

"그래요." 마르틴 베크가 말했다. "당신 말이 맞을 거예요. 내가 아무리 부정하고 싶어도."

레아가 꿰뚫는 듯 맑고 파란 눈으로 그를 정면으로 보면서 말했다.

"너무너무 부정하고 싶나요?"

"네, 하지만 그러지 않을 거예요."

한순간 레아가 절제를 잃은 것처럼 보였다. 그녀는 창으로 걸어가서, 커튼 옆에 붙어 선 채로 알아듣지 못할 낮은 목소리로 뭐라고 중얼거렸다.

잠시 후 레아가 고개를 돌리지 않은 채로 말했다.

"사랑한다고 말했어요. 나는 지금 당신을 사랑하고, 앞으로도 꽤 오래 사랑할 것 같아요."

마르틴 베크는 얼떨떨했다. 그러나 이내 레아에게 다가가서 그녀를 끌어안았다.

레아가 그의 가슴에 묻었던 얼굴을 들고 말했다.

"내 말은, 당신이 내 것이라고 주장할 테고 우리 둘 다 원하는 동안에는 계속 그럴 거라는 뜻이에요. 이제 확실해졌나요?"

"그래요." 마르틴 베크가 말했다. "그럼 나가서 저녁 먹을까요?"

그들은 외식을 거의 하지 않았지만, 이날은 비싼 레스토랑에 갔다. 수석 웨이터가 레아의 나막신을 거슬리는 듯 쳐다보았다. 식사 후에 두 사람은 걸어서 집에 돌아와서 침대에 누웠다. 계획하지 않았던 일이었다.

그후 두 해 가까이 흐르는 동안, 레아 닐센은 셰프만가탄에 셀 수 없이 자주 왔다. 자연히 이 집에 그녀의 흔적이 남았고, 특히 부엌은 몰라보게 달라졌다.

레아는 또 침대 머리맡에 마오쩌둥 포스터를 붙였다. 정치적 문제에 의견을 드러내지 않는 사람인 마르틴 베크는 이때도 아무 말 하지 않았다.

대신 레아가 말했다.

"당신이 소심해서 이걸 계속 붙여둔다면 말인데, 나중에 누가 '유명인의 집을 찾아가다' 기사를 쓰러 오겠다고 하면 그때는 떼요."

마르틴 베크는 대답하지 않았다. 하지만 몇몇 사람들이 이 포스터에 얼마나 경악할까 하는 데 생각이 미치자 계속 붙여두고 싶어졌다.

1974년 6월 5일에 두 사람이 함께 마르틴 베크의 집에 왔을 때, 레아는 샌들부터 벗었다.

"끈에 쓸려요." 레아가 말했다. "하지만 한두 주 지나면 괜찮아져요."

레아는 샌들을 내동댕이쳤다.

"아, 살 것 같네. 당신 오늘 잘했어요. 증언하러 가서 그런 질문에 기꺼이 대답할 경찰관이 얼마나 되겠어요?"

마르틴 베크는 대답하지 않았다.

"한 명도 없을걸." 레아가 말했다. "그리고 당신의 대답이 사건을 뒤집어놓았잖아요. 바로 알겠더라고요."

레아는 발을 들여다보았다.

"샌들이 예쁘기는 한데, 쓸려서 발이 아파요. 벗으니까 좋다."

"원한다면 뭐든 벗어요." 마르틴 베크가 말했다.

그는 이 여성을 충분히 알기 때문에, 앞으로 사태가 어떻게 진행될지 알았다.

레아는 당장 옷까지 다 벗거나, 아니면 뭔가 전혀 다른 이야기를 시작할 것이다.

레아가 그를 보았다. 레아의 눈은 가끔 빛을 발하는 것 같다고 그는 생각했다. 레아가 무슨 말을 하려는 듯이 입을 벌렸다가 닫았다.

대신 레아는 셔츠와 청바지를 벗고, 마르틴 베크가 재킷을 채 벗기도 전에 제 옷가지를 바닥에 널브러뜨리며 맨몸으로 침대에 들어갔다.

"세상에, 당신은 정말 옷을 느릿느릿 벗는다니까." 레아가 코웃음 치면서 말했다.

레아는 갑자기 기분이 달라져 있었다. 등을 반듯하게 붙이고 누워서 두 다리를 넓게 벌려 든 것만 봐도 알 수 있었다. 그것이 오늘 레아가 재미있다고 생각하는 자세였다. 그렇다고 해서 다른 때도 늘, 혹은 대체로 그렇게 생각하는 것은 아니었다.

두 사람은 동시에 절정을 느꼈다. 오늘은 이것으로 충분했다.

레아가 옷장을 뒤져서 긴 라일락색 울 스웨터를 꺼냈다. 그 옷을 툴레가탄에 놓아두지 못하는 것을 보면, 그것이 레아가 가장 좋아하는 옷임이 분명했다.

레아는 스웨터를 다 입기도 전에 음식 이야기를 꺼냈다.

"따끈한 샌드위치 한 조각, 아니면 세 조각이나 다섯 조각, 어때요? 좋은 재료를 사뒀어요. 햄이랑 파테, 당신이 먹어본 것 중 최고일 게 분명한 얄스버그 치즈도."

"당신 말을 믿어요."

마르틴 베크는 창가에 서서 경찰차가 지르는 사이렌 소리를 듣고 있었다. 호젓한 위치에 있는 집인데도 소리가 또렷하게 들렸다.

"오 분이면 돼요." 레아가 말했다.

그들이 함께 잘 때마다 이랬다. 레아는 곧장 엄청나게 배고파했다. 허기가 너무 심해서 맨몸으로 요리하기 시작할 때도 있었다. 더운 음식을 좋아하는 취향도 상황을 어렵게 만들었다.

마르틴 베크는 그런 어려움을 겪지 않았다. 오히려 반대였다. 다행히 만성적 소화불량은 아내와 헤어지고 나서 사라진 듯했다. 그것이 아내의 요리 실력 때문이었는지 정신 신체적 문제였는지는 가려 말하기 힘들지만 말이다. 그래도 그는 요즘도, 특히 일하는 중이거나 레아가 곁에 없을 때는 치즈 샌드위치 두 조각과 우유 한두 잔으로 만족스럽게 칼로리를 채웠다.

하지만 레아의 따끈한 오픈 샌드위치는 거부할 수 없었다. 마르틴 베크는 세 조각을 먹고 맥주를 두 병 마셨다. 레아는 일곱 조각을 삼키고 레드 와인을 반 병 마셨다. 그러고도 십오 분 뒤에 또 배고프다며 냉장고를 뒤졌다.

"자고 가나요?" 마르틴 베크가 물었다.

"응, 그래도 된다면." 레아가 말했다. "오늘은 그런 날인 것 같아요."

"어떤 날?"

"우리 둘에게 어울리는 날이죠, 당연히."

"아, 그런 날."

"스웨덴 국기의 날을 축하해도 좋고요. 왕의 영명 축일을 축하해도 좋고. 내일 아침엔 뭔가 독창적인 축하거리를 생각해내야 하겠지만."

"그거야 얼마든지 가능하죠."

레아가 안락의자에 웅크리고 앉았다. 대부분의 사람들은 이상한 긴 스웨터를 입고 희한한 자세로 앉은 레아의 모습을 우스꽝스럽다고 생각할 터였다.

하지만 마르틴 베크는 그렇게 생각하지 않았다. 레아는 곧 잠든 듯 보였지만, 그가 그렇게 생각한 순간에 그녀가 말했다.

"당신이 나를 덮치기 전에 무슨 얘기를 하려고 했던지 기억났어요."

"그래요? 무슨 얘기였는데?"

"그 아가씨, 레베카 린드요. 어떻게 될까요?"

"아무 일 없어요. 풀려났으니까."

"당신은 가끔 멍청한 소리를 한다니까. 그 여자가 풀려났다는 건 나도 알아요. 내 질문은 그가 심리적으로 어떻게 될 건가 하는 거예요. 그가 스스로를 돌볼 수 있을까요?"

"그럴 것 같은데요. 그 아가씨는 많은 동년배처럼 냉담하거나 수동적이진 않으니까요. 그리고 재판 문제는…….”

“네, 재판 말이에요. 그가 그 일로 뭘 배웠겠어요? 자신이 아무 짓 안 해도 체포될 수 있고 심지어 감옥에 갈 수도 있다는 걸 배웠겠죠.”

레아가 찌푸렸다.

“그가 걱정돼요. 자신이 이해할 수 없는 사회에서 혼자 힘으로 살아간다는 건 힘들어요. 자신에게 낯선 체제에서.”

“듣기에 그 미국인 청년은 괜찮은 사람이고 여자를 정말로 돌보고 싶어 하는 것 같던데요.”

“어쩌면 그 청년도 그럴 수 없는 형편일지 모르죠.” 레아가 고개를 저었다.

마르틴 베크는 말없이 레아를 보다가 말했다.

“당신 생각에 반대하고 싶지만, 솔직히 나도 그 아가씨가 걱정됐어요. 그런데 안타깝지만 우리가 별달리 도울 방법이 없다는 것도 사실이에요. 사적으로, 돈을 줘서 도울 순 있겠죠. 하지만 그 아가씨는 그런 도움은 받지 않으려 할 것 같아요. 어차피 나도 돈이 없지만.”

레아가 한동안 목덜미를 긁적였다.

“당신 말이 맞아요.” 레아가 말했다. “그 아가씨는 자선을 받아들일 타입이 아닌 것 같아요. 복지국에도 절대 제 발로 찾아가지 않을걸요. 일을 구하려고 할 수는 있겠지만, 찾지 못할 거예요."

레아가 하품했다.

"피곤해서 더 생각을 못 하겠네. 하지만 한 가지는 분명해요. 레베카 린드는 결코 이 나라의 유명 시민은 되지 못할 거예요."

레아의 이 생각은 사실 틀렸지만, 어쨌든 레아는 곧 잠들었다.

마르틴 베크는 부엌에서 설거지와 뒷정리를 했다. 도중에 레아가 깨서 TV를 켜는 소리가 들렸다. 레아는 아마도 아이들을 생각해서 제 집에는 TV를 두지 않기로 결정했지만 그의 집에서 가끔 보는 것은 좋아했다. 마르틴 베크는 레아가 부르는 소리에 하던 일을 놓고 방으로 갔다.

"속보래요." 레아가 말했다.

마르틴 베크는 도입부를 놓쳤지만, 뉴스가 무슨 내용인지는 충분히 알 수 있었다.

앵커가 엄숙하게 말했다.

"……암살은 왕궁 도착 직전에 벌어졌습니다. 엄청난 위력의 폭발물이 자동차 퍼레이드가 지나가던 도로 밑에서 터졌습니다. 대통령을 비롯하여 방탄 자동차에 탄 탑승자들은 즉사했고, 시신도 심하게 훼손되었습니다. 차량도 근처 건물로 날아갔습니다. 그 밖에도 경호 요원들과 근처에 있던 민간인들이 더 사망했다고 합니다. 시 경찰청장은 확인된 사망자가 현재 열여섯 명이지만 최종 사망자 수는 훨씬 더 많을 수도 있다고 밝혔습니다. 경찰청장은 또 국빈 방문에 대비한 경호 조치는 유례없이 철저했다고 강조했습니다. 사건 직후 한 프랑스 라디오 방송의 보도에 따르면, 울라그ULAG라는 국제 테러 집단이 이 암살을 자신들의 소행으로 밝혔다고 합니다."

앵커가 전화기를 들고 잠시 귀를 기울이다가 이어 말했다.

"이처럼 비극으로 끝난 국빈 방문을 보도하던 한 미국 텔레비전 방송사가 찍은 영상을 방금 위성으로 전달받았습니다."

영상은 화질이 나빴다. 하지만 나쁜 화질로 봐도 너무 역겨운 영상이라서 애초에 방영하지 말았어야 할 것 같았다.

맨 처음에 대통령 전용기가 착륙하는 장면, 손님이 환영 위원회에게 어설프게 손 흔드는 장면이 나왔다. 손님은 심드렁하게 의장대를 보았고, 가면처럼 미소를 붙인 얼굴로 초빈국 요인들과 인사를 나눴다. 그리고 자동차 퍼레이드 장면이 이어졌다. 경호 조치는 대단히 믿을 만해 보였다. 그다음 장면이 영상의 클라이맥스였다. 방송사는 카메라맨을 아주 전략적인 위치에, 혹은 다행스러운 위치에 배치한 듯했다. 만약 카메라맨이 오십 미터만 더 현장에 가까이 있었다면, 아마 지금 살아 있지 못했을 터였다. 반대로 오십 미터만 더 멀리 있었다면, 쓸 만한 영상을 찍지 못했을 터였다. 일은 삽시간에 벌어졌다. 거대한 연기 기둥이 솟으면서 차들과 동물들과 사람들이 공중으로 날아갔고, 갈가리 찢어졌고, 이내 원자폭탄의 버섯구름처럼 보이는 연기에 가려졌다. 그러자 카메라맨은 카메라를 돌려서 주변을 찍었다. 아주 아름다웠다. 분수가 물을 뿜고 있었고, 한길에 야자나무가 늘어서 있었다. 그다음에는 한때 자동차였음 직한 쇳덩어리 옆에서 조금 전까지만 해도 산 사람이었음 직한 무엇인가가 끔찍하게 경련하는 장면이 나왔다.

영상 내내 기자가 미국인 기자들의 특기인 듯한 열띠고 흥분된 말투로 쉴 새 없이 떠들었다. 방금 세상의 종말을 목격한 듯한, 그것도 아주 즐겁게 목격한 듯한 말투였다.

"세상에." 레아가 쿠션에 얼굴을 묻으면서 말했다. "우리가 사는 세상은 왜 이렇게 끔찍하죠."

그런데 마르틴 베크에게 이 사건은 그보다 더 어려운 문제가 될 수도 있었다.

앵커가 화면에 도로 나타나서 말했다.

"암살 현장에 특별 참관인으로 스웨덴 경찰이 파견되어 있었다는 소식을 입수했습니다. 스톡홀름 강력반 형사 군발드 라르손이라고 합니다."

약간 모자라 보이는 군발드 라르손의 사진이 화면 한가득 떴다. 늘 그렇듯이 이름 철자도 틀리게 떴다.

“안타깝게도 라르손 경감의 소식은 현재로서는 모릅니다. 후속 보도는 라디오 정규 뉴스 시간에 하겠습니다.”

“젠장!” 마르틴 베크가 말했다. “젠장맞을!”

“왜요?” 레아가 물었다.

“군발드. 그 친구는 늘 난리가 터졌을 때 가장 가까이 있단 말이에요.”

“그를 좋아하지 않는 줄 알았더니.”

“좋아해요. 그렇다고 자주 말하진 않아도.”

“생각은 말로 해야 하는 거예요.” 레아가 말했다. “이리 와요, 자러 가요.”

이십 분 뒤, 마르틴 베크는 레아의 어깨에 뺨을 붙이고 잠들었다.

레아는 곧 어깨가 저렸고 팔도 저렸다. 그래도 그녀는 움직이지 않고 깬 채로 어둠 속에 누워 있었다. 마르틴 베크를 좋아하는 마음을 품고서.

5.

스톡홀름 중앙역에서 출발한 마지막 야간 통근 열차가 로테브로에 멈춰서 승객 한 명을 내려주었다.

위아래로 진청색 데님 옷을 입고 검은색 운동화를 신은 남자였다. 그는 승강장을 성큼성큼 걸었지만, 계단을 내려와서 역의 환한 빛을 뒤로한 뒤에는 속도를 늦췄다.

그는 교외의 오래된 주택들이 있는 동네를 서두르지 않고 통과했다. 정원을 둘러싼 울타리, 낮은 담, 잘 다듬어진 산울타리를 지나쳤다. 공기가 쌀쌀했지만 바람은 없고 온갖 냄새가 그득했다.

하루 중 제일 어두운 시각이었다. 그래도 하지가 이 주밖에 남지 않은 때였다. 그의 머리 위 유월 밤하늘은 짙은 푸른색이었다.

길 양편의 집들은 어둡고 조용했다. 그의 운동화 고무 밑창이 포장도로를 디디는 소리 말고는 아무 소리도 없었다.

열차를 타고 오는 동안에 그는 불안하고 초조했으나, 지금은 침착하고 느긋했다. 생각이 자유롭게 흘렀다.

엘메르 딕토니우스의 시가 떠오르기에, 마음속으로 읊으면서 발걸음을 맞췄다.

길을 걸을 때는 조심스럽게
그러나 결코 걸음을 세지 말라,
그러면 두려움이 걸음을 죽일 테니.

그는 이따금 직접 시를 써보려고 했으나 결과가 신통치 않았다. 그래도 시 읽기를 좋아했고, 좋아하는 시인들의 시를 많이 외우고 있었다.

걷는 동안 그의 손은 데님 재킷 오른쪽 소매 안에 숨겨둔 쇠막대기를 단단히 움켜쥐고 있었다.

홀름보다베겐 거리를 건너서 뒷마당 딸린 집들이 늘어선 거리로 다가갈 때, 그의 움직임은 더 조심스러워지고 더 경계심이 깃들었다. 지금까지 아무도 마주치지 않은 행운이 목적지까지 남은 짧은 거리에도 이어지기를 그는 바랐다.

여기에서는 자신이 좀더 노출되는 것 같았다. 마당이 집들 뒤편에 있었고, 집과 포장도로 사이의 좁은 땅에는 꽃이며 덤불이며 산울타리 정도가 낮게 심어져 있을 뿐이라 그를 가려주지 못했다.

도로 한편에 늘어선 집들은 모두 노란색으로 칠해져 있고, 건너편 집들은 모두 빨간색으로 칠해져 있었다. 그것만 다를 뿐, 나머지는 다 같게 생긴 집들이었다. 모두 이중 경사 지붕을 인 이 층짜리 목조 주택이었다. 집과 집 사이에는 차고나 헛간이 마치 집들을 나누는 동시에 이어주는 것처럼 꼭 맞게 끼어 있었다.

남자는 제일 먼 집을 향해 가는 중이었다. 그 집 너머로는 집이 없고, 공터와 풀밭이 이어졌다.

그는 맨 마지막 두 집 중 한 집 옆에 붙은 차고로 날렵하고 조용하게 숨어들면서 집들과 도로를 슬쩍 훑었다. 아무도 없었다.

차고에는 문이 없었다. 안에 차도 없었다. 입구 가까운 벽에 여성용 자전거가 한 대 기대어져 있을 뿐이었다. 그 맞은편에 쓰레기통이 있었다.

안쪽 벽에는 큰 직사각형 나무 상자 두 짝이 세로로 세워져 있었다. 남자는 누가 그것들을 치웠을까 봐 걱정했었다. 그곳에 숨기로 미리 정해두었고, 그만큼 적당한 곳을 따로 찾기는 어려울 것이기 때문이었다.

상자와 벽 사이 공간은 좁았으나, 그가 몸을 끼울 정도는 되었다.

그가 뒤쪽으로 비집고 들어간 상자들은 거칠고 단단한 소나무로 만들어지고, 관만 한 크기였다.

완벽하게 숨었다고 생각될 때, 그는 소매에 넣어두었던 쇠막대기를 꺼냈다. 차고 축축한 시멘트 바닥에 엎드려서 얼굴을 팔오금에 묻었다. 체온으로 데워져서 여태 따듯한 쇠막대기는 오른손에 쥐었다.

이제 바깥의 여름밤이 서서히 밝아지기를 기다릴 일만 남았다.

그는 새들이 지저귀는 소리에 깨었다. 무릎을 꿇고 앉아서 손목시계를 보았다. 3시 반이 되어갔다. 해가 떠오르고 있었고, 그는 네 시간을 더 기다려야 했다.

6시 직전, 집 안에서 소리가 들렸다. 희미하고 정체를 알 수 없는 소리였다. 나무 상자 뒤의 남자는 집과 맞닿은 벽에 귀를 대고 듣고 싶었지만, 그러면 길에서 자신이 보일 테니 엄두가 나지 않았다.

두 상자 사이의 좁은 틈을 통해서 도로와 그 건너편 집 일부가 보였다. 차가 한 대 지나갔다. 곧이어 근처에서 시동을 거는 소리가 들리고 차가 또 한 대 지나갔다.

6시 반에 그는 벽 맞은편에서 다가오는 발걸음 소리를 들었다. 나막신 소리 같았다. 쿵쿵 소리가 멀어졌다 다가오기를 여러 차례 반복하더니, 웬 여성의 낮은 목소리가 꽤 또렷하게 들렸다.

"그럼 저는 갈게요. 저녁에 전화할 건가요?"

남자에게 대답 소리는 들리지 않았지만, 대신 집 앞문이 열렸다가 닫히는 소리가 들렸다. 그는 상자들 틈에 눈을 댄 채 꼼짝 않고 서 있었다.

나막신을 신은 여자가 차고로 들어왔다. 그에게 여자가 보이지는 않았다. 하지만 여자가 자전거 자물쇠를 딸깍 여는 소리, 자갈길을 자박자박 밟아서 도로로 나가는 소리가 들렸다.

그가 본 것은 자전거를 타고 떠나는 여자가 흰 바지를 입었다는 것, 그리고 여자의 머리카락이 검고 길었다는 것뿐이었다.

그는 길 건너편 집을 살폈다. 그의 시야에는 창문이 하나만 보였는데, 거기에 블라인드가 내려져 있었다.

그는 쇠막대기를 재킷 왼팔 안에 넣어서 붙잡고, 상자들로부터 세 발짝 벗어나서, 바깥 도로를 주시한 채 벽에 한쪽 귀를 붙이고 소리를 들었다.

처음에는 아무것도 들리지 않았다. 하지만 곧 어딘가 계단을 올라가서 멀어지는 발걸음 소리가 들렸다.

도로는 비어 있었다.

멀리서 개가 짖었고 디젤엔진이 드릉거렸지만, 가까운 곳에서는 모든 것이 조용하고 움직임이 없었다.

그는 말아서 재킷 주머니에 넣어둔 장갑을 꺼내어 끼고, 차고 벽에 붙어서 얼른 밖으로 나간 뒤, 모서리를 돌아서 현관문 손잡이를 눌렀다.

예상대로 문은 잠겨 있지 않았다.

그는 문을 살짝 연 뒤 위층에서 나는 발소리에 귀 기울이며, 도로가 여전히 빈 것을 얼른 확인하고 안으로 미끄러져 들어갔다.

타일 깔린 현관은 쪽마루 깔린 마루보다 한 계단 낮았다. 그는 현관에 서서 오른편을 보았다. 넓은 거실이 내다보였다.

그는 이 집의 구조를 이미 알았다.

오른편에는 문이 세 개 있었는데, 열린 가운데 문은 부엌으로 통했다. 왼편의 문은 욕실 문이었다. 그리고 위층으로 가는 계단이 있었다. 계단 뒤는 지금 그가 있는 자리에서는 보이지 않는 거실의 일부로, 집 뒷마당에 면해 있었다.

그의 왼쪽으로 외출용 옷들이 벽에 걸려 있었고, 그 밑의 타일 바닥에 고무장화와 샌들과 구두가 놓여 있었다. 현관 맞은편, 그러니까 그의 정면에 문이 하나 더 있었다. 그는 그 문을 열고 들어가서 조용히 닫았다.

그가 들어간 곳은 창고와 다용도실이 합해진 공간이었다. 난방용 보일러가 거기 있었다. 보일러 뒤로 세탁기, 건조기, 펌프가 나란히 벽에 붙어 있었다. 맞은편 벽에는 큰 벽장 두 개와 작업대 하나가 있었다.

그는 벽장을 쓱 보았다. 한쪽 벽장에는 스키복, 양가죽 코트, 잘 입지 않거나 여름 동안 치워둔 옷들이 걸려 있었다. 다른 쪽 벽장에는 두루마리 벽지 몇 개와 큰 흰색 페인트 통이 있었다.

위층에서 나던 소리가 멎었다.

남자는 쇠막대기를 오른손으로 옮겨 쥐고, 문을 빠끔 열어서 소리에 귀 기울였다.

갑자기 계단을 내려오는 발소리가 들리기에 그는 얼른 다시 문을 닫았지만, 나무문에 귀를 붙이고 계속 서 있었다.

아래층으로 내려온 발소리는 이제 또렷하지 않았다. 밖에 있는 사람이 맨발이거나 양말 신은 발이어서 그런 것 같았다.

부엌에서 냄비가 바닥에 떨어진 듯 쟁그렁 소리가 났다.

그리고 정적.

발소리가 다가왔다. 남자는 쇠막대기를 더 단단히 쥐었다.

하지만 이어서 욕실 문 열리는 소리와 변기 물 내리는 소리가 들리기에, 남자는 긴장을 풀었다. 그는 다시 문을 빼끔 열고 내다보았다.

물 내려가는 소리와 더불어 누가 이를 닦으면서 노래를 부를 때 나는 웃긴 소리가 들려왔다. 입을 물로 헹구는 소리, 물 뱉는 소리, 침 뱉는 소리. 다시 아까보다 더 또렷하고 힘찬 노랫소리.

음정이 죄다 틀린데다가 마지막으로 그 노래를 들은 지 이십오 년은 되었을 텐데도, 남자는 무슨 노래인지 알아차렸다. 제목이 〈마르세유의 소녀〉였던 것 같았다.

"……하지만 어느 날 밤, 지중해의 달이 뜰 때, 나는 죽어 골목에 누웠겠지, 오래된 항구 옆 골목에……" 하는 노랫소리와 함께 욕실에 있는 사람이 샤워기를 트는 소리가 들렸다.

남자는 창고를 나와서, 반쯤 열린 욕실 문을 향해 발끝으로 살금살금 다가갔다. 노랫소리는 물줄기 소리에도 묻히지 않았고, 이제 칵칵 킁킁 코와 목을 푸는 소리도 섞였다.

남자는 쇠막대기를 쥐고 서서 욕실 안을 보았다.

그는 번들번들 붉어진 등을 보았다. 두두룩한 두 어깨뼈 사이로부터 원래 허리가 있어야 하는 지점까지 살점이 두 덩어리 늘어져 있었다.

그는 엉덩이도 보았다. 축 처진 엉덩이가 우물진 허벅지 위에서 흔들렸고, 오금과 울퉁불퉁한 종아리에는 혈관이 불거져 있었다.

그는 두툼한 목덜미를 보았고, 성긴 검은색 머리카락 사이로 분홍빛으로 번들거리는 머리통도 보았다.

샤워기 앞의 사내를 보면서 몇 걸음 다가가는 동안, 그의 마음은 증오와 혐오로 가득 찼다. 그는 무기를 치켜들고, 분노를 전부 실은 힘으로, 샤워하는 사내의 머리통을 일격에 갈랐다.

뚱뚱한 사내는 발이 뒤로 미끄러지면서 앞으로 넘어져서 욕조 가장자리에 머리를 찧었다. 철퍼덕 소리와 함께 사내의 몸이 샤워기 밑에 뻗었다.

살인자는 몸을 기울여 수도꼭지를 잠그고, 피와 뇌가 물에 씻겨 내려가는 모습을 보았다. 죽은 사내의 엄지발가락이 배수구를 반쯤 막고 있었다.

역겹다고 느끼면서, 살인자는 수건을 집어 무기를 닦은 뒤에 수건은 시신의 머리 위로 던지고 쇠막대기는 젖은 재킷 소매에 집어넣었다.

그다음 그는 욕실 문을 닫고 거실로 가서 뒷마당으로 난 유리문을 열었다. 잔디 깔린 뒷마당은 일대를 둘러싼 넓은 풀밭으로 이어졌다.

풀밭 건너편 숲까지 가려면, 탁 트인 풀밭을 가로질러서 꽤 오래 걸어야 했다. 그는 사람들의 왕래로 생겨난 오솔길을 따라 풀밭을 대각선으로 걷기 시작했다. 좀 가니 채마밭으로 푸릇푸릇하게 경작된 곳도 있었다.

그는 돌아보지 않았다. 하지만 나란히 늘어선 경사 지붕과 뾰족한 박공 창문의 집들을 왼쪽 눈 한구석에서 의식하고 있었다. 반짝이는 창문들 하나하나가 그를 차갑게 응시하는 눈들이었다.

작은 바위 언덕 숲 가장자리의 우거진 덤불에 다다랐을 때, 그는 오솔길을 벗어났다.

뾰족뾰족한 가시자두 덤불을 통과하여 숲으로 사라지기 전에, 그는 주먹을 풀어서 쇠막대기가 소매를 스르르 빠져나가게 했다. 쇠막대기는 얼기설기한 덤불 속으로 사라졌다.

마르틴 베크는 혼자 집에서 《롱이투데》 올해 호를 뒤적이며 레아의 음반을 듣고 있었다. 그와 레아는 음악 취향이 같지 않았지만, 난니에 포레스를 좋아하는 건 같기에 그 가수의 음반을 자주 틀었다.

저녁 7시 45분이었다. 그는 일찍 잘 생각이었다. 레아는 아이 학교에서 열리는 학부모 간담회에 갔고, 두 사람은 이미 아침에 스웨덴 국기의 날을 만족스러운 방식으로 축하한 뒤였다.

〈나는 당신을 생각해요〉가 흐르는 와중에 전화가 울렸다. 레아의 전화일 리 없기에, 그는 서둘러 받지 않았다.

전화 건 사람은 메르스타 구역의 경감 페르손이었다. 사람들은 그를 '메르스타 페르스타'라고 부르곤 했지만, 마르틴 베크는 그 별명이 유치하다고 생각해서 늘 메르스타의 페르손이라고만 떠올렸다.

"당직 경찰관에게 먼저 전화했었습니다." 페르손이 말했다. "그가 댁으로 전화해도 괜찮을 거라고 하더군요. 여기 로테브로에서 명백한 살인 사건이 발생했습니다. 남성 피해자가 둔기로 뒤통수를 강하게 맞아서 머리가 깨졌습니다."

"시신이 언제 어디서 발견되었습니까?"

"텐니스베겐의 단독주택에서요. 이 집에 사는 여자가 피해자의 애인인 모양인데, 5시에 귀가했더니 남자가 욕실에서 죽어 있더랍니다. 여자 말로는 자기가 오전 6시 반에 집을 나설 때는 남자가 살아 있었답니다."

"출동한 지 얼마나 됩니까?"

"여자가 신고한 게 5시 35분이었습니다." 페르손이 대답했다. "우리가 온 지는 정확히 두 시간 됐습니다."

페르손이 잠시 뜸을 들이다가 이어 말했다.

"우리가 처리할 수 있는 사건이라고 생각합니다만, 그래도 가급적 빨리 알리는 게 좋을 것 같았습니다. 조사가 얼마나 복잡해질지 현 단계에서는 알기 어려우니까요. 무기는 발견되지 않았습니다."

"내가 관여하길 바랍니까?" 마르틴 베크가 물었다.

"지금 맡으신 사건이 없다는 걸 몰랐다면, 이 단계에서 구태여 말씀드리지 않았을 겁니다. 하지만 조언이 필요합니다. 그리고 사건을 이른 시점부터 살펴보시기를 좋아한다는 얘기를 들었습니다."

페르손은 살짝 자신 없는 목소리였다. 마르틴 베크는 페르손이 존경하는 고위직 인사 중 하나였다. 무엇보다도 페르손은 마르틴 베크의 전문 기술을 존경했다.

"물론입니다." 마르틴 베크가 말했다. "맞습니다. 일찍 불러줘서 고맙습니다."

사실이었다. 지역 경찰들은 종종 살인수사과를 호출하기 전에 너무 오래 미적거렸다. 자신의 자원과 기술을 과대평가해서, 혹은 스스로 살인을 해결하는 영예를 차지하여 스톡홀름 전문가들에게 본때를 보여주고 싶어서였다. 그들이 마침내 한계를 인정하여 마르틴 베크와 살인수사과가 현장에 갔을 때는 단서가 다 망가졌고, 보고서는 요령부득하고, 증인은 기억을 잃었고, 범인은 벌써 저 멀리 내뺐거나 늙어 죽은 뒤일 때가 많았다.

"언제 오실 겁니까?" 페르손이 안도한 목소리로 물었다.

"바로 출발하겠습니다. 콜…… 스카케에게 전화해서 태워다 줄 수 있는지 물어보고요."

마르틴 베크는 이런 상황에서 습관적으로 콜베리에게 전화해야지 하고 생각했다. 그들이 더는 함께 일하지 않는다는 사실을 무의식이 아직 받아들이지 못한 것 같았다. 콜베리의 사직 후 첫 몇 달 동안 마르틴 베크는 정말로 긴급 상황에서 그에게 전화하곤 했다.

스카케는 언제나처럼 의욕과 열의가 넘치는 목소리로 집에서 전화를 받았다. 스카케는 스톡홀름 남부에서 아내 모니카와 한 살배기 딸과 살았다.

스카케는 칠 분 후에 셰프만가탄에 도착하겠다고 약속했다. 마르틴 베크는 미리 내려가서 길에서 기다렸다.

정확히 칠 분 후, 스카케가 검은색 사브를 끌고 나타났다.

로테브로로 가는 길에 스카케가 말했다.

"군발드 소식 들으셨지요? 대통령의 머리통을 배에 맞았다는 것?"

"그래, 들었어." 마르틴 베크가 대답했다. "그걸로 그친 게 천만다행이지."

"군발드의 옷이 걱정이네요." 잠시 묵묵히 운전하던 스카케가 말했다. "그는 늘 신경 써서 옷을 입는데, 늘 옷을 망치잖습니까. 이번에도 피를 뒤집어썼을 겁니다."

"그랬겠지. 하지만 살아서 빠져나왔으니까, 그것만으로도 머리 숙여 감사할 일이야."

"'머리' 숙여." 스카케가 킬킬거리면서 맞받았다.

서른다섯 살인 벤뉘 스카케는 지난 육 년간 마르틴 베크와 종종 함께 일했다. 스카케는 자신이 렌나르트 콜베리와 마르틴 베크가 일하는 모습을 지켜보고 연구하는 과정에서 범죄 수사의 기본을 다 배웠다고 생각했다. 스카케는 또 그 두 사람 사이에 특별한 교감이 있다는 것을 알아차렸고, 그들이 상대의 생각을 쉽게 읽어내는 것을 보면서 놀라워하기도 했다. 자신과 마르틴 베크 사이에는 그런 교감이 생겨날 수 없다는 것도, 마르틴 베크의 눈에 자신은 콜베리의 부실한 대체품에 불과하리라는 것도 인식하고 있었다. 그런 생각 때문에 스카케는 종종 마르틴 베크 앞에서 자신 없이 굴었다.

마르틴 베크는 스카케의 기분을 충분히 이해했다. 그래서 스카케를 충분히 격려하려고 애썼고, 그가 노력하고 있다는 사실을 알고 있음을 표 내려고 애썼다. 마르틴 베크는 스카케가 그동안 훌쩍 성숙했다는 것을 알았으며, 스카케가 열심히 일한다는 것, 그것이 제 경력을 위해서만이 아니라 정말로 좋은 경찰관이 되고 싶어서라는 것도 알았다. 스카케는 쉬는 날에 규칙적으로 운동해서 몸을 만들었고, 사격을 연습했다. 법학, 사회학, 심리학 등을 계속 공부했다. 그리고 기술 관련 소식이든 조직 관련 소식이든 경찰 내부 사정을 빠짐없이 파악하고 있었다.

스카케는 또 운전을 잘했고, 스톡홀름 시내와 교외의 신생 주거지들의 지리를 어느 택시 운전사보다 잘 알았다. 로테브로의 주소도 문제없이 찾아냈다.

스카케는 텐니스베겐에 줄줄이 주차된 차들 끝에 차를 세웠다.

벌써 기자가 몇 명 와 있었다. 그래도 일단 사복 경찰관 두 명이 기자들의 차 옆에서 그들과 이야기 나누면서 통제하고 있었다. 사진기자들이 단박에 마르틴 베크를 알아보고 카메라를 찰칵거렸다.

집과 차고로 이어진 진입로도 통제되고 있었지만, 통제를 맡은 경찰관이 정중하게 모자에 손을 대면서 마르틴 베크와 스카케를 들여보내주었다.

집 안은 부산했다. 과학수사반 사람들이 열심히 일하는 중이었다. 한 사람은 현관의 낮은 서랍장에 전화기와 나란히 놓인 탁상 등에서 지문을 채취하느라 쪼그려 앉아서 가루를 뿌리고 있었고, 옆방에서 플래시 터지는 빛이 번쩍이는 걸 보면 사진사도 와 있었다.

페르손 경감이 마르틴 베크와 스카케에게 다가왔다.

"빨리 오셨군요." 페르손이 말했다. "욕실 먼저 보시겠습니까?"

욕실의 시체는 보기 좋은 광경은 아니었다. 마르틴 베크도 스카케도 꼭 필요한 정도만 그곳에 머물렀다.

"의사가 왔다 갔습니다." 페르손이 말했다. "의사 말로는 사망한 지 최소 여덟 시간에서 최대 열다섯 시간쯤 되었답니다. 피해자는 일격에 즉사했고, 무기는 쇠 지렛대나 장도리 같은 물건일 것 같답니다."

"누굽니까?" 마르틴 베크가 욕실을 향해 고갯짓하면서 물었다.

페르손이 한숨을 쉬었다.

"안타깝게도 신문들이 좋아서 써젖힐 사람입니다. 발테르 페트루스라는 영화감독이에요."

"맙소사." 마르틴 베크가 말했다.

"신분증에는 발테르 페트루스 페테르손이라고 나와 있더군요. 옷, 지갑, 서류 가방은 침실에 있었습니다."

시신을 수거하러 온 사람들이 조바심을 내기에, 마르틴 베크와 페르손과 스카케는 거실로 비켰다.

"여기 산다는 여자는 어디 있습니까?" 마르틴 베크가 물었다. "그리고 그 여자는 누굽니까? 영화배우라고는 하지 말아주세요."

"천만다행으로 아닙니다." 페르손이 말했다. "여자는 위층에 있습니다. 이야기를 나눠보라고 제가 한 놈 붙여뒀습니다. 여자의 이름은 마우드 룬딘이고 마흔두 살, 스베아베겐의 미용실에서 일한답니다."

"어때 보입니까?" 스카케가 물었다. "충격을 받았던가요?"

"글쎄요." 페르손이 대답했다. "그보다는 놀란 것 같더군요. 지금은 차분해진 것 같아요. 여자에게 오늘 밤 여기서 잘 수 없다고 말했더니, 시내에 재워줄 친구가 있으니까 우리가 작업을 마칠 때까지 거기 가 있으면 된다고 말하더군요."

"이웃들에게 물어볼 시간은 있었습니까?" 마르틴 베크가 물었다.

"바로 옆집과 맞은편 집에만 물어봤습니다. 아무도 이상한 걸 보거나 듣지 못했다더군요. 하지만 내일 다른 집들에도 가볼 테니까요. 어쩌면 로테브로 전체를 탐문해야 할지도 모르겠습니다. 이런 동네에서는 주민들이 서로 잘 알거든요. 다들 아이들이 같은 학교에 다니고, 같은 가게에서 장 보고, 차가 없는 사람들은 같은 버스와 기차를 타고 다니고요."

"이 발테르 페트루스라는 사람도 여기 살았습니까?" 스카케가 물었다.

"아니요." 페르손이 대답했다. "그는 일주일에 두어 번 와서 룬딘 부인과 자고 갔답니다. 원래는 유르스홀름의 집에서 아내와 세 자녀와 함께 산답니다."

"가족에게 알렸습니까?" 마르틴 베크가 물었다.

"네." 페르손이 말했다. "운이 좋았습니다. 서류 가방에 의사에게서 받은 영수증이 들어 있더군요. 의사에게 전화해봤더니, 가족 전체를 잘 아는 주치의인 모양이더라고요. 의사가 자신이 가족에게 알리고 돌보겠다고 제안했습니다."

"잘됐네요." 마르틴 베크가 말했다. "가족에게도 내일 물어보죠. 지금은 좀 늦었으니까, 여기 현장 조사 마무리에 집중하는 수밖에 없겠습니다."

페르손이 손목시계를 보았다.

"9시 반." 페르손이 말했다. "그렇게 늦진 않았는데요. 하지만 맞는 말씀입니다. 가족은 당분간 가만둬도 좋겠지요."

페르손은 키가 컸고, 말랐고, 백발에 늘 살짝 탄 것처럼 보이는 주근깨 얼굴을 가졌다. 좁은 매부리코와 얇은 입술, 절제되고 우아하고 신중한 몸짓 덕분에 귀족적인 느낌을 주는 남자였다.

"마우드 룬딘과 이야기해보고 싶습니다." 마르틴 베크가 말했다. "위층에 부하를 붙여뒀다고 했지요. 내가 올라가도 될까요?"

"그럼요. 괜찮습니다. 그리고 어차피 당신이 보스니까, 편한 대로 하십시오."

밖에서 목소리와 소음이 나는 것을 듣고 페르손이 부엌으로 가서 창을 내다보았다.

"빌어먹을 기자들." 페르손이 말했다. "독수리들 같아요. 가서 한마디 해야겠습니다."

페르손이 진지한 얼굴로 엄숙하게 현관으로 걸어갔다.

"잠시 둘러보고 있어." 마르틴 베크가 스카케에게 말했다.

스카케는 고개를 끄덕이고, 책장으로 가서 어떤 책이 꽂혀 있는지 살펴보기 시작했다.

마르틴 베크는 계단을 올라갔다. 바닥에 흰 카펫이 빈틈없이 깔린 넓은 정사각형 방이 나왔다. 둥근 대형 유리 탁자를 중앙에 두고 옅은 색 가죽으로 된 뚱뚱한 안락의자 여덟 개가 원형으로 놓여 있었다. 한쪽 벽에 아주 복잡하고 틀림없이 아주 비쌀 듯한 오디오 시스템이 있었고, 그 양옆 구석에 흰색 스피커 한 쌍이 받침대에 얹혀 있었다. 천장은 뾰족했다. 집 뒷면으로 난 큰 창을 통해서 평화로운 시골 풍경이 보였다. 풀밭이 넓게 펼쳐져 있었고, 그 너머에 다채로운 초록색의 숲이 있었다.

문은 하나뿐이었는데 닫혀 있었다. 문 안쪽에서 웅얼거리는 목소리가 들려왔다. 마르틴 베크는 노크하고 들어갔다.

흰 인조 모피 침대보가 덮인 더블베드에 두 여자가 앉아 있었다. 둘 다 말을 멈추고 문간에 선 그를 올려다보았다.

한 여성은 다른 여성보다 키가 상당히 더 크고 체격이 튼실했다. 큼직한 이목구비, 검은 눈, 윤기 나는 머리카락은 반으로 가르마를 타서 등 뒤로 곧게 내렸다.

다른 여성은 체구가 작고 약간 여윈 편이었고, 발랄한 갈색 눈과 아주 짧게 자른 검은 머리카락을 가졌다.

"마르틴." 그 여자가 말했다. "안녕하세요! 올 줄 몰랐어요."

마르틴 베크도 놀랐기에, 머무적거리다가 대답했다.

"안녕, 오사. 나도 오사가 여기 있을 줄 몰랐어. 페르손이 '한 놈' 붙여뒀다고 말해서."

"아." 오사 토렐이 말했다. "그분은 부하들을 전부 놈이라고 불러요. 여자라도."

오사가 옆의 여성에게 말했다.

"마우드, 이분은 베크 경감이에요. 살인수사과 책임자세요."

여성이 마르틴 베크에게 끄덕여 인사했고, 마르틴 베크도 끄덕였다. 그는 뜻밖에 오사를 만난 사실에 아직 마음을 가라앉히지 못했다. 오 년 전에 그는 오사와 거의 사랑에 빠질 뻔한 적이 있었다.

마르틴 베크가 오사를 처음 만난 것은 팔 년 전, 오사의 약혼자이자 그의 동료 중 막내였던 오케 스텐스트룀이 버스에서 다른 피해자 여덟 명과 함께 살인범의 총에 맞아 죽은 때였다. 오사는 오케를 오래 애도했고, 그 뒤에 자신이 경찰관이 되기로 결정했다. 지금 오사는 메르스타에서 페르손의 부하로 일했다.

오 년 전 어느 여름밤, 마르틴 베크와 오사는 말뫼에서 하룻밤을 함께 보냈다. 즐거운 밤이었지만, 한 번으로 끝이었다. 지금 마르틴 베크는 그 사실을 다행으로 여겼다. 오사는 사랑스러운 여성이고, 둘은 함께 일할 때 사이가 늘 좋았지만, 레아를 만난 뒤로 그는 다른 여성에게 끌리지 않았다. 아직 미혼인 오사는 일에 전념하는 것 같았고, 그동안 숙련된 경찰관이 되어 있었다.

"페르손에게 내려가봐." 마르틴 베크가 말했다. "일손이 필요할 거야."

오사가 명랑하게 끄덕이고 일어섰다.

마르틴 베크는 오사가 참고인과 우호적인 관계를 맺는 데 능숙하다는 것을 알기 때문에, 자신은 마우드 룬딘과 대화를 짧게만 나눠도 되겠다고 생각했다.

"이런 일이 있었으니 괴롭고 피곤하시겠지요." 마르틴 베크가 말했다. "오래 붙잡진 않겠습니다만, 그래도 페트루스 감독과의 관계를 묻고 싶습니다. 두 분은 얼마나 오래된 사이입니까?"

마우드 룬딘이 머리카락을 귀 뒤로 넘기고 그를 똑바로 보았다.

"삼 년이요." 마우드 룬딘이 말했다. "파티에서 만났는데, 그가 따로 저녁을 먹자고 했어요. 그게 봄이었어요. 여름에 그가 영화를 촬영할 예정이어서, 제게 메이크업을 맡겼죠. 그 뒤로 계속 만났어요."

"지금은 그 일을 하지 않으시고요?" 마르틴 베크가 물었다. "그 일은 얼마나 하셨습니까?"

"그 영화 한 편뿐이었어요. 그후에는 그가 새로 제작에 들어가기까지 시간이 꽤 걸렸고, 저는 미용실에서 좋은 일자리를 구했거든요."

"일했던 영화는 어떤 영화입니까?"

"수출용 영화였어요. 스웨덴에서는 상영되지 않았어요."

"제목이?"

"〈한밤의 태양 속에서의 사랑〉."

"페트루스 감독과는 얼마나 자주 만났습니까?"

"일주일에 한 번쯤요. 두 번일 때도 있었고요. 보통 그가 여기로 왔지만, 함께 외출해서 저녁을 먹고 춤을 출 때도 있었어요."

"그의 아내는 두 분의 관계를 압니까?"

"네. 하지만 그가 이혼하지 않는 한 신경 쓰지 않았어요."

"그가 이혼할 생각이었습니까?"

"가끔 그랬죠. 초반에. 하지만 현재 상태로도 좋다고 생각한 것 같아요."

"당신은요? 당신도 이대로 좋았습니까?"

"만약 그가 청혼하면 거절하진 않았겠지만, 이대로도 대체로 좋았어요. 그는 자상하고 너그러웠어요."

"누가 그를 죽였을지 짐작되는 바가 있습니까?"

마우드 룬딘은 고개를 흔들었다.

"전혀 없어요. 미친 사람 짓 같아요. 이런 일이 벌어졌다는 게 믿기지 않아요."

마우드 룬딘은 잠시 말이 없었다. 그는 그녀를 관찰했다. 그녀는 이상하게 무감각해 보였다.

이윽고 룬딘이 물었다. "그가 아직 밑에 있나요?"

"아니요, 이젠 없습니다."

"그러면 여기서 자도 되나요?"

"아니요, 아직 저희가 조사를 마치지 못했습니다."

마우드 룬딘은 어두운 눈으로 그를 보며 어깨를 으쓱했다.
"상관없어요. 시내에서 자면 돼요."
"오늘 아침에 출근하실 때 그는 어때 보였습니까?" 마르틴 베크가 물었다.
"평소와 같았어요. 특별한 점은 없었어요. 저는 보통 그보다 일찍 나가요. 그는 아침에 서두르는 걸 싫어해요. 가끔 같이 나갈 때도 있었지만요. 그는 여기 올 때 늘 택시를 탔지만, 저는 보통 자전거로 역에 가서 기차를 타요."
"그는 왜 택시를 탔지요? 차가 있지 않습니까?"
"운전을 싫어했어요. 벤틀리를 갖고 있지만, 운전은 보통 남에게 맡겼어요."
"남이라면?"
"아내나 회사 직원이요. 가끔 그의 집 정원사에게도."
"그의 회사에는 직원이 몇 명 있습니까?"
"세 명뿐이에요. 회계 담당자, 비서, 그리고 계약이랑 판매랑 그런 걸 담당하는 사람. 영화를 제작할 때는 필요에 따라 추가로 사람을 고용했고요."
"그가 제작한 영화는 어떤 영화인가요?"
"음, 어떻게 말해야 할지 모르겠네요. 솔직히 말하면 포르노예요. 하지만 아주 예술적이에요. 한번은 그가 좋은 배우들을 써서 야심작을 만든 적이 있었어요. 유명 소설을 원작으로 한 거였는데, 그걸로 영화제에서 상도 탔다나요. 하지만 그걸로는 돈을 벌지 못했죠."

"하지만 다른 영화로는 돈을 많이 벌었고요?"

"네, 엄청. 제게 이 집도 사줬죠. 그리고 유르스홀름에 있는 그의 집을 한번 보셔야 해요. 엄청나게 넓은 정원이랑 수영장이랑 별의별 게 다 있는 진짜 저택이에요."

마르틴 베크는 발테르 페트루스가 어떤 사람인지 차츰 알 것 같았지만, 옆에 있는 여성은 아직 확실히 파악되지 않았다.

"그를 사랑했습니까?" 마르틴 베크가 물었다.

마우드 룬딘이 재미있다는 표정으로 그를 보았다.

"솔직히 말하면 아니요, 사랑하진 않았어요. 하지만 그는 제게 자상했어요. 이것저것 다 해주었고, 함께 있지 않을 때는 제가 뭘 하든 간섭하지 않았어요."

마우드 룬딘이 잠시 말을 멎었다가 이어 말했다.

"그는 딱히 잘생기진 않았죠. 딱히 좋은 애인도 아니었어요. 능력에 문제가 있었거든요, 무슨 말인지 아시겠죠. 예전에 저는 진짜 남자다운 남자와 팔 년간 결혼 생활을 했어요. 그이는 오 년 전에 차 사고로 죽었죠."

"그러면 페트루스 감독 말고도 달리 만난 사람이 있었단 말씀입니까."

"네, 가끔. 제가 마음에 드는 사람이 생기면요."

"그가 질투하지 않았나요?"

"아니요. 하지만 다른 남자하고 어땠는지를 자기한테 말해주길 바랐어요. 자세히. 그런 걸 좋아했어요. 저는 그를 즐겁게 해주기 위해서 지어낸 이야기를 들려주곤 했죠."

마르틴 베크는 마우드 룬딘을 보았다. 그녀는 꼿꼿한 자세로 차분하게 그의 시선을 받았다.

"그를 돈 때문에 만나셨다고 말해도 될까요?" 마르틴 베크가 물었다.

"네, 그렇게 말해도 괜찮아요. 하지만 저는 스스로를 창녀로 여기지 않아요. 경감님은 그럴지도 모르겠지만. 저는 돈이 꼭 필요해요. 돈으로 살 수 있는 것들을 좋아해요. 그리고 특별한 교육을 받지 못한 마흔 살 여자가 남자를 통하지 않은 다른 방법으로 돈을 벌기는 쉽지 않아요. 만약 제가 창녀라면, 결혼한 여자들도 대부분 마찬가지일 거예요."

마르틴 베크는 일어났다.

"이야기해주셔서 고맙습니다. 솔직하게 말해주신 것도."

"고마워하실 것 없어요. 저는 늘 솔직해요. 이제 친구 집에 가도 되나요? 피곤해요."

“물론입니다. 단 페르손 경감에게 연락처를 남겨주고 가십시오.”

마우드 룬딘은 일어나서 침대 끝에 놓여 있던 작고 흰 가죽 가방을 집었다.

마르틴 베크는 그녀가 방을 나가는 것을 지켜보았다. 그녀는 자세가 꼿꼿했고, 마음도 차분하고 침착한 듯했다. 길고 탄탄한 몸은 강해 보였다. 작고 뚱뚱했던 영화감독보다 키도 머리 하나는 더 클 것 같았다.

마르틴 베크는 그녀가 돈으로 얻을 수 있는 것에 대해서 말했던 것을 떠올렸다. 발테르 페트루스는 자신의 돈으로 꽤 좋은 여자를 얻었던 것 같았다.

6.

최종 부검 보고서는 발테르 페트루스가 오전 6시에서 9시 사이에 사망했다고 결론 내렸다. 자신이 6시 반에 집을 나설 때 그가 살아 있었다고 말한 마우드 룬딘을 의심할 이유는 없었다. 오사 토렐도 마르틴 베크도 룬딘이 살인과 관계있으리라는 생각은 들지 않았다.

현관문이 잠겨 있지 않았으니 아무나 집에 들어가서 샤워중인 페트루스를 기습할 수 있었겠지만, 살인자가 그곳까지 어떻게 갔는가는 수수께끼였다. 살인자가 차를 몰고 갔을 가능성이 가장 높아 보이고, 아니면 기차를 타고 갔을 수도 있는데, 그렇다면 근처 주민 중 누구도 그를 목격하지 못했다는 게 이상했다.

그 동네처럼 모두 알고 지내는 곳, 적어도 가까운 이웃들과 그들의 차를 알아보는 곳에서는 오전 6시 반에서 9시 사이가 남들 눈에 띌 확률이 가장 높은 시간이었다. 그때는 모두가 활동하는 시간이었다. 남자들은 출근하고, 아이들은 걸어서 등교하고, 주부들은 청소나 정원 일을 시작했다.

그러나 경찰이 며칠 동안 이웃을 탐문하고, 사실상 로테브로의 그 동네 주민 모두에게 물어보았는데도 살인과 관련될지도 모르는 사람이나 사건을 목격했다는 증언은 전혀 나오지 않았다. 페르손과 그의 '놈'들은 (주로 오사 토렐을 가리켰지만) 살인자가 동네 주민이라는 가정하에 조사하기 시작했다. 하지만 아직 페트루스를 알았던 사람도 그를 죽일 동기를 가진 사람도 찾지 못했다.

마르틴 베크와 벤뉘 스카케는 발테르 페트루스의 사생활, 직업 활동, 재정 상황을 밝히는 데 전념했다.

특히 마지막 사항이 파헤치기 어려웠다. 페트루스는 대규모 탈세를 해온 것 같았다. 그의 영화가 주로 해외에서 팔렸으므로, 그가 스위스 은행에 두둑한 계좌를 갖고 있을 가능성이 있었다. 그가 돈세탁과 탈세를 했다는 것, 혹은 노련한 법적 자문을 활용했다는 것은 의심할 여지가 없는 일이었다. 마르틴 베크는 복잡한 경제 사기에 무지했기 때문에, 그 분야 전문가들에게 일을 넘기는 것이 기쁘기만 했다.

페트루스 영화사 사무실은 뉘브로가탄 거리에 있었다. 원래 방 여섯 개와 부엌 하나짜리 주거용 아파트였던 곳을 아름답게 개조한 공간이었다. 직원 세 명이 각자 방을 하나씩 썼다. 타일 스토브, 참나무 벽널, 회반죽 천장에 둘러싸인 현대적 사무 가구가 영 엉뚱해 보였다. 발테르 페트루스는 넓고 아름답고 높은 창이 난 모서리 방의 큼직한 자카란다 책상에서 일을 보았다고 했다. 그리고 열 명이 앉을 수 있는 시사회실이 있었고, 나머지 방은 필름 보관소 겸 창고인 듯했다.

마르틴 베크와 스카케는 발테르 페트루스의 영화적 성과를 평가해보고자 이틀 오전을 시사회실에서 보냈다. 그들은 영화 한 편을 처음부터 끝까지 보았고, 추가로 일곱 편을 군데군데 발췌해서 보았는데, 갈수록 형편이 없었다.

처음에 민망해서 몸을 꼬던 스카케도 나중에는 하품했다. 모든 영화가 기술적으로 최악이었다. 마우드 룬딘이 그것을 "예술적"이라고 표현했던 것은 과장을 넘어 새빨간 거짓말이었다. 그녀가 판단력이 깡그리 결여된 것이 아닌 한 이 점에서는 솔직하지 않았다고, 마르틴 베크는 생각했다.

배우들은, 스크린에 등장하기는 해도 명백히 아마추어인 사람들을 그렇게 부를 수 있다면, 대체로 벌거벗고 나왔다. 옷을 입은 경우에는 오로지 최대한 빨리 벗어던지기 위해서였다.

십 대 여자아이 세 명이 모든 영화에 반복하여 등장했다. 따로 나올 때도 있고 다 함께 나올 때도 있었다. 그중 한 명은 보나 마나 카메라 뒤에 있는 사람의 지시에 따라 혀를 날름거리고 눈을 굴리고 몸을 장어처럼 뒤틀 때 슬쩍슬쩍 자신 없는 눈으로 렌즈를 보았고, 괴로우리만치 민망해하는 듯 보였다. 젊은 남자들은 흑발인 한 명을 제외하고 모두 금발이었고, 모두 몸이 좋았다. 소도구는 최소한으로 쓰였고, 대개의 활동이 똑같은 낡은 소파에서 벌어졌다. 가끔 소파 커버가 바뀌기는 했다.

줄거리라고 할 만한 것이 있는 영화는 한 편뿐이었다. 마우드 룬딘이 말했던 〈한밤의 태양 속에서의 사랑〉이었다.

영화는 스톡홀름 앞바다 섬에서 촬영된 것 같았다. 열다섯 살쯤 된 주인공 여자아이가 전통 스웨덴 방식으로 하지를 축하하려고 카누를 저어 섬에 도착하는 것이 첫 장면이었다. 아이는 보드카 한 병, 컵, 접시, 식기, 흰 리넨 테이블보, 양상추 한 통, 빵 한 덩이가 든 피크닉 가방을 갖고 왔다. 아이는 가방과 낚싯대를 해변으로 나른 뒤, 당장 옷을 벗었다. 입을 벌리고 눈을 내리깐 채 희한하게 몸을 꼬면서 천천히 벗었다. 그다음 다리를 벌리고 물가에 앉아서 낚싯대 손잡이로 자위하기 시작했다. 머리를 뒤로 젖히고 신음을 뱉은 끝에, 아이는 곧 능숙하게 낚싯줄을 던져서 단숨에 커다랗고 죽은 연어를 건져 올렸다. 월척을

낚은 것이 기쁜 나머지, 아이는 다리를 쫙쫙 뻗고 엉덩이를 씰룩거리고 가슴을 쑥 내밀고 하면서 바위들 주변을 폴짝폴짝 뛰어다녔다. 그다음 편리하게도 해변에 차곡차곡 쌓인 유목을 모아서 금세 큰 모닥불을 피웠고, 물고기를 꼬치에 꿰어 불에 올렸다. 테이블보를 깔고, 샴페인 잔처럼 보이는 잔에 보드카를 따랐다.

아이가 술을 마시려는 순간, 바다에서 벌거벗은 금발의 젊은 남자가 나타났다. 아이는 남자를 식사에 초대했다. 두 사람은 같은 잔으로 술을 마시면서, 이제 훈제되어 얇게 썰린 채로 나타난 연어를 먹었다. 밤이 내렸지만, 하늘에는 여전히 태양이 떠 있었다. 젊은 남녀는 모락모락 타오르는 모닥불을 돌면서 의례의 춤 같은 것을 췄다. 그다음 손을 잡고 섬의 푸른 초원을 거닐다가, 마침맞게 쌓여 있는 건초 더미를 발견하여 십오 분간 스무 가지 체위로 섹스했다. 마지막 장면에서 두 젊은이는 해를 받아 반짝이는 바다로 정처 없이 나아간다. 끝.

페트루스 영화사의 판매 담당자가 〈스웨덴의 욕정과 사랑〉이나 〈스웨덴 여자 에바와의 사흘 밤〉 같은 영화를 더 보라고 권했지만, 충분히 물린 마르틴 베크와 스카케는 정중히 사양했다. 판매 담당자는 〈한밤의 태양 속에서의 사랑〉이 회사의 최대 히트작이고 해외 여덟 개국에 팔렸다고 알려주었다.

그 영화에 출연했던 여자아이는 배우 경력을 도모하고자 그 중 한 나라, 어딘지 정확히 기억나지 않지만 아마도 이탈리아에 가 있다고 했다. 다른 여자아이는 페트루스 감독이 독일 회사와 계약하도록 주선해주었다고 했다. 그러니 여자아이들은 영화의 통상 출연료인 천 크로나 외에도 충분히 더 보상받았을 것이라고 했다.

마르틴 베크는 스카케가 페트루스 영화사의 치부를 계속 파헤치도록 남겨두고 자신은 유가족을 만나볼 때라고 결정했다. 금요일에 유르스홀름의 집에 전화했었지만, 주치의와만 통화할 수 있었다. 의사는 페트루스 부인이 손님을 맞을 상태가 아니고 하물며 경찰을 만날 상태는 더욱더 아니라고 짧고 권위 있게 선언했다. 남편을 잃은 가엾은 부인을 최소한 주말만이라도 평온하게 내버려두지 않는 것은 냉혹하고 무심한 짓이라고, 의사가 은근히 눈치를 주었다.

주말이 지났고, 오늘은 7월 10일 월요일이었다. 마르틴 베크가 뉘브로가탄으로 나오니 해가 반짝이고 있었다. 여름이 시작되었고, 휴가 기간이 다가왔으며, 거리에는 다양한 수준으로 들뜬 사람들이 넘쳤다.

마르틴 베크는 외스테르말름스토리 광장을 향해 걷다가, 7구역의 새 경찰서 건물로 들어가서 위층에서 전화를 썼다.

페트루스 저택에서 전화를 받은 사람은 웬 여자였다. 여자는 잠시 기다리라고 말하고는 한참 뒤에야 돌아와서 페트루스 부인이 짧게라면 손님을 만날 수 있다고 전달했다. 마르틴 베크는 오래 끌지 않겠다고 약속했다.

그리고 그는 택시를 불렀다.

유르스홀름의 저택은 공원처럼 넓은 정원에 둘러싸여 있었다. 집으로 이어진 진입로 양옆에 키 큰 포플러들이 서 있었다. 높은 철제 대문은 열려 있었다. 택시 운전사가 집 앞까지 들어가겠느냐고 물었지만, 마르틴 베크는 대문 앞에서 세워달라고 하고 요금을 내고 내렸다.

마르틴 베크는 진입로를 걸어 들어가면서 저택과 주변을 살펴보았다. 도로에 면한 산울타리는 풍성하고 높고 예술적으로 섬세하게 깎여 있었다. 산울타리를 지나면 진입로가 두 갈래로 나뉘어, 오른쪽은 큰 차고로 이어졌다. 드넓은 정원은 아주 잘 관리되는 듯했다. 관목이나 화단 사이를 구불구불 지나는 좁은 자갈길과 잔디밭이 만나는 부분은 칼로 그은 듯했고, 포플러들의 키와 과실수들의 나이로 보아 모두 오래전부터 여기 있었던 것 같았다.

그런 풍경이었으니 누구나 그런 부자 동네에 흔한 고색창연한 저택을 기대할 법했지만, 갓 써레질한 자갈길을 걸어서 마르틴 베크가 다가가는 집은 평지붕에 대형 창을 낸 현대적인 이층 건물이었다.

마르틴 베크가 초인종에 손을 대기도 전에, 검은 원피스와 흰 앞치마를 입은 중년 여자가 문을 열었다. 여자는 말없이 앞장서서 넓은 현관을 지나고, 넓은 계단을 지나고, 방 두 개를 더 통과하여, 한쪽 벽 전체가 유리로 되어 있어서 햇살이 쏟아져 드는 방의 아치형 문간에 멈췄다.

마르틴 베크는 옅은 소나무 집성재가 깔린 방바닥이 한 계단 낮은 것을 미처 보지 못해서, 발테르 페트루스의 부인이 유리벽 옆 선 베드에 누워 있는 방으로 굴러떨어지다시피 들어갔다. 바깥 테라스에도 비슷한 선 베드가 줄줄이 놓여 있어서 꼭 대형 여객선에 일광욕을 위해 마련해둔 갑판처럼 보였다.

"어머!" 부인이 파리를 쫓는 듯한 손짓으로 검은 옷의 여자를 물리면서 말했다.

검은 옷의 여자가 돌아서는데, 페트루스 부인이 마음을 바꾸어 말했다.

"아니, 기다려요." 부인이 마르틴 베크를 보았다. "경감님, 뭘 좀 들겠어요? 커피, 차, 맥주, 아니면 술? 나는 셰리주를 마실 거예요."

"고맙습니다." 마르틴 베크가 대답했다. "맥주면 좋겠습니다."

"맥주 한 병 하고 셰리주 큰 잔으로 하나." 부인이 명령조로 말했다. "그리고 페테르손 부인, 그 네덜란드 치즈 비스킷 좀 가져와보든가."

마르틴 베크는 발테르 페트루스 페테르손의 부인이 (다행히 요즘은 보기 드물어진 이 직업을 달리 어떻게 불러야 할지 모르겠지만) 자신의 가정부와 성이 같다는 별난 사실을 잠시 곱씹었다. 두 여자는 나이도 비슷할 것 같았다.

마르틴 베크는 페트루스 부인에 대해서 미리 조사해본 뒤였다. 그래서 그녀의 결혼 전 성도 페테르손이었다는 것, 이름이 크리스티나 엘비라지만 요즘은 크리스라고만 쓴다는 것, 쉰일곱 살이라는 것, 페트루스와 결혼한 지 이십팔 년째라는 것 등등을 알았다. 부인은 젊을 때 사무원으로 일했고, 결혼 직전에는 페트루스가 당시 운영하던 회사에서 비서로 일했다. 영화감독 발테르 페트루스는 비교적 새로운 존재였다. 이전 오랫동안 그는 발테르 페테르손이라는 이름으로 중고차를 대충 손봐서 파는 일을 했는데, 점차 관련 법이 까다로워지고 규제가 엄격해지자, 그다지 정직하지 않지만 수익이 좋았던 그 업종을 포기했다.

마르틴 베크는 여태 방 한가운데에 서서, 선 베드에 드러누운 부인을 보고 있었다.

부인은 별에 그은 얼굴에 화장을 했고, 머리는 탈색했고, 맞춤인 듯 꼭 맞는 검은색 리넨 바지에 검은색 실크 블라우스를 입고 있었다. 몸은 깡말랐고, 세련되게 컬을 넣은 헤어스타일 밑의 얼굴은 지치고 상한 듯 보였다.

마르틴 베크가 부인에게 다가가자, 부인이 작고 주름진 손을 우아하게 내밀었다. 그는 위로를 전하고, 방해해서 미안하다고 말했다. 지금까지 비슷한 상황에서 수백 번은 해온 것 같은 말이었다.

여전히 그는 자신이 어디에 있어야 할지 알 수 없었다. 선 베드는 방구석에 외따로 있었다. 하지만 마침내 부인이 일어나서, 방 중앙에 긴 대리석 탁자를 사이에 두고 마주 놓인 두 개의 거대한 가죽 소파로 걸어갔다. 부인은 한쪽 소파 귀퉁이에 앉았고, 마르틴 베크는 맞은편 소파에 앉았다.

미닫이문이 있는 유리벽 밖은 테라스였고, 그 너머는 수영장이었다. 수영장 너머에 널따랗게 펼쳐진 잔디밭은 완만하게 경사져 내려가다가 저택에서 오십 미터쯤 떨어진 지점에 나란히 선 키 큰 자작나무들과 만났다. 빽빽하고 매끄러운 잔디밭 안에는 나무도 관목도 화단도 없었다. 자작나무의 여린 초록색 잎들 틈으로 언뜻 푸른 스토라베르트탄스 만이 보였다.

"네, 경치가 아름답죠?" 크리스 페트루스가 마르틴 베크의 시선을 좇고는 말했다. "우리가 해변 땅까지 사들이지 못한 게 아쉬워요. 그랬다면 바다가 더 잘 보이게 자작나무를 베어버렸을 텐데."

"자작나무도 예쁩니다." 마르틴 베크가 말했다.

페테르손 부인이 들어왔다. 여자는 탁자에 쟁반을 놓은 뒤, 마르틴 베크에게 맥주를 건네고 큰 잔에 든 셰리주와 치즈 비스킷 접시를 페트루스 부인 앞에 놓고는 쟁반을 들고 말없이 방을 나갔다.

페트루스 부인이 잔을 들고 마르틴 베크에게 고개를 까딱한 뒤에 한 모금 마시고 잔을 내려두면서 말했다.

"여기 사는 게 참 좋아요. 우리가 육 년 전에 부지를 샀을 때는 여기에 낡고 흉측한 집이 있었는데, 그걸 허물고 이 집을 지었죠. 남편이 아는 건축가가 설계해줬어요."

마르틴 베크는 옛집이 살기에는 더 쾌적했을 것이라고 생각했다. 지금까지 본 바로 이 집은 휑하고 쌀쌀맞았다. 초현대적이고 지독히 비쌌을 게 분명한 실내 장식은 편안함과 온기보다 과시에 치중한 듯 보였다.

"이렇게 창이 크면 겨울에 춥지 않습니까?" 마르틴 베크가 말문을 틀 겸 물었다.

"아, 아니에요. 천장에 적외선 난방 장치가 되어 있고, 바닥에도 난방 코일이 깔려 있어요. 테라스에도. 그리고 어차피 겨울에는 여기 오래 있지 않아요. 그리스나 알가브르나 아프리카 같은 따뜻한 곳으로 가거든요."

마르틴 베크는 눈앞의 여자가 삶에 닥친 변화를 아직 깨닫지 못한 것 같다는 인상을 받았다. 혹은 변화가 그다지 크지 않았는지도 모른다. 여자는 남편을 잃었지만 돈은 잃지 않았다.

어쩌면 여자는 심지어 남편의 죽음을 바랐을지도 모른다. 돈으로는 거의 모든 것을 살 수 있다. 살인까지도.

"부인과 부군의 관계는 어땠습니까?" 마르틴 베크가 물었다.

부인은 마르틴 베크가 집이며 경치며 해외여행 이야기를 하러 온 줄 알았다는 듯이 순간 놀라서 그를 보았다.

"아주 좋았어요." 부인이 대답했다. "우리는 결혼한 지 이십팔 년 됐고, 아이가 셋 있어요. 그것만으로도 결혼 생활을 지속하기에 충분하죠."

"그렇다고 해서 꼭 행복하진 않을 텐데요. 행복하셨습니까?"

"세월이 흐르면 서로 익숙해지고, 서로의 단점을 눈감아주고 적응하는 법이죠. 당신은 정말로 행복한 결혼이라는 게 있다고 믿나요? 우리 부부는 적어도 갈등은 없었어요. 둘 다 이혼은 생각해본 적도 없고요."

"부군의 사업에 대해서 많이 아십니까?"

"전혀 몰라요. 나는 영화사에 관심이 전혀 없어요. 남편의 사업에 절대 간섭하지 않아요."

"부군의 회사가 제작하는 영화들에 대해서 어떻게 생각하십니까?"

"한 편도 안 봤어요. 물론 어떤 영화인지는 알죠. 하지만 나는 편견이 없는 사람이고, 굳이 의견을 밝히지 않겠어요. 남편은 나와 아이들이 잘살게 해주려고 열심히 일했어요. 우리 큰아들은 스물여섯 살이에요. 해군 장교인데, 스톡홀름에 있을 때는 이 집에서 살지만 보통 바다에 나가 있거나 칼스크로나에 있죠. 피에르는 스물두 살이고 예술가 기질이 있어요. 그 애도 영화 일을 하고 싶어 하지만, 지금은 때가 좋지 않아서 여기저기 여행하며 인맥을 쌓고 영감을 얻고 그러는 중이에요. 외국에 있지 않을 때는 여기 위층의 제 방에서 살아요. 마지막으로 받은 주소가 스페인 어디라서 그리 전보를 보냈는데 아직 답장이 없네요. 제 아빠가 죽은 걸 알기는 할까 모르겠어요."

부인이 탁자 위 은상자에서 담배를 꺼낸 뒤, 역시 은으로 된 데다가 무지막지하게 큰 라이터로 불을 붙였다.

"그리고 티티가 있죠. 티티는 아직 열아홉 살이지만 벌써 사진 모델로 잘나가요. 여기랑 감라스탄의 제 작은 집을 오가며 지내요. 지금은 여기 없어요. 있다면 만나보셨을 텐데요. 티티는 엄청 예쁘답니다."

"그러시겠지요." 마르틴 베크는 예의 바르게 대답하면서, 그것이 사실이라면 딸이 아빠를 닮지 않았나 보다 하고 생각했다.

"부군의 사업에 관심이 없으셔도 사업상 지인들은 좀 아시겠지요."

크리스 페트루스가 손가락으로 머리카락을 빗어 넘기면서 대답했다.

"알죠. 영화계 사람들하고 여기서 디너파티를 자주 했으니까. 남편이 참석해야 하는 파티나 리셉션도 많았고요. 나는 최근에 거의 참석하지 않았지만."

"왜 안 하셨습니까?"

페트루스 부인은 창을 내다보았다.

"내가 싫어서요. 늘 모르는 사람이 가득한데다가, 나랑 공통점이 전혀 없는 젊은 사람들도 많고요. 그도 내가 꼭 가야 한다고 생각하지 않았어요. 나는 내 친구들이랑 노는 편이 더 좋아요."

요컨대 발테르 페트루스가 십 대 여자아이들을 만날 수 있는 자리에 쉰일곱 살 아내를 동반하기를 원하지 않았다는 뜻이었다. 그런 페트루스 자신은 예순두 살에 뚱뚱하고 못생기고 불능이었고, 대체로 예술적 야심작으로 평가되는 한 수상작의 영예를 일각에서는 여태 즐기는지 몰라도 제작자로서 평판은 갈수록 비루해지고 있었다. 하지만 많은 여자아이들에게 영화계의 매력은 어마어마한 것이었고, 그들은 영화를 찍을 수만 있다면 어떤 희생도 타락도 기꺼이 감수하려들었다.

"페트루스 부인, 부군을 죽인 사람이 누구일지 생각해볼 시간이 있으셨지요." 마르틴 베크가 말했다.

"완전 미치광이라는 것밖에 도저히 상상되지 않아요. 범인이 아직 잡히지 않았다니 끔찍해요."

"부군과 가까운 사람들 중에 혹시라도 그럴 이유가……."

부인이 처음으로 확연히 기분 나쁜 기색을 드러내면서 그의 말을 끊었다.

"가까운 사람들 중에 그럴 이유가 있는 사람은 아무도 없어요. 완전 미치광이라면 모르겠지만, 우리 친구들 중에 미치광이는 없어요. 사람들이 남편을 어떻게 생각했든 간에, 그 정도로 그이를 미워한 사람은 없어요."

"부군이나 주변 분들을 비난하려고 한 건 아닙니다." 마르틴 베크가 말했다. "혹시라도 부군이 협박을 받았거나, 부군에게 부당한 대우를 받았다고 느낀 사람이 있었을지도 몰라서……."

부인이 다시 그의 말을 끊었다.

"남편은 사람들을 부당하게 대하지 않았어요. 그이는 친절했고, 고용인들에게 최선을 다했어요. 그이가 몸담은 업계가 치열하고 어려운 세계이다 보니 헤쳐나가려면 때로 냉정하게 굴어야 했죠. 그이도 가끔 그렇다고 말했어요. 하지만 그이가 그 정도로 누구를 못되게 대했을지도 모른다는 건 말도 안 되는 소리예요."

부인이 셰리를 다 마시고 담배를 한 대 더 붙였다. 마르틴 베크는 부인이 진정되기를 기다렸다.

그러면서 유리벽을 내다보았다.

청색 작업복을 입은 남자가 잔디밭을 가로질러 걸어오고 있었다.

"누가 오는군요." 마르틴 베크가 말했다.

페트루스 부인이 그쪽을 흘긋 보았다.

"정원사 헬스트룀이에요." 부인이 말했다.

청색 오버올을 입은 남자는 수영장에서 오른쪽으로 꺾어 두 사람의 시야에서 사라졌다.

"페테르손 부인과 정원사 외에 또 일하는 분이 있습니까?"

"아니요. 페테르손 부인이 집안일을 보고, 일주일에 두 번 추가로 청소부가 와요. 물론 디너파티가 있을 때는 사람을 더 쓰죠. 그리고 헬스트룀은 그냥 우리 정원사는 아니에요. 그는 이웃의 여러 정원을 다 돌봐요. 여기서 살지도 않고요. 옆집 부지에 있는 작은 집에서 살아요."

"그가 차도 담당합니까?"

부인이 끄덕였다.

"그이는 운전을 싫어했어요. 그래서 헬스트룀이 운전기사도 해야 했죠. 그와 같은 시간에 시내에 나갈 때도 있었지만, 나는 내 차를 직접 모는 걸 좋아하고 남편은 벤틀리를 좋아했어요."

"부군이 직접 운전하는 일은 없었습니까?"

부인이 잔을 만지작거리면서 문간을 보더니 일어나면서 말했다.

"페테르손 부인을 불러야겠어요. 이 집에서 단 하나 잘못된 점은 주방 호출 벨이 없다는 거예요."

부인이 나갔다. 부인이 페테르손 부인에게 셰리주 디캔터를 주문하는 소리가 들렸다. 곧 부인이 돌아와서 소파에 앉았다.

마르틴 베크는 페테르손 부인이 디캔터를 가져와서 탁자에 놓고 갈 때까지 다음 질문을 참았다. 미지근하고 김이 빠지기 시작한 맥주를 한 모금 마신 뒤에 입을 열었다.

"부군이 다른 여성과 관계를 맺고 있던 걸 아십니까, 페트루스 부인?"

부인은 바로 대답하지 않고 그를 똑바로 응시했다.

"당연히 남편이 살해될 때 같이 있었던 여자와의 관계를 알고 있죠. 그 여자는 일이 년 전부터 그이의 정부였어요. 그에게 다른 관계도 있었던 것 같진 않아요. 짧게 한두 번은 있었겠지만, 그이도 이제 젊지 않았으니까요. 아까 말했듯이, 나는 편견이 없어요. 그가 원하는 대로 살도록 놔뒀어요."

"마우드 룬딘을 만나보셨습니까?"

"아니요, 그럴 맘도 없고요. 남편은 좀 천박한 여자 취향이 있었으니까, 룬딘 부인도 그런 타입이겠죠."

"부인은 다른 남자와 관계가 있었습니까?" 마르틴 베크가 물었다.

부인이 잠시 그를 보다가 대답했다.

"그게 이 일과 무슨 상관인지 모르겠네요."

"상관있습니다. 아니면 제가 묻지 않았을 겁니다."

"만약 내게 애인이 있는데 그가 질투심에 내 남편을 죽였다고 생각한다면, 잘못 짚으셨어요. 사실은 나도 몇 년 전에 애인이 있었어요. 하지만 그는 그이와 친한 친구였고, 남편은 우리가 점잖게 처신하는 한 괜찮다고 받아들였어요. 그의 이름은 말하지 않을 거예요."

"그건 필요 없을 것 같습니다." 마르틴 베크가 말했다.

크리스 페트루스가 이마에 손등을 대고 눈을 감았다. 연극적인 몸짓이었다. 마르틴 베크는 부인이 인조 속눈썹을 붙인 것을 알아차렸다.

"이제 정말로 나를 내버려둬달라고 부탁해야겠군요." 부인이 말했다. "모르는 사람에게 그와 나의 사생활에 대해서 이야기하는 게 정말 거북해요."

"죄송합니다. 하지만 부군을 죽인 사람을 찾는 게 제 일입니다. 어쩌다 그런 일이 벌어졌는지 이해할 실마리를 찾으려면, 불편한 질문도 드릴 수밖에 없습니다."

"전화로 짧게 하겠다고 약속했잖아요." 부인이 사정하듯이 말했다.

"지금은 그만 묻겠습니다." 마르틴 베크가 말했다. "하지만 다시 올 수도 있습니다. 동료를 보낼 수도 있고요. 어느 쪽이든 먼저 전화드리겠습니다."

"네, 네." 페트루스 부인이 조급하게 대답했다.

마르틴 베크가 일어서자, 부인이 다시 한번 우아하게 손을 내밀었다.

마르틴 베크가 이번에는 엎어지지 않고 아치형 문간으로 나가는데, 부인이 셰리주를 한 잔 더 따르느라 디캔터가 꼬르륵거리는 소리가 들렸다.

페테르손 부인은 위층에 있는 모양이었다. 위에서 발소리와 진공청소기가 웅웅거리는 소리가 났다.

정원사는 온데간데없었고, 차고 문도 닫혀 있었다.

마르틴 베크는 철문을 나서면서 문기둥에 광전지가 장착되어 있는 것을 보았다. 그게 집 안의 신호 장치와 연결되어 있을 것 같았다. 그가 초인종을 누를 새도 없이 페테르손 부인이 문을 열어주었던 것이 이로써 설명되었다.

옆집을 지나가는데, 그 집 철문 틈으로 정원사가 보였다. 마르틴 베크는 걸음을 멈추고 정원사와 이야기를 나눠볼까 고민했지만, 허리를 숙인 채 잔디밭에서 뭔가 하고 있던 정원사가 벌떡 일어나서 잽싸게 가버렸다. 쉭쉭 소리와 함께 스프링클러가 짙푸른 잔디에 가는 물줄기를 내뿜기 시작했다.

마르틴 베크는 기차역으로 걸어갔다.

이제 그는 레아를 생각하고 있었다. 레아를 만나면 페트루스 가족을 어떻게 묘사해줄까 생각했다.

레아가 뭐라고 말할지는 이미 알았다.

7.

하지 연휴 다음 날, 메르스타 경찰서에 웬 청년이 들어와서 당직 경찰관에게 신문지에 싼 길고 가늘고 무거운 물체를 건넸다.

로테브로에서 살인이 발생한 지 십구 일이 지났지만, 수사에 성과는 거의 없었다. 과학수사반 조사에서도 눈에 띄거나 흥미로운 단서가 나오지 않았다. 발테르 페트루스, 마우드 룬딘과 그 친구들, 그 밖에 그 집에 드나들 타당한 이유가 있었던 사람들의 것이 아닌 지문 하나 나오지 않았다. 살인자와 관련될지도 모르는 유일한 증거는 뒷마당으로 나가는 유리문 밖에 찍힌 희미한 발자국 하나였다.

경찰은 피해자의 이웃, 가족, 고용인, 친구와 지인에게 수많은 질문을 던졌다. 자료가 모일수록 발테르 페트루스라는 인물의 그림이 명료해졌다. 명랑하고 너그러운 겉모습 이면의 그는 제 목적을 추구하기 위해서는 인정사정없이 냉혹하고 파렴치한 남자였다. 방자한 태도 때문에 특히 사업 면에서 적이 많았다. 하지만 그를 죽일 강력한 동기가 있을지도 모를 만큼 가까운 사람들은 모두 범행 시각에 알리바이가 있었다. 아내와 자녀들을 제외하고 그의 죽음으로 경제적 이득을 얻는 사람은 없었다.

당직 경찰관이 꾸러미를 페르손 경감에게 건넸다. 페르손은 신문지를 벗겨서 내용물을 보고 청년을 불러들였다.

"이게 뭡니까? 왜 이걸 가져왔습니까?" 페르손이 신문지에 싸인 쇠막대기를 가리키면서 물었다.

"로테브로에서 발견했습니다." 청년이 대답했다. "페트루스라는 사람의 살인 사건과 관계있을지도 모른다고 생각해서요. 신문에서 기사를 읽었는데, 흉기가 아직 발견되지 않았다고 하더라고요. 제 친구가 사건이 난 집의 건너편에서 사는데, 어제 제가 그 집에서 잤습니다. 당연히 우리끼리 살인 사건 이야기도 하고 그랬는데요, 그런 뒤에 오늘 아침에 이걸 발견하고 보니까 이게 그 흉기일지도 모른다는 생각이 들어서요. 아무튼 경찰에게 보이는 게 좋겠다고 생각했습니다."

청년이 열의 있는 눈으로 페르손을 보면서 머뭇머뭇 말을 이었다.

"만약을 위해서요. 혹시 모르니까요."

페르손은 끄덕였다.

며칠 전에 웬 여자가 우편으로 렌치 하나와 자기 이웃 사람이 살인범이라고 고발하는 편지를 보내왔다. 여자는 이웃의 차고에서 렌치를 발견했는데 거기에 피가 묻은 점, 그리고 이웃에게 살인 전과가 있는 점으로 보아 경찰이 그를 잡아가야 한다고 주장했다. 페르손이 직접 확인한 결과, 여자는 신경증과 편집증이 있는 사람으로 석 달 전에 사라진 자기 고양이도 이웃이 죽인 게 분명하다고 믿고 있었다. 렌치에 묻은 것은 빨간색 페인트였다.

청년이 자신 없는 표정을 짓기에, 페르손은 친근하게 말했다.

"와줘서 고맙습니다. 만약 필요하다면, 이걸 발견한 장소를 우리에게 보여줄 수 있습니까?"

"아, 네. 혹시 모르니까 그 자리에 대신 작대기를 놔뒀습니다."

"좋습니다." 페르손이 말했다. "현명하게 처리하셨군요. 저기서 성함과 전화번호를 남겨주세요. 도움이 필요할 때 우리가 연락드리겠습니다."

한 시간 뒤, 남부 경찰서에 있는 마르틴 베크의 책상에 그 꾸러미가 놓였다. 마르틴 베크는 쇠막대기를 살펴보고, 피해자의 두개골 골절 부위를 확대한 사진도 들여다보았다. 그리고 전화기를 들어서 솔나의 국립과학수사실험실에 걸었다. 책임자인 오스카르 옐름을 바꿔달라고 했다.

옐름은 짜증 섞인 목소리였다. 하지만 원래 늘 그랬다.

"이번엔 또 뭡니까?" 옐름이 말했다.

"쇠막대기입니다." 마르틴 베크가 말했다. "내가 보기에, 발테르 페트루스를 죽인 무기일 가능성이 있어요. 일이 많다는 건 알지만, 이 물건을 최대한 빨리 봐주면 좋겠습니다. 괜찮습니까?"

"최대한 빨리라." 옐름이 말했다. "우리에게는 크리스마스까지 해도 다 못 할 일이 쌓여 있는데, 하나같이 최대한 빨리 해야 하는 것들이죠. 아무튼 보내세요. 통상적인 검사 외에 특별히 원하는 게 있는지?"

"없습니다. 그냥 평소대로 검사하면 됩니다. 이 물건이 상처 부위와 맞는지, 그 밖에 무슨 단서가 있는지 봐주세요. 이 물건이 야외에 오래 버려져 있었기 때문에 뭐라도 찾아내기가 어렵겠지만, 최선을 다해주세요."

옐름이 마음 상한 목소리로 대답했다.

"우리는 늘 최선을 다합니다."

"압니다." 마르틴 베크가 얼른 말했다. "바로 보내겠습니다."

"끝나면 내가 전화하지요."

네 시간 뒤, 마르틴 베크가 퇴근하려고 책상을 정돈하는 와중에 옐름의 전화가 왔다.

"옐름입니다. 네, 정확히 맞아요. 혈액과 뇌 조직은 극미량만 검출되었지만, 아무튼 혈액형을 확인했습니다. 일치해요."

"훌륭한데요, 옐름. 또 다른 건?"

"면섬유가 조금 붙어 있었어요. 정확히 두 종류. 하나는 흰색인데, 아마 피를 닦아내는 데 쓴 수건에서 나왔지 싶어요. 다른 하나는 청색인데, 범인의 옷에서 나왔을 수 있겠죠."

"대단하네요, 오스카르."

"쇠막대기 자체는 길이 424밀리미터에 지름 33밀리미터, 팔각기둥 모양, 연철, 그리고 부식 정도로 보아 야외에 아주 오래 방치되어 있었어요. 몇 년, 어쩌면 만들어진 뒤로 계속. 수세공품이고, 전에는 양끝이 납땜질되어 있었어요."

"납땜질이라니 어디에? 그 물건이 어디 쓰였을지 추측되는 바가 있습니까?"

"오래된 물건 같아요. 아마 육칠십 년쯤. 난간 같은 데 쓰였을지도 모르겠군요."

"그게 페트루스에게 쓰인 흉기라는 건 확실하고요?"

"확실해요." 옐름이 대답했다. "표면이 너무 거칠어서 지문을 뜨지 못한 게 아쉽지만."

"그건 포기해야죠."

마르틴 베크는 옐름에게 감사를 표했다. 옐름은 좀 툴툴거리다가 전화를 끊었다.

마르틴 베크는 메르스타의 페르손에게 전화해서 옐름의 말을 전했다.

"한 단계 진전했군요." 페르손이 말했다. "사람을 보내서 그 지점을 샅샅이 살펴보는 게 좋겠습니다. 시간이 이렇게 많이 흘렀으니 별 소용은 없겠지만, 그래도."

"쇠막대기가 놓여 있던 지점을 정확히 압니까?" 마르틴 베크가 물었다.

"그걸 발견한 청년이 표시해뒀답니다. 지금 그 친구에게 전화해보겠습니다. 와서 보시겠습니까?"

"네. 언제 가실지 알려주면, 저도 가겠습니다."

마르틴 베크는 다시 서류와 파일을 정리하기 시작하여, 책상에 어느 정도 질서를 부여하는 데 성공했다.

그다음 의자에 등을 기대고, 오전에 오사 토렐로부터 받은 파일을 열었다.

파일에는 오사가 발테르 페트루스와 알고 지낸 여자아이 두 명을 면담한 보고서가 담겨 있었다. 두 아이 중 한 명은 오사가 풍기단속반에서 일하던 시절부터 아는 사이인 것 같았다.

아이들의 이야기는 대체로 일치했다. 페트루스에 대한 그들의 평가는 전혀 좋다고 할 수 없었고, 둘 다 그의 죽음을 슬퍼하거나 아쉬워하지 않는 듯했다. 그의 특징 중 두 아이의 의견이 완벽하게 일치하는 것이 하나 있었는데, 바로 그가 엄청나게 쩨쩨했다는 점이었다.

예를 들어, 그는 그들에게 저녁이나 칵테일을 사준 적이 한 번도 없었다. 담배나 초콜릿이라도 준 적 없었다. 한 명을 극장에 데려간 적은 있었지만, 그때 그에게 공짜 표가 있었다고 아이가 지적했다.

그는 상당히 규칙적으로 그들에게 전화해서 사무실로 불렀다. 언제나 직원들이 퇴근한 저녁이었다. 아이들은 그의 성적 활동이 한탄스러운 수준이었다는 데 의견이 일치했다. 그는 거의 매번 불능이었다. 사무실에서 이른바 열정의 순간을 나눈 뒤에도, 그것이 보통 실패로 끝나기는 했어도, 그는 조금도 더 너그러워지지 않았다. 자신을 만족시키고자 오랜 시간 힘들게 소득 없이 애쓴 아이들에게 택시비를 준 적은 한두 번 있었지만, 대개는 불만스러워서 징얼거리며 그들을 빈손으로 돌려보냈다.

아이들이 그와 관계를 유지한 이유는 그가 술과 마리화나만은 후하게 주었기 때문이었다. 그는 늘 술을 갖춰두고 있었고, 마리화나도 갖고 있었다.

아이들이 그와 어울린 또 다른 이유는 그가 노상 앞으로 찍을 영화에서 중요한 배역을 주겠다, 칸 영화제 같은 곳에 갈 때 데려가겠다, 부자로 유명하게 살게 해주겠다고 약속했기 때문이었다.

한 아이는 반 년 전에 그와의 만남을 그만두었지만, 다른 아이는 그가 죽기 며칠 전에도 그를 만났다.

아이는 처음에 자신이 워낙 멍청해서 그의 약속을 믿었지만, 차츰 그가 자신을 이용할 뿐임을 깨달았다고 말했다. 마지막으로 만난 뒤에는 하도 역겨워서, 다음에 또 그가 전화하면 미리 골라둔 말을 뱉고 수화기를 쾅 내려놓아야지 하고 결심했다고 했다. 이제 그런 걱정을 할 필요가 없었다.

아이가 마지막으로 발테르 페트루스에게 남긴 말에는 따스한 감정이라고는 털끝만큼도 없었다. 오사는 그 말을 고스란히 받아써두었다. "내가 이렇게 말했다고 밝혀도 좋아요. 나는 그 인간의 무덤에서 고고춤을 출 생각이에요. 누가 그 개자식을 위해서 무덤을 파준다면 말이지만."

오사는 또 보고서에 클립으로 쪽지를 끼워두었다. 마르틴 베크를 그것을 떼어 읽었다.

마르틴! 마약단속반에 기록되어 있지는 않지만, 이 아이는 중독자이고 마리화나보다 더 강한 약물을 남용한 흔적이 뚜렷해요. W.P.가 다른 것도 제공했느냐는 질문에는 부인했지만, 이 점을 파 볼 만하지 않을까요?

마르틴 베크는 보고서를 서랍에 넣고, 파일을 닫고, 창가로 가서 손을 주머니에 꽂고 섰다.

점증하는 마약 거래에 발테르 페트루스가 관여했을지도 모른다는 오사의 가정을 생각해보았다. 그것은 수사에 새 돌파구가 될 수도 있는 측면이었지만, 동시에 사태를 복잡하게만 만들 수도 있었다.

페트루스의 사무실에도 집에도 마약의 흔적은 없었다. 하지만 자신들이 그 방면으로 찾아보지 않은 것은 사실이었다. 이제 마약단속반을 불러서 제대로 찾아보라고 해야 했다.

전화가 울렸다.

메르스타의 페르손이 쇠막대기를 발견한 청년과 연락이 닿았고, 청년이 위치를 보여주겠다고 했으며, 그들은 잠시 후에 그곳으로 갈 것이라고 알리는 전화였다.

마르틴 베크도 가겠다고 약속했다. 그리고 스카케를 부르러 갔는데, 스카케는 퇴근했는지 다른 일을 보러 갔는지 없었다.

마르틴 베크는 택시를 부르려고 수화기를 들었다가 마음을 바꿔서 차고로 전화를 걸었다. 로테브로까지 택시로 오가면 백크로나 가까이 나올 텐데, 그러잖아도 이번 달 택시 영수증 뭉치가 이미 위험한 수준으로 두꺼웠다.

그는 운전을 반드시 필요할 때만 그것도 울며 겨자 먹기로 했지만, 지금은 다른 도리가 없었다. 승강기로 차고에 내려가보니, 검은색 폭스바겐이 기다리고 있었다.

페르손은 로테브로의 약속 장소에서 기다리고 있었다. 그들은 청년과 함께 풀밭을 가로질러서 쇠막대기가 놓여 있었다는 가시자두 덤불로 갔다.

날씨가 나빠졌다. 공기가 차고 눅눅했다. 짙은 비구름이 낮게 깔린 저녁 하늘은 회색이었다.

마르틴 베크는 풀밭 건너편 집들을 보았다.

"범인이 이 길로 왔다니 이상하네요. 사람들 눈에 잘 띄었을 텐데."

"어쩌면 엔셰핑스베겐 거리에 차를 세워뒀을지도 모릅니다." 페르손이 의견을 냈다. "내일 여기부터 그곳까지 땅을 샅샅이 살펴보면 어떨까요."

"비가 올 것 같은데요." 마르틴 베크가 말했다. "그리고 삼주 가까이 지났잖습니까. 뭘 찾긴 어려울 것 같습니다."

마르틴 베크는 발이 시렸고, 레아와 함께 집에 있고 싶었다.

가시자두 덤불은 발테르 페트루스를 죽인 사람이 누구인지에 대해 아무런 답을 주지 않았다. 게다가 어두워지고 있었다.

"갑시다." 마르틴 베크는 이렇게 말하고 차들이 주차된 곳으로 돌아갔다.

마르틴 베크는 툴레가탄으로 퇴근했다. 레아가 부엌에서 판비프*를 요리하는 동안, 그는 욕조에 몸을 담그고 내일 할 일을 계획했다.

마약단속반에게 알려서 협조를 구해야 했다.

유르스홀름의 저택, 영화사 사무실, 마우드 룬딘의 집을 철저히 수색해야 했다.

벤뉘 스카케는 페트루스에게 다른 비밀 주소가 없는지, 가명으로 빌린 아파트나 공간이 없는지 알아보아야 할 것이다.

오사가 면담했던 여자아이를 더 강하게 압박해볼 필요도 있었다. 그건 마약단속반이 할 일이었다.

자신은 원래 저택에 다시 찾아가서 페테르손 부인과 정원사 헬스트룀과 이야기할 생각이었지만, 그 일은 나중에 해도 된다. 내일은 사무실에 머물러야 할 것이다.

유르스홀름의 고용인들과 이야기하는 일은 오사가 해도 된다.

---

* 소고기를 다져 동그랗게 뭉친 다음 구워낸 스웨덴식 햄버그스테이크.

그는 오사가 지금 무엇을 하는지 궁금했다. 오사는 오늘 종일 모습을 보이지 않았다.

"저녁 다 됐어요." 레아가 불렀다. "와인 마실래요, 아니면 맥주?"

"맥주요, 고마워요." 그가 외쳤다.

마르틴 베크는 욕조에서 일어났다. 그리고 일 생각은 그만두었다.

8.

국가경찰청장이 군발드 라르손에게 미소 지었다. 하지만 그것은 소년 같은 매력은 찾아보려야 찾을 수 없는 미소였다. 방문자에 대한 채 숨기지 못한 반감과 아래윗니를 드러낼 뿐인 미소였다. 스티그 말름은 제자리에, 즉 상사 뒤에 서서 이것이 자신과는 무관한 일인 양 보이려고 애쓰고 있었다.

말름이 현재의 위치에 오른 것은 영리한 출세 지향적 처신, 노골적으로 말하자면 똥구멍 핥는 아부 덕분이었다. 말름은 윗사람의 심기를 거스르는 것이 위험하다는 것을 알았지만, 한편으로 아랫사람을 너무 몰아세워도 위험할 수 있다는 것을 알았다. 언젠가 그들이 그를 몰아세울 기회를 잡을지도 모르니까.

그래서 말름은 당분간 열린 마음으로 사태를 관찰했다.

청장이 두 손바닥을 탁자에서 뗐다가 다시 내려놓으면서 말했다.

"자, 라르손. 자네가 그 끔찍한 사건에서 심한 부상 없이 탈출한 것을 우리가 얼마나 기뻐하는지 굳이 말하지 않아도 알겠지."

군발드 라르손은 기뻐하는 분위기라고는 조금도 없는 말름을 흘긋 보았다.

말름은 자신이 관찰당한다는 걸 알자마자 함박 미소로 수습하려고 애썼다.

"그래, 정말이야, 군발드." 말름이 말했다. "우리가 그날 아침에 얼마나 애태웠는지 아나."

청장이 고개를 돌려서 차갑게 참모를 보았다.

말름은 자신이 너무 나갔다는 것을 깨달았다. 그는 당장 미소를 지우고, 시선을 떨구고, 풀 죽어 생각했다. 내가 어떻게 하든 틀렸다고 한단 말이야.

말름이 비관할 만도 했다. 만일 그나 청장이 작은 실수라도 저질러서 신문 일 면에 대문짝만하게 보도된다면, 비난을 받는 것은 말름이었다. 만일 부하가 실수를 저지른다면, 그때도 말름이 맹비난을 받았다. 만일 그가 그동안 좀더 투지를 보였다면 결과가 그렇지 않았을 테지만, 스티그 말름은 생각이 거기까지 미치지 않았다.

왜인지 몰라도 오래 뜸을 들이면 권위가 높아진다고 믿는 청장이 이윽고 말했다.

"좀 이상한 점은 자네가 사건 발생 후 십일 일 더 그곳에 머물렀다는 걸세. 바로 다음 날 돌아오는 비행기가 예약되어 있었는데도. 자네는 6월 6일에 출발했어야 하는데 18일에나 왔지. 어떻게 설명할 텐가?"

군발드 라르손은 대답을 준비해두고 있었다.

"새 양복을 맞췄습니다." 군발드 라르손이 말했다.

"양복을 맞추는 데 십일 일이나 걸리나?" 청장이 놀라서 물었다.

"네, 제대로 하려면. 물론 더 빨리 할 수도 있겠지만, 그러면 반드시 허술한 데가 생깁니다."

"음." 청장은 짜증스러운 듯했다. "자네도 알다시피, 우리에게는 회계 감사관이 있어. 양복 제작 같은 항목은 비용에 포함시키기 어려워. 그냥 여기서 사면 되지 않나?"

"저는 양복을 사지 않습니다." 군발드 라르손이 대답했다. "맞춥니다. 그리고 이제 유럽에는 제가 원하는 방식으로 작업하는 재단사가 거의 없습니다. 그리고 거기서 양복을 기다리는 김에 사건에 대해서도 알아봤습니다."

"별로 건설적인 행동은 아니군." 청장이 말했다. "그곳 경찰이 이미 철저히 조사했어. 그 정보를 자네가 거기 있는 동안 우리에게 보내줬고. 뭐, 자네에게 직접 줬어도 됐겠지만.”

“저는 그곳 경호팀이 몇 가지 실수를 저질렀다고 생각합니다.” 군발드 라르손이 말했다. “그곳 경찰이 내린 결론도 정확하지 않습니다. 특히 몇 가지 중요한 사항에서. 그 친구들의 보고서는 저도 갖고 있습니다. 떠나기 전에 주더군요.”

잠시간 방에 침묵이 흘렀다. 말름이 위험을 무릅쓰고 입을 열었다.

“이 문제는 십일월 국빈 방문에도 중요한 일일지 모릅니다.”

“틀렸어, 스티그.” 청장이 말했다. “그냥 중요한 게 아니라 대단히 중요하지. 당장 회의를 소집해야겠어.”

“맞습니다.” 말름이 대답했다.

말름은 회의에 능했다. 회의는 그의 삶의 일부였다. 회의가 없으면, 아무것도 제대로 굴러가지 않을 것이다. 사회가 폭삭 무너질 것이다.

“누구를 부를까요?”

말름은 벌써 전화기 옆에 서 있었다.

청장이 골똘히 생각했다. 군발드 라르손은 큼직한 손가락을 하나씩 당겨서 관절에서 뚝뚝 소리를 냈다.

“군발드는 당연히 있어야 하고요.” 말름이 운을 뗐다.

"그 일을 겪었으니, 이제 전문가 자격으로 참석해야지." 청장이 말했다. "하지만 나는 딴 문제를 생각하고 있었다네. 우리가 아직 특별 대책반을 구성하지 않았지 않나. 시간 여유가 있는 건 사실이지만, 워낙 크고 중요한 임무란 말이야. 그러니까 지금부터 소수 정예로 모여서 의논해보는 게 좋겠어."

"보안청장을 부를까요."

"물론이지. 치안경찰청장과 스톡홀름 주 경찰청장도 부르고."

군발드 라르손은 하품을 했다. 경찰청장, 그자의 실크 넥타이, 그자가 이른바 휘하에 부리는 무장한 멍청이들을 생각하면 진저리가 났다. 한편으로는 공포심도 약간 들었다. 마음 깊은 곳에서.

청장이 계속 말했다.

"모든 종류의 전문가가 필요하다네. 육군과 공군에서 장비와 인력을 빌려야 할 거야. 어쩌면 해군에서도. 물론 모든 일에 대한 최종 책임은 한 사람, 즉 내게 있을 걸세. 하지만 그것만으로는 충분하지 않아. 우리가 다양한 전문가 의견을 잘 취합하려면, 가령 심리 경호 같은 문제도 포함해서 더 잘해나가려면, 처음부터 작전 총괄을 지정해둬야 해. 그는 노련한 경찰관이자 괜찮은 행정가여야겠지. 모든 관련 세력을 조정할 수 있는 사람이어야 할 거야. 이런 자격 조건에 더해서 범죄학적 식견이 있고,

심리학도 잘 아는 사람. 누가 그렇지?"

청장이 군발드 라르손을 보았다. 군발드 라르손은 답은 자명하다는 듯이 말없이 끄덕였다.

스티그 말름이 무의식적으로 자세를 바로 했다. 답은 자명하지, 말름은 생각했다. 나 말고 누가 그런 어려운 임무에 걸맞은 자격을 갖췄겠어? 언젠가 그가 직접 작전을 지휘했을 때 결과가 재앙이었다는 사실은 말름이 볼 때 불운과 상황 탓이었다.

"베크." 군발드 라르손이 말했다.

"그렇지." 청장이 받았다. "마르틴 베크. 그가 적임자지."

뭔가 잘못된다면 더 그렇지, 청장은 생각했다. 하지만 겉으로는 이렇게 말했다.

"좌우간 최종 책임은 내게 있다네."

그럴싸하게 들린다고 청장은 생각했다. 그래도 좀더 효과적으로 말할 수도 있었을 텐데 싶었다.

이를테면, '그럼에도 불구하고 궁극의 책임은 내 어깨에 놓여 있다네'라고 말하면 어땠을까?

"왜 전화를 안 돌리나?" 청장이 말름을 다그쳤다.

"베크는 수사중입니다." 정신을 수습한 말름이 말했다. "사실 그는 제 밑에 소속된 부하입니다."

"아, 살인수사과에 사건이 있나?" 청장이 말했다. "뭐, 그는 시간을 낼 수 있을 거야. 살인수사과는 어차피 머지않아 해체될 조직이고."

"저는 사건을 열한 건 맡고 있는데요." 군발드 라르손이 말했다.

"자네는 내 밑이 아니잖나." 스티그 말름이 말했다.

"아니죠. 하늘에 계신 아버지인가 뭔가에게 고맙게도."

묄레르를 제외하고 모두 제시간에 도착했다. 스티그 말름과 군발드 라르손은 서로 또 청장과 건성으로 인사했지만, 그것은 다소 칙칙한 칠월의 이날, 그들이 두 번째 만나는 것이라 그랬다. 마르틴 베크는 청재킷과 펑퍼짐한 바지 차림으로 나타났고, 스톡홀름 주 경찰청장은 여느 때처럼 흰 실크 넥타이를 뽐내며 나타났다.

그런데 묄레르가 나타나지 않았다.

모두 회의용 탁자에 둘러앉았을 때에야 청장이 그 사실을 알아차리고 퍽도 도움되게 말했다.

"묄레르는 어디 있나? 그 없이 시작할 순 없어. 보안청과 관련된 문제가 생기면 이만저만 시끄러운 게 아니잖나."

에리크 묄레르는 '세포Säpo'라고도 불리는 국가보안경찰의 책임자였다. 하지만 그가 책임지는 일이 무엇인지 그 자신이라고 해서 확실히 알까 싶었다. 보안청의 실체는 특별할 것이 없었다. 보안청에는 약 팔백 명의 인원이 있었고, 그들은 크게 두 가지 일에 전념하도록 되어 있었다. 첫째는 외국 출신 스파이를 밝혀내고 잡는 일, 둘째는 국가 안보에 위험하다고 여겨지는 조직과 단체에 대응하는 일이었다. 하지만 그동안 보안청의 역할은 점점 애매해지기만 했다. 보안청이 실제로는 좌파적 시각을 가진 시민들을 사찰하고, 괴롭히고, 비참하게 만드는 일만 한다는 사실을 모두가 알기 때문이었다. 보안청이 집권당인 사회민주당 당원들에 대해서도 조서를 작성하는 단계에 이르자, 자칭 사회주의 정부는 당혹감을 감추지 못했다.

에리크 묄레르는 삼십삼 분 늦게 땀을 뻘뻘 흘리고 헐떡거리면서 나타났다.

만에 하나 묄레르가 스파이나 역스파이 같은 것이더라도, 그런 외모로는 변장이 대단히 어려울 터였다. 묄레르는 다른 참석자들과 연배가 비슷하지만 훨씬 과체중이었고, 여우 털처럼 빨간 머리카락이 벗어진 정수리를 둘러싸고 화환처럼 동그랗게 나 있었으며, 큰 귀는 직각으로 튀어나와 있었다. 다른 사람들은 그를 잘 알지 못했다. 묄레르가 직업상의 이유에서인지 남들과 어울리지 않기 때문이었다.

그들 중 유일하게 진심으로 묄레르를 싫어하는 군발드 라르손이 입을 열었다.

"우스타샤* 친구들이랑은 어떻게 지냅니까? 요즘도 토요일 오후에 정원에서 함께 티 파티를 하고 그럽니까?"

보안청장은 숨이 너무 가쁜 나머지 대꾸하지 못했다.

국가경찰청장이 회의를 시작했다. 청장은 대중에게 다소 반감을 사는 미국의 한 상원 의원이 오는 11월 21일 목요일에 스웨덴을 방문할 예정임을 상기시키고, 군발드 라르손이 연구 출장에서 흥미롭고 유용한 자료를 갖고 돌아왔다고 말했다. 상원 의원 경호는 까다로운데다가 경찰의 위신이 걸린 중차대한 일이라고 말했다. 그리고 참석자들이 나눠 맡아야 할 여러 특수 임무를 열거했다.

머리통을 포르말린 병에 담아 가져올걸 그랬어, 군발드 라르손은 생각했다. 그야말로 흥미롭고 유용한 자료였을 텐데.

마르틴 베크는 자신이 작전 총괄을 맡게 되었다는 소식을 하품하던 중에 들었다.

하품을 최대한 참으면서 마르틴 베크가 말했다.

"잠깐만요. 저 말입니까?"

"그래, 마르틴." 청장이 진지하게 대답했다. "이 일은 어떻게

* 2차세계대전 중 세르비아인 학살을 주도했던 크로아티아의 파시스트 조직.

보면 예방적 살인 수사가 아니겠나? 필요한 자원은 뭐든 우리가 제공함세. 자네가 같이 일할 사람을 골라서 재량껏 배치해도 좋아."

마르틴 베크는 고개를 저을 생각이었지만, 다음 순간에 맙소사, 저자가 명령할 수도 있잖아, 하는 생각이 들었다. 그때 군발드 라르손이 마르틴 베크의 옆구리를 찔렀다.

군발드 라르손이 작은 목소리로 말했다.

"한다고 해. 경호 대비를 총괄하겠다고 해. 사전 조사, 원거리 경호, 전부 다."

"어떻게?"

"살인수사과랑 강력반 인원으로. 하지만 근거리 경호, 그러니까 웬 놈이 불쑥 튀어나와서 상원 의원 머리통을 벽돌 같은 걸로 깨부수는 일을 막는 작업은 딴 데서 맡아야 한다고 조건을 달아."

"거기, 중얼거리지 말고 크게 얘기하게." 청장이 말했다.

군발드 라르손이 마르틴 베크를 슬쩍 본 뒤에 말했다.

"베크와 저는 살인수사과와 강력반 인원을 주로 써서 원거리 대책을 조율할 수 있을 거라고 생각합니다. 예방 조치며 뭐며 전부 다요. 하지만 근거리 보호 조치는 맡지 않았으면 합니다. 그건 묄레르와 그의 일당에게 딱 맞는 임무 같습니다."

청장이 목청을 가다듬고 말했다.

"에리크, 어떻게 생각하나?"

"좋습니다." 묄레르가 대답했다. "우리가 맡죠."

묄레르는 여태 호흡이 곤란했다.

"그 일은 사실 황당할 만큼 간단합니다." 군발드 라르손이 말했다. "나는 이 도시에서 제일 멍청한 경찰 스무 명만 갖고도 해낼 수 있습니다. 묄레르에게는 변장하고 풀숲에서 암약하는 얼간이가 수백 명 있잖습니까. 듣자니 그중 한 놈이 노동절 기념 연설을 하는 총리를 사진으로 찍어서는 위험한 빨갱이처럼 보인다고 보고했다면서요."

"그만하지, 라르손." 청장이 말했다. "됐어. 그래서 자네는 일을 맡을 텐가, 베크?"

마르틴 베크는 한숨을 쉬면서도 고개를 끄덕여 동의했다. 눈앞의 임무가 얼마나 문제투성이일지 훤히 그려졌다. 회의가 끝없이 열릴 테고, 거들먹거리는 정치인들과 군인들이 이래라저래라 참견하겠지. 그래도 만약 공식 지시가 떨어진다면 그는 거절할 수 없는 처지였고, 군발드 라르손이 방안을 품고 있는 듯했다. 군발드 라르손은 이미 보안청을 처리하는 데 성공했고, 그것만으로도 훌륭했다.

"이야기를 진행하기 전에, 한 가지 알고 싶은 게 있네." 청장이 말했다. "우리 친구 묄레르가 대답할 수 있을 것 같은데."

"아, 네." 묄레르가 서류 가방을 열면서 대답했다.

"자, 그 '에이그'인가 하는 조직에 대해서 우리는 얼마나 알고 있나?"

"'에이그'가 아닙니다." 말름이 머리를 매만지면서 말했다.

"하지만 그렇게 불러도 쌉니다." 군발드 라르손이 말했다.

청장이 웃음을 터뜨렸다. 군발드 라르손을 제외한 모두가 놀라서 청장을 보았다.

"'울라그'입니다." 말름이 말했다.

"그래 그거." 청장이 말했다. "그 조직에 대해서 우리가 뭘 알지?"

묄레르가 파일에서 종이 한 장을 꺼내며 짧게 대답했다.

"사실상 전혀 모릅니다. 그 조직이 암살을 여러 건 수행했다는 것은 압니다. 첫 번째 사건은 작년 삼월, 코스타리카 당시 대통령이 테구시갈파에 도착해서 비행기를 내리던 중 저격당했습니다. 암살이 예상되는 상황이 아니어서, 보안 조치가 충분하진 않았던 것으로 보입니다. 울라그가 자신들의 소행이라고 밝히지 않았다면, 그곳 경찰은 아마 웬 사이코패스의 단독 범행이라고 가정했을 겁니다."

"저격이요?" 마르틴 베크가 물었다.

"네. 밴 안에 숨어 있던 저격수가 원거리 사격을 한 것 같습니다. 경찰은 범인 추적에 실패했습니다."

"다음 사건은?"

"말라위입니다. 아프리카의 두 나라 총리가 국경 분쟁을 논의하려고 그곳에서 만났습니다. 건물이 갑자기 폭발했고, 마흔 명 넘게 사망했습니다. 작년 구월이었습니다. 보안은 대단히 철저했습니다."

묄레르가 이마의 땀을 닦았다. 군발드 라르손은 묄레르에 비하면 자신은 신체적으로 그다지 나쁘지 않다는 생각이 들어 기분이 좋았다.

"그다음은 올 일월에 저지른 암살 두 건입니다. 첫 번째는 북베트남의 장관 한 명, 장군 한 명, 참모 세 명이 차를 타고 가다가 박격포에 맞아서 전원 사망했습니다. 그들은 남베트남의 어느 원로와 회담하러 가던 길이었고, 군의 호위를 받고 있었습니다. 겨우 일주일 뒤, 그 조직은 인도 북부에서 또 테러를 벌였습니다. 그 주의 주지사가 기차역에 나타난 자리에서, 최소 다섯 명의 테러리스트가 기차와 역사 양쪽에 수류탄을 던졌습니다. 그다음 그들은 경기관총을 난사했습니다. 이것이 지금까지 그들이 저지른 가장 잔혹한 공격이었습니다. 주지사를 환영하려고 어린 학생 수백 명이 모였는데, 그중 약 오십 명이 죽었습니다. 현장에 있던 경찰들과 경호원들도 죽거나 중상을 입었고, 주지사는 아예 산산조각이 났죠. 이것이 범인들이 목격된 유일한 사건이기도 합니다. 범인들은 마스크를 썼고, 특공대 유니폼 같은 걸 입고 있었답니다. 그들은 여러 대의 차에 나눠 타고 도망쳤는데, 추적은 되지 않았습니다. 그다음 삼월에 일본에서 한 건 더 있었습니다. 대중의 호불호가 갈리는 한 유명 정치인이 어느 학교를 방문한 자리였는데, 이때도 건물이 폭발해서 정치인을 포함하여 많은 사람이 죽었습니다."

"울라그에 대해서 아는 바는 그게 전부입니까?" 마르틴 베크가 물었다.

"네."

"그 요약문을 직접 작성했습니까?"

"아니요."

"언제 입수했습니까?"

"두 주 전쯤."

"작성자가 누구인지 물어도 될까요?" 군발드 라르손이 말했다.

"네, 물어도 되죠. 하지만 내가 대답할 의무는 없습니다."

어차피 모두가 답을 알았다. 묄레르가 체념한 표정으로 말했다.

"CIA입니다. 우리가 미국과 정보 교류를 한다는 건 비밀이 아니죠."

"그러면 보안청은 이전에는 울라그에 대해서 몰랐습니까?" 마르틴 베크가 물었다.

"네." 묄레르가 말했다. "신문에 난 정도만 알았습니다. 놈들은 공산주의자로 보이진 않습니다."

"아랍 테러 조직도 아니고요." 군발드 라르손이었다.

"이제 라르손의 이야기를 들어보지." 청장이 말했다. "울라그인가 뭔가에 대해서 자네는 뭘 더 아나?"

"묄레르의 저 종이에 담긴 내용에다가 추가로 좀더 압니다. 저는 6월 5일 암살 사건을 그곳 당국이 조사하는 과정을 곁에서 지켜봤는데, 일단 세상에는 정보국이 CIA 소식지 구독 이상의 일을 하는 나라도 있다는 점을 짚어두고 싶군요."

"짧게 해, 군발드." 마르틴 베크가 말했다.

"문제의 암살 사건들을 살펴보면, 몇 가지 결론을 내릴 수 있습니다." 군발드 라르손이 말했다. "우선, 모두 유력 정치인을 대상으로 했습니다. 하지만 인물들 사이에 공통점은 없습니다. 코스타리카 대통령은 사회민주주의자 비스름했고, 두 아프리카 총리는 민족주의자였죠. 베트남 사람들은, 묄레르의 말과는 달리, 북베트남인이 아니라 남베트남 임시 정부인 남베트남공화국 사람들이었습니다. 공산주의자였죠. 인도 주지사는 진보적 사회주의자였고, 일본 정치인은 극단적 보수주의자였습니다. 제가 그 죽음을 목격한 대통령은 장기 독재 파시스트였습니다. 아무리 끼워 맞춰도, 정치적으로 뚜렷한 패턴은 없습니다. 저뿐 아니라 아무도 그럴싸한 해석조차 제안하지 못했습니다."

"어쩌면 청부를 받아서 일하는 사람들인지도 모르지." 마르틴 베크가 말했다.

"나도 그 생각을 해봤지만, 그럴 것 같진 않아. 그림이 맞지 않아. 그리고 제가 또 주목하는 점은 모든 암살이 훌륭하게 계획되고 수행되었다는 겁니다. 그들은 다양한 수법을 썼는데, 어떤 수법이든 완벽하게 시행되었습니다. 그들은 그 일에 능숙하고, 대단히 위험합니다. 관련 훈련과 교육을 받은 게 분명하고, 자원도 상당히 갖추고 있는 것 같습니다. 또 모종의 기지를 두고 있을 겁니다."

"어디에?" 마르틴 베크가 물었다.

"나도 몰라. 추측은 해볼 수 있지만 안 할 거야. 하지만 놈들의 궁극적 목표가 무엇이건 간에, 암살 시도를 거의 늘 성공시키는 테러 집단이란 최악이지."

"그곳에서 있었던 일은 어떻게 된 건지 말해보게." 청장이 주문했다.

"저도 알아내는 데 시간이 좀 걸렸습니다." 군발드 라르손이 말했다. "폭발은 엄청나게 강력했습니다. 대통령과 주지사뿐 아니라 스물여섯 명이 더 죽었죠. 사망자는 대부분 경찰과 경호원이었지만, 근처에 주차해 있던 택시와 마차 운전사도 몇 명 사망했습니다. 딴 길을 걷다가 그곳까지 날아간 자동차 파편에 머리를 맞아서 죽은 행인도 한 명 있었습니다. 폭발이 그렇게 강했던 건 폭탄이 도시의 주요 가스 공급관에 설치되어 있었기 때문입니다. 따라서 범인은 상당히 먼 거리에서 무선으로 그걸 터뜨렸을 겁니다."

"그곳 경찰이 뭘 잘못했다고 생각하나?" 마르틴 베크가 물었다.

"경호 계획에는 큰 잘못이 없었어." 군발드 라르손이 대답했다. "그 계획은 미국 정보국이 케네디 대통령 암살 직후 수립한 경호안과 거의 같은 형식이었습니다. 하지만 이 손님이 인기 없는 인물이었다는 점을 감안하자면, 자동차 퍼레이드 경로를 사전에 공개하지 말았어야 한다고 봅니다."

"그러면 시민들이 나와서 국기를 흔들며 환영할 수가 없지 않습니까." 스톡홀름 주 경찰청장이 말했다.

"그리고 경로를 자꾸 바꾸는 건 못할 짓입니다." 묄레르가 거들었다. "흐루쇼프 방문 때 얼마나 난리였는지 기억이 생생

합니다."

"나는 흐루쇼프가 떠나면서 세계 어디에서도 여기처럼 경찰관들의 등을 많이 보지 못했다고 말했던 것만 기억나는데요." 마르틴 베크가 말했다.

"그건 그가 자초한 일이었습니다." 묄레르가 말했다. "그는 두려워해야 한다는 것도 모를 만큼 사리 판단이 안 되었죠."

"그들의 또 다른 실수는 예방 조치를 너무 늦게 시행했다는 겁니다." 군발드 라르손이 이어 말했다. "그들은 국빈 방문 이틀 전에야 항구와 공항을 통제하기 시작했죠. 하지만 울라그 같은 놈들은 몇 주 전부터 움직입니다."

"그건 당신의 짐작일 뿐이죠." 묄레르가 말했다.

"아니요. 그곳 경찰이 흥미로운 정보를 꽤 많이 알아냈단 말입니다. 그리고 인도 암살 사건에 관해서는 당신이 작성한 정보보다 더 많이 알려져 있습니다. 그 사건에서 중상을 입고 사망한 경찰관이 증언을 남겼는데, 테러리스트들이 사실은 마스크를 쓰지 않았고 대신 공사장 인부가 쓰는 것 같은 헬멧을 썼더랍니다. 또 그가 범인들 중 세 명을 똑똑히 봤는데, 그중 두 명은 일본인 같았고 세 번째는 서른 전후의 키 큰 유럽인이었답니다. 세 번째 남자가 급히 차에 탈 때 헬멧이 벗겨져서, 부상당한 경찰관이 남자의 금발 머리카락과 구레나룻을 똑똑히 봤다더군요. 당연히 인도 경찰은 사건 이후 출국한 사람들을 외국인 위주로 확인했는데, 그중 인상착의가 맞는 인물이 있었습니다. 로디지아* 여권을 가진 남자였죠. 덕분에 경찰은 남자의 이름을 알아냈습니다. 하지만 부상당한 경찰관이 증언한 것은 사건 다음 날이었고, 그 시점에 문제의 남자는 출국한 지 오래였습니다. 로디지아 당국은 그런 이름을 모른다고 말했습니다."

"그래도 없는 것보단 나은 단서로군." 마르틴 베크가 말했다.

"제가 갔던 나라의 보안 경찰은 사전에 인도 경찰과 접촉하진 않았기 때문에 이 정보를 몰랐습니다. 그래도 그들은 사건 직후 출국자 명단을 확보해두고 있었는데, 나중에 확인해보니 거기에 같은 이름과 여권의 인물이 있었습니다. 여권은 거의 백퍼센트 가짜겠죠, 이름도."

"어떤 이름을 썼지?" 마르틴 베크가 물었다.

"라인하르트 하이드리히**." 군발드 라르손이 대답했다.

청장이 목을 가다듬고 말했다.

"이 울라그라는 자들은 아주 불쾌하군."

"무선제어 폭탄을 쓰는 자들로부터 어떻게 요인을 보호하지

* 영국령 남로디지아 식민지가 1969년에 독립을 선언한 후 1979년까지 사용한 이름으로, 1980년에 짐바브웨로 이름을 바꾸었다.

** 나치 독일에서 홀로코스트를 기획했던 인물(1904~1942년)의 이름과 같다.

요?" 묄레르가 침울하게 말했다.

"우리가 해낼 수 있을 것 같습니다." 군발드 라르손이 말했다. "당신이 근거리 경호를 맡아주기만 하면."

"만일 우리가 죄다 갑자기 공중으로 날아오른다면, 그 일이 쉽지 않겠지요." 묄레르가 말했다. "그때는 어떻게 그를 보호합니까?"

"폭탄은 걱정 마세요. 우리가 처리할 테니까." 군발드 라르손이 말했다.

"궁금한 게 있어." 마르틴 베크가 말했다. "만약 그곳에서 원거리 경호 조치가 정말로 잘 가동되고 있었다면, 폭탄을 터뜨린 범인은 상황을 눈으로 직접 볼 만큼 현장에 가까이 있을 수는 없었을 거야."

"나도 그가 가까이 있지 않았다고 봐." 군발드 라르손이 말했다.

"그러면 현장에 다른 공범이 있었나?"

"아니었을 거라고 봐."

"그러면 범인은 언제 폭탄을 터뜨려야 한다는 걸 어떻게 알았지?"

"나는 그가 그냥 정규 라디오 방송을 듣거나 텔레비전 중계를 보고 있었다고 생각해. 라디오와 텔레비전이 모두 국빈 방문 행사를 생중계하고 있었거든. 대부분의 나라들이 특별 행사를 그렇게 중계하지. 알다시피 울라그는 늘 잘 알려진 정치계 인사만 노려. 그리고 피해자가 뭔가 특이하거나 구경거리가 되는 행동을 할 때만 노려. 국빈 방문도 그런 행사고. 그러니 이번 행사도 놈들이 시도해볼 만한 기회일 거야."

"예방 조치는 어떻게 합니까?" 묄레르가 물었다. "말썽꾼을 죄다 잡아 가둘까요?"

"아니요." 군발드 라르손이 말했다. "누구든 시위하고 싶은 사람은 당연히 나와서 할 수 있습니다."

"자네는 지금 자기가 무슨 말을 하는지도 모르는군." 스톡홀름 주 경찰청장이 말했다. "지방 경찰관을 싹 다 데려와야 해. 몇 년 전에 맥너마라가 코펜하겐을 방문하기로 되어 있었는데, 예상되는 시위 규모를 듣고 그가 그냥 취소했지. 이 년 전에 레이건이 덴마크에 와서 국왕과 요트에서 오찬을 들었을 때는 언론에 그 사실이 거의 보도되지 않았고. 사적 방문이라 그가 보도를 원하지 않았지. 그가 직접 그렇게 말했어. 상상해봐, 레이건이……."

"만약 그날이 내가 쉬는 날이라면, 나도 나가서 그 개자식에게 반대하는 시위에 참석할까 하는데요." 군발드 라르손이 말했다. "그는 레이건보다 훨씬 더 나쁩니다."

모두가 준엄한 눈으로 믿을 수 없다는 듯 군발드 라르손을 보았다. 다만 마르틴 베크는 딴생각에 빠진 듯했다. 모두 이렇게 생각했다. 정말 이 사람에게 임무를 맡겨도 될까?

청장은 군발드 라르손의 말이 농담이라고 이해했다.

"아주 생산적인 논의였네." 청장이 말했다. "우리가 옳은 방향으로 가고 있다고 생각해. 자네들 덕분이야."

마르틴 베크는 궁리를 마치고 에리크 묄레르에게 말했다.

"나는 제안된 임무를 수락했습니다. 그것은 곧 당신이 내 지시를 따라야 한다는 뜻입니다. 내 첫 번째 지시는 당신과 정치적 견해가 다른 사람들을 예방 조치랍시고 억류하면 안 된다는 겁니다. 정말로 설득력 있는 이유가 있지 않다면, 그리고 우리가, 특히 내가 승인하지 않는다면 말입니다. 당신에게는 근거리 경호라는 중요한 임무가 있으니, 거기 집중하길 바랍니다. 시민들에게는 시위할 권리가 있다는 것을 기억하세요. 도발적이고 불필요한 무력 사용은 금합니다. 모든 시위는 적절히 다뤄져야 하고, 그와 관련해서 당신은 주 경찰청장과 치안경찰청장과 협력하세요. 모든 계획은 내게 제출해야 합니다."

"하지만 이 나라의 전복 세력은 어떻게 합니까? 그들을 그냥 두라고요?"

"내가 볼 때 그 전복 세력이란 당신의 상상력과 희망이 지어

낸 것일 뿐입니다. 당신의 최우선 과제는 상원 의원 근거리 경호입니다. 시위는 불가피하고, 그걸 무력으로 해산하려 해선 안 됩니다. 치안경찰에게 합리적인 지시를 내려두면 아무 문제없을 겁니다. 계획은 모두 내게 보고하세요. 물론, 당신의 스파이 팔백 명은 합법적 활동이라면 뭐든 좋으니 자유롭게 배치하십시오. 내 말이 똑똑히 전달되었습니까?"

"네." 묄레르가 대답했다. "하지만 내가 긴히 필요하다고 여기는 상황에서는 당신의 지시를 어길 수 있다는 것도 알겠지요."

마르틴 베크는 대답하지 않았다.

스톡홀름 주 경찰청장이 벽 거울로 걸어가서 흰 실크 넥타이를 점검했다.

"여러분." 청장이 말했다. "회의를 마치세. 현장 활동을 시작해도 좋아. 여러분 모두를 전적으로 믿는다네."

같은 날 잠시 후, 에리크 묄레르가 마르틴 베크를 찾아왔다. 생전 처음 있는 일이었다.

마르틴 베크는 원래대로라면 베스트베리아의 자기 사무실, 혹은 로테브로나 유르스홀름에 있어야 했지만 여태 쿵스홀름스가탄에 있었다. 새 임무에 시간을 쏟기 전에 페트루스 사건을 해결하고 싶었는데, 아직 벤뉘 스카케를 콜베리만큼 신임할 수가 없었다. 렌나르트 콜베리는 체계적이고 창의적이고 훌륭한 수사관이었다. 마르틴 베크는 가끔 콜베리가 여러모로 자신보다 나은 경찰관이라는 느낌도 받았다.

스카케의 야심과 에너지는 좋았다. 하지만 스카케가 번득이는 감각을 보여준 적은 없었거니와, 앞으로도 탁월해질 것 같지는 않았다. 물론 스카케는 아직 젊으니 더 발전할 것이다. 스카케는 서른다섯 살이었고, 이미 감탄스러운 끈기와 겁을 모르는 용기를 보여주었다. 하지만 마르틴 베크가 스카케를 전적으로 신뢰하고 어려운 사건을 맡기기까지는 아직 멀었다. 한편 벤뉘 스카케와 오사 토렐은 썩 괜찮은 팀이었다. 페르손의 지시에 지나치게 구애받지만 않는다면, 두 사람은 틀림없이 진전을 이뤄낼 것 같았다.

어쨌든 마르틴 베크는 곧 스카케에게도 이 새로운 임무를 나눠줘야 했다. 따라서 살인 사건 수사는 더욱 더디게 진행될 터였다. 자신은 복잡한 일 두 가지를 동시에 처리할 수 있지만, 스카케가 그럴 수 있을지는 못 미더웠다.

마르틴 베크의 입장에서는 벌써 이중 임무가 시작된 셈이었다. 스티그 말름이 군사적으로 "지휘 사령부"라고 지칭한 본부를 어디에 둘 것인가는 이미 논의를 마쳤다.

그리고 지금 마르틴 베크는 군발드 라르손과 함께 상원 의원

호위팀 구성을 의논하면서 동시에 유르스홀름의 저택을 생각하고 있었다.

의논이 한창일 때, 노크 소리가 들리더니 아까보다 더 배불뚝이에 더 여우처럼 보이는 묄레르가 들어왔다.

묄레르는 군발드 라르손에게 무표정한 눈길만을 던진 뒤 마르틴 베크를 보며 말했다.

"이미 호위팀 구성을 마쳤겠지요?"

"이 방에도 도청 장치를 달아놨습니까?" 군발드 라르손이 말했다.

묄레르는 군발드 라르손을 무시했다.

에리크 묄레르는 동요하지 않았다. 이깟 일에 동요하고 그래서야, 보안청 우두머리가 될 수 없었을 것이다.

"내게 아이디어가 있습니다." 묄레르가 말했다.

"정말?" 군발드 라르손이 대꾸했다.

"상원 의원은 방탄 리무진으로 이동하겠지요?"

묄레르는 여전히 마르틴 베크에게만 말을 건넸다.

"네."

"그렇다면 리무진에는 딴 사람을 태우고, 상원 의원은 눈에 덜 띄는 차에 태우는 게 어떻겠습니까. 경찰차 같은 것에. 그래서 훨씬 뒤쪽에 배치하는 겁니다."

"그 딴 사람은 누굽니까?" 군발드 라르손이 물었다.

묄레르가 으쓱했다. "뭐, 아무나."

"그럼 그렇지." 군발드 라르손이 말했다. "당신, 정말 그따위로 냉소적인……."

마르틴 베크는 군발드 라르손이 진심으로 화내기 시작했다는 것을 느끼고 황급히 끼어들었다.

"처음 듣는 아이디어는 아닙니다. 이전에도 여러 번 쓰였지요. 성공할 때도, 아닐 때도 있었고요. 이 경우에는 명백히 논외입니다. 상원 의원은 자신이 방탄 차량에 타기를 원할 겁니다. 게다가 그가 차에 타는 모습을 텔레비전이 중계할 거고요."

"트릭은 많습니다." 묄레르가 말했다.

"우리도 압니다." 마르틴 베크가 말했다. "하지만 우리는 관심 없습니다."

"아, 알겠습니다. 그럼 가보겠습니다."

에리크 묄레르가 떠났다.

군발드 라르손의 안색이 서서히 정상으로 돌아왔다.

"트릭이라, 빌어먹을." 군발드 라르손이 말했다.

"묄레르에게 짜증 내봐야 소용없어." 마르틴 베크가 말했다. "그는 전혀 영향받지 않으니까. 돼지기름에 물을 끼얹는 꼴이지. 자, 그러면 나는 베스트베리아로 가봐야겠어."

9.

하루하루가 흐르고, 한 주 두 주가 흘렀다. 고대했던 여름은 늘 그렇듯이 너무 빨리 지나가는 듯했다.

그래도 아직 여름의 절정인 칠월이었다. 추운 날과 비 오는 날과 아주 간간이 화창한 날이 있는 보통의 칠월이었다.

마르틴 베크는 날씨에 신경 쓸 겨를이 없었다. 그는 일에 몰두했고, 가끔은 하루 종일 사무실에 처박혀 있었다. 저녁에도 경찰서가 조용해지고 거의 텅 빌 때까지 야근하곤 했다. 반드시 필요해서 그런 것은 아니었다. 다만 집에 가기 싫어서, 혹은 종일 통화와 방문자 응대에 시달리느라 생각할 시간이 없던 문제들을 생각해보느라 그랬다.

레아는 아이들을 데리고 아이들 아빠가 사는 덴마크로 삼 주간 휴가를 떠나 있었다.

마르틴 베크는 레아가 그리웠다. 하지만 일주일 뒤면 레아가 돌아올 테니, 그동안 그는 일을 하고 감라스탄의 집에서 혼자 호젓이 보내는 저녁으로 일상을 채웠다.

그의 시간과 생각의 큰 부분을 차지하는 것은 발테르 페트루스의 사망 사건이었다. 그는 다양한 방면에서 수집된 방대한 자료를 거듭 훑어보았지만, 짜증스럽게도 거듭 막다른 골목에 다다른다는 느낌만 들었다.

한 달 하고도 보름이 지난 지금, 수사는 주로 벤뉘 스카케와 오사 토렐이 맡아서 진행했다. 마르틴 베크는 그들의 판단력과 치밀함을 믿었고, 대체로 그들이 알아서 일하도록 내버려두었다.

마약단속반은 시간을 들여서 자세히 조사한 결과를 보고서로 보내왔다.

마약단속반은 첫째로 발테르 페트루스가 마약을 대규모로 다루진 않았으며 유통에 관여한 증거도 없다는 것을 확인했다. 그가 수중에 다량을 갖고 있던 적은 없는 것 같았다.

둘째, 페트루스 자신은 가끔 마리화나나 각성제는 했어도 약을 그다지 많이 하진 않은 것 같았다. 그의 집의 잠긴 서랍에서 여러 해외 제조업자의 이름이 적힌 봉지들이 발견되었는데, 아마 그가 해외여행을 다녀오면서 반입한 물건인 듯했고 대규모 밀수의 흔적은 없었다.

페트루스는 스톡홀름 마약계에서 알려진 고객이었고, 세 공급자로부터 비교적 소박한 양을 사들인 것 같았다. 그가 시가 이상을 치른 적이 없고 재구매 간격이 상당히 길었던 것을 보면, 중독자에게서 드러나는 절박함은 없었다.

마약단속반은 오사가 면담했던 두 여자아이와 비슷한 경험을 한 다른 아이들도 여러 명 더 신문했다. 그들은 모두 페트루스로부터 마약을 받았다고 증언했지만, 그의 사무실에 갔을 때만 받을 수 있었다고 말했다. 집에 가져가게 좀더 달라는 요구는 그가 단호히 거절했다고 했다.

마약단속반이 면담한 아이들 중 두 명은 페트루스의 영화에 출연한 경험이 있었다. 페트루스가 처음에 약속했던 대로 찰스 브론슨이 주연을 맡은 국제 제작 작품은 아니었고, 레즈비언 주제의 포르노 영화였다. 아이들은 촬영 당시 약에 너무 취해 있어서 자신이 뭘 하는지도 잘 몰랐다고 말했다.

"개자식!" 오사가 보고서를 읽고서 소리 질렀다.

또 오사와 스카케는 유르스홀름에 가서 크리스 페트루스와 다시 한번 이야기를 나눴고, 집에 있던 두 자녀와도 이야기를 나눴다. 둘째 아들은 여태 해외에 있었다. 마지막으로 받았던 주소로 가족이 전보를 보내고《인터내셔널 헤럴드 트리뷴》개인 광고란에 광고까지 실었는데도 아들은 아직 소식을 듣지 못한 듯했다.

"걱정 마세요, 엄마. 돈이 떨어지면 나타날 거예요." 큰아들이 쌀쌀맞게 말했다.

오사는 페테르손 부인과도 이야기를 나눴다. 여자는 오사의 질문에 대체로 단음절로만 대답했다. 구시대의 충실한 하녀 타입인 여자는 몇 마디 안 되는 대답에서도 고용주 가족을 좋게만 말했다.

"여성해방에 대해서 일장 연설을 하고 싶더라니까요." 오사가 나중에 마르틴 베크에게 한 말이었다.

벤뉘 스카케는 발테르 페트루스의 정원사 겸 운전기사였던 스투레 헬스트룀과 이야기를 나눴다. 정원사도 페트루스 가족에 대한 의견을 밝히는 대목에서는 가정부처럼 과묵했지만, 정원 일에 대해서는 기꺼이 대화를 나눴다.

스카케는 또 로테브로에서 시간을 많이 보냈는데, 그곳은 사실 오사의 구역이었다. 스카케가 거기서 뭘 하는지는 아무도 몰랐다. 그래서 어느 날 다 함께 마르틴 베크의 사무실에서 커피를 마실 때, 오사가 놀리는 듯이 물었다.

"마우드 룬딘과 사랑에 빠진 건 아니겠죠, 벤뉘? 조심해요.

위험한 여성인 것 같으니까.”

“차라리 위기의 여성 같은데요.” 스카케가 말했다. “그보다도, 거기 사는 남자랑 이야기를 많이 나눴어요. 맞은편 집 조각가요. 고철로 이것저것 만드는데, 아주 멋있어요.”

오사도 어디 간다 말없이 오래 사라지곤 했다. 결국 마르틴 베크가 무슨 일을 하는 중이냐고 물었다.

“영화 보러 가요. 야한 영화. 하루에 한두 편씩 야금야금 보는데, 페트루스의 영화를 전부 다 보기로 결심했거든요. 그러고 나면 제가 불감증이 될지도 몰라요.”

“왜 보려고 하지?” 마르틴 베크가 물었다. “거기서 찾을 게 있다고 생각하나? 나는 한 편으로 충분했어. 〈한밤의 태양 속에서의 사랑〉이라나 하는 제목.”

오사가 웃었다.

“그 영화는 그래도 나은 편이에요. 개중에는 컬러니 와이드스크린이니 하는 식으로 기술적인 면에서 상대적으로 나은 것들이 있는데, 그런 건 일본에 판매했던 것 같아요. 아무튼 그런 영화를 보는 게 재미있진 않아요. 특히 여자에게는. 화가 나거든요.”

“이해해.” 마르틴 베크가 진심으로 말했다. “하지만 그걸 왜 보기로 결심했는가 하는 질문에는 아직 대답하지 않았어.”

오사가 부스스한 머리카락을 헝클어뜨리면서 말했다.

"그게, 영화에 누가 출연했는지 확인해서, 그들이 어떤 사람이고 어디에서 살고 뭘 하는지 알아내는 중이에요. 여러 편 출연했던 남자도 두 명 만났어요. 한 명은 섹스 클럽에서 일하는 프로인데, 그걸 직업이라고 생각하더군요. 출연료를 꽤 많이 받았대요. 다른 한 명은 남성복 매장에서 일하는 사람이고, 영화는 재미로 찍었대요. 출연료는 거의 공짜 수준이었고요. 앞으로 확인할 명단이 길어요."

마르틴 베크는 사려 깊게 끄덕이면서도 미심쩍은 눈으로 오사를 보았다.

"뭔가 나올 거라고 생각하는 건 아니에요." 오사가 말했다. "하지만 반대하지 않으신다면, 계속하고 싶어요."

"해, 감당할 수 있다면."

"안 본 영화가 딱 한 편 남았어요. 제목이 〈야간 간호사의 고백〉이던가. 심하죠."

일주일이 흐르고 칠월 마지막 날에 레아가 돌아왔다.

그날 저녁에 두 사람은 레아가 코펜하겐에서 사온 훈제 장어, 덴마크 치즈, 칼스버그 코끼리 맥주, 크라바스크 술로 재회를 축하했다.

레아는 쉴 새 없이 조잘대다가 마르틴 베크의 품에서 잠들었다.

마르틴 베크는 레아가 돌아와서 기쁜 마음으로 가만히 그녀를 안고 있었지만, 술기운이 오르는 바람에 자신도 금방 곯아떨어졌다.

이튿날은 일이 풀리기 시작했다.

스웨덴 달력에서 페르라는 이름을 기념하는 날인 8월 1일이었다. 비가 내렸다.

마르틴 베크는 맑은 머리로 깨어났지만 지각하고 말았다. 전날 밤에는 레아가 삼 주간의 긴 덴마크 여행 이야기를 들려주려고 안달이었던데다가 둘 다 술과 음식을 양껏 한 터라, 서로 얼마나 그리웠는지 표현할 겨를도 없이 잠들고 말았다. 그들은 아쉬움을 아침에 풀었다. 레아의 아이들은 아직 덴마크에 있었기 때문에, 그들은 방해받지 않고 여유를 부릴 수 있었다. 결국에는 레아가 그를 침대에서 밀어내면서, 수사과장으로서 모범을 보여야 할 책임을 상기하라고 명령했다.

출근해보니 벤뉘 스카케가 마르틴 베크를 두 시간 동안 초조하게 기다리고 있었다. 스카케는 마르틴 베크가 자리에 앉기도 전에 와서 머뭇거리며 섰다.

"좋은 아침, 벤뉘." 마르틴 베크가 말했다. "자네 일은 어때?"

"괜찮습니다."

"아직 그 고철 예술가를 의심하나?"

"아니요. 처음에는 그랬지만요. 그는 워낙 가까이 살고, 작업실에 쇠막대기며 파이프며 가득하니까 의심해볼 만하다고 생각했습니다. 게다가 마우드 룬딘을 잘 아니까, 피해자를 죽이고 싶었다면 그녀가 출근하는 걸 본 뒤에 쇠막대기나 납 파이프를 골라 들고 길을 건너가기만 하면 됐을 겁니다. 뻔한 것 같았습니다."

"알리바이가 있다고 했던가?"

"네. 여자 친구가 밤새 함께 있었고, 아침에 둘이 함께 시내로 나갔답니다. 아무튼 그는 좋은 사람이고, 페트루스와는 아무 관계가 없어요. 여자 친구도 착실한 사람 같고요. 여자 친구 말이, 자신은 불면증이 있어서 남자가 잠든 뒤에도 책을 읽었는데, 남자가 아침 10시까지 꿀잠을 자더랍니다."

마르틴 베크는 재미있다는 표정으로 스카케의 흥분한 얼굴을 보았다.

"또 뭘 발견했지?"

"그게, 제가 거기 자주 가서 살펴보고 조각가랑 이야기도 나누고 그랬잖습니까. 어제도 그와 맥주를 마셨는데, 제가 앉은 자리에서 마우드 룬딘의 차고에 있는 큰 상자들이 보이는 겁니다. 그 상자들은 조각가의 것이라고 하더군요. 작품을 전시회에 보낼 때 쓰는 운반용 상자랍니다. 그가 자기 차고에 상자를 둘 자리가 없다고 말했더니, 마우드 룬딘이 자기 차고에 두라고 했대요. 상자는 삼월부터 거기 있었고, 이후 아무도 손대지 않았답니다. 그런데 저는 문득 페트루스를 죽인 자가 사람들에게 들킬 걱정 없는 한밤중에 그 집에 도착해서 피해자가 혼자 있게 되는 시간까지 그 상자 뒤에서 기다린 게 아니었을까 하는 생각이 들었습니다."

"그래놓고는 사람들이 다 보도록 풀밭을 가로질러서 떠났다고?"

"네, 이상한 건 압니다. 하지만 만약 그가 정말로 상자 뒤에 숨었다면, 그건 발테르 페트루스가 보통 마우드 룬딘이 출근한 뒤 얼마 지나지 않아 집을 나섰으니 그로서는 피해자가 혼자 집에 있는 짧은 시간을 이용해야 했기 때문일 겁니다. 상자 뒤에 있으면 마우드 룬딘이 언제 떠나는지 소리로 알 수 있으니까요."

마르틴 베크는 코를 문질렀다.

"가능성 있게 들리는군." 마르틴 베크가 말했다. "실제로 그 뒤에 숨는 게 가능한지 확인해봤나? 상자가 벽에 딱 붙어 있지 않던가?"

벤뉘 스카케가 고개를 흔들었다.

"아니요, 딱 알맞은 정도로 공간이 있습니다. 콜베리 같은 사람은 그 배로 끼어들지 못하겠지만, 보통 체격인 사람은 가능합니다."

스카케가 갑자기 입을 닫았다. 마르틴 베크는 콜베리에 대한 부정적 발언을 잘 받아들이지 못하는 편이었다. 하지만 마르틴 베크가 기분 상하지 않은 듯 보이기에, 스카케는 계속 말했다.

"그래서 제가 상자 뒤를 살펴봤습니다. 바닥에 모래와 먼지와 흙이 꽤 흩어져 있더라고요. 과학수사반이 그곳을 살펴볼 수 없을까요? 족적을 뜨고, 흙을 체에 내려서 뭐가 있는지 보면 안 될까요?"

"괜찮은 아이디어야." 마르틴 베크가 말했다. "당장 사람을 보내라고 할게."

스카케가 나간 뒤, 마르틴 베크는 곧바로 전화로 마우드 룬딘의 차고에 대한 정밀 조사를 요청했다.

그가 수화기를 내려놓는데, 오사 토렐이 노크도 없이 들어왔다.

오사도 스카케처럼 흥분한 얼굴에 숨이 가빴다.

"진정하고 일단 앉아." 마르틴 베크가 말했다. "또 도색 영화를 봤나? 〈야간 간호사의 고백〉은 어땠어?"

"끔찍했어요. 그런데 그녀의 환자들이 대단하더라고요. 놀랍도록 건강하던데요."

마르틴 베크가 웃었다.

"그게 평생 볼 마지막 포르노라면 좋겠어요." 오사가 말했다. "하지만 제 얘기 한번 들어보세요."

마르틴 베크는 팔꿈치를 책상에 붙이고 두 손으로 턱을 괴어 듣는 자세를 취했다.

"제가 말한 명단 기억하시죠? 페트루스의 영화에 출연했던 사람들을 명단으로 작성했다고 했잖아요?"

마르틴 베크가 끄덕이자, 오사가 계속 말했다.

"최악의 영화 중 몇 편에, 아마 경감님도 봤을 것 같은데, 남녀가 낡은 소파에서 뒹구는 흑백 영화에 시키 헬이라는 여자아이가 나오거든요. 그 아이를 추적해봤지만 이제 스웨덴에 안 산다고 하더라고요. 그래도 그 아이의 친구를 만나서 이것저것 알아냈어요. 시키 헬의 본명은 크리스티나 헬스트룀이고, 몇 년 전까지 유르스홀름에서, 그것도 발테르 페트루스와 같은 거리에서 살았대요. 어떻게 생각하세요?"

마르틴 베크는 똑바로 앉으면서 손바닥으로 제 이마를 때렸다.

"헬스트룀." 마르틴 베크가 말했다. "정원사."

"맞아요." 오사가 말했다. "시키 헬스트룀은 발테르 페트루스의 정원사의 딸이에요. 그 아이에 대해서 많이 알아내진 못했어요. 아이는 몇 년 전에 스웨덴을 뜬 것 같고, 지금은 어디 있는지 아무도 몰라요."

"뭔가 발견한 것 같군, 오사. 차가 여기에 있나?"

오사가 끄덕였다.

"주차장에요. 유르스홀름으로 갈 건가요?"

"당장." 마르틴 베크가 말했다. "가는 길에 마저 얘기하지."

차에서 오사가 물었다.

"그가 범인이라고 생각하세요?"

"글쎄, 그에게는 발테르 페트루스를 싫어할 이유가 많아." 마르틴 베크가 대답했다. "내 추측이 사실이라면 말이야. 페트루스는 정원사의 딸을 영화에 끌어들여서 이용했어. 아이 아빠가 그 사실을 알았을 때 기뻤을 리 없지. 아이가 몇 살이지?"

"올해 열아홉이요. 하지만 영화가 사 년 전 것이니까, 그걸 찍을 땐 겨우 열다섯이었어요."

오사가 잠시 말을 멈었다가 또 물었다.

"거꾸로였을 수도 있을까요?"

"무슨 뜻이지?"

"아이 아빠가 페트루스로부터 돈을 뜯어내려고 아이를 부추겨 영화에 출연하게 했을 가능성이요."

"그가 딸을 팔았다고? 오사, 더러운 영화를 너무 많이 봐서 생각이 썩었군."

그들은 도로변에 차를 세우고, 페트루스의 이웃집 정원 문으로 걸어 들어갔다.

그 집 문기둥에는 광전지가 없었다. 넓은 자갈길은 산울타리를 따라 왼쪽으로 굽었고, 그 끝에 차고와 노란색 회벽의 단층집이 보였다. 단층집과 차고 사이에 작은 건물이 하나 더 있었다. 작업장이나 연장 창고처럼 보였다.

"저기가 그가 사는 집인가 봐요." 오사의 말과 함께, 두 사람은 노란색 집을 향해 걸어갔다.

정원은 넓었다. 아까 정문에서는 저택이 보였지만, 여기에서는 키 큰 나무들에 가려서 잘 보이지 않았다.

열린 창고 문으로 자갈길에서 나는 발자국 소리를 들었는지, 헬스트룀이 문간에 나와서 경계하는 태도로 그들이 다가오는 것을 바라보았다.

헬스트룀은 마흔다섯 살쯤 되어 보였다. 키가 크고 체격이 좋았다. 지금 그는 약간 구부정한 자세로 발을 넓게 벌리고 굳게 서 있었다.

가늘게 뜬 그의 눈은 푸른색이었고, 굵직한 이목구비는 엄숙했다. 헝클어진 검은 머리에 드문드문 새치가 있었고, 짧은 구레나룻은 거의 흰색이었다. 한 손에 대패가 들려 있었고, 때 묻은 청색 오버올에 돌돌 말린 밝은색 톱밥이 붙어 있었다.

"저희가 작업을 방해했나요, 헬스트룀 씨?" 오사가 말했다.

남자는 으쓱하고는 뒤를 슬쩍 보았다.

"아닙니다." 남자가 말했다. "틀을 제작하는 중인데, 나중에 해도 됩니다."

"이야기를 나누고 싶어서 왔습니다." 마르틴 베크가 말했다. "경찰입니다."

"전에도 경찰이 다녀갔습니다." 헬스트룀이 말했다. "그때 말한 것 외에는 더 할 말이 없는데요."

오사가 신분증을 꺼내어 내밀었지만, 헬스트룀은 그것을 보지도 않고 돌아서서 안으로 들어가더니 작업대에 대패를 내려놓았다.

"페트루스 씨에 대해서는 할 말이 별로 없습니다." 남자가 말했다. "나는 그분이 맡긴 일을 했을 뿐, 그분을 알지는 못했습니다."

"따님이 있지요?" 마르틴 베크가 물었다.

"네, 하지만 그 애는 이제 여기 안 삽니다. 무슨 일입니까?"

남자는 그들로부터 반쯤 몸을 튼 상태로 작업대 위 도구를 만지작거렸다.

"별일 아닙니다. 그냥 따님에 대해서 좀 묻고 싶습니다. 조용히 이야기할 만한 곳이 있을까요?" 마르틴 베크가 말했다.

"우리 집으로 가면 됩니다." 헬스트룀이 대답했다. "이것만 벗고요."

남자가 전신 작업복을 벗어서 벽의 못에 거는 동안, 오사와 마르틴 베크는 기다렸다. 작업복 밑에 남자는 청바지와 소매를 걷은 검은색 셔츠를 입었고, 편자 모양의 큼직한 놋쇠 버클이 달린 넓은 가죽 벨트를 차고 있었다.

비는 그쳤지만, 집 옆의 우람한 밤나무 가지에서 굵은 물방울이 뚝뚝 떨어졌다.

현관문은 잠겨 있지 않았다. 헬스트룀은 문을 열고서 오사와 마르틴 베크가 안으로 들어갈 때까지 계단참에서 기다렸다. 그러고는 자신이 앞장서서 거실로 들어갔다.

거실은 넓지 않았다. 반쯤 열린 문으로 침실이 들여다보였다. 현관에서 봤던 작은 부엌을 제외하고는 그것이 그 집의 전부였다.

소파 하나와 짝짝이 안락의자 한 쌍이 거실을 거의 가득 메웠다. 한구석에 구식 텔레비전이 있었고, 한쪽 벽에 붙은 수제 책장은 책으로 반쯤 차 있었다.

오사가 소파에 앉고 헬스트룀이 부엌에 간 동안, 마르틴 베크는 책을 훑어보았다. 도스토옙스키, 발자크, 스트린드베리 같은 작가들의 고전이 많았고 시집도 놀랍도록 많았다. 더러는 선집이나 시 클럽 판본이었으나 양장본도 많았다. 닐스 펠린, 엘메르 딕토니우스, 에디트 쇠데르그란 같은 시인들이었다.

부엌에서 헬스트룀이 수도꼭지를 트는 소리가 났다. 잠시 후 그가 문간에 나타나서 얼룩진 행주로 손을 닦으며 말했다.

"차를 드릴까요? 드릴 게 차밖에 없습니다. 나는 커피를 안 마시기 때문에, 커피는 없습니다."

"번거롭게 그러실 것 없습니다." 오사가 말했다.

"내가 마시려고요." 헬스트룀이 말했다.

"그러면 저희도 차 좋습니다." 오사가 말했다.

헬스트룀이 부엌으로 돌아갔고, 마르틴 베크는 안락의자에 앉았다.

탁자에 책이 펼쳐져 있었다. 마르틴 베크는 책을 뒤집어서 표지를 보았다. 랄프 파를란드의 『개들을 위한 설교』였다.

발테르 페트루스의 정원사는 상당히 세련되고 깊이 있는 문학 취향을 갖고 있는 듯했다.

헬스트룀이 컵, 설탕 단지, 우유갑을 가져와서 탁자에 놓고 도로 부엌에 가서 찻주전자를 가져왔다. 그러고는 나머지 안락의자에 앉아서, 청바지 주머니에서 납작해진 담뱃갑과 종이 성냥을 꺼냈다.

헬스트룀은 담배에 불을 붙이고 차를 따른 뒤 마르틴 베크를 보았다.

"내 딸에 대해서 이야기하고 싶으시다고요."

"네." 마르틴 베크가 대답했다. "따님은 어디 있습니까?"

"마지막으로 소식을 들었을 때는 코펜하겐에 있었습니다."

"거기서 뭘 하나요?" 오사가 물었다. "일하나요?"

"잘 모릅니다." 헬스트룀이 햇볕에 그은 손가락 사이의 담배를 보면서 말했다.

"소식을 들었을 때가 언제였습니까?" 마르틴 베크가 물었다.

헬스트룀은 바로 답하지 않았다.

"딸애 소식을 정말로 모르고 삽니다." 이윽고 헬스트룀이 말했다. "하지만 요전에, 봄에 내가 찾아가서 만난 적은 있습니다."

"그때는 따님이 뭘 하고 있었나요?" 오사가 물었다. "거기서 남자를 만났나요?"

헬스트룀이 씁쓸하게 웃었다.

"그렇게 말할 수도 있겠네요. 한 명이 아니라서 문제지만."

"그 말은 따님이……."

"창녀냐고요? 네." 헬스트룀이 오사의 말에 끼어들었다.

그러고는 그가 내뱉듯이 계속 말했다.

"몸을 판다고도 하죠. 딸애는 그걸로 먹고삽니다. 그곳 복지국의 도움으로 겨우 아이를 찾았는데, 아이는 심하게 망가져 있더군요. 그 애는 나를 상대하지 않으려고 했습니다. 함께 집에 가자고 설득했지만 싫다더군요."

헬스트룀이 말을 멈추고 담배를 만지작거렸다.

"딸애는 곧 스무 살이 됩니다. 그러니까 그 애가 저 좋을 대로 사는 걸 아무도 말릴 수 없죠."

"따님을 혼자 키우셨죠?" 오사가 물었다.

마르틴 베크는 오사가 대화를 이끌도록 놓아두고 잠자코 있었다.

"네, 아내는 시키가 태어난 지 한 달밖에 안 됐을 때 죽었습니다. 그때는 우리가 여기 살지 않았습니다. 시내에 살았죠."

오사가 끄덕이자, 헬스트룀이 계속 말했다.

"모나는 자살했습니다. 의사는 출산 후 우울증 같은 것 때문이라고 말했죠. 나는 이해가 되지 않았어요. 모나가 우울해하고 힘들어한 건 사실이지만, 아이가 생긴 데 따르는 돈 걱정이나 미래 걱정 때문인 줄 알았습니다."

"그때 헬스트룀 씨는 어떤 일을 하셨습니까?"

"교회 관리인이었습니다. 스물세 살이었는데, 다른 일을 하기에는 교육을 받지 못했어요. 내 아버지는 청소부였고, 어머니도 가끔 청소 일을 다녔습니다. 나는 학교를 마치자마자 일할 수밖에 없었어요. 잡심부름도 하고, 창고에서도 일하고. 살림이 빠듯한데다가 어린 동생들이 있어서 돈이 필요했습니다."

"어떻게 정원사가 되셨죠?"

"스바르트셸란데트의 농장에서 일했었습니다. 주인 영감님이 좋은 분이라, 나를 제자로 받아줬죠. 운전을 배워서 면허를 딸 돈도 주셨고요. 영감님에게 대형 트럭이 있었는데, 내가 그 차로 클라라할렌 시장에 채소와 과일을 배달했습니다."

헬스트룀이 담배를 마지막으로 한 모금 빨고 재떨이에 비벼 껐다.

"혼자 일하면서 아이를 키우기가 버겁지 않았나요?" 오사가 물었다.

마르틴 베크는 차를 마시면서 잠자코 들었다.

"해야 했으니까요." 헬스트룀이 대답했다. "딸애가 어릴 때는 어딜 가나 데리고 다녔습니다. 나중에 애가 학교에 들어갔을 때는 오후에 혼자 둘 수밖에 없었죠. 좋은 양육 방식이 아닌 건 압니다만, 다른 수가 없었습니다."

헬스트룀이 차를 홀짝이고는 씁쓸하게 덧붙였다.

"결과는 보시다시피 이렇습니다만."

"유르스홀름에는 언제 오셨습니까?" 오사가 물었다.

"십 년 전에 이 일을 얻었습니다. 정원을 돌보는 조건으로 집을 거저 주겠다고 해서요. 여기 와서는 다른 집들의 정원 관리도 맡아서, 살림이 꽤 나아졌습니다. 나는 이 동네가 시키에게 좋을 거라고 생각했죠. 학교도 친구들도 좋을 거라고. 하지만 아이에게는 쉽지 않았던 모양입니다. 친구들은 다 큰 집에 사는 부자 부모를 뒀으니까요. 아이는 우리가 사는 꼴을 부끄러워했습니다. 친구를 한 명도 집에 데려오지 않았어요."

"페트루스 가족에게도 비슷한 나이의 딸이 있죠. 두 아이가 어울려 지냈나요? 이웃이잖아요."

"같은 반이었습니다." 헬스트룀이 으쓱하며 말했다. "하지만 학교 밖에서는 같이 놀지 않았어요. 페트루스 씨 따님은 시키를 깔봤습니다. 사실 온 가족이 그랬죠."

"페트루스 감독의 운전사 노릇도 하셨죠."

"그건 사실 내 일이 아니었지만, 종종 운전해드렸습니다. 페트루스 가족이 여기 이사 왔을 때는 나를 정원사로만 고용했지, 운전사 일은 언급하지 않았어요. 하지만 차를 돌보는 일로 가욋돈을 좀 벌 수 있었습니다."

"페트루스 감독을 태우고 어디를 다녔나요?"

"사무실에도 가고, 시내에 다른 볼일이 있을 때는 여기저기 다녔습니다. 부부 동반으로 파티에 가실 때도 있었고요."

"로테브로로 간 적도 있었나요?"

"몇 번 갔습니다. 서너 번."

"페트루스 감독을 어떻게 생각하셨어요?"

"아무 생각 없었습니다. 그분은 내 고용주 중 한 명이었을 뿐입니다."

오사가 잠깐 생각하다가 물었다.

"페트루스 감독을 위해서 육 년 동안 일하셨죠?"

헬스트룀이 끄덕였다.

"네, 그 정도. 저 집이 지어졌을 때부터니까요."

"그러면 그와 대화를 꽤 많이 나눴겠네요. 차에서나."

헬스트룀이 고개를 흔들었다.

"차에서는 거의 한 마디도 하지 않았습니다. 말할 때는 주로 정원에 뭘 해둬라 그런 내용이었습니다."

"페트루스 감독이 만든 영화들이 어떤 내용인지 아시나요?"

"한 편도 안 봤습니다. 극장에는 거의 안 갑니다."

"따님이 그의 영화에 출연한 적 있다는 걸 아세요?"

헬스트룀이 다시 고개를 흔들었다.

"아니요." 헬스트룀이 잘라 말했다.

오사가 헬스트룀을 보았지만, 그는 눈을 맞추지 않았다. 잠시 후 그가 물었다.

"엑스트라로요?"

"따님은 포르노 영화에 출연했습니다." 오사가 대답했다.

헬스트룀이 슬쩍 오사를 보았다.

"몰랐습니다."

오사는 한참 남자를 보다가 말했다.

"따님을 아주 사랑하셨겠지요. 어쩌면 다른 아빠들보다 더 많이. 따님도 아빠를 사랑했겠고요. 두 분밖에 없었으니까요."

헬스트룀이 끄덕였다.

"네, 우리는 둘밖에 없었습니다. 딸애가 어렸을 때는 그 애만이 내가 사는 이유였죠."

헬스트룀이 허리를 세우고 담배를 한 개비 더 붙였다.

"하지만 그 애는 이제 성인이고, 제가 원하는 대로 하고 삽니다. 나는 그 애 인생에 더는 끼어들지 않을 겁니다."

"페트루스 감독이 살해된 날 아침에 뭘 하셨나요?"

"여기 있었던 것 같습니다."

"어느 날인지 아시죠? 6월 6일 목요일?"

"나는 보통 집에 있고, 아침 일찍 일을 시작합니다. 그러니까 그날도 보통 때와 같았을 겁니다."

"그 사실을 확인해줄 사람이 있나요? 고용주들이라거나?"

"모르겠습니다. 내 일은 독립적입니다. 할 일을 해놓기만 하면, 그걸 언제 하는지는 아무도 간섭하지 않습니다. 나는 보통 8시쯤 일을 시작합니다."

헬스트룀이 잠시 말을 멎었다가 덧붙였다.

"나는 그를 죽이지 않았습니다. 그럴 이유가 없습니다."

"정말 그럴 수도 있겠죠." 마르틴 베크가 처음 입을 열었다. "그래도 6월 6일 아침에 여기 계셨다는 걸 보증해줄 사람이 있다면 좋을 겁니다."

"그럴 사람이 있을지 모르겠습니다. 나는 혼자 살고, 정원에 있지 않을 때는 보통 작업장에 있습니다. 늘 뭔가 고칠 게 있어서요."

"우리가 고용주들과, 그리고 혹시 당신을 봤을지도 모르는 사람들과 이야기해봐야 할지도 모릅니다. 그냥 확인차." 마르틴 베크가 말했다.

헬스트룀이 으쓱했다.

"시간이 많이 지났는데요. 정확히 그날 아침에 내가 뭘 했는지 나는 기억하지 못합니다."

"네, 쉽지 않은 일이죠." 마르틴 베크가 말했다.

"코펜하겐에서 따님을 만났을 때는 별일 없었습니까?" 오사가 물었다.

"특별한 일은 없었습니다." 헬스트룀이 대답했다. "아이는 작은 아파트에서 살면서 그곳에서 손님도 만난다고 했습니다. 대놓고 그렇게 말하더군요. 출연하기로 예정된 영화가 있고, 이 일은 임시로 하는 것뿐이지만, 그렇다고 해서 몸 파는 게 싫은 건 아니다, 왜냐하면 벌이가 좋기 때문이다, 그래도 영화 일을 얻으면 이 일은 바로 그만둘 거다, 하고 말했습니다. 내게 편지를 쓰겠다고 약속했지만 이후 연락이 없었습니다. 그게 답니다. 아이는 한 시간 만에 나더러 가라고 했습니다. 함께 집으로 돌아가고 싶지 않다, 다시 자기를 만나러 와도 소용없다, 하면서요. 그래서 나도 안 갈 겁니다. 나는 이제 딸이 없는 셈입니다. 현실을 받아들여야 합니다."

"따님이 집을 나간 지 얼마나 됐습니까?"

"아, 학교를 졸업하자마자 나갔습니다. 시내에서 친구들과 함께 살았어요. 가끔 나를 보러 왔죠. 자주는 아니었지만. 그러다가 사라졌고, 나는 한참 후에야 그 애가 코펜하겐에 있다는 걸 알았습니다."

"따님과 페트루스 감독의 관계를 알고 계셨습니까?"

"관계요? 아니요, 둘 사이에 관계라고 할 건 없었습니다. 그 애가 어쩌다 영화에 출연했더라도, 그분에게 그 애는 정원사의 딸일 뿐이었습니다. 저 가족 모두가 그렇게 생각하죠. 딸애가 여기서 살고 싶어 하지 않았던 것도 이해가 됩니다. 다들 돈 없는 사람을 깔보는 속물적인 동네니까요."

"이쪽 본채에 지금 사람이 있는지 아십니까?" 마르틴 베크가 물었다. "그날 아침에 당신을 본 사람이 있는지 지금 물어볼까 합니다."

"사람이 있는지는 나도 모릅니다." 헬스트룀이 말했다. "하지만 가보셔도 됩니다. 그분들이 내가 뭘 하는지 일일이 살피고 있을 것 같진 않지만."

마르틴 베크는 오사에게 윙크하고 일어섰다. 오사는 신호를 이해하여, 자신과 헬스트룀의 잔에 차를 더 따르고 소파에 다시 자리 잡았다.

본채에는 주인 여자가 있었다. 주인은 마르틴 베크의 질문에 정말로 아니요, 정원사가 뭘 하는지 일일이 살피진 않습니다, 할 일을 다 하기만 하면, 하고 대답했다. 정원사는 자기 집뿐 아니라 다른 집에서도 일한다는 것, 저 좋을 대로 오간다는 것도 마르틴 베크에게 상기시켰다.

마르틴 베크는 인사하고 정원을 가로질러서 헬스트룀의 집으로 돌아왔다. 오사가 사람들과 대화를 잘 풀어나간다는 것을 알기에, 오사 혼자 헬스트룀과 이야기하는 편이 나으리라고 생각했다.

그래서 그는 잠시 차고를 들여다보았다.

안에 여분의 타이어 한 쌍, 돌돌 말린 호스, 커다란 석유통이 있을 뿐이었다.

작업장 문이 살짝 열려 있었다. 마르틴 베크를 문을 밀어서 열고 들어갔다.

작업대에 헬스트룀이 작업중이던 선반이 있었다. 한쪽 벽에 다양한 정원 관리 도구가 기대어져 있었고, 작업대 위 벽의 고리와 못에도 도구가 걸려 있었다. 문 바로 안쪽에 잔디 깎는 기계가 있었고, 새로 페인트칠한 온실용 창틀들이 한 줄로 벽에 기대어져 있었다.

마르틴 베크는 작업대 옆에 서서 갓 대패질된 소나무 목재를 검지로 쓸어보다가, 방 한구석에 쌓여 있는 검은색 비닐봉지들 뒤에 뭔가 반쯤 숨겨진 걸 보았다.

그는 걸어가서 그 물체를 끌어냈다.

그것은 정사각형 쇠창살로, 네 개의 팔각기둥 모양 봉이 튼튼한 틀에 납땜질로 붙어 있었다. 중앙에 넓은 간격이 있다는 점, 그 부분의 틀 표면이 거칠다는 점으로 보아 원래 다섯 개의 창살이 있었던 게 분명했다.

마르틴 베크는 쇠창살을 들고 헬스트룀의 집으로 갔다.

오사는 찻잔을 들고 헬스트룀과 말하는 중이다가, 들어서는 마르틴 베크의 손에 들린 물건을 보고 입을 다물었다.

"작업장에서 이걸 찾았습니다." 마르틴 베크가 말했다.

"페트루스 씨가 새집을 지을 때 허물었던 옛집에서 나온 겁니다." 헬스트룀이 말했다. "지하실 창문이었습니다. 쓸모가 있을 것 같아서 챙겼다가 계속 거기 뒀습니다."

"정말로 쓸모를 찾았군요?" 마르틴 베크가 말했다.

헬스트룀은 대답하지 않았다. 대신 탁자로 몸을 돌려서 가만히 담배를 껐다.

"창살이 하나 없습니다." 마르틴 베크가 말했다.

"원래 그랬습니다." 헬스트룀이 말했다.

"내 생각은 다릅니다." 마르틴 베크가 말했다. "우리와 함께 가주셔야 하겠습니다. 이 문제를 해결하려면."

헬스트룀은 잠시 가만히 앉아 있었다. 그러다가 일어나서, 현관으로 가서 재킷을 입었다.

헬스트룀은 두 사람을 앞장서서 정문을 나섰고, 마르틴 베크가 쇠창살을 트렁크에 집어넣는 동안 차에 탄 채로 조용히 기다렸다.

마르틴 베크는 헬스트룀과 나란히 뒷좌석에 앉았고, 오사가 운전했다.

경찰서로 가는 동안 세 사람 모두 한 마디도 하지 않았다.

10.

스투레 헬스트룀은 세 시간 가까이 지나고서야 자신이 발테르 페트루스를 살해했다고 자백했다.

살인 무기로 쓰인 쇠막대기가 마르틴 베크가 헬스트룀의 작업장에서 발견한 쇠창살에서 나왔다는 사실은 금방 확인되었다.

그 증거를 보고서도 헬스트룀은 육 년 전 자신이 쇠창살을 습득했을 때부터 창살 하나가 빠져 있었으며, 누구라도 그걸 가져갈 수 있었다는 주장을 고수했다.

마우드 룬딘의 차고 속 상자들 뒤의 모래를 조사한 결과, 그곳에 헬스트룀의 벨트 버클 무늬가 선명하게 찍혀 있었다. 그가 엎드려서 기다릴 때 찍힌 듯했다. 족적도 몇 개 나왔는데, 마당의 족적처럼 불완전하고 흐리기는 해도 스투레 헬스트룀의 옷장에서 발견된 운동화 밑창과 일치하는 것이 분명했다. 머리카락과 진청색 면섬유도 몇 가닥 발견되었다.

스투레 헬스트룀을 범행과 점점 더 확실하게 연결하는 증거들을 마르틴 베크가 차근차근 보여주며 설명하는데도, 헬스트룀은 끈질기게 부인했다. 헬스트룀은 말을 많이 하지 않았다. 그저 고개를 저으며 줄담배를 피울 뿐이었다.

마르틴 베크는 취조실에 차와 담배를 들였다. 헬스트룀은 뭘 먹고 싶진 않다고 했다.

다시 비가 오기 시작했다. 빗방울이 유리창에 단조롭게 부딪치는 소리와 담배 연기가 자욱한 회색 불빛 때문에 취조실 안은 시간이 멈추고 고립된 듯한 분위기였다.

마르틴 베크는 맞은편 남자를 보았다. 그동안 헬스트룀에게서 유년기와 청년기 이야기, 그와 아이가 살기 위해서 발버둥쳤던 이야기, 책 이야기, 딸에 대한 감정, 일 이야기를 끌어내려고 애썼다. 처음에 남자는 반항적으로 무뚝뚝하게나마 대답했지만, 차츰 말수가 적어지더니 지금은 우수 어린 눈으로 바닥을 보면서 처진 어깨로 앉아만 있었다.

마르틴 베크도 묵묵히 기다렸다.

마침내 스투레 헬스트룀이 자세를 바로 하고 마르틴 베크를 보았다.

"이제 내게는 살 이유가 하나도 남지 않았습니다." 헬스트룀이 말했다. "그가 내 딸을 망가뜨렸습니다. 나는 더이상 증오할 수 없을 만큼 그를 증오했습니다."

헬스트룀이 잠시 말을 멈추고 제 손을 보았다. 뭉툭하고 갈라진 그의 손톱 밑에는 때가 끼어 있었다. 그가 눈을 들어서 비 내리는 창밖을 보았다.

"지금도 그를 증오합니다. 그가 죽었는데도."

이제 남자가 이야기하기로 결심했으니, 마르틴 베크가 할 일은 군데군데 질문을 끼워 넣는 것뿐이었다.

헬스트룀은 코펜하겐에서 돌아오는 길에 페트루스를 죽이기로 결심했다고 말했다. 페트루스가 딸에게 어떤 짓을 했는지 딸에게 들었는데, 그에게는 충격적인 이야기였다.

페트루스는 시키가 학생일 때부터 아이를 사무실로 꾀었다. 아이는 오랫동안 갈 용기를 내지 못했지만, 페트루스는 계속 아이의 보기 드문 매력과 독특한 분위기를 칭찬하면서 자신의 영화에 출연하기만 하면 당장 스타가 될 거라고 말했다.

아이가 처음 그의 사무실에 갔을 때, 페트루스는 마리화나를 권했다. 아이는 계속 그를 보러 갔고, 그는 곧 암페타민과 헤로인을 주었다. 시간이 흐르자 아이는 전적으로 그에게 의존하게 되어, 마약을 공급해주기만 한다면 영화에 출연하겠다고 동의했다.

학교를 졸업하고 집을 떠났을 때, 아이는 이미 페트루스가 주는 것만으로는 만족할 수 없는 중독자가 되어 있었다. 아이는 다른 중독자들과 함께 살았고, 약을 살 돈을 벌고자 매춘을 시작했다.

그러다 친구들과 함께 코펜하겐으로 건너가서 정착했다.

아이는 자신을 만나러 온 아빠에게 자신이 가망 없는 중독자라고 인정했고, 중독에서 벗어나려고 애쓰고 싶지도 않다고 말했다. 중독은 점점 심해져서, 이제 약을 사려면 열심히 일해야 하는 지경이었다.

헬스트룀은 함께 집으로 돌아가서 병원에 가자고, 최선을 다해 딸을 설득했다. 하지만 아이는 오래 살고 싶지 않다고, 약 때문에 죽을 때까지 약을 할 거라고, 그리고 끝이 얼마 남지 않은 것 같다고 말했다.

처음에 스투레 헬스트룀은 스스로를 탓했다. 하지만 발테르 페트루스가 검은손을 뻗기 전에 딸이 얼마나 재능 있고 사랑스러운 아이였던지 떠올리니, 그것은 전적으로 페트루스의 탓이었다는 것을 깨닫게 되었다.

헬스트룀은 페트루스가 마우드 룬딘을 정기적으로 찾아간다는 것을 알았고, 그곳에서 그를 죽이기로 결심했다. 그래서 페트루스가 로테브로에 갈 때 쫓아가기 시작했고, 곧 아침에 한동안 페트루스가 그 집에 혼자 있는 때가 있다는 것을 알게 되었다.

6월 6일, 헬스트룀은 페트루스가 마우드 룬딘에게 간다는 것을 알고 밤 기차로 로테브로에 갔다. 차고에서 아침까지 기다렸다가, 집에 들어가서 페트루스를 죽였다. 페트루스는 자신을 죽이는 사람이 누구인지 모르고 죽었다.

헬스트룀은 유일하게 그 점이 후회된다고 말했다. 가진 무기를 쓰려니, 헬스트룀은 페트루스를 급습할 수밖에 없었다. 만약 총이 있어서 페트루스를 위협할 수 있었다면, 먼저 자신이 누구인지 보여주고 왜 그를 죽이는지 알려줬을 거라고 했다.

헬스트룀은 뒷문으로 집을 나가서 풀밭을 가로질렀다. 숲과 버려진 정원을 통과해 엔셰핑스베겐 거리로 나갔다. 그다음 역까지 걸어가서 기차로 스톡홀름 중앙역에 왔고, 버스로 동역東驛에 가서 유르스홀름행 열차로 갈아타고 귀가했다.

그것이 전부였다.

"내가 사람을 죽일 수 있으리라고는 생각조차 해보지 않았습니다." 스투레 헬스트룀이 말했다. "하지만 딸애가 인간이 떨어질 수 있는 최악의 바닥으로 추락한 걸 보고, 그 뚱뚱한 돼지 같은 인간은 거들먹거리면서 멀쩡하게 잘 사는 걸 보니, 내가 할 수 있는 일은 그것뿐이었습니다. 결심하고 나니까 행복하기까지 했습니다."

"하지만 그 행동이 따님에게 도움이 되진 않았잖습니까." 마르틴 베크가 말했다.

"그렇죠. 하지만 아무것도 그 애를 도울 수 없습니다. 그리고 나도."

스투레 헬스트룀은 잠시 말없이 있다가 덧붙였다.

"시키와 나는 처음부터 불행해질 운명이었는지도 모르겠습니다. 그래도 나는 내가 옳게 행동했다고 생각합니다. 이제 그가 또 다른 사람을 해칠 수는 없을 테니까요."

마르틴 베크는 스투레 헬스트룀을 보았다. 헬스트룀은 지친 듯하지만 담담한 모습이었다. 둘 다 아무 말 하지 않았다. 이윽고 마르틴 베크가 한 시간 전부터 돌아가고 있던 녹음기를 끄고 자리에서 일어났다.

"이제 갑시다." 마르틴 베크가 말했다.

스투레 헬스트룀은 곧장 일어나서, 마르틴 베크보다 앞장서서 문으로 걸어갔다.

11.

팔월 중순, 레베카 린드는 스톡홀름 남부의 아파트에서 퇴거 당했다.

낡고 쇠락한 건물은 철거되고, 새 아파트가 세워질 예정이었다. 허름하지만 현대적인 온갖 설비와 너절하지만 겉으로 고급스러워 보이는 불필요한 장식을 갖춘 뒤에 집주인이 지금보다 세 배 이상의 집세를 받아내기 위해서였다.

한 달의 유예 기간이 끝나자, 레베카는 어린 딸과 변변찮은 소지품을 챙겨서 같은 동네의 친구들 집으로 옮겼다. 친구들은 비슷하게 허름한 아파트의 큰 집을 공유하고 있었는데, 그 건물도 철거될 예정이었다.

레베카는 그 집의 하녀 방을 매트리스, 선반으로 쓰는 커다란 빨간색 법랑 맥주 통 네 개, 이불과 수건과 옷을 넣어두는 커다란 바구니, 짐이 떠나기 전에 만들어준 아기 침대로 꾸몄다.

카밀라의 침대 밑에는 작은 여행 가방을 밀어 넣었다. 가방은 집을 떠날 때부터 갖고 온 것이었지만 한 번도 열어보지 않았다. 그 속에는 레베카가 학교에서 그렸던 그림, 사진, 편지, 그리고 어머니의 이모에게 물려받은 잡동사니 몇 개가 오래된 자수천에 싸여 있었다.

레베카는 비바람을 피할 곳이 있다는 데 만족했다. 친구들과 사는 것도 좋았고, 큰 나무 두 그루가 가지를 널찍하게 펼치고 선 넓은 마당이 내다보이는 작은 방도 좋았다.

레베카는 아직 짐의 소식을 기다리고 있었다. 한 친구가 레베카에게 그를 잊으라고 조언했을 때, 레베카는 그는 한마디 설명 없이 자신을 버릴 사람이 아니라고 차분하게 대꾸했다.

하지만 속으로는 레베카도 그에게 무슨 일이 생긴 것이 틀림없다는 느낌이 들었고, 불안이 하루하루 커졌다.

미국행 여비를 빌리려고 시도했다가 불운한 결말을 맞기 전, 레베카는 짐이 주고 간 주소로 짐의 부모에게 편지를 썼었다. 답장은 없었다. 편지 쓰기는 레베카에게 무척 힘든 일이었다. 학교에서 배웠던 영어는 짐과 사는 동안 실력이 꽤 늘었지만, 철자는 여전히 어려웠다.

어느 날 밤 카밀라가 잠들었을 때, 레베카는 매트리스에 책상다리로 앉아서 맥주 통 하나를 탁자 삼아 다시 짐의 부모에게 보낼 편지를 썼다.

레베카는 "친애하는 코스그레이브 씨와 부인께" 하고 천천히, 최대한 명료하게 편지를 써내려갔다.

짐이 일월에 나와 우리 딸 카밀라를 떠난 뒤로 그의 소식을 듣지 못했습니다. 벌써 오 개월이 지났습니다. 짐이 어디 있는지 아십니까? 그가 걱정됩니다. 내게 편지를 써서 그에게 무슨 일이 있는지 안다고 말해주면 정말 좋겠습니다. 짐이 내게 편지를 쓸 수 있다면 쓸 거라는 것을 압니다. 짐은 착하고 정직하고 나와 우리 어린 딸을 사랑하니까요. 아기는 이제 육 개월이고, 아주 건강하고 예쁩니다. 코스그레이브 씨와 부인, 제발 짐에게 무슨 일이 있는지 알려주세요. 정말 감사합니다. 잘 지내시기 바랍니다.

레베카 린드

그다음 레베카가 할 수 있는 일은 기다리는 것뿐이었다. 곧 가을이 오면 레베카의 방에 우선권을 가진 사람이 돌아올 테고, 그러면 레베카는 다시 옮겨야 했다. 어디로 가야 할지 알 수 없었지만, 또 다른 친구들에게 신세를 질 수 있기를 바랐다.

레베카가 거처를 옮기기 직전에, 짐의 부모가 보낸 답장이 왔다.

짐의 어머니는 최근에 자신들이 전에 살던 곳으로부터 멀리 떨어진 주로 이사했다고 적었다. 형식적인 수준에 그치리라고 했던 짐의 처벌은 약속과 달랐다고 했다. 짐은 탈영죄로 사 년 복역을 선고받았다. 교도소가 너무 멀어서 자신들도 찾아가보지 못했지만 편지는 쓸 수 있다고 했다. 짐이 레베카에게 편지를 쓰지 않은 것으로 보아, 교도소에서 편지를 검열하는 것 같다고 했다. 레베카가 그에게 편지를 써볼 수는 있겠지만, 그것이 그에게 제대로 전달될지는 자신도 모르겠다고 했다. 짐의 아버지가 병중이라 값비싼 치료를 받고 있기 때문에, 자신들도 아들이나 레베카나 아기를 도울 방법이 없다고 했다.

레베카는 편지를 여러 번 꼼꼼히 읽었다. 하지만 레베카의 머릿속에 들어온 단어는 '사 년 복역'뿐이었다.

카밀라는 매트리스에서 잠들어 있었다. 레베카는 그 옆에 누워서 아기를 품에 보듬고 울었다.

그날 밤 레베카는 잠을 이루지 못하다가, 날이 밝기 시작한 즈음에야 잠들었다.

잠시 후 카밀라가 보채서 깼을 때, 레베카는 누구에게 도움을 청해야 할지 알았다.

12.

헤도발드 브락센의 사무실은 본인처럼 꾀죄죄했지만, 그래도 중심가인 다비드바가레스가타 거리에 있었다.

그곳에는 비서도 대기실도 없었다. 더러운 창문들, 그리고 만일 커피가 남아 있고 플라스틱 컵이 다 떨어지지 않았다면 가끔 그가 커피를 타는 작은 부엌이 딸린 방 하나가 전부였다.

좁은 방에 고양이가 두 마리 있었고, 깃털이 너덜너덜하고 머리가 벗어진 늙은 카나리아가 든 새장이 있었다. 거대한 책상이 공간을 거의 다 차지했다. 엄청나게 오래된 책상은 어찌나 큰지, 어떻게 그것을 문으로 통과시켰을까 싶었다. 브락센은, 물론 농담으로, 그 책상은 칠십 년 전 건물이 지어졌을 때 방 안에서 제작한 물건이라고 말하곤 했다.

레베카 린드의 사건이 브락센에게 배정된 것은 레베카에게 행운이었다. 적어도 지금까지는 그랬다.

"음." 브락센이 고양이 한 마리를 코끝에서 꼬리 끝까지 쓰다듬으면서 레베카에게 말했다. "우리가 이겼어요. 저쪽은 항소하지 않았고요. 잘됐죠. 고등법원에는 법을 자신들만의 축자적 해석에 따라 이해하는 돌대가리들이 있거든요. 그들에게 진실을 이해시키기는 어려웠을 거예요. 가끔 나는 그들의 사전에 진실이라는 단어가 있는지조차 의심한답니다."

브락센은 레베카가 괴로워 보인다는 것을 눈치챘다.

"그래서, 로베르타……."

"레베카예요."

"레베카." 브락센이 말했다. "그래서 레베카, 뭘 고민하고 있죠? 무슨 일이 있나요?"

"네. 그리고 나를 도와준 사람은 변호사님뿐이에요."

브락센은 꺼졌던 시가에 다시 불을 붙였다. 다른 고양이를 무릎에 얹고, 고양이가 가르랑거릴 때까지 귀 뒤를 긁었다.

레베카가 사정을 이야기하는 동안 브락센은 한 번도 말을 끊지 않았다.

끝으로 레베카가 힘없이 물었다.

"나는 어떻게 하죠?"

“사회복지국이나 아동복지국에 찾아가세요. 당신은 미혼이니까, 아마 벌써 담당 사회복지사가 배정되어 있을 겁니다.”

“안 돼요.” 레베카가 대뜸 말했다. “절대, 절대로 안 돼요. 그 사람들은 벌써 나를 동물처럼 쫓고 있어요. 내가 갇혀서 그들이 카밀라를 데려갔을 때도 아이를 잘 돌보지 않았어요.”

“그래요?”

“네. 잘못된 음식을 먹였어요. 그래서 카밀라가 다시 제대로 먹고 소화하도록 만드는 데 삼 주가 걸렸어요.”

레베카가 다시 말했다.

“나는 어떻게 하죠?”

브락센이 고양이를 들어 치웠다. 황토색과 검은색과 흰색이 섞인 얼룩 고양이는 보기 드물게 못생긴 놈이었다.

“평생 다양한 정부 기관, 특히 유력자들과 싸워온 내 경험에 따르면, 그들에게 누군가의 말을 듣게 만드는 건 거의 불가능하답니다. 하물며 누군가의 말이 옳다고 믿게 만드는 건 더 어렵죠.”

“이 시궁창 같은 나라를 다스리는 건 누구예요?” 레베카가 물었다.

“공식적으로는 의회죠. 하지만 실제로는 내각, 정부 위원회들, 자본주의자들, 그 밖에 돈이 있거나 노조 간부들 같은 중요

집단에게 정치적 영향력이 있는 사람들이죠. 그중 이른바 우두머리는…….”

“왕?”

“아니, 왕은 이 문제에서는 힘이 없어요. 내가 말하는 건 정부의 우두머리예요.”

“정부의 우두머리?”

“그에 대해서 못 들어봤나요?”

“네.”

“정부 우두머리, 다른 말로는 수상, 혹은 국무총리, 혹은 총리, 혹은 내키는 대로 불러도 좋아요. 아무튼 그가 이 나라의 정치 지도자예요.”

브락센이 책상을 뒤졌다.

“자.” 브락센이 말했다. “여기 신문에 난 그의 사진이 있군요.”

“아, 싫어라. 그런데 저 카우보이모자를 쓴 사람은 누구예요?”

“곧 공식 방문이 예정되어 있는 미국 상원 의원이에요. 그러고 보니 이 사람은 당신 남자 친구의 고향 주지사였죠.”

“남편이에요.” 레베카가 말했다.

“아, 요즘은 어떤 명칭을 써야 할지 알 수 없을 때가 많아서.” 브락센이 이렇게 말하고 꺽 트림했다.

“정부 우두머리라는 사람을 만나서 이야기해볼 수 있나요? 그도 스웨덴어를 하겠죠?”

“그럼요. 그래도 어려울 겁니다. 그는 아무나 만나지 않아요. 선거 직전은 예외지만. 하지만 서면을 보내볼 순 있지요. 편지를 보낸다는 뜻입니다.”

“나는 할 줄 몰라요.” 레베카가 실망하며 말했다.

“나는 할 수 있죠.” 브락센이 말했다.

헤도발드 브락센이 그 대단한 책상 속 어딘가에서 낡은 언더우드 타자기가 장착된 받침대를 끄집어냈다.

그리고 중간에 먹지가 끼워진 타자용 종이를 기계에 끼운 뒤 민첩하고 수월하게 타이핑하기 시작했다.

“이건 아주 비싸지 않나요?” 레베카가 불안한 듯 물었다.

“내 생각은 이래요.” 브락센이 말했다. “형사 범죄를 저질렀거나 사회에 피해를 끼친 사람이 무료 법률 도움을 받을 수 있다면, 전혀 죄가 없는 사람도 당연히 비싼 변호사 선임 비용을 낼 필요가 없어야 합니다.”

브락센은 서면을 훑어본 뒤, 원본을 레베카에게 건네고 복사본을 자신의 파일에 넣었다.

“이제 어떻게 하죠?”

"서명하세요." 브락센이 말했다. "내 주소가 여기 맨 위에 있죠."

레베카가 약간 떨리는 손으로 서명하는 동안, 브락센은 봉투에 주소를 썼다. 그다음 브락센은 봉투를 봉하고, 실권 없는 왕과 왕비가 그려진 우표를 붙인 뒤, 그것을 레베카에게 건넸다.

"건물을 나가서 오른쪽으로 꺾은 뒤 또 한 번 오른쪽으로 꺾으면, 거기 우체통이 있어요."

"고맙습니다." 레베카가 말했다.

"잘 가요, 로…… 레베카. 내가 당신을 찾고 싶으면 어디로 가죠?"

"지금은 정해진 데가 없어요."

"그러면 이리 다시 오세요. 일주일은 지난 뒤에. 그 안에는 답장을 기대하기 어려워요."

레베카가 문을 닫고 떠나자, 브락센은 타자기가 놓인 판을 접어 넣고 얼룩 고양이를 다시 무릎에 올렸다.

13.

키 큰 금발 남자는 앤드루 블랙이라는 영국인 사업가 이름으로 발급된 여권을 갖고 있었다. 그는 최선의 경로를 거쳐서 10월 15일 스웨덴에 들어왔다. 코펜하겐에서 수중익선으로 말뫼로 오는 방법이었다. 말뫼의 출입국 관리 경찰은 자리에 없을 때가 부지기수였고, 있을 때도 하품과 커피로 시간을 때웠다.

남자는 말뫼에서 스톡홀름행 기차표를 샀다. 스웨덴의 찬비가 차창을 때리는 동안 푹 자고 일어나, 아침에 스톡홀름에 도착했다. 그다음 택시를 타고 남부의 방 여섯 개짜리 아파트로 갔다. 그곳은 울라그의 유령 회사가 오래전에 접대용 아파트 명목으로 빌려둔 곳이었다. 남자가 스웨덴에서 최초로 불쾌한 인상을 받은 사실은 기차역 앞에서 택시를 아주 오래 기다려야 한다는 것이었다.

그 외에는 아무 문제가 없었다. 어디서든 여권을 표지만 보여줘도 충분했고, 이름을 묻는 사람은 없었으며, 가방을 열어보는 사람도 없었다. 비밀 바닥이 있는 그의 가방에는 대단히 흥미로운 내용물이 담겨 있었다. 하지만 기껏해야 술과 담배를 뒤지는 데 익숙한 평범한 세관원은 그 가방에서 이상한 점을 알아차리지 못할 것이었다.

남자는 점심에 외출하여 '바'를 자칭하는 곳에서 식사했다. 음식은 역겹고 충격적으로 비쌌다. 그는 스웨덴 신문을 몇 부 사서 아파트로 돌아왔고, 한참 뒤 자신이 스웨덴어를 놀라울 만큼 잘 읽을 수 있다는 사실을 깨달았다.

그의 본명은 라인하르트 하이트였다. 남아프리카공화국 출신인 그는 네덜란드어, 아프리칸스어, 영어, 덴마크어의 네 개 언어를 구사하는 집안에서 자랐다. 나중에 프랑스어와 독일어도 배워서 유창하게 말할 수 있게 되었고, 그 밖에도 그럭저럭 할 수 있는 언어가 대여섯 개 더 있었다. 학교는 영국에서 다녔다.

하지만 그의 실질적 교육은 군대에서 이뤄졌다. 그는 처음에 콩고에서 싸웠고, 비아프라에서는 결국 진 쪽에서 싸웠다. 기니의 쿠데타에도 잠시 관여했고, 포르투갈 정보부에 몇 년 몸담은 뒤에 모잠비크로 가서 모잠비크 해방 전선 게릴라들과 싸우는 비정규군에 합류했다. 그곳에서 울라그에 영입되었다.

하이트는 로디지아와 앙골라의 캠프에서 테러리스트 훈련을 받았다. 훈련은 극도로 어려웠고, 육체적으로든 정신적으로든 조금의 약점이라도 보이면 당장 행정 부서로 옮겨지도록 되어 있었다. 배신이나 비겁에 따르는 벌은 죽음이었다.

울라그는 최소 세 개국 정부로부터 재정 지원을 받아 결성되고 운영되는 사조직이었다. 조직의 궁극적 목표는 대단히 유능한 테러 집단을 양성하여, 갈수록 약해지는 남아프리카의 백인 기득권 체제를 수호하는 데 동원한다는 것이었다. 외부와의 접촉은 없다시피 하나 전혀 없진 않았다. 일례로 런던에는 울라그에게 일을 주문하는 장소로 쓰이는 엄숙한 클럽이 하나 있었다. 하지만 지금까지 그렇게 수행된 작업은 한 건뿐이었고, 그것이 바로 군발드 라르손이 목격한 사건이었다. 나머지 사건들은 이들이 연습 삼아 벌인 짓이라는 사실이 이 조직을 더 무섭고 불가해한 존재로 만들었다.

이 조직이 그런 암살들을 저지른 것은 우선 자신들의 유능함을 입증하기 위해서였지만, 그 과정에서 추가의 목표도 달성하고자 했다. 사회 전반에 불신과 정치적 불안을 야기한다는 목표였다. 이 점에서도 그들은 성공했다. 말라위에서는 테러 직후 관련된 세 나라 사이에 다툼이 벌어졌고, 앞으로도 군사적으로

나 정치적으로나 더 복잡한 상황으로 이어질 전망이었다. 인도에서는 암살 직후 정치적 불안이 상당했다. 베이징과 모스크바의 정보국은 베트남의 박격포 테러 뒤에 있었던 것이 CIA도 반 티에우 정권도 아니라는 사실을 여태 믿지 못하고 있었다.

울라그 창설자들은 테러를 정치적 무기로 이용할 때 따르기 마련인 문제들을 똑똑히 알았다. 얼스터에서처럼 활동가들에게 훈련과 무기가 부족해지거나(폭탄 제조법이나 사용법을 잘 모르는 순진한 아일랜드 노동자가 저 혼자 폭사하고 마는 것을 보고서 두려워할 사람은 없었다), 팔레스타인에서의 수많은 전투처럼 상대가 너무 막강하고 절대 굽히지 않겠다고 나오는 바람에 테러리스트들만 죽어나가는 것이었다.

따라서 울라그가 추구하는 것은 결코 실패하지 않는 테러 조직, 설령 규모가 크진 않더라도 진정으로 공포를 자아내는 테러 조직이었다.

현재 울라그의 인원은 총 백 명이 넘지 않았다. 테러리스트는 네 명씩 한 팀으로 총 열 팀이 있었고, 예비 인원이 열 명, 훈련생이 스무 명이었다. 나머지는 행정 인력으로서, 보안상 최소한의 규모로 운영되었다.

처음에 울라그의 정예 인원은 비아프라와 앙골라에서 군사 작전에 참여했던 사람들이 주를 이뤘지만, 그때도 이미 다국적 집단이었거니와 이후 더 다양한 국적의 사람들이 합류했다. 그 중에는 이것이 조국을 섬기는 방법이라고 믿고서 합류한 극우파 일본인들도 있었다.

라인하르트 하이트는 최고의 훈련생이었다. 자신이 세상에서 가장 위험한 인간 열 명 안에 든다고 자부할 만한 이유가 충분했고, 그런 생각에 한없이 우쭐해졌다. 이 점을 제외한다면, 그는 매력적인 외모와 교양을 갖추고 제 직업을 즐기는 남자로만 보였다.

하이트가 도착한 날로부터 사흘 뒤, 같은 팀의 두 일본인이 스톡홀름에 도착했다. 그들은 핀란드를 거쳐서, 마리에함에서 출발하는 대형 유람선을 타고 왔다. 여권을 확인하던 경찰관은 그들 중 한 명으로부터 어디로 가면 스웨덴 미인이 나오는 성인 영화를 볼 수 있느냐는 질문을 받고서 질린 나머지 가짜 여권에 무심히 도장을 찍어주었다.

스웨덴 미인에 관한 질문은 세관원이 서둘러 그들의 짐에 분필로 확인 표시를 긋게 만든 이유이기도 했다.

"망할 창녀들과 섹스 클럽 주소를 담은 브로슈어를 일본어와 영어로 제작해야 한다니까." 한 세관원이 동료에게 말했다. "그걸 이 인간들 같은 바보들에게 나눠주면 얼마나 편하겠어."

"인종차별이에요!" 줄을 서 있던 한 청년이 외쳤다. "그런 것도 몰라요? 인종과 피부색에 따라 사람을 차별하는 건 법으로 금지된 일이라고요!"

사람들이 그 문제로 옥신각신하는 동안, 두 번째 일본인도 수색 없이 짐을 받았다. 그는 손이 널빤지만큼 단단하고 기골이 장대한 남자였다.

두 일본인은 인도 테러에 관여했지만 라틴아메리카 테러에는 관여하지 않았다. 그들이 엄청나게 유능하다는 것, 냉정하고 무자비하고 전적으로 신뢰할 만하다는 것을 라인하르트 하이트는 알았다.

하지만 그들은 함께 살기에는 지루한 이들이었다. 그들은 말수가 없었고, 주야장천 마주 앉아서는 작은 블록들을 써서 하는 무슨 게임을 했다. 둘 다 너무 무표정해서, 하이트는 누가 이기고 누가 지는지 알 수 없었다. 게임이 끝났는지, 아니면 이튿날 이어서 해야 하는지도 알 수 없었다.

두 일본인과 달리 하이트는 스톡홀름에 초행이었다. 그래서 첫 며칠은 이 도시에 대한 전반적 인상을 쌓고자 시내를 꽤 많이 돌아다녔다. 영국인 앤드루 블랙의 신분증으로 차도 빌렸다.

일주일 뒤, 화물 터미널에서 보낸 대형 상자가 그에게 도착했다. 유치 우편으로 받도록 발송된 물건이었다. 세관이 그 상자를 조사한 흔적이 전혀 없기에, 그는 곧이어 뒤따라온 다른 두 상자도 걱정하지 않았다. 그것들은 기한이 끝나면 발송자에게 되돌려 보낼 물건이었다.

얼마 후 그는 쿵스홀멘의 관청을 방문했다. 자신을 네덜란드 도급업체가 보낸 사람이라고 밝히고, 도시의 지하철, 하수구, 전기, 가스 공급 체계 도면을 빠짐없이 구입했다. 이것은 미리 준비해둔 일이었다. 사전에 문서로 접촉하여 견적서를 제출하라는 답변을 받아두었기에 가능한 일이었다.

10월 31일, 라인하르트 하이트는 스웨덴에 머문 지 십칠 일째였다. 두 일본인은 이상한 게임에 몰두했고, 쉴 때는 부엌에서 이상한 요리를 했다. 재료는 시내의 평범한 상점에서 사 오는 듯했다.

작전의 재료도 다 준비되었다.

그런데도 상원 의원 방문일까지 삼 주가 더 남았다.

라인하르트 하이트는 차를 몰고 알란다 국제공항에 갔다가 시큰둥하게 그곳을 보고 시내로 돌아왔다. 이름난 미국인이 차로 이동할 경로는 거의 명백해 보였다.

왕궁을 지난 뒤, 하이트는 차를 꺾어서 슬롯스바켄 거리에 세웠다. 여느 관광객인 양 스톡홀름 지도를 꺼내 들고 로고르스트라판 계단*으로 내려가서 주위를 한참 구경했다.

하이트가 어떤 수법을 택하든, 그곳은 분명 알맞은 장소였다. 그는 폭탄을 쓰기로 거의 결정했지만 그러면 왕도 함께 살해될 위험이 있었다. 왕을 죽이라는 말은 없었던데다가, 그것은 그도 왠지 께름칙했다. 왕은 좀 특별하게 느껴졌다. 한편 왕궁은 다시 봐도 거대하고 흉측한 돌무더기 같았다. 이왕 길을 건넌 김에, 차를 주차한 곳에 두고 잠시 감라스탄을 산책하기로 했다. 감라스탄은 스톡홀름에서 그의 마음에 드는 유일한 동네였다.

라인하르트 하이트는 슬슬 걸어서 스토르토리에트 광장까지 갔다. 그곳에 있는 브룽케베리스폼펜 펌프를 구경한 뒤에 셰프만가탄 거리를 동쪽으로 걷는데, 도중에 골목에서 웬 여자가 튀어나와서 그의 앞에서 걷기 시작했다.

스칸디나비아 여자들은 다 키가 크고 금발인 줄 알았는데, 하이트는 생각했다. 그의 덴마크인 어머니는 그랬다.

하지만 이 여자는 두드러지게 작았다. 어깨가 꽤 넓었고, 머리카락은 옅고 곧았고, 빨간 장화와 청바지와 검은색 더플코트를 입었으며, 두 손을 주머니에 꽂고 있었다. 여자는 고개를 숙인 채 단호한 걸음걸이로 하이트와 같은 속도로 걸었다.

하이트가 여자를 따라 볼후스그렌드 골목을 몇 미터 걸어가

---

* 스톡홀름 왕성 바로 옆에 있는 계단.

던 중, 여자가 갑자기 뒤따르는 사람이 있다는 것을 느낀 기색으로 고개를 홱 돌려서 그를 보았다. 여자의 찡그린 눈은 하이트와 같은 푸른색이었다. 여자는 그를 살피다가 아직 그의 손에 들린 지도를 보고는 옆으로 한 발짝 물러서서 그가 먼저 지나가게 해주었다.

하이트는 차로 돌아가다가 여자를 또 한 번 보았다. 여자는 셉스브론 다리를 향해 씩씩하게 걷고 있었다. 그때 여자가 그가 있는 방향으로 슬쩍 눈길을 던지는 듯했다. 날쌔지만 주의 깊은 시선이었다. 하이트는 왠지 또 덴마크인 어머니가 떠올랐다. 어머니는 피터마리츠버그 근교에서 살고 있었다. 이 일을 마치면 찾아뵈어야겠다는 생각이 들었다.

같은 날 하이트는 팀의 프랑스인 무선 전문가에게 전화를 걸었다. 프랑스인은 한참 전부터 코펜하겐에서 대기중이었다. 하이트는 그에게 늦어도 11월 14일까지 스톡홀름에 오라고 말하고, 사용할 수법은 지난번과 사실상 같다고 말했다.

그다음 주 월요일, 말없이 게임만 하는 일본인 동료들에게 질린 라인하르트 하이트는 여자를 찾으러 외출하기로 마음먹었다. 평소라면 하지 않는 일이었다. 원래 그는 작전 준비중에는 여자를 절대 만나지 않았다.

막상 여자를 찾아보려니, 스톡홀름에 매춘부가 이렇게 많다는 사실이 왠지 울적하게 느껴졌다. 특히 마약을 얻기 위해서라면 뭐든지 할 것처럼 보이는 십 대 초반 여자아이가 이렇게 많다는 사실이 그랬다.

그들의 울적한 모습을 한동안 바라본 뒤, 하이트는 시내 최고의 호텔 중 한 곳의 바로 갔다.

하이트는 술을 마시지 않았다. 하지만 토마토 주스와 타바스코를 섞은 칵테일은 가끔 즐겼다. 칵테일을 홀짝이면서, 그는 자신이 바라는 상대를 그려보았다. 키가 크고, 옅은 금발이고, 스물다섯쯤 된 여성이면 좋을 것 같았다. 자신은 서른 살이지만, 스물다섯은 그에게 이상형 같은 나이였다. 그가 결코 상상할 수 없는 상대는 전문직 여성이나 공공 기관에서 일하는 여성이었다. 스웨덴에 미인이 많다는 소리는 이제 믿지 않았다. 그것은 일종의 신화, 이 나라가 프로파간다로 퍼뜨린 수많은 거짓말 중 하나인 듯했다.

하이트가 술 탄 토마토 주스를 두 잔째 마실 때, 한 여자가 들어와서 바의 반대편 끝에 앉았다. 여자는 오렌지 주스에 빨간 베리 열매가 담겨 있고 잔 가장자리에 레몬 조각을 끼운 칵테일을 마셨다.

두 사람은 두어 번 상대를 쳐다보면서 서로 관심이 있음을 드러냈다.

하이트는 바텐더를 불러서 여자에게 술을 한 잔 사도 되는지 물었다. 대답은 '예'였다. 잠시 후 여자의 옆자리가 비었다. 하이트는 묻는 눈으로 그쪽을 보았고, 여자가 또 끄덕였다.

하이트는 자리를 옮긴 뒤 삼십 분 정도 스칸디나비아어로 여자를 즐겁게 해주었다. 자신을 라인하르트 예르겐센이라는 덴마크 기술자라고 소개했다. 언제나 최대한 진실에 가깝게 말하는 편이 제일 간단했고, 그의 어머니의 결혼 전 성이 예르겐센이었다. 여자는 루트 살로몬손이라고 이름을 밝혔다. 그는 몇 살이냐고 물었고, 그녀는 스물다섯이라고 대답했다. 그녀는 거의 완벽했다. 머리카락은 금발이 아니라 잿빛이었고, 눈은 푸른색이었다. 키가 크고, 늘씬하고, 몸매가 좋았다.

십오 분쯤 더 이야기하다 보니, 그녀도 그와 같은 용무로 바에 왔다는 것을 알게 되었다.

다음은 함께 나가서 로비에 있는 심부름꾼에게 택시를 불러 달라고 하는 일만 남았다.

바에 오는 여성이 흔히 그렇듯이, 루트 살로몬손은 여자 친구와 함께 와 있었다.

그 친구는 바의 탁자 자리에서 웬 남자와 이야기하는 중이었다. 택시를 기다리는 동안, 하이트는 그 친구와도 예의 바르게 잡담을 나누었다.

하이트의 선택은 훌륭했고, 그는 아주 즐거운 저녁을 보냈다. 몇 시간이 지나고서야 여유가 생겨서 그녀에게 질문이라도 할까 싶었다. 자기 일과 여행 이야기는 이미 들려주었다. 그래서 그는 물었다.

"무슨 일을 해요?"

그녀는 그의 담배를 꺼내어 불을 붙이고, 연기를 후후 불면서 말했다.

"경찰이에요."

"경찰? 경찰이라고요?"

"네. 경장이에요."

"일이 재미있나요?"

"늘 흥미진진하기만 한 일은 아니에요." 그녀가 말했다. "나는 수사국이라는 데서 일해요."

그는 아무 말 하지 않았다. 다른 기분보다도 일단 놀라웠고, 어쩐지 그녀가 좀더 흥미로운 사람처럼 보였다.

"미리 말하지 않은 건 일부러 그런 거예요." 여자가 덧붙였다. "경찰이라고 말하면 희한한 반응을 보이는 사람들이 있거든요."

"바보 같은 사람들이네요." 하이트는 이렇게 말하면서 여자를 끌어당겼다.

그는 이튿날 오전 7시가 되어서야 일본인 동료들에게 돌아갔다.

그들은 나무라는 눈으로 그를 보고 자리 들어갔다.

14.

군발드 라르손은 새 양복을 보았다.

결전의 날에 저걸 입으면 불길할까? 불쾌한 상원 의원의 내장 따위를 뒤집어쓰게 될까? 가능성이 없지 않았다. 반항심이 들어서, 군발드 라르손은 다음 주 목요일에 저 양복을 입기로 결정했다.

오늘 군발드 라르손은 평상복 차림이었다. 털 안감이 달린 재킷, 갈색 바지, 묵직한 고무 밑창의 덴마크제 단화였다. 그는 거울을 보고 고개를 저었다. 그리고 출근했다.

군발드 라르손은 나이 드는 것이 싫었다. 곧 쉰 살이 되는 그는 요즘 들어 자주 인생의 의미를 생각했다. 유산을 흥청망청 써버릴 때는 재미있었다. 그것은 자신도 남들에게도 기억할 만한 시기였다. 해군에서 일하는 것도 꽤 좋았고, 상선에서 일할 때는 더 좋았다. 하지만 대체 왜 자진하여 경찰관이 되었담? 자신의 신념에 반하는 방식으로 행동할 수밖에 없는 상황에 자주 처하는 직업을 왜 골랐담?

답은 간단했다. 그의 이상한 경력을 살려서 구할 수 있는 직업이 이것뿐이었다. 당시에는 자신이 어딘가 쓸모가 있으리라는 기대도 품었다. 하지만 그 점에 성공했을까?

그리고 왜 결혼하지 않았을까? 기회는 많았지만, 이제 현실적으로 너무 늦었다.

어쨌든 지금은 그런 질문을 할 때가 아니었다.

군발드 라르손은 주차를 하고 승강기로 강력반에 올라갔다. 특별반이 그곳을 본부로 쓰고 있었다. 방은 허름하고, 벽이 벗겨지고 있고, 창밖에서 올라가고 있는 거창한 새 경찰 본부의 기세에 눌려서 건물 전체가 무너지는 중인 것처럼 보였다.

군발드 라르손은 벽시계를 보았다. 8시 3분이었다.

11월 14일, 대망의 날로부터 정확히 일주일 전이었다.

본부는 방을 네 개 쓰고 있었다.

마르틴 베크는 보통 자리에 있었다.

군발드 라르손과 에이나르 뢴도 거의 늘 자리에 있었고, 벤뉘 스카케와 프레드리크 멜란데르도 그랬다. 멜란데르는 사기

수사과 경감이지만 살인수사과와 강력반에서 일한 경력이 길었다.

멜란데르는 희한한 인물이자 값을 따질 수 없는 자산이었다. 그의 기억력은 컴퓨터 같았다. 아니, 그보다 더 나았다. 특별반은 모든 정보를 그에게 통과시킴으로써 각종 실수와 중복 명령을 예방할 수 있었다. 멜란데르는 키 크고, 온화하고, 다른 이들보다 나이가 약간 많았고, 주로 서류를 보거나 파이프를 만지작거리면서 앉아 있었다. 책상에 없을 때는 십중팔구 화장실에 있었는데, 이것은 스톡홀름 경찰의 절반이 알고 있고 다들 엄청 웃기다고 생각하는 사실이었다.

군발드 라르손은 뢴에게 끄덕 인사한 뒤 마르틴 베크에게 갔다. 마르틴 베크는 책상에 앉아서 다리를 덜렁거리면서 통화하는 동시에 두꺼운 보고서를 훑어보고 있었다.

"끊겠습니다." 마르틴 베크가 이렇게 말하고 수화기를 내렸다.

군발드 라르손이 무슨 전화인지 묻는 눈으로 보았다.

"공군." 마르틴 베크가 말했다.

"으윽." 군발드 라르손의 반응이었다.

"나도 그렇게 대답했어. 좀더 점잖은 표현을 쓰긴 했지만. 우리에게 전투기가 한 개 사단 이상 필요하지 않은지 묻더군."

"그래서 뭐라고 말했나?"

"비행기는 전혀 필요 없다고 말했지."

"그랬다고?"

"응. 장군이 좀 열을 올리던걸. '비행기'가 욕인 모양이야."

"배의 갑판을 바닥이라고 부른 것과 마찬가지지."

"아, 그렇게 나쁜가?" 마르틴 베크가 말했다. "다음에 그가 또 전화하면 사과해야겠네."

마르틴 베크는 손목시계의 날짜 칸을 흘긋 보고 말했다.

"자네의 울라그 친구들은 나타나지 않을 모양이야."

그들은 일이 주 전부터 국경 및 해외로부터 들어오는 차량 관리를 철저하게 하고 있었다.

"으음."

"그거 발언인가?" 마르틴 베크가 물었다.

군발드 라르손은 방 안을 두어 번 오락가락하다가 말했다.

"나는 그들이 이미 들어와 있다는 가정하에 진행해야 한다고 봐."

"하지만 그들은 여러 명일 거야. 그중 단 한 명도 우리에게 잡히지 않고 다들 들어와 있는 게 가능할까?"

"이상하지." 군발드 라르손이 말했다. "하지만……."

군발드 라르손이 조용해졌다.

"물론 출입국 확인을 철저히 하기 전에 들어왔을 수도 있겠지." 마르틴 베크가 말했다.

"그래." 군발드 라르손이 말했다. "그랬을 수 있어."

대화의 방향을 바꾸려는 듯 마르틴 베크가 물었다.

"어제 재미난 영화는 많이 봤나?"

군발드 라르손은 과거의 여러 국빈 방문 행사에 대해서 보안청이 입수한 영상을 살펴보는 임무를 맡았다.

"응." 군발드 라르손이 말했다. "닉슨이 베오그라드에서 티토*와 함께 오픈카로 달렸다는 걸 알게 됐지. 더블린에서도 그랬고. 닉슨하고 데벌레어라**는 구식 롤스로이스의 지붕을 열어젖히고 퍼레이드를 했어. 영상으로 보기에는 경호 요원이 딱 한 명뿐이었어. 반면 키신저***가 로마를 방문했을 때는 나라의 절반에 바리케이드를 쳤더군."

"고전 중의 고전도 보여주던가? 교황의 예루살렘 방문?"

"응. 하지만 그건 전에 본 거였어."

교황의 예루살렘 방문에서 경호를 맡았던 요르단 정보부는 역사상 선례가 없을 정도로 일을 망쳤다. 스티그 말름이라도 그

---

* 구 유고슬라비아의 독재자.

** 아일랜드의 교사이자 정치인. 영국에 대항해 아일랜드 독립에 힘썼으며, 이후 아일랜드의 총리와 대통령을 역임했다.

*** 닉슨 대통령 시절 국가안보 보좌관 및 국무장관을 지낸 인물이다.

렇게는 못 했을 정도였다.

전화가 울렸다.

"네, 베크입니다."

"여보세요." 치안경찰청장이 말했다. "내가 보낸 보고서 봤습니까?"

"네, 지금 보는 중입니다."

"그러면 알겠지만, 그 이틀간 스톡홀름을 제외한 전국 모든 지역에 치안경찰이 부족해질 겁니다."

"그렇겠군요."

"당신이 그 사실을 알아야 할 것 같았습니다."

"그건 내 일이 아닙니다. 국가경찰청장에게 그 사실을 알고 있는지 물어보세요."

"좋습니다. 내가 말름에게 걸겠습니다."

뢴이 빨간 코끝에 돋보기 안경을 걸치고 손에 종이를 들고 들어왔다.

"이 '특등 명단'이라는 걸 내 책상에서 발견했는데."

"그건 내 책상에 있어야 하는데." 군발드 라르손이 말했다. "거기 둬. 누가 옮겼지?"

"난 아냐." 뢴이 말했다.

"무슨 명단인데?" 마르틴 베크가 물었다.

"내근을 맡아야 할 사람들 명단." 군발드 라르손이 대답했다. "당직실에 앉아서 오목이나 두는 게 나을 사람들. 이해할지 모르겠지만."

마르틴 베크는 뢴에게서 명단을 받아 살펴보았다. 충분히 예상할 수 있는 이름들이 맨 위에 적혀 있었다.

보 사크리손

켄네트 크바스트모

칼 크리스티안손

빅토르 파울손

알도르 구스타브손

리카르드 울홀름

……

"완벽하게 이해해." 마르틴 베크가 말했다. "이들을 내근시키는 건 좋은 생각이군. 그런데 '특등'은 무슨 뜻이지?"

"특별한 등신들." 군발드 라르손이 말했다. "너무 직설적으로 표현하고 싶진 않아서."

그들은 더 큰 방으로 갔다. 그 방에는 뢴과 멜란데르의 책상이 있었고, 벽에 대형 스톡홀름 지도가 붙어 있었다. 그들은 지도에 자동차 퍼레이드가 달릴 경로를 그려두었다. 대개의 본부처럼 그곳도 몹시 어지러웠다.

전화가 쉼 없이 울렸고, 수시로 사람이 들락거리면서 갈색 서류봉투에 든 내부 전갈을 전달했다.

멜란데르는 입에 파이프를 문 채 통화하는 중이었다.

"네, 방금 들어왔습니다." 멜란데르가 그들을 보고 말했다.

그리고 말없이 수화기를 마르틴 베크에게 건넸다.

"네, 베크입니다."

"연결이 되어서 다행이군." 스티그 말름이었다.

"네."

"참, 페트루스 사건을 환상적으로 깔끔하게 해결해낸 것 축하하네."

좀 늦은 이야기였고, 좀 과장이었다.

"고맙습니다." 마르틴 베크가 말했다. "사실은 대부분 오사와 벤뉘가 처리했습니다. 그중에서도 오사가."

"오사?"

말름은 경찰 인력을 그다지 잘 알지 못했다.

"오사 토렐, 메르스타의 수사관입니다."

"아, 그 여경." 말름이 막연하게 말했다.

말름은 여성 경찰관을 별로 높게 평가하지 않았다.

"그 말 하려고 거셨습니까?"

"아니." 말름이 말했다. "안타깝게도 아니야."

"그럼 뭡니까?"

"공군참모총장이 방금 국가경찰청장에게 전화했어."

행동이 빠르군, 마르틴 베크는 생각했다. 겉으로는 이렇게만 말했다.

"그래서요?"

"장군이 아마도……."

"짜증 났습니까?"

"음, 이 사안에 관한 경찰의 협조 의지에 실망한 것 같다고 말해두지."

"네."

말름이 당황해서 헛기침했다.

"감기 걸렸습니까?"

정말 한심한 상사로군, 마르틴 베크는 생각했다. 그런데 문득 현재는 그 반대 상황이라는 생각이 떠올랐다. 현재는 자신이 말름의 상사라고 할 수 있었다. 그래서 말했다.

"저는 할 일이 많습니다. 원하는 게 뭡니까?"

"음, 군과의 관계는 민감하고도 중요한 문제야. 그러니까 군과의 대화는 협조 정신을 갖고 수행하는 게 바람직해. 물론, 자네도 알다시피, 이건 내가 하는 말이 아니라네."

마르틴 베크는 웃었다.

"그럼 대체 누구의 말입니까? 자동 응답기입니까?"

"마르틴." 말름이 애원했다. "내가 처한 입장을 알잖나. 이것도 쉬운 일이……."

"알겠습니다." 마르틴 베크가 말했다. "또 다른 것은?"

"현재로서는 없네."

"그럼 끊겠습니다."

"그럼."

전화가 또 울렸다. 멜란데르가 받았다. 이번에는 자신이 이른바 사회 전복 세력과, 더 쉬운 말로는 공산주의자들과 얼마나 힘겹게 싸우고 있는지 이야기하고 싶어 하는 묄레르였다.

그들은 멜란데르가 통화하도록 내버려두었다. 멜란데르는 그런 일에 탁월했다. 모든 말에 짧고 참을성 있게 대꾸하면서도 결코 요지를 벗어나거나 언성을 높이지 않았다. 대화가 끝나면, 전화했던 사람은 제 뜻을 조금도 관철시키지 못했으면서도 친절한 대우를 받았기에 전혀 불만이 없었다.

다른 사람들은 자동차 퍼레이드 경로를 연구했다.

상원 의원의 방문 일정은 단순했다.

아마 엄선된 정비사들이 하루에 열 번씩 점검하는 그의 특별기가 오후 1시에 스톡홀름 알란다 공항에 내릴 예정이었다. 정부 대표가 비행기에서 내리는 그를 맞이하여 함께 VIP실로 걸어간다. 의장대를 보내겠다는 군대의 제안은 정부가 고상하게 거절했다. 정부 대표와 손님은 방탄 자동차를 타고 세르겔스토리 광장의 의사당으로 이동한다.* 같은 날 상원 의원은, 정확하게 말하자면 마침맞게 오슬로 항에 정박해 있던 미국 군함에서 온 네 명의 해군 장교들이, 스웨덴 선왕을 기리는 화환을 바친다.

죽은 왕에게 존경을 표하는 이 절차를 놓고서 설왕설래가 좀 있었다. 정부가 상원 의원에게 특별한 요청이 있느냐고 물은 것이 발단이었다. 상원 의원은 최근 작고한 왕에게 경의를 표하고 싶다고 말했다. 선왕은 본인뿐 아니라 다른 많은 미국인들이 당대의 가장 훌륭한 스웨덴인으로 여긴 인물이었기 때문이라고 했다.

이 요청에 반색한 사람은 아무도 없었다. 선왕이 죽고 새 왕이 즉위했을 때 시민들에게서 군주제에 대한 충성심이 터져나왔던 것을 보고서 장관들은 살짝 충격을 먹은 터였다. 장관들

---

* 스톡홀름의 명소이기도 한 스웨덴 국회의사당은 1904년부터 지금까지 구 도심의 헬게안스홀멘 섬에 자리하고 있지만, 1971년 양원제가 단원제로 바뀌면서 개축 공사를 하게 되어 1971년부터 1983년까지는 시 중심가 세르겔스토리 광장에 있는 문화센터를 대신 국회의사당으로 사용했다.

은 더는 그러지 않기를 바랐고, 그래서 외교 채널을 통해 상원 의원에게 “최근”이 언제인지 아느냐고 묻고(구스타프 6세 아돌프가 죽은 지 일 년이 넘었다), 정부는 죽은 왕들을 추앙하는 일에 그다지 관심이 없다는 뜻을 강력히 시사했다. 하지만 상원 의원은 완강했다. 그는 화환을 바칠 작정이었고, 결국 그렇게 하게 되었다.

미국 대사관은 두 꽃집이 제작에 가세해야 할 만큼 거대한 화환을 주문했다. 화환의 크기와 사용될 꽃의 종류는 상원 의원이 직접 정했다. 네 해군 장교는 11월 12일에 스톡홀름에 도착했다. 다행히 그들은 키가 190센티미터에 못 미치는 사람이 한 명도 없을 만큼 체격이 좋았다. 그들을 동원한 것은 선견지명이었다. 그보다 체구가 작은 이들이라면 그 꽃들의 산을 들어 올리지조차 못했을 것이었다.

수다한 조건과 조율이 오간 끝에, 총리도 화환 증정식에 참석하기로 했다. 그다음 자동차 퍼레이드는 의사당으로 향한다. 오후에 손님은 여러 장관들과 비공식 회담을 갖기로 되어 있었다.

저녁에는 정부가 주최하는 만찬이 스탈메스타레고르덴에서 열린다. 그 자리에는 야당 대표들도 부부 동반으로 참석하여 한때 미합중국 대통령이 될 뻔했던 사람과 이야기 나눌 기회를 누린다.

상원 의원의 정치적 악명이 어느 정도인지는 스웨덴 좌파의 지도자 격인 공산당 의장이 "그런 인간과는 저녁을 먹고 싶지 않다"고 초대를 거절한 사실에서 알 수 있었다.

만찬이 끝나면 상원 의원은 대사관이 영빈관으로 마련한 집에서 밤을 보낸다.

금요일 일정은 간단했다.

왕이 왕궁에서 오찬을 주최하기로 되어 있었다. 왕궁 비서가 아직 정확한 식순을 발표하진 않았지만, 지금까지 준비된 바로는 왕이 밖으로 나와서 로고르덴 정원에서 손님을 맞이하여 함께 왕궁으로 들어갈 예정이었다.

오찬을 마친 뒤, 상원 의원은 정부 대표 두어 명과 곧장 알란다 공항으로 가서 미국으로 떠난다. 그것으로 모든 일정이 끝난다.

특별히 복잡하거나 특이한 대목은 없었다.

실제 퍼레이드 경로뿐 아니라 모든 일정이 신문에 보도될 예정이었다. 라디오와 텔레비전이 저명한 국빈의 도착, 시내로의 자동차 퍼레이드, 화환 증정식, 국왕 알현을 생중계할 예정이었다.

솔직히 단 한 사람을 보호하기 위해서 지위 고하를 막론하고 이렇게 많은 경찰이 동원된다는 사실 자체가 우스꽝스러웠다.

멜란데르가 통화를 마치고 일어나서 지도 앞에 모여 선 동료들에게 왔다.

"음." 멜란데르가 말했다. "자네들처럼 나도 이제 이 사보타주 단체에 관한 자료를 다 읽었어."

"자네라면 어디에 폭발물을 설치하겠나?" 마르틴 베크가 물었다.

멜란데르가 파이프에 불을 붙이고 무표정한 얼굴로 되물었다.

"자네들이라면 폭탄을 어디에 설치할 건가?"

다섯 개의 검지손가락이 올라와서 지도에서 같은 지점을 짚었다.

"저런, 저런." 뢴이 말했다.

모두 약간 멋쩍은 기분이었다. 군발드 라르손이 침묵을 깼다.

"우리 같은 사람 다섯 명이 정확히 같은 결론에 도달했다면, 그건 분명 틀린 결론이야."

마르틴 베크가 몇 걸음 옆으로 물러나서 서류함에 팔을 올리고 말했다.

"프레드리크, 벤뉘, 에이나르, 군발드. 모두 십 분 안에 각자의 이유를 써서 제출해줘. 서로 의논하지 말고 따로따로. 나도 작성할게. 아주 짧게."

마르틴 베크는 자기 방으로 갔다. 전화가 울렸다. 그는 전화가 울리게 내버려두고, 타자기에 종이를 끼우고 두 검지손가락으로 타이핑하기 시작했다.

> 만약 울라그가 암살을 시도한다면, 정황상 무선조종되는 폭탄을 쓸 것이다. 가스 공급관에 설치된 폭탄은 우리가 세우고 있는 경호 체계에서 가장 방어하기 어려운 무기다. 그들로서는 적절한 폭발력을 확보하기 위한 최선의 선택이기도 하다. 내가 공항에서 스톡홀름으로 들어오는 입구를 후보로 고른 것은, 그 지점에서는 차량 행렬이 다른 길로 우회하기 어렵기 때문이다. 경찰 배치를 감안한다면 더욱더 그렇다. 그 지점에는 지하 터널과 통로가 많다. 첫째 지하철 내부 연결 터널을 파고 있는 중이고, 둘째 하수관도 복잡하게 얽혀 있다. 게다가 도시의 지하 연결망을 숙지한 사람이라면 누구나 접근할 수 있는 수많은 맨홀 등을 통해서 그 지점까지 갈 수 있다. 또 그들은 다른 지점에도 대안으로서 여분의 폭발물을 설치할지도 모른다. 따라서 우리는 그 지점들도 파악해야 한다.
>
> 베크

스카케는 마르틴 베크보다 먼저 써서 가지고 왔다. 멜란데르와 군발드 라르손이 다음이었다.

뢴이 마지막으로 왔다. 이십 분 가까이 걸렸다. 원래 뢴은 글

쓰기가 서툴렀다.

모두의 견해는 비슷했다. 다만 뢴의 글이 가장 읽어볼 만했다. 뢴은 이렇게 적었다.

지하 폭탄범은, 만약 무선 기폭 장치를 쓰더라도, 가스 공급관이 있는 곳에 폭탄을 설치해야 할 것이다. 내가 지적한 지점에는 공급관이 여러 개 (다섯 개) 있고, 만약 그가 그곳에 폭탄을 설치하려면 그는 두더지처럼 직접 터널을 파거나 아니면 이미 있는 지하 통로를 이용해야 할 것이다. 내가 지적한 지점에는 이미 파놓은 통로가 많이 있다. 만약 폭탄이 군발드가 말한 것처럼 작다면, 우리가 현시점에서 지하에 경찰관을 대량 소집하여 지하 경찰관 특공대를 결성하지 않는 한 조치를 취하는 건 불가능하다. 그런데 경찰관들은 그런 경험이 없으므로 아마 쓸모가 없을 것이다.
하지만 우리는 지하에서 활약하는 폭탄 암살 테러리스트가 있는지 없는지 모른다. 만약 있다면, 지상의 경찰관으로도 지하의 경찰관으로도 그들을 막을 수 없을 것이다. 하지만 만약 그들이 하수구를 헤엄쳐서 활동할 가능성도 있다면, 우리는 하수구 잠수부 특공대도 마련해야 할 것이다.

경위보 에이나르 뢴

마르틴 베크가 웃음기 없이 소리 내어 글을 읽는 동안, 작성자는 민망해하며 몸을 꼬았다. 마르틴 베크는 다 읽은 글을 다른 종이들 위에 놓았다.

뢴은 명철한 사고에 비해 글은 좀 이상하게 썼다. 뢴이 아직 경위로 승진하지 못한 것이 그 때문일 수도 있었다.

가끔 못된 사람들은 뢴의 보고서를 돌려보며 비웃기도 했다.

경찰 보고서라는 것이 원래 횡설수설이지만, 뢴은 숙련된 형사이니 그보다는 잘 써야 하지 않겠느냐고 사람들은 말했다.

마르틴 베크는 냉수기로 가서 물을 한 잔 마셨다. 그러고는 습관처럼 팔꿈치를 서류함에 세우고 머리를 긁적이면서 말했다.

"벤뉘, 교환원에게 우리가 지금부터 전화도 손님도 받지 않겠다고 말해둬. 그게 누구든."

스카케는 시키는 대로 했지만 이렇게 물었다.

"청장이나 말름이면요?"

"말름은 궁둥이를 차서 쫓아낼 거야." 군발드 라르손이 대답했다. "청장이 오면, 혼자 카드놀이라도 하라고 해. 내 책상 서랍에 카드가 있으니까. 사실 에이나르 거지만. 에이나르도 오케스텐스트룀에게 물려받은 거고."

"좋아." 마르틴 베크가 말했다. "우선, 군발드가 할 말이 있어."

"울라그의 폭탄 기법에 관한 이야기야." 군발드 라르손이 말했다. "6월 5일 암살 직후에 그곳 경찰 폭탄처리반이 군대 전문가와 함께 도시의 가스 공급관에 또 다른 폭탄이 설치되어 있는지 수색했어. 결국 불발탄을 두 개 더 발견했지. 하지만 그것들이 얼마나 작고 기막힌 위치에 꽁꽁 숨겨져 있었는지, 경찰은 석 달 뒤에야 하나를 발견했고 두 번째는 지난주에야 발견했어. 둘 다 이튿날 자동차 퍼레이드가 예정된 경로에 설치되어 있었어. 폭탄처리반은 거의 한 걸음 한 걸음 땅을 파헤치다시피 해야 했지. 폭약은 알제리에서 쓰이던 플라스틱 폭탄의 폭약보다 훨씬 더 개량된 버전이었어. 무선제어장치도 기술적으로 엄청나게 세련된 수준이었고."

군발드 라르손이 입을 닫았다.

마르틴 베크가 이어 말했다.

"그렇다고 하는군. 자, 그럼 이제 다른 이야기를 하지. 지금부터 할 이야기는 절대 비밀이야. 여기 있는 우리 다섯 명만 알고 있어야 해. 하나 예외인 부분이 있지만, 그 문제는 좀 있다 이야기할 거야."

이야기는 두 시간 가까이 이어졌다. 모두가 각자 의견이 있었다.

마르틴 베크는 벅찬 만족감을 느꼈다. 서로에 대한 개인적

의견이야 어떻든, 그들은 훌륭한 팀이었다. 마르틴 베크가 자신의 의도를 좀 자주 설명해야 하는 것은 사실이었다. 그 점에서 여느 때처럼 콜베리가 그리웠다.

스카케가 그사이에 온 전화를 확인했다. 명단이 으리으리했다.

국가경찰청장, 스톡홀름 주 경찰청장, 합동참모의장, 육군참모총장, 국왕 비서관, 스웨덴 라디오 방송국 사장, 말름, 법무장관, 보수당 의장, 치안경찰청장, 신문사 열 곳, 미국 대사, 메르스타 경찰서장, 총리 비서, 의사당 경비대장, 렌나르트 콜베리, 오사 토렐, 검사, 레아 닐센, 이름 모를 시민 열한 명.

마르틴 베크는 걱정스레 명단을 보며 한숨 쉬었다.

자연히 말썽이 한두 가지 생길 것이다. 어쩌면 여러 가지일 수도.

그는 검지로 명단을 훑어내려가다가 전화기를 당겨서 레아에게 걸었다.

"안녕!" 레아가 밝게 말했다. "내가 방해했나요?"

"당신은 결코 나를 방해하지 않아요."

"오늘 퇴근은 할 수 있어요?"

"그래요, 하지만 아마 늦을 거예요."

"얼마나?"

"10시, 11시, 그쯤."

"오늘 뭐 먹었어요?" 레아가 캐물었다.

마르틴 베크는 대답하지 않았다.

"아무것도 안 먹었죠? 우리 늘 사실대로 말하기로 했잖아요."

"맞아요. 평소대로."

"그럼 우리 집으로 와요. 짬이 난다면 삼십 분쯤 전에 전화해 주고요. 그 깡패가 이 나라에 도착하기도 전에 당신이 굶어 죽는 건 싫어요."

"오케이. 나중에 봐요."

"나중에 봐요."

특별반은 나머지 전화를 나눠 맡았다. 대개 신속히 처리되었지만, 오래 걸리고 까다로운 통화도 있었다.

군발드 라르손은 말름을 맡았다.

"무슨 일입니까?" 군발드 라르손은 말름과 연결되자마자 퉁명스럽게 물었다.

"지방 경찰관이 많이 동원되는 문제를 가지고, 베크가 그 책임을 우리 쪽에 지울 것 같아서 걸었네. 한두 시간 전에 치안경찰청장이 그 문제로 내게 전화했어."

"그래서요?"

"우리 국가경찰위원회는 자네들이 아직 벌어지지도 않은 지방의 범죄들에 대한 우려를 이 일과 뒤섞을 이유가 없다는 걸

짚어두고 싶네."

"우리가 그랬습니까?"

"청장은 책임 소재가 중요하다고 생각해. 만일 다른 지역에서 범죄가 발생하더라도, 그게 우리 탓은 아니야. 그건 국가경찰위원회와는 아무 상관없어."

"훌륭하군요." 군발드 라르손이 말했다. "만일 내가 국가경찰위원회에 있다면, 예방 조치가 마련되도록 살피겠습니다. 당신네 윗대가리들은 대체 뭘 하는 겁니까? 당신들 일이 뭐라고 생각합니까?"

"그건 우리 책임이 아니야. 정부 책임이야."

"알겠습니다. 그럼 내가 장관에게 전화하죠."

"뭐?"

"내 말 들었잖습니까. 끊습니다."

군발드 라르손은 정부 각료와 이야기해본 적이 없었다. 원하지도 않았다. 하지만 지금은 은근히 즐기는 기분으로 법무부에 전화를 걸었다.

전화는 금세 법무장관에게 연결되었다.

"안녕하십니까." 군발드 라르손이 말했다. "나는 라르손이라고 합니다. 경찰입니다. 상원 의원 방문 경호를 맡고 있습니다."

"안녕하십니까. 당신 이름을 들어봤습니다."

"내가 보기에 불쾌하고 무의미한 논쟁이 하나 발생해서 걸었습니다. 다음 주 목요일과 금요일에 지방에, 가령 엔셰핑이나 노르텔리에에 경찰관이 부족하게 된 상황이 누구 탓인가 하는 논쟁입니다."

"그래서요?"

"이 질문에 대한 대답을 듣고 싶습니다. 그래야 내가 바보들하고 입씨름하는 걸 그만둘 수 있으니까요."

"그렇군요. 당연히 모든 책임은 전적으로 정부가 집니다. 한 개인의 탓으로 돌리는 게 무슨 의미가 있겠습니까. 그것이 누구든, 애초에 이 초청을 고집했던 인간이라고 해도요. 내가 국가경찰위원회에 연락해서 심각한 인원 부족이 예상되는 지역에서의 범죄 예방 조치를 강화하는 데 만전을 기하라고 지시하겠습니다."

"좋습니다." 군발드 라르손이 말했다. "내가 듣고 싶었던 대답이 그겁니다. 끊겠습니다."

"잠깐." 법무장관이 말했다. "안 그래도 나도 경호 준비가 어떻게 되어가는지 확인하려고 전화했었습니다."

"잘되어갑니다. 명확하되 융통성 있게 계획을 수립하여 진행하고 있습니다."

"좋습니다."

이 인간은 꽤 양식이 있는 것 같다고 군발드 라르손은 생각했다. 법무장관은 스웨덴을 결코 피할 수 없을 듯한 내리막으로 서서히 이끌어가느라 바쁜 정치꾼들 중 유일한 예외로 일컬어지는 인물이었다.

그들은 그날 내내 그런 대화를 무수히 처리했다. 대부분 별 의미 없는 대화였다. 사무직원이 끊임없이 들락거렸다.

저녁 10시경, 군발드 라르손은 파일을 하나 건네받았다. 그 내용을 보고 그는 두 손으로 머리를 감싸쥔 채 족히 삼십 분 꼼짝 않고 앉아 있었다.

스카케도 마르틴 베크도 아직 옆에 있지만 퇴근하려는 참이었다. 군발드 라르손은 공연히 그들의 저녁을 망치고 싶지 않았기에, 파일의 내용을 내일까지 알리지 말아야겠다고 생각했다.

하지만 군발드 라르손은 결국 마음을 바꾸어, 파일을 말없이 마르틴 베크에게 건넸다. 마르틴 베크는 수동적으로 파일을 받아서 가방에 넣었다.

마르틴 베크는 밤 11시 20분이 되어서야 툴레가탄에 도착했다.

갖고 있는 열쇠로 건물 현관을 열고, 두 층을 올라가서 두 사람이 약속한 방식으로 초인종을 눌렀다.

레아는 그의 집 열쇠를 갖고 있었지만, 그는 레아의 집 열쇠까지는 갖고 있지 않았다.

레아가 없을 때는 그 집에 올 이유가 없기 때문에, 마르틴 베크는 열쇠가 필요하다고 생각하지 않았다. 그리고 레아가 집에 있을 때는 보통 문이 열려 있었다.

삼십 초쯤 뒤 레아가 맨발로 뛰어나와서 문을 열어주었다.

허벅지를 덮는 길이의 부드럽고 포근한 청회색 스웨터만 걸친 레아는 유난히 사랑스러워 보였다.

"젠장." 레아가 말했다. "시간이 충분하지 않았어요. 오븐에 삼십 분 들어가 있어야 하는 음식을 만들고 있는데."

마르틴 베크는 안으로 들어갔다.

"맙소사, 엄청 피곤해 보이네요. 사우나 할래요? 당신한테 필요할 것 같아요."

일 년 전에 레아는 세입자들이 쓸 수 있는 사우나를 건물 지하에 설치했다. 자신이 쓰고 싶을 때는 간단히 지하실 문에 쪽지를 붙여서 알렸다.

마르틴 베크는 침실 옷장에 둔 낡은 가운으로 갈아입었다. 그동안 레아가 먼저 내려가서 사우나를 가동시켰다. 건조하고 뜨거워서 좋은 사우나였다.

사람들은 보통 사우나에서 묵묵히 열기를 즐기지만, 레아는 그런 타입이 아니었다.

"그 이상한 임무는 어떻게 되어가요?" 레아가 물었다.

"괜찮은 것 같아요. 다만……."

"다만?"

"확실히는 모르겠어요. 이런 일은 해본 적이 없어서."

"그런 개자식을 초청하다니." 레아가 말했다. "일주일 남았나요? 그가 오는 날이?"

"일주일도 안 남았어요. 다음 주 목요일이니까."

"라디오나 텔레비전에 중계될까요?"

"둘 다."

"셰프만가탄에 나가서 구경해야지."

"시위 안 할 건가요?"

"상황을 보고요." 레아가 울적하게 대답했다. "해야 하는데. 시위하기에는 내가 좀 나이 든 것 같기도 해요. 몇 년 전만 해도 안 그랬는데."

"울라그라는 단체에 대해서 들어본 적 있어요?"

"신문에서 읽었어요. 조직이 추구하는 바가 모호하던데요. 그들이 여기서 일을 벌일 것 같아요?"

"그럴 가능성이 있어요."

"위험한 자들로 보여요."

"아주."

"이제 충분히 즐겼나요?"

온도계가 섭씨 백 도 가까이를 가리켰다. 레아가 돌멩이들에 물을 몇 바가지 끼얹자, 견디기 힘들 지경으로 뜨겁지만 묘하게 상쾌한 열기가 천장으로부터 가라앉았다.

두 사람은 나가서 샤워하고, 서로 몸을 수건으로 닦아주었다.

집으로 올라왔더니 부엌에서 군침 도는 냄새가 흘러나오고 있었다.

"다 된 것 같네요." 레아가 말했다. "상 차릴 힘 있겠어요?"

마르틴 베크가 간신히 할 수 있는 일이 그 정도였다.

물론 먹는 일은 별문제였다.

음식은 아주 맛있었다. 마르틴 베크는 근래 들어 가장 많이 먹었다. 그러고서는 와인 잔을 들고 말없이 앉아 있었다.

레아가 그를 보았다.

"완전 녹초가 됐군요. 가서 자요."

마르틴 베크는 정말로 피곤했다. 온종일 쉴 새 없이 통화와 회의를 했더니 녹초가 되었다. 하지만 왠지 바로 자고 싶지는 않았다.

벽에 마늘 타래, 약쑥, 타임, 마가목 열매가 걸려 있는 이 부엌이 너무 편안했다.

"레아?" 한참 뒤에 마르틴 베크가 말했다.

"네?"

"내가 이 임무를 맡은 게 잘못이었다고 생각해요?"

레아는 대답을 오래 궁리하다가 말했다.

"그건 복잡한 분석이 필요한 질문인걸요. 하지만 난 사직한 당신 친구를 이해하고도 남아요."

"콜베리."

"그는 좋은 사람이에요. 난 그의 아내도 좋아요. 그리고 난 그가 옳은 결정을 내렸다고 생각해요. 그는 경찰이라는 조직이 크게 두 부류의 시민들, 사회주의자들과 이 계급사회에서 성공하지 못한 사람들을 윽박지르는 데 치중하고 있다고 판단했죠. 자신의 양심과 신념에 따라 그만둔 거예요."

"나는 콜베리가 틀렸다고 생각해요. 좋은 경찰관이 남이 느껴야 할 죄책감을 대신 짊어지고 모두 그만둬버리면, 가장 어리석은 이들만 찌꺼기처럼 남을 테니까. 이건 우리가 전에도 이야기한 적 있는 문제지만요."

"우리가 이야기한 적 없는 문제란 거의 없어요. 안 그래요?"

마르틴 베크가 끄덕였다.

"하지만 당신이 구체적으로 물었으니까, 대답할게요. 맞아요. 난 당신이 잘못했다고 생각해요. 만약 당신이 거절했다면 어떻게 됐을까요?"

"지시가 내려왔겠죠."

"지시를 거부했다면?"

마르틴 베크는 으쓱했다. 몹시 피곤했지만, 이 대화가 흥미로웠다.

"정직당했을 수도 있죠. 하지만 솔직히 그럴 가능성은 낮아요. 그냥 딴 사람이 대신 맡고 말았을 거예요."

"딴 사람 누구?"

"아마도 스티그 말름. 명색이 내 상사."

"그러면 그는 당신보다 더 엉망으로 일을 했겠죠? 그래요, 아마 그랬겠지만, 그래도 난 당신이 그 임무를 거절했어야 한다고 생각해요. 그냥 기분이 그래요. 기분은 분석하기 어려운 거잖아요. 내 기분을 설명하자면 대충 이래요. 우리 정부는, 국민들을 대표한다고 주장하면서, 이 악명 높은 반동분자를 초대했어요. 몇 년 전에 미국 대통령이 될 뻔했던 사람이죠. 만일 그때 그가 당선되었다면 지금 우리는 세계대전을 겪고 있었을지도 몰라요. 게다가 그는 영예로운 국빈으로 온단 말이죠. 총리를 필두로 우리 장관들은 그와 함께 앉아서 점잖게 불경기며 유가에 관해 잡담하고, 우리 중립국 스웨덴은 예나 지금이나 공산주의를 저지하는 방벽이라고 그를 안심시키겠죠. 그를 위해서 우라지게 성대한 연회가 열릴 테고, 그 자리에서 그는 현 정부 인사들과 다를 바 없는 자본주의적 이해관계를 갖고 있지만 그걸 좀더 솔직하게 표현한다는 차이가 있을 뿐인 이른바 야당 인사들도 만나겠죠. 또 그는 우리의 아둔한 꼭두각시 왕을 만나겠죠. 그동안 우리가 그를 물샐틈없이 보호할 테니까, 그는 시위자를 한 명도 보지 못할 테고 심지어 그에게 반대하는 사람이 있다는 사실 자체도 모르겠죠. 세포나 CIA가 말해주지 않는 한 말이에요. 그는 그저 칼 헤르만손*이 연회에 참석하지 않았다는 것만 알 거예요."

"그건 아니에요. 그도 볼 수 있는 곳에서 어떤 시위든 허락될 거예요."

"정부가 더럭 겁이 나서 시위를 금지하는 일이 없다면 그렇겠죠. 총리가 갑자기 당신에게 전화해서 모든 시위대를 로순다 스타디온 경기장으로 옮기고 그곳에 묶어두라고 지시하면 어쩔 거예요?"

"사직할 거예요."

레아가 그를 한참 보았다. 레아는 손깍지로 발목을 감아 무릎을 세우고 그 위에 턱을 괸 자세였다. 사우나를 한 뒤라 머리카락이 엉켜 있었다. 생각이 많아 보이는 얼굴이었다.

* 앞에서 만찬에 참석하지 않겠다고 말했다던, 당시 공산당 당수의 이름이다.

마르틴 베크는 레아가 아름다워 보인다고 생각했다.

이윽고 레아가 말했다.

"당신은 훌륭한 사람이에요, 마르틴. 하지만 당신의 직업은 지독해요. 당신이 살인 같은 범죄로 붙잡는 이들은 어떤 사람들이죠? 가령 지난번 그 사람, 자기 인생을 망가뜨린 자본주의자 개자식에게 복수했던 영락한 노동자. 그는 몇 년 형을 받을까요?"

"십이 년쯤 받겠죠."

"십이 년이라." 레아는 탐탁하지 않은 표정이었다. "뭐, 그는 아마 감수할 만하다고 여길 것 같아요."

그러고는 레아가 느닷없이 화제를 바꿨다. 자주 있는 일이었다.

"애들은 사라 집에 올라갔어요. 그러니까 자다가 애들한테 깔리는 일은 없을 거예요. 대신 내가 자러 들어갈 때 당신을 밟을지도 몰라요."

마르틴 베크가 잠든 뒤에 레아가 침대에 들어갈 때 종종 그런 일이 있었다. 레아가 다시 화제를 바꿨다.

"다만 이 고명한 손님은 수만 명의 목숨을 놓고 양심에 걸리는 짓을 했단 걸 당신이 알았으면 좋겠어요. 그는 북베트남에 전략적 폭격을 가하자는 결정에 가장 적극적으로 나섰던 사람이에요. 한국전쟁에도 적극 관여했죠. 맥아더가 중국에 원자폭탄을 떨어뜨리고 싶어 했을 때 맥아더를 지지했던 사람이에요."

마르틴 베크는 끄덕였다.

"나도 알아요."

그리고 그는 하품했다.

"이제 자러 가요." 레아가 단호하게 말했다. "아침 식사를 침대로 가져다줄게요. 몇 시에 깨울까요?"

"7시."

"오케이."

마르틴 베크는 침대로 갔고, 거의 눕자마자 잠들었다.

레아는 부엌을 청소한 뒤, 침실로 가서 마르틴 베크의 이마에 입 맞추었다. 그는 미동조차 하지 않았다.

집이 더웠기에, 레아는 스웨터를 벗어버리고 제일 좋아하는 안락의자에 웅크리고 앉아서 글을 읽었다. 레아는 불면증 때문에 새벽까지 깨어 있는 날이 많았다. 한때 레드 와인으로 불면증을 치료하려고 한 적도 있었지만, 요즘은 안 그래도 해야 할 일을 유리하게 써먹자 싶어서 지루한 논문 따위를 밤에 잔뜩 읽었다.

오늘 밤 읽는 것은 자신이 몇 년 전에 작성했던 성격 감정서에 관한 글이었다. 그것을 다 읽고 주변을 둘러보던 레아의 시선에 마르틴 베크의 서류 가방이 걸렸다.

레아 닐센은 호기심이 많았다. 주로 직설적인 방식의 호기심이었다. 그래서 레아는 별 생각 없이 가방을 열어서 속에 든 서류를 살펴보았다. 하나하나 찬찬히 흥미롭게 보다가, 마르틴 베크가 퇴근하기 직전에 군발드 라르손에게 받았던 파일을 열었다.

레아는 그 내용을 오래 들여다보았다. 주의가 바짝 쏠렸고, 다소 놀라기도 했다.

마침내 레아는 서류들을 가방에 넣고 침대로 갔다.

그러다가 마르틴 베크의 몸을 밟았지만, 깊이 잠든 그는 깨지 않았다.

레아는 마르틴 베크에게 몸을 붙이고 누웠다. 그의 얼굴을 마주 보면서.

15.

마르틴 베크는 여러 문제가 발생하리라고 예상했는데, 아니나 다를까 이튿날 아침부터 문제가 생겼다.

에리크 묄레르가 몸소 찾아와서 멜란데르의 책상에 복사지 뭉치를 털썩 내려놓았다.

"우리의 근거리 경호 계획입니다." 묄레르가 말했다. "준비 완료해서 취합했습니다. 우리는 인원을 사백 명 쓸 겁니다. 따라서 지방 인력을 일부 동원할 것이고, 또……."

멜란데르는 차분하게 파이프를 빨면서 묄레르의 말을 기다렸다.

"……다른 곳에서도 인력을 끌어 쓸 겁니다."

"다른 곳 어디?"

묄레르는 대답 대신 물었다.

"베크 있습니까?"

멜란데르는 말없이 파이프로 저쪽을 가리켰다.

마르틴 베크와 군발드 라르손과 스카케가 방에 있었다. 그들은 뭔가 의논하던 중인 모양이었지만, 보안청장이 들어서자 한번에 조용해졌다. 마르틴 베크와 군발드 라르손은 고개를 끄덕했고, 스카케는 머뭇거리다가 말했다.

"안녕하세요."

언제나처럼 묄레르는 약간 숨이 찬 상태였다. 묄레르는 빈 의자에 앉아서 벨트를 느슨하게 한 뒤, 조금 깨끗한 손수건으로 이마의 땀을 닦았다.

"새로운 소식이지만 예상 밖의 일이라고는 할 수 없는 정보가 들어왔습니다." 묄레르가 말했다.

"그렇습니까." 마르틴 베크가 말했다.

묄레르는 빗을 꺼내어, 동그랗게 난 빨간 머리카락에 조금이나마 질서를 부여하려고 애썼다. 결과는 신통치 않았다. 이윽고 묄레르가 다시 입을 열었다.

"인접국들, 주로 노르웨이와 덴마크로부터 그곳 시위대 수천 명이 스톡홀름으로 올 거라는 믿을 만한 정보를 입수했습니다. 기차로도 많이들 오겠지만, 주로 대절 버스로 올 테고, 물론 자가용을 끌고 오는 이들도 있을 겁니다."

"그렇군요."

"그래서 내가 중요한 제안을 하나 하려고 왔습니다." 묄레르가 말했다.

"그렇군요."

"그런 교통편을 국경에서 멈춰 세우고 제 나라로 돌려보내는 데 대한 허가가 필요합니다."

지금까지 말이 없던 군발드 라르손이 손바닥으로 책상을 치면서 고함쳤다.

"안 돼!"

"허가가 필요합니다." 묄레르가 동요하지 않고 반복했다.

"방금 답을 들었잖습니까." 마르틴 베크가 말했다.

"여기 보스는 당신인 줄 알았는데요."

"내 생각도 군발드와 같습니다."

"상황을 제대로 이해하지 못하는 것 같군요." 보안청장이 말했다. "시위대가 얼마나 올지, 신만이 아는 상황입니다."

"신은 안다 이거죠." 군발드 라르손이 말했다. "그렇다면 그쪽이 잘못 찾아왔습니다. 교회는 한트베르카리아탄 거리에 있어요."

"아마 수천 명은 될 겁니다." 묄레르는 눈 하나 깜짝 안 하고 말했다. "그건 그날 배치될 경찰관들이 감당할 수 있는 수준을 넘어섭니다. 노르웨이와 덴마크는, 특히 덴마크는 청년 공산당 운동이 활발합니다. FNL 조직*이 결성되어 있고, 그보다 더 음흉하고 덜 눈에 띄는 방식으로도 활동이 이뤄지고 있습니다. 우리가 그들까지 감당할 순 없습니다."

"나는 할 수 있을 것 같습니다." 마르틴 베크가 말했다. "치안경찰청장은 겁내지 않습니다."

"나도 겁나지 않습니다." 묄레르가 말했다. "나는 한 번도 겁난 적 없습니다. 하지만 나는 이 임무가 제대로 수행되기를 바랍니다. 우리가 상원 의원 경호에 총력을 기울이는 마당에, 삼개국에서 모여든 위험한 광신 분자들이 그를 에워싸게 놔둘 겁니까? 말이 나왔으니 말인데, 나는 치안경찰의 계획이 마음에 들지 않습니다. 그 계획이 잘 통하리라고 누가 장담합니까?"

"우리가 합니다." 마르틴 베크가 대답했다. "내가 알기로 당신의 임무는 근거리 경호를 확실히 장담하는 것이고요."

"압니다." 묄레르가 벨트를 한 단계 더 느슨하게 풀면서 말

* 정식 명칭 'FNL 단체 연합(DFFG)'인 FNL 조직은 남베트남민족해방전선(FNL)을 지지하고 미국의 베트남 철수를 주장하기 위해서 1967년 결성된 조직으로, 활발하고 다양한 형태의 시위로 스웨덴 대중운동 역사에 큰 영향을 미쳤다. 경찰이 비공인 시위를 본격적으로 다루게 된 것도 이때로, 이 갈등은 '마르틴 베크' 시리즈 전반에 잘 그려져 있다.

했다. “계획안은 다 작성했습니다. 방금 멜란데르의 책상에 놓고 왔습니다. 어쩌면 화환 증정식에 동원할 인력이 별도로 필요할지도 모르겠습니다. 그때 상원 의원이 방탄 차량에서 내릴 테니까 노출이 많이 됩니다. 하지만 어려울 건 없습니다. 최악의 상황에는 당신에게서 사람을 빌리면 되니까요.”

“바로 그게 최악의 상황이 될 텐데요.” 군발드 라르손이 말했다.

“하지만 이 문제가 더 중요합니다.” 묄레르가 말했다. “나는 공식적으로 요청했고, 당신은 거절했습니다. 정당한 이유 없이.”

“이유라면 알려드릴 수 있습니다.” 마르틴 베크가 말했다. “어렵지 않죠.”

마르틴 베크가 군발드 라르손을 보자, 군발드 라르손이 입을 열었다.

“우선, 당신의 생각은 시민들에게 시위할 권리가 있다는 우리의 생각과 배치됩니다. 시위는 완벽하게 합법적인 행위입니다.”

“평화 시위라면 그렇겠죠.”

“시위가 평화롭지 않을 때는 대부분 경찰이 도발하여 폭력을 끌어낸 경우입니다. 폭력의 책임이 전적으로 경찰에게 있는 경우도 더러 있었습니다.”

“그건 사실이 아닙니다.”

묄레르의 말에는 상습적인 거짓말쟁이 특유의 확신이 담겨 있었다.

이 사람은 정치인이 되었어야 했는데, 마르틴 베크는 이렇게 생각하고는 입을 열었다.

"우리는 이번에는 그런 일이 없을 거라고 판단 내렸습니다. 그리고 당신의 계획에는 근본적 결함이 또 하나 있습니다."

"그게 뭡니까?"

"북유럽 국가들 간의 협력에서 한 가지 전제는, 각국 시민들에게 스칸디나비아 전역을 자유롭게 다닐 수 있는 권리가 있다는 것입니다. 그 권리는 우리의 자유 통행 체제에 반영되어 있지요. 따라서 가령 덴마크의 시위대가 들어오는 것을 막는 건 스칸디나비아의 협력을 해치는 일이고, 스칸디나비아 협약이 금하는 일입니다. 스웨덴이 협약에 서명했다는 사실까지 알려드릴 필요는 없겠지요."

"스칸디나비아의 협력이라, 흥." 묄레르가 말했다. "우리가 사실상 코펜하겐이라고 봐도 좋은 땅에 덴마크인들의 허락도 받지 않고 원자력발전소를 짓는 마당에 말입니까. 내가 지난주에 코펜하겐에 갔었는데, 도시 철도 노르한스 역에서 바르세베크 원자력발전소가 훤히 보이더군요. 쌍안경도 필요 없어요."

"그게 잘못된 일이라고 생각합니까?" 군발드 라르손이 부드럽게 물었다.

“그런 문제에 의견을 다는 건 내 일이 아닙니다.” 보안청장이 말했다. “그냥 베크가 스칸디나비아의 협력이 어쩌고 하는 걸 들으니 그 일이 떠오른 것뿐입니다.”

묄레르가 일어나서 마르틴 베크 앞에 다가섰다. 묄레르의 배가 마르틴 베크에게 거의 닿을 정도였다.

“그래서 거절입니까? 마지막으로 묻는 겁니다.”

“확실히.” 마르틴 베크가 대답했다. “우리는 그 점에서 확고합니다.”

“당신에게 상관이 있다는 사실을 알 텐데요.”

“지금은 아닙니다.” 마르틴 베크가 말했다. “이 문제에 관해서, 나는 누구의 부하도 아닙니다.”

“지금이야 그렇게 뻣뻣하게 굴 수 있겠죠.” 묄레르가 무표정하게 말했다. “하지만 상황이 달라지는 때가 올 겁니다. 어쩌면 아주 금방 그럴지도 모릅니다.”

에리크 묄레르는 인사도 하지 않고 떠났다.

“그가 이제 어떻게 할까요?” 벤뉘 스카케가 물었다.

군발드 라르손이 어깨를 으쓱했다.

“아마 국가경찰위원회에 가서 말름이랑 청장이랑 쑥덕거리겠지. 그러면 우리도 알게 될 거고.”

그들은 오래 기다릴 필요가 없었다.

십오 분 후, 전화가 울렸다. 스카케가 받았다.

"국장입니다." 스카케가 손바닥으로 수화기를 덮고 말했다.

군발드 라르손이 전화를 건네받았다.

"말름일세. 방금 에리크 묄레르가 다녀갔어. 자네들이 그의 견해를 무시한다고 생각하던데."

"묄레르는 꺼지라고 하세요." 군발드 라르손이 말했다. "그보다도, 카펫 씹는 분은 어떻게 생각합니까?"

"청장 말인가? 청장은 시골 별장에 갔어. 어젯밤에 비행기로."

국가경찰청장의 별장은 자연보호구역 안에 있었다. 모두가 아주 이상하다고 여기고, 몇몇은 우습다고까지 여기는 사실이었다.

"청장이 거기 죽치고 있다고요, 지금?" 군발드 라르손이 놀라서 물었다.

"그래. 청장은 어제 무척 피곤해하고 짜증을 냈어. 조용한 곳에서 이번 일을 전체적으로 다시 생각해보고 싶다고 말씀하시더군. 책임감에 짓눌리신 거야."

"꼴값 떨고 있네." 군발드 라르손이 말했다.

"또 험한 말을 하는군, 라르손. 아무튼 청장은 좀 불안정했어."

"그가 당신에게 화풀이했습니까?"

잠시 침묵이 흘렀다. 그러다가 말름이 대답했다.

"그래."

"그 사창가 농담 시도해봤습니까? 막대 사탕 농담이랑?"

"그래, 하지만 전혀 웃지 않더군."

"이야기하는 방식이 잘못돼서 그랬겠죠." 군발드 라르손이 말했다.

마르틴 베크와 스카케는 좀 놀라워하면서 군발드 라르손의 말을 듣고 있었다.

"그럴 수도 있겠지." 말름이 말했다. "아무튼 내가 하고 싶은 말은, 묄레르가 이 나라의 안보 책임자라는 거야. 그를 무시해선 안 돼."

"그래요? 내게는 그가 존재하지 않는 것이나 다름없는 인간인데요."

"개인적으로 나는 자네들이 잘못된 결정을 내렸다고 생각해."

"그렇습니까? 하지만 이건 우리 일이잖습니까?"

"아무튼 그는 이제 정부와 직접 접촉하고 있어. 나는 특별반의 연락책으로서 이 정보를 자네들에게 알려야 한다고 생각했다네."

"좋습니다." 군발드 라르손이 말했다. "참 잘하셨습니다. 고맙습니다."

군발드 라르손이 전화를 끊었다. 동료들이 무슨 일인지 묻는 눈으로 그를 보았다.

"국가경찰청장이 시골 별장에 내려가서, 아마도 별장 앞에 경찰 헬리콥터를 세워둔 채 자신이 걸머진 책임을 곱씹고 있다는군. 그리고 묄레르는 정부에 이르러 가는 중이래."

"음." 마르틴 베크가 말했다.

"막대 사탕 이야기는 뭡니까?" 스카케가 물었다.

"다시 말하기도 너무 한심하고 설명하기에도 너무 긴 이야기야." 군발드 라르손이 수수께끼처럼 말했다. 그러고는 손목시계를 보았다.

"약속 시간에 맞추려면 지금 출발해야 해." 군발드 라르손이 마르틴 베크에게 말했다.

마르틴 베크는 끄덕이고 재킷을 입었다. 두 사람은 사무실을 나섰다. 나가는 길에 마르틴 베크가 멜란데르에게 물었다.

"묄레르의 근거리 경호안 봤나?"

"방금 읽었어."

"어때?"

멜란데르가 파이프를 톡톡 쳤다.

"완벽하게 합리적인 계획이더군." 멜란데르의 말이었다.

"굼벵이도 구르는 재주가 있다더니." 군발드 라르손이 말했다. "하지만 만일 나라면, 그걸 한 번 더 검토할 거야."

"그럴 생각이야." 멜란데르가 말했다.

두 시간 뒤에 스티그 말름이 전화했을 때, 사무실에는 벤뉘 스카케 혼자 있었다. 멜란데르는 화장실에 있었고, 뢴은 볼일이 있어서 나가고 없었다.

"스카케 경위입니다."

"말름 국장일세. 베크나 라르손과 통화하고 싶은데."

"두 분은 회의하러 가셨습니다."

"어디로?"

"말씀드릴 수 없습니다."

"어딘지 모른다는 건가?"

"아니요, 압니다." 스카케가 뚱하게 말했다. "하지만 말해드릴 수 없습니다."

"이봐." 말름이 으름장을 놓았다. "내가 자네 위치를, 자네도 내 밑에 속한다는 사실을 상기시켜야 하겠나."

"현재는 그렇지 않습니다." 스카케가 말했다.

스카케의 자신감은 잘못이 아니었다.

"베크와 라르손은 어디 있나?"

"말씀드릴 수 없습니다."

"내가 통화할 만한 다른 사람은 없나? 에이나르 뢴이라든지."

"아뇨, 그분은 볼일을 보러 나갔습니다."

"무슨 일인데?"

"그것도 말씀드릴 수 없습니다." 스카케가 대답했다. "죄송합니다."

"자네가 진짜 사과해야 할 때가 올 테니 두고 보라고." 말름이 날카롭게 말했다. "그다지 오래 걸리지 않을 거야."

말름이 전화를 끊었다. 스카케는 얼굴을 찌푸리면서 끊었다. 곧 다시 전화가 울렸다.

"스카케 경위입니다."

"알아." 말름이 차갑게 말했다. "메시지를 받아뒀다가 베크 경감이 오면 전달하는 건 할 수 있겠나?"

"물론입니다." 스카케가 겸손하게 대답했다.

"내가 방금 다음과 같은 정보를 정부로부터 직접 받았어." 스티그 말름이 거만하게 말했다. "보안청장이 법무장관과 접촉하여, 오늘 오전에 베크로부터 받은 지시에 항의하는 뜻을 전했다고 해. 하지만 장관은 특별반의 운영 방침을 언급하면서, 자신은 경찰 활동에 간섭하고 싶지 않다고 대답했어. 그래서 묄레르 경감은 총리와 직접 접촉했어. 총리는 처음엔 망설였지만, 법무장관과 의논한 뒤에는 같은 결론을 내렸어. 이해했나?"

"네." 스카케가 대답했다.

"그리고 베크나 라르손이 돌아오는 대로, 그들과 딴 문제에 관해서도 이야기 나누고 싶네. 그동안 자네는 상사에게 어떤 태도를 취해야 하는지 생각해보도록 해. 끊네."

마르틴 베크와 군발드 라르손은 오후가 한참 지나서야 돌아왔다. 그들은 방금 처리한 일의 성과에 그럭저럭 만족하는 듯했다.

뢴은 그날 아예 돌아오지 않았다. 뢴이 맡은 일은 시간이 많이 드는 특별한 임무였다.

방문자와 전화가 종일 끊임없이 이어졌다.

국왕 비서관이 왕께서 왕궁 앞 로고르덴에 나와서 북쪽 계단으로 올라오는 상원 의원을 친히 맞이하기로 결정했다고 전해왔다.

마르틴 베크가 그렇게 하면 보안이 용이하지 않다, 특히 원거리 경호가 용이하지 않다고 지적했지만, 비서관은 왕은 두려워하지 않으신다고만 대답했다.

오후 5시경에 가장 뜻밖의 방문자가 찾아왔다. 문이 벌컥 열리더니, 불도저 올손이 마치 투우장에 입장하는 혈기 왕성한 황소처럼 고개를 숙인 채 쳐들어왔다.

불도저는 여느 때처럼 구겨진 남보라색 양복, 분홍색 셔츠, 굉장히 현란한 넥타이 차림이었다.

멜란데르는 미동조차 하지 않았지만, 군발드 라르손은 난감한 부위에 벌레에 쏘인 사람처럼 벌떡 일어나면서 기가 막히다는 듯이 물었다.

"댁이 여기는 무슨 일입니까?"

"국가경찰위원회의 말름 국장이 내게 시간이 나면 들러보라고 청했습니다." 불도저가 쾌활하게 말했다. "당신들에게 법적 문제에 대한 도움이 필요할지도 모른다면서요."

불도저는 벽에 붙은 지도로 어슬렁어슬렁 가서 잠시 지도를 들여다본 뒤, 갑자기 손뼉을 딱 치면서 외쳤다.

"자, 어떻게 되어가고 있습니까, 제군?"

그 소란에 마르틴 베크도 고개를 돌려서 재미없다는 듯한 얼굴로 방문자를 보았다. 하지만 불도저에게 대답하는 마르틴 베크의 목소리는 어디까지나 차분했다.

"모두 계획대로 진행되고 있는 것 같습니다. 아직까지 특별한 법적 문제는 없습니다. 하지만 만약 문제가 생기면 당신에게 물으면 된다는 걸 알았으니, 안심이 됩니다."

"훌륭합니다." 불도저가 말했다. "훌륭해요."

"베르네르 로스는 어디 있습니까?" 군발드 라르손이 못되게 물었다.

"오스트레일리아 캔버라에 있답니다. 그러니 놈이 언제라도 강도짓을 벌일 거라고 예상해야지요. 다만 문제는 목요일과 금요일에 우리 은행 강도 전담반 인원의 절반을 내줘야 한다는 건데요. 그 인원을 누가 가져갔지요? 바로 여러분이죠, 여러분의 경호 계획이지요. 우리가 그날은 힘들 겁니다. 정말이에요. 하지만 어떻게든 해내겠지요. 우리는 힘든 데 익숙하니까요."*

불도저는 방을 둘러본 뒤에 명랑하게 말했다.

"행운을 빕니다, 제군."

그러고서 불도저는 방 안의 사람들이 인사할 겨를도 없이 쌩 가버렸다.

"빌어먹을." 군발드 라르손이 말했다. "우리에게 불도저까지 보내다니, 말름은 천하의 똥멍청이야."

"우리가 불도저를 안 쓰면 돼." 마르틴 베크가 무덤덤하게 말했다.

왕의 전언과 함께, 이제 일정에 관한 한 모든 내용이 확실히 정해진 듯했다.

자동차 퍼레이드 경로를 비롯하여 모든 정보가 언론에 발표될 것이었다. 언제나 그렇듯이 아무도 알 수 없는 내용은 하나,

---

* 베르네르 로스는 '마르틴 베크' 시리즈 8권 『잠긴 방』에서 나왔던 범죄자인데, 본업이 비행기 사무장이라 자신은 먼 나라에 가 있는 동안 공범들에게 은행을 털게 시킨다. 그래서 불도저가 곧 사건이 벌어질 거라고 말하는 것이다.

고위 정치인들끼리 무슨 대화를 나누었고 그 결과는 무엇인가 하는 게 될 터였다. 행사가 끝난 뒤에 나올 공식 발표는 언제나 그렇듯이 무미건조하고 밍밍한 내용일 터였다.

라디오와 텔레비전은 귀빈의 도착은 물론이고 그가 시내로 들어오는 과정, 화환 증정식, 왕과의 만남을 생중계할 예정이었다.

모든 것이 명확하고, 단순하고, 잘 준비된 듯 보였다.

16.

스톡홀름 군사박물관은 외스테르말름의 리다르가탄에 있었다. 널따란 앞마당을 낀 오래된 건물로, 안에는 오래된 무기들이 가지런히 분류되어 보관되고 있었다. 박물관은 시빌레가탄 거리과 아르틸레리가탄 거리 사이의 한 블록을 통째 차지했다. 가장 가까운 다른 건물은 그다지 군사적이지 않았다. 헤드비그 엘레오노라 교회였다. 교회에는 예쁜 돔이 있기는 하지만 내로라할 건물은 아니었고, 칭찬할 구석이 별로 없었다.

요즘은 군사박물관도 칭찬할 구석이 별로 없었다. 박물관의 무해한 외관 이면에서 보안청이 그 건물 일부를 은밀히 사용하고 있었다는 사실이 밝혀진 뒤로 더 그랬다.

박물관의 핵심 공간은 오래된 대포와 다양한 머스킷이 진열

된 대형 홀이었다. 하지만 살인수사과 책임자가 이곳을 방문한 것은 역사에 대한 관심 때문은 아니었다.

작은 사무실에서 뚱뚱한 남자가 책상에 앉아 체스 문제를 연구하고 있었다. 다섯 수 만에 체크메이트가 가능한 꽤 어려운 문제였다. 남자는 간간이 수첩에 메모했고, 금세 그 위에 가위표를 쳤다. 탁자 위에 해체된 권총이 한 정 놓여 있고 그의 의자 옆 나무 궤짝에 더러 백지일 때도 있는 마분지 라벨이 달린 총들이 잔뜩 든 것으로 보아, 원래 남자가 해야 하는 일은 이 일이 아닐 것 같았다.

체스 문제를 푸는 남자는 마르틴 베크의 절친한 동료로서 함께 힘든 시기를 겪어온 렌나르트 콜베리였다. 콜베리는 약 일 년 전에 경찰을 떠났다. 그의 사직은 상당한 소란과 약간의 신랄한 비평을 일으켰다.

스웨덴 최고의 경찰관 중 한 명으로 입지도 탄탄했던 콜베리가 경찰관으로 사는 것을 더는 견딜 수 없다는 이유로 사직한다는 것은 썩 보기 좋은 일이 아니었다. 스티그 말름은 그 일이 공공연히 알려지지 않도록 하라는 청장의 명령을 수행하느라 개처럼 혀를 빼물고 복도를 뛰어다녔다.

그래도 당연히 소식은 새어 나갔다. 하지만 신문들은 나이 든 경찰관의 사직을 스포츠 기자가 출장과 뇌물과 술에 질린 나머지 신문사를 때려치우고 아이들과 함께 TV로 축구나 보며 살기로 결정한 것과 다를 바 없는 범상한 일로 여겼다. 마르틴 베크에게는 개인적으로 불행이었지만, 어쨌든 마르틴 베크도 이겨냈다. 두 사람이 사적으로 만나는 일은 드물었다. 그래도 때때로 셰르마르르브링크에 있는 콜베리의 집이나 셰프만가탄에 있는 마르틴 베크의 집에서 함께 맥주로 건배하고는 했다.

"안녕." 콜베리가 말했다.

콜베리는 마르틴 베크를 보고 반가워했지만 호들갑까지 떨지는 않았다.

마르틴 베크는 말없이 오랜 친구의 등을 툭 쳤다.

"이거 꽤 재미있어."

콜베리가 그 말과 함께 고갯짓으로 가리킨 것은 궤짝이었다.

"낡은 권총들과 리볼버들. 대개 여러 경찰서에서 온 거야. 의회가 새 총기소지법을 통과시켰을 때, 많은 시민들이 별별 희한한 고릿적 총기를 반납했지. 하지만 물론 무기를 자진 반납하는 사람들은 애초에 그걸로 사람을 쏠 생각이 전혀 없는 이들이야. 박물관에서는 여태 이걸 하나씩 살펴보고 카탈로그를 작성할 시간도 의욕도 없었어. 그런데 누군가 내가 이 일에 알맞겠다는 생각을 해낸 거야. 경찰 윗선 중 절반이 나를 공산주의자라고 부르는데도 말이지."

그 누군가가 옳았다. 체계적이기로 콜베리를 능가할 사람은 거의 없었다.

콜베리가 해체된 권총을 가리켰다.

"가령 이걸 봐. 러시아제 나강 자동 권총, 11밀리미터, 고릿적 물건이지. 어찌어찌 분해는 했는데, 다시 조립하는 법을 모르겠어. 그리고 이건……."

콜베리가 궤짝을 뒤져서 거대한 콜트 리볼버를 꺼냈다.

"이 피스메이커 같은 물건을 실제로 본 적 있어? 관리도 잘되어 있지. 스텐스트룀이 죽었을 때, 오사 토렐이 이런 물건을 베개 밑에 두고 있었어. 심지어 안전장치를 푼 채로."

"올여름에 오사를 자주 만났어." 마르틴 베크가 말했다. "오사는 메르스타 경찰서에 있어."

"메르스타 페르스타 밑에?" 콜베리가 웃으면서 말했다.

"오사와 벤뉘가 로테브로 살인 사건을 잘 풀었지."

"로테브로 살인 사건?"

"신문 안 읽나?"

"읽지. 하지만 그런 뉴스는 안 읽어. 벤뉘? 그 이름을 들을 때마다, 녀석이 내 목숨을 구해줬다는 사실이 떠올라. 물론 녀석이 직전에 엄청난 바보짓을 했기 때문에 그래야 했던 거지만."

"벤뉘는 괜찮아." 마르틴 베크가 말했다. "오사는 좋은 경찰관이 되었고."

"아, 하느님은 참으로 신비로운 방식으로 역사하시지."

콜베리는 몇 년 전부터 교회에 나가지 않았지만, 종종 이렇게 종교적인 표현을 썼다.

"있잖아." 콜베리가 이어 말했다. "나는 늘 자네하고 오사가 잘될 거라고 생각했어. 좋은 해법이었을 테고, 오사는 좋은 아내가 되었을 거야. 자네도 인정하진 않았지만 오사를 좋아했잖아. 무엇보다 오사는 엄청 예뻤고."

마르틴 베크는 미소를 지으며 고개를 흔들었다.

"그때 말뫼에서는 어떻게 됐어?" 콜베리가 물었다. "내가 두 사람에게 호텔 옆방을 잡아준 때 말이야."

"영원히 알 수 없을 거야." 마르틴 베크가 말했다. "군은 어때?"

"잘 지내. 일을 좋아하고, 나날이 더 아름다워져. 나는 아이들을 돌보는 게 좋고. 심지어 요리도 배웠잖아. 전보다 더 잘하게 됐다 이거야." 콜베리가 겸손하게 덧붙였다.

갑자기 콜베리가 해체된 권총 근처에 있는 뭔가를 보고 눈을 반짝 빛내더니 잽싸게 손을 뻗었다.

"찾았다!" 콜베리가 말했다. "이 핀. 이런 핀 본 적 있어? 물론 언젠간 찾을 줄 알았지. 이 핀이 조립의 열쇠야."

콜베리는 벼락처럼 빠르게 총을 조립했다. 그러고는 두꺼운 파일을 참고하여 인덱스카드에 뭐라고 기입했고, 그것을 방아쇠울에 비끄러맨 뒤 총을 옆으로 치웠다.

마르틴 베크는 놀라지 않았다. 콜베리는 늘 이런 식이었다.

"오사 토렐." 콜베리가 다시 생각에 잠겼다. "둘은 사랑스러운 커플이 되었을 텐데."

"경찰관과 결혼해서 휴일에도 직장 이야기를 하라고?"

콜베리는 곰곰이 생각해보더니, 통통한 어깨를 으쓱하는 습관적인 몸짓을 하면서 한숨을 쉬었다.

"자네가 옳을지도 모르겠어." 콜베리가 말했다. "새 여자 친구가 자네에게 더 나을지도. 레아 말이야."

"확실히 그래." 마르틴 베크가 말했다.

"하지만 그이는 말이 너무 많아." 콜베리가 말했다. "어깨도 너무 넓고, 골반은 약간 좁아. 그리고 머리카락은 탈색한 거 아닌가?"

자신이 오랜 친구의 기분을 해쳤을지도 모른다는 사실을 깨달은 콜베리가 문득 입을 닫았다.

하지만 마르틴 베크는 미소를 띤 채 이렇게 말했다.

"말이 너무 많고 어깨가 뚱뚱하다곤 할 수 없어도 약간 넓은 사람이라면 나는 한 명 더 아는걸."

콜베리가 궤짝에서 꺼낸 대형 자동 권총을 체스 문제지 위에 놓으면서 말했다.

"그런데 무슨 일이야? 여자 이야기를 하려고 온 건 아닐 테고."

"자네가 나를 위해서 간단한 일을 하나 해줄 수 있을까 물어보려고 왔어."

"보수가 있는 일이야?"

"당연히 있지. 나는 예산이 두둑해. 거의 무제한이야."

"무슨 일로?"

"목요일에 오는 미국 상원 의원 경호. 내가 총괄 책임을 맡았어."

"자네가?"

"어쩔 수 없었어."

"내가 할 일은 뭔데?"

"이 서류들, 그리고 추가로 극비 문서를 하나 읽어봐줬으면 해. 뭐든 이상한 점이 있는지 살펴봐줘."

"그를 초청하는 것 자체가 이상하지 않나?"

"할래?" 마르틴 베크는 대답하는 대신 물었다.

"언제까지 해야 하는데?" 콜베리는 복사지 뭉치를 눈으로 가늠하면서 물었다.

"최대한 빨리."

"좋아." 콜베리가 말했다. "더러운 돈은 없다고들 하잖아. 그리고 난 경찰의 돈이 특별히 더 구리다고 생각하진 않아. 하지만 하룻밤 꼬박 걸릴 것 같아. 극비라는 건 뭐야?"

"이거." 마르틴 베크는 재킷 주머니에서 착착 접힌 문서를 꺼냈다. "이건 사본도 없어."

"오케이." 콜베리가 말했다. "내일 아침 같은 시각에 여기로 와."

"집달리처럼 정확히 시간을 지키는군." 화요일 오전에 콜베리가 말했다. "다 읽어봤어. 두 번. 밤을 꼬박 새웠어."

마르틴 베크는 주머니에서 길고 좁은 봉투를 꺼내어 콜베리에게 건넸다. 콜베리는 속에 든 돈을 세어보고 휘파람을 불었다.

"와, 밤새워 일할 만한데. 오페라셸라렌에서 외식해도 되겠어. 당장 오늘 저녁도 좋고."

"뭘 좀 찾았나?"

"특별한 건 없어. 좋은 계획이야. 다만……."

"뭐?"

"묄레르에게 이야기해봐야 알아먹을까 싶지만, 아무튼 묄레르에게 진짜 까다로운 대목이 두 곳 있다고 말해줘. 상원 의원이 왕과 함께 로고르스트라판 계단에 서 있을 때, 그리고 그보다는 덜 까다롭겠지만 상원 의원과 총리가 그놈의 화환을 증정할 때."

"그 밖에는?"

"아까 말했듯이 없어. 극비라는 이야기는 좀 미친 짓 같아. 그보다는 군발드 라르손을 크리스마스트리로 가장시키고 꼭대기에 별과 성조기를 붙여서 스베아플란 광장에 세워두는 게 어때? 그리고 크리스마스까지 거기 있게 하는 거야."

콜베리는 서류들을 마르틴 베크 앞에 착착 쌓고, 가장 중요한 문서를 맨 위에 놓았다. 그러고는 궤짝에서 초소형 리볼버를 꺼내면서 덧붙였다.

"말름이라면 분명 경악스럽고 무시무시한 광경이라고 표현하겠지. 사람들이 그런 데 익숙해지도록 하는 거야."

"또 다른 건?"

"있어. 에이나르 뢴에게 다시는 글로써 자신을 표현하지 말라고 전해. 꼭 해야 한다면, 쓴 것을 절대 남에게 보여주지 말라고 전해. 아니면 영영 승진하지 못할 거라고."

"으음." 마르틴 베크의 대꾸였다.

"이것 정말 귀엽지?" 콜베리가 말했다. "니켈 도금된 숙녀용 소형 리볼버라니. 세기 초 미국 여성들이 핸드백이나 토시에 넣어 다닌 게 이런 총이야."

마르틴 베크는 서류를 가방에 넣으면서 니켈 도금된 총을 무심히 보았다.

"이걸로 무려 양배추를 맞힐 수 있을지도 몰라." 콜베리가 기민한 손놀림으로 단번에 작은 리볼버를 열면서 말했다. "양배추가 이십 센티미터 거리에 있다면, 그리고 꼼짝 않고 가만히 있다면."

"가봐야겠어." 마르틴 베크가 말했다. "도와줘서 고마워."

"평화를 빌어." 콜베리가 말했다. "레아에게 인사 전해줘. 내키지 않는다면, 내 이름은 아예 언급하지 않아도 좋아. 그래도 괜찮아."

"그럼 안녕."

"안녕." 렌나르트 콜베리는 인덱스카드로 손을 뻗으면서 말했다.

17.

지난 세월 동안, 마르틴 베크가 왜 좋은 경찰관일까 하는 문제를 궁금해한 사람은 한둘이 아니었다. 그의 부하들뿐 아니라 상사들도 이 문제를 열심히 토론했는데, 감탄하는 마음보다 질투심에서 그러는 경우가 많았다.

질투하는 이들은 그가 맡는 사건이 적다는 점, 또한 그 대부분이 해결하기 쉬운 사건이라는 점을 즐겨 지적했다. 그것은 사실이었다. 그의 사건 수는 스톡홀름 경찰의 다른 부서들에 비해 현저히 적었다. 가령 사기수사과, 마약단속반, 강력반은 업무량이 어마어마했고, 사건 해결률은 무서우리만치 낮았다. 후속 조사가 전혀 이뤄지지 않다가 결국 묻히는 사건도 적지 않았다. 스톡홀름 주 경찰청장과 나아가 국가경찰위원회는 인력 부족만

탓했다.

스톡홀름에서 경찰관으로 산다는 것이 쉽지 않은 것은 사실이었다. 요즘 스톡홀름에는 다양한 범죄단이 거침없이 활개 쳤고, 마약이 널리 퍼지면서 시시한 갈등에도 쌍방이 무모한 폭력을 휘두르는 경우가 많아졌다. 청장과 그에게 동조하는 많은 이들의 고집에 따라, 지방자치제였던 경찰은 중앙집권제로 재편됨과 동시에 무시무시한 기술적 자원을 갖춘 준 군사 세력이 되었다.

경찰은 매력이라고는 거의 혹은 전혀 없는 음울한 직업이 되었다. 경찰이 수행하는 기능에 시민들이 자동적으로 반대와 반감을 보이는 일이 많아졌다.

마르틴 베크의 살인수사과도, 비록 흥미롭고 심지어 낭만적인 작업이라는 다소 과장된 명성을 확고히 갖고 있음에도, 예외가 아니었다.

그동안 마르틴 베크는 착실히 승진했다. 하지만 삼십여 년 전에 야콥스 구역에서 순찰을 돌던 때부터도 그는 좋은 경찰관이었다. 그는 사람들과 이야기를 나누는 것이 늘 쉬웠다. 대개의 문제는 유머와 지성을 동원하면 쉽게 해결되었고, 가끔 하는 수 없이 힘을 써야 하는 경우가 있어도 그런 일은 한 손으로 꼽을 정도였다.

이후 그는 경찰관으로서 점점 더 발전했다. 멍청한 상관들과 타협해야 할 때도 많았으나 그런 일도, 그리고 이해할 수 없는 각종 징계를 겪는 일도 그는 영혼에 큰 상처를 입지 않은 채 견뎌냈다.

한편 그가 줄곧 타협을 거부한 문제도 있었다. 그는 직접 사람들과 그들의 주변 환경과 접촉하면서 현장에서 일하는 편을 고수해왔다.

마르틴 베크는 1950년에 형사가 된 후 곧 살인수사과로 발령받았다. 이후 짬을 내어 범죄학과 심리학을 공부했고, 살인수사과 일에 흥미를 느꼈다. 경찰 국영화 이전에는 이해심 많은 상사들과 좋은 동료들과 함께 일하는 행운도 누렸다. 대화를 잘 끌어내는 능력도 잃지 않아서, 조직에서 가장 뛰어난 신문자 중 한 명으로 알려지게 되었다.

마르틴 베크가 곧잘 명석함과 뛰어난 추론력을 발휘하긴 했어도, 그것은 그가 자기 자신이나 동료들에게 요구하는 능력이 아니었다.

만약 누가 마르틴 베크에게 이 직업에서 가장 중요한 자질이 무엇이냐고 묻는다면, 그는 틀림없이 중요한 순서대로 꼽아서 '체계적 사고, 상식, 성실성'이라고 대답할 것이었다.

경찰의 사회적 역할에 관해서 마르틴 베크는 대체로 렌나르트 콜베리와 의견이 일치했지만, 마르틴 베크에게 사직은 생각할 수 없는 일이었다. 그러기에는 마르틴 베크가 너무 성실한 인간이었다. 스스로도 이 점을 알기에, 그는 자신을 괴로울 만큼 따분한 인간으로 여겼고 그래서 종종 우울해했다. 최근에는 한결 나아졌지만, 그래도 그는 결코 명랑한 인간이 아니었다. 그렇게 되고픈 마음도 없었다.

마르틴 베크가 탁월한 경찰관이 된 요인을 꼽을 때 빼놓지 말아야 할 것은 그의 좋은 기억력, 이따금 고집불통처럼 보이기도 하는 끈기, 논리적 사고 능력이었다. 또한 사건과 관련된다면 어떤 일이라도, 설령 나중에 무의미한 사실로 밝혀지고 마는 하찮은 일이라도 반드시 시간을 내어 확인하고 넘어간다는 점이었다. 그런 사소한 고려가 가끔 중요한 단서로 이어지기도 했다.

렌나르트 콜베리로부터 계획 전반에 대해 긍정적인 평가를 들었으므로, 마르틴 베크는 만족스럽게 떠날 수 있었다. 전략에 관한 문제에서 그가 가장 의지하는 사람은 여전히 콜베리였다. 만남이 짧게 끝난 터라, 그는 오래 생각만 했을 뿐 시간을 내지 못했던 일을 처리하기로 마음먹었다. 사실 지금도 여유가 있는 것은 아니었지만, 대체로 무의미한 만남들과 통화들은 다른 팀원들이 거뜬히 처리할 수 있을 것이었다.

대망의 날로부터 겨우 이틀 남은 시점이라, 마르틴 베크에게는 특별히 관용 차량이 제공되어 있었다. 차는 초록색이었고, 운전사는 민간인이었다. 그는 운전사에게 다비드바가레스가타 거리로 가달라고 요청했다. 오 분 뒤, 그는 헤도발드 브락센의 사무실 앞에 서 있었다.

초인종이 울리지 않기에, 마르틴 베크는 문을 두드렸다. 안에서 우렁우렁한 목소리가 "들어오세요" 하고 말했다.

브락센은 멀뚱히 마르틴 베크를 보다가 압지를 거대한 책상 가장자리로 밀어서 치웠다.

"약 반 년 전에, 제가 레베카 린드라는 여성이 피고인이었던 사건에서 변호인 측 증인으로 나갔었습니다." 마르틴 베크가 말했다.

"아, 그 아가씨." 브락센이 말했다. "증언해줘서 고마웠습니다. 결정적인 영향을 미쳤어요."

브락센은 늘 희한한 증인을 부르기로 유명했다. 경찰과 시위대의 충돌에 관한 사건에서 국가경찰청장을 증인으로 소환하려고 한 적도 몇 번 있었지만, 물론 성사되지는 않았다.

"그때 변호사께서 소환했던 증인 중 출석하지 않은 사람이 한 명 있었습니다. 발테르 페트루스라는 영화감독이요."

"그랬나요?"

"네, 그랬습니다."

"그러고 보니 기억나네요. 하지만 그 사람이 죽었다고 했나, 무슨 사정으로 못 온다고 했나 그랬지요."

"정확히 그렇진 않았습니다." 마르틴 베크가 말했다. "그는 재판 다음 날 살해됐습니다."

"정말입니까?"

"왜 그를 증인으로 채택하셨습니까?"

브락센은 질문을 듣지 못한 것 같았다. 한참 뒤에 마르틴 베크가 재차 물으려고 하는데, 그 순간 변호사가 손을 들어 저지했다.

"당신 말이 맞습니다. 이제 다 기억납니다. 나는 그를 피고인의 전반적 품성과 태도에 관한 증인으로 세우려고 했습니다. 하지만 그가 출석을 거부했어요."

"그와 레베카 린드가 무슨 관계였습니까?"

"사연이 있었습니다." 브락센이 설명했다. "레베카가 임신 직후에 신문에서 매력적인 외모를 가진 젊은 여성에게 보수 좋고 전망 좋은 일거리를 제공한다는 광고를 봤답니다. 그 아가씨는 절박한 처지였던 터라, 광고에 문의를 넣었죠. 곧 답장이 왔는데, 모일 모시에 웬 주소로 찾아오라고 하는 내용이었답니다. 시간과 장소는 내가 잊었어요. 아무튼 편지에 영화사 이름이 찍혀 있고 페트루스의 서명도 있었어요. 페트루스 영화사라는 이름이었던 것 같고. 아가씨가 편지를 버리지 않고 갖고 있어서 내가 봤는데, 인쇄된 레터헤드며 그런 게 아주 점잖아 보이더구먼요."

브락센이 말을 멈추고 일어나서 고양이들이 있는 곳으로 가더니 잔에 우유를 좀더 따랐다.

"그리고 어떻게 됐나요?" 마르틴 베크가 물었다.

"전형적인 이야기죠." 브락센이 대답했다. "주소는 웬 아파트였고, 딱 보니 스튜디오로 쓰는 것 같더랍니다. 그 아가씨가 갔을 때, 페트루스는 사진사와 함께 있었대요. 페트루스는 자신을 국제적으로 연줄이 많은 영화 제작자라고 소개했답니다. 그리고 그 아가씨에게 옷을 벗으라고 말했죠. 그 아가씨는 그게 엄청 놀랍다고 생각하진 않았다지만, 그래도 어떤 종류의 영화냐고 물어봤대요."

브락센이 아침 식사로 돌아왔다.

"그래서 어떻게 됐습니까." 마르틴 베크가 물었다.

브락센은 우유를 한 모금 마신 뒤에 말했다.

"로베르타의 말로는, 페트루스가 해외에서만 상영될 예술 영화라고 말했답니다. 그러고는 그 아가씨가 괜찮은지 살펴봐야 하니까 옷을 벗어라, 벗으면 당장 5크로나를 주겠다 했답니다.

그 아가씨는 옷을 벗었고, 그들은 살펴봤죠. 사진사는 어려운 배역이긴 하지만 아가씨가 그럭저럭 해낼 수 있을 것 같다, 하지만 가슴이 너무 빈약하고 젖꼭지가 너무 작다고 말하더랍니다. 그랬더니 페트루스가 가짜 젖꼭지를 붙이면 된다고 말했대요. 그러니까 사진사가 방에 있는 소파에서 시범 연기를 해보겠다고 말하면서 자신도 옷을 벗기 시작하더래요. 그쯤 되니 아가씨는 겁이 나서 옷을 줍기 시작했어요. 그들이 몸에 손을 대진 않았답니다. 하지만 사진사가 페트루스에게 정확히 어떤 배역인지 아가씨에게도 알려주는 게 좋겠다고 말하더래요. 자신과 섹스하지 않을 사람이라면 영화에 출연할 리도 없다면서. 그래서 페트루스가 아가씨에게 말하기를, 영화는 해외의 섹스 클럽에서만 상영될 거니까 걱정할 것 하나 없다, 아가씨는 개랑 섹스하는 연기만 하면 된다 하더랍니다."

브락센이 잠시 말을 멋었다가 이어 말했다.

"요즘은 백만장자가 되는 방법도 어찌나 기상천외한지. 페트루스는 아가씨에게 일을 설명하면서 불쾌한 이야기를 늘어놓기 시작했답니다. 첫 영화로는 250크로나를 주겠지만, 다음부터는 돈을 더 많이 주고 배역도 더 나은 걸로 줄 거라고 말했답니다. 아가씨는…… 아가씨 이름이 뭐였죠?"

"레베카."

"그렇지, 레베카. 레베카는 옷을 입으면서 5크로나를 달라고 했어요. 그러자 페트루스가 그건 농담이었다고 하더랍니다. 레베카는 그 남자 얼굴에 침을 뱉었고, 그들은 양말과 샌들만 신은 레베카를 밖으로 내쫓았습니다. 나머지 옷가지는 계단 밑으로 던져버렸답니다. 그곳은 평범한 아파트였기 때문에, 레베카가 옷을 주워서 입는 모습을 지나가던 주민들이 봤답니다. 나는 이 이야기를 그 아가씨가 체포되어 있던 중에 들었습니다. 아가씨가 나더러 사람을 그렇게 대하는 건 불법이 아니냐고 묻더군요. 나는 유감스럽게도 불법은 아니라고 대답했습니다. 그래도 나는 페트루스의 사무실로 가서 그를 만나봤지요. 그는 거만하기 짝이 없는 태도로, 이 업계에 미친 창녀가 워낙 많아서 정확히 누군지는 모르겠지만 자신에게 침을 뱉은 여자가 한 명 있긴 했다고 말하더군요. 나는 그를 증언대에 세우고 싶어서 소환장을 보냈지만, 그는 오지 않았죠. 어쨌든 아가씨는 풀려났지만."

브락센이 우울하게 고개를 저었다.

"그리고 발테르 페트루스는 살해되었고요." 마르틴 베크가 말했다.

"살인을 법적으로 정당화할 순 없는 법이죠. 그래도……." 브락센이 말을 멈췄다. "레베카에게 무슨 일이 있습니까? 당신이 그래서 온 겁니까?"

"아니요, 제가 아는 한 아무 일 없습니다."

"그 아가씨가 좀 걱정됩니다." 브락센이 다시 우울하게 고개를 저으며 말했다.

"왜요?"

"늦여름에 그 아가씨가 여기 찾아왔었습니다. 아기 아빠라는 미국 청년 문제로 곤란하다면서. 나는 필요한 설명을 해주고, 서면을 대신 작성해줬습니다. 그 아가씨는 이 사회를 이해하는 데 어려움을 겪고 있어요. 그게 그 아가씨를 탓할 일도 아니고."

"어디서 살고 있답니까?" 마르틴 베크가 물었다.

"나도 모릅니다. 여기 왔을 때는 당분간 거처가 없다고 말했어요."

"확실한가요?"

"그래요. 내가 어디서 사는지 물었더니, '지금은 정해진 데가 없어요'라고 대답했습니다."

"짐작할 수 있는 단서라도 남기지 않았습니까?"

"아니요, 전혀. 그때는 아직 여름이었으니까요. 그리고 내가 듣기로 요즘 젊은이들은 시골에서 공동생활을 하거나 시내에 집이 있는 친구에게 얹혀살거나 하는 경우가 많다더군요."

브락센이 책상 서랍을 열어서 두꺼운 공책을 꺼냈다. 표지가 검은색이고, 책배에 알파벳 인덱스가 있는 공책이었다. 종이가 낡고 손때를 타서 해어진 것을 보면, 그가 오래전부터 갖고 있던 물건인 듯했다.

"아가씨 이름이 뭐라고 했죠?" 브락센이 공책을 넘기면서 물었다.

"레베카 린드입니다."

찾던 항목을 발견한 브락센이 낡은 전화기를 끌어당기며 말했다. "부모에게 물어봅시다."

고양이 한 마리가 마르틴 베크의 무릎에 뛰어올랐다. 마르틴 베크는 자동적으로 고양이의 등을 쓰다듬으면서 통화 내용을 알아들으려고 애썼다.

고양이가 금세 가르랑거리기 시작했다.

"어머니와 통화했습니다." 브락센이 수화기를 내려놓고 말했다. "어머니도 아버지도 유월 재판 이후로 딸의 소식을 모른답니다. 가족은 아무도 그 아가씨를 이해하지 못하니, 무소식이 차라리 잘된 일이라고 하는군요."

"거참 좋은 부모네요."

"그러게 말입니다. 그건 그렇고, 당신은 왜 그 아가씨에게 관심이 이리 많습니까?"

마르틴 베크는 고양이를 바닥에 내려놓고 일어나서 문으로 갔다.

“저도 잘 모르겠습니다.” 마르틴 베크가 대답했다. “아무튼 도와주셔서 고맙습니다. 만약 그 아가씨가 나타나면 제게 알려주시면 좋겠습니다. 아니면 제가 만나고 싶어 하더라는 말이라도 전해주십시오.”

18.

라인하르트 하이트도 콜베리처럼 준비가 다 된 것 같다고 생각했다. 하이트는 솔나에 있는 방 두 개짜리 아파트로 옮긴 뒤였다. 그 집 역시 쇠데르말름의 아파트를 빌린 유령 회사가 빌려둔 것이었다.

두 일본인은 쇠데르말름의 아파트에 남았다. 그들은 복잡한 폭탄들을 세심하게 조립해두었다. 다음 할 일은 최대한 늦은 시점에 그것들을 선택된 장소에 설치하는 것이었다.

하이트는 상원 의원의 방문 일정이 언론에 보도되기 한참 전에 이미 상세 일정과 대강의 경호 계획까지 손에 넣었다. 외스테르말름에 있는 수수께끼의 작은 회사를 통해서 이중 첩자로부터 구한 것이었다.

무선 전문가는 좀 늦게 도착했다. 그는 덴마크에서 고용한 어부의 배를 타고 길렐레예에서 스웨덴 토레코브로 건너왔다. 마침 국가경찰청장이 그곳에서 고독하게 자신의 책임을 곱씹어 보고 있었으니, 그의 코앞을 지나서 숨어든 셈이다.

르발루아라는 이름의 무선 전문가는 두 일본인보다는 말이 훨씬 많았다. 하지만 그는 좀 심란한 소식도 가져왔다. 울라그의 약점은 아직 충분히 구축되지 않은 통신망이었다. 하이트가 이 소식을 더 일찍 듣지 못한 것이 그 탓이었다. 어디로부턴가 정보가 누설되었고, 경찰이 작은 단서들을 모아서 상당히 구체적인 그림을 그리기 시작했다는 소식이었다.

하이트는 인도의 작전에서 얼굴을 목격당했고, 라틴아메리카에서 암살 후 출국했던 사실도 알려졌다. 이후 경찰은 파리의 인터폴을 통해서 경찰 혹은 보안 조직이 있는 전 세계 거의 모든 나라에 그 빈약한 정보를 회람시킴으로써 그의 신원을 조금이나마 확보하려고 했다.

정보가 울라그 내부에서 누설되었을 리는 없었다. 분명 하이트가 전에 용병으로 일했던 나라 중 한 곳에서 발생했을 것 같았다. 아무튼 경찰은 마침내 그의 인상착의에 일치하는 실명을 알아냈다. 그래도 로디지아 솔즈베리*의 경찰은 여전히 그런 사람을 모른다고 주장했고, 그것은 아마 사실일 터였다. 하지만 남아공 프레토리아 당국은, 그가 무슨 일을 하는지 모르기는 마찬가지이지만, 그가 남아공 시민이고 실명은 라인하르트 하이트라는 것, 본국에서 전과가 없으며 자신들이 알기로는 어떤 범죄 활동에도 연루된 바 없다는 사실을 인터폴에 알렸다.

이뿐이라면 정보 누설이 그다지 위험하지 않았다. 하지만 안타깝게도 그 직후, 그를 블랙리스트에 올려둔 모잠비크 해방전선이 인터폴에 전달하기에 충분한 화질의 사진을 한 장 제공했다.

그가 범죄 용의자인 것은 아니었다. 인터폴은 그저 어느 라틴아메리카 국가경찰이 그와 접촉하고 싶어 하며 그의 행방에 관한 정보를 알고 싶어 한다고만 고지했다.

하이트는 문제의 사진이 찍혔던 상황을 돌이키며 속으로 욕을 뱉었다. 그것은 이 년 전의 몹시 재수 없는 사건 때였다. 로렌수마르케스에서 모잠비크 해방 전선에게 기습 작전을 벌이는 동안, 그의 팀이 쪼개져서 그와 팀원 몇 명이 해방 전선 게릴라들에게 붙잡히고 말았다. 그들은 몇 시간 뒤에 풀려났지만, 그 사이에 누군가 그들의 사진을 찍었다. 문제의 사진은 그 사진을 확대한 것이 분명했다. 그리고 만약 인터폴이 그 사진을 공개했

* 짐바브웨의 수도 하라레의 옛 이름.

다면, 스웨덴 경찰도 이미 받아보았을 터였다. 그렇다고 해서 이번 작전이 어려워질 것은 없었지만, 하이트가 입국 때처럼 쉽게 출국하기는 어려워졌다.

한 가지는 분명했다. 남은 며칠간 하이트의 자유가 극히 제약되리라는 점이었다. 외출은 너무 위험했다. 지금까지는 스톡홀름을 자유롭게 돌아다닐 수 있었지만, 그런 날은 끝났다. 꼭 외출해야 한다면 무장하고 다녀야 했다.

스웨덴 경찰에게 목격되어 체포된다는 것은 전도유망한 경력의 수치스러운 종말이었다. 하지만 설령 그렇게 되더라도 그 유명한 미국인이 목숨을 건질 수는 없었다. 워낙 만전의 조치를 갖춘 작전인지라 그럴 일은 없었다.

하이트의 첫 대응은 초록색 오펠을 처분하는 것이었다. 그는 르발루아에게 차를 예테보리로 몰고 가서 버린 뒤 중고 폭스바겐을 합법적으로 사 오도록 시켰다.

후부스타의 카펠가탄 거리에 있는 아파트는 두 사람이 지내기에는 약간 좁았다. 텔레비전 두 대, 라디오 세 대, 프랑스인의 기술 장비들이 있어서 더 그랬다. 그들은 큰 방을 작전실로 쓰고, 작은 방에서 잤다.

르발루아는 아주 젊었다. 많아 봐야 스물두 살이었다. 발그레한 안색과 금발 고수머리의 외모에서는 출신이 짐작되지 않았다. 섬세한 외모에도 불구하고 그는 울라그의 훈련 캠프를 졸업한 여느 활동가처럼 호신술에 능했고, 맨손으로든 다양한 무기로든 사람을 죽이는 데도 능했다.

스웨덴에서 르발루아가 가진 단점이 하나 있었으니, 언어였다. 18일 월요일에 하이트가 작전일을 앞두고 마지막으로 한 번 더 차를 몰아 시내로 나가야 했던 것이 그 때문이었다. 르발루아는 조심성이 많은 타입이라, 만에 하나 행사 중 전기가 끊길 때에 대비하여 소형 발전기를 마련해두고 싶어 했다.

하이트는 품이 가장 넉넉한 재킷을 입었다. 사람들의 눈에 그는 인상이 좋고, 키가 아주 크고, 어깨가 넓은 남자였다. 푸른 눈동자와 보기 좋게 그을린 피부를 가진 북유럽인으로 보였다. 그의 재킷에 세상에서 가장 치명적인 무기 중 하나로 꼽히는 MK III 트루퍼 357 매그넘 모델의 콜트 리볼버가 들어 있을 줄은, 또 그의 벨트에 수류탄 세 개가 걸려 있을 줄은 아무도 상상하지 못했다. 수류탄 중 두 개는 플라스틱 덮개가 씌워져 있고 확산력이 큰 미국제였고, 세 번째는 울라그가 자체 무기 제작소에서 직접 만든 것으로 끈을 당겨 점화하는 방식이었다. 그것은 모든 희망이 사라졌을 때 자폭하기 위한 물건이었다.

하지만 불안한 일은 전혀 없었다. 하이트는 대형 자동차 배터리 네 개를 비롯하여 르발루아가 적어준 목록에 있는 정체 모를 부품들을 다 산 뒤에 아파트로 돌아왔다.

프랑스인은 흡족해하면서 곧장 발전기를 제작하기 시작했다.

그다음 그는 단파 수신기를 조립하여, 경찰이 사용하는 주파수에 맞췄다. 일상적인 신호가 흘러나왔다. 하이트가 역시 외스테르말름의 첩자에게 구입해둔 경찰 통신 부호표를 참고하니, 내용을 대부분 해석할 수 있었다.

르발루아는 한마디도 알아듣지 못했지만, 아무튼 흡족해했다.

그날 저녁과 이튿날 종일, 르발루아는 기기를 최종 조정하고 무선 기폭 장치를 점검했다. 그러고는 이윽고 만족한 듯이 잘못될 것은 전혀 없다고 선언했다.

그동안 하이트는 스웨덴을 빠져나갈 방법을 궁리했다. 어떻게 가장하더라도 발각되기 쉬운 자신의 외모와 체격은 불리한 점이었다.

19일 화요일 저녁, 하이트는 욕조에 누워서 오래 생각했다. 어떻게든 가능하긴 할 터였다. 르발루아가 밀입국했던 방법으로 밀출국해도 되고, 아니면 경찰 활동이 잦아들 때까지 아파트에서 숨어 지내도 된다. 진득이 기다리다 보면, 어느 국경 검문소이든 통과할 수 있을 것이다. 폭력이 발생할 수도 있겠지만, 폭력은 하이트의 장기였다. 그리고 그는 어느 스웨덴 경찰관과 맞대결하든 자신이 압도적 우위일 것임을 의심치 않았다.

하이트는 꼼꼼하게 씻고, 이를 닦고, 면도하고, 구석구석 스프레이를 뿌리고, 금발 구레나룻을 정성껏 다듬었다. 라인하르트 하이트는 강박증에 가까울 만큼 위생에 까다로웠다. 그는 마지막으로 온몸에 로션을 발랐다.

하이트는 욕실 바닥에 깨끗한 매트를 깔아두고 작전실로 갔다. 르발루아는 알아듣지 못하는 경찰 무선을 계속 켜둔 채 난해한 기술서에 몰두해 있었다. 하이트는 자러 갔다.

푹 자고 일어나니 자신감이 넘쳤다. 하이트는 샤워했다.

그다음 영국식 아침 식사를 푸짐하게 준비해서 우아한 가운 차림으로 먹었다.

더 일찍 일어난 프랑스인은 침대를 정리하지 않고 나갔는데, 그 칠칠맞지 못함을 하이트는 상류층 가정교육을 받지 못한 증거로 해석했다.

르발루아는 작전실에서 여전히 경찰 무선을 켜둔 채 기술서를 세 권이나 펴두고 들여다보고 있었다.

르발루아는 아침 인사조차 하지 않았다.

명백히 필요한 경우가 아니고서는 신체 접촉을 꺼리는 하이트는 썩 내키지 않지만 손을 들어서 프랑스인의 어깨에 얹었다.

르발루아가 올려다보았다.

"이상 없나?" 하이트가 물었다.

"완벽해." 르발루아가 대답했다. "가이텐과 가미카제가 제대로 설치하기만 하면 돼."

"긴장 풀어도 돼. 그들도 우리처럼 전문가이고, 계획을 숙지하고 있어. 실행은 오전에 하기로 결정했어."

"누군가 폭탄을 제거할 위험은? 이곳 경찰에도 폭탄제거반이 있겠지?"

"아니, 이상하게도 없더군. 그리고 지난번 경찰도 예비 폭탄을 찾아내는 데 몇 달이 걸렸잖아. 그곳은 군대도 경찰도 폭탄제거반이 있는데다가 어디를 수색하면 되는지 알고 있었는데도."

"이번에도 예비 폭탄이 있어?"

"두 개. 자동차 행렬이 시내로 진입할 때 대안으로 택할 수 있는 두 경로에 심을 거야. 경호하는 놈들이 막바지에 마음을 바꿀 때에 대비해서."

"그럴 위험은 적어 보이는데." 르발루아가 말했다. "거기까지 내다보는 경찰은 없어."

"맞아. 게다가 대안 경로들은 경호 측면에서 추가로 문제를 일으킨다는 점에서 좀 부적절해."

"그러면 별일 없겠네." 프랑스인이 하품했다. "여기는 다 훌륭해. 일본인 친구들이 최종 조립을 망치진 않겠지?"

"그럴 일 없어. 그들은 필요하다면 처음부터 끝까지 지하로만 이동할 수도 있어. 정찰도 꼼꼼하게 해뒀고. 열흘 전에 이미 가짜 폭탄들을 설치해뒀는데 하나도 발각되지 않았어."

"잘됐네."

르발루아가 기지개를 켜면서 방을 둘러보았다.

"예비 전력을 확충해두니까 한결 안심돼." 르발루아가 말했다. "내일 갑자기 전기가 끊기더라도 문제없어."

"내가 여기 온 뒤로 단전은 한 번도 없었어."

"그건 아무 의미 없어." 무선 전문가가 응수했다. "어디서 웬 멍청이가 불도저로 전선을 끊기만 해도 단전될 수 있으니까."

그들은 한동안 경찰 무선을 들었다.

"어떻게 빠져나가지?" 프랑스인이 문득 물었다.

"그쪽 의견은?"

"평소처럼 개별적으로. 나는 곧바로 왔던 길로 돌아갈 거야."

"음." 하이트가 말했다. "나는 좀 기다렸다가 가야 할 것 같아."

르발루아는 안도하는 듯 보였다. 르발루아는 별로 죽고 싶지 않았고, 만약 이 남아공인이 함께 어선으로 탈출하자고 제안할 경우에는 자신이 붙잡힐 확률이 대폭 높아진다는 것을 알았다.

"체스 한판 어때?" 무선 전문가가 잠시 후 물었다.

"좋아."

하이트는 시실리안 디펜스의 마셜 변형을 전개했다. 오래전 어느 미국 선장이 발명한 이 탁월한 오프닝은 당대의 많은 체스 마스터들에게 충격을 안기고 그들을 패자로 전락시킨 수법이었다. 대담한 수와 냉정한 투자가 전쟁을 방불케 하는 전법이었다.

이 전법의 유일한 단점은 만약 상대가 훌륭한 선수라면 이 방법으로 딱 한 번만 이길 수 있다는 것이었다. 상대는 시합 후에 기보棋譜를 볼 테고 그러면 시합 중에는 불가해하게만 보였던 수를 쉽게 익힐 테니 그랬다.

체스 시계는 없었다. 프랑스인은 자신이 초반에 확보했던 수적 우위가 결딴나는 걸 보면서 수를 고민하는 시간이 점점 길어졌다. 급기야 그는 수 하나에 한 시간 반을 고민하고 앉았지만, 그러거나 말거나 하이트는 상대에게 오래전부터 가망이 없다는 것을 알았다. 하이트는 부엌에 가서 차를 마셨다. 그리고 팔과 손과 얼굴을 깨끗이 씻었다. 돌아가보니 프랑스인은 여태 두 손으로 머리를 감싼 채 체스판을 뚫어져라 보고 있었다.

두 수 뒤에 르발루아는 포기해야 했다.

르발루아는 기분 나쁜 표정이었다. 천성이 지고는 못 사는 성격인데다가 져서는 안 된다고 배워왔기 때문이었다. 울라그가 허락하는 유일한 손실은 생명의 손실이었다.

그리고 불가피한 상황에서는 스스로에 대해서 그 행동을 결행해야 했다.

르발루아는 오후 내내 말없이 뚱하니 기술서만 들여다보았다.

경찰 무선은 끊임없이 메시지를 쏟아냈다.

하이트는 이제 이 나라가 그다지 살 만한 곳이 못 된다는 판단을 내렸다.

하지만 어쩔 수 없이 좀더 오래 머물러야 하게 되었으니 익숙해지는 편이 나을 것 같았다.

그날 밤 두 일본인이 중요한 폭탄 하나와 덜 중요한 폭탄 두 개를 설치하는 동안, 라인하르트 하이트는 꿈도 꾸지 않고 숙면을 취했다.

르발루아는 자다가 깨서 체스를 생각했다. 코펜하겐에 돌아가면 당장 좋은 이론서를 구입하겠다고 결심했다.

두 일본인이 쇠데르말름의 아파트로 돌아간 시각은 새벽 5시 경이었다.

일본인들은 이제 당분간 외출하지 않을 계획이었다. 몇 주를 버틸 수 있는 통조림 식량을 이미 구비해두었다.

전에 하이트가 썼던 침대에 그들의 경기관총이 놓여 있었다. 그들은 총을 깨끗하게 청소하고 꼼꼼하게 점검하고 장전까지

해서 당장이라도 쏠 수 있게 만들어두었다.

그 옆에는 탄창이 수북이 쌓여 있었다.

침대 옆에는 개조 수류탄이 잔뜩 든 나무 상자가 있었다.

그들은 그들 자신의 종말을 위해서 만들어진 폭발물을 늘 몸에 지니고 다녔다. 잠잘 때조차.

19.

마르틴 베크에게는 오래 기억에 남을 만한 수요일이었다. 그는 이처럼 관료제의 여러 위계에 있는 사람들과 쉼 없이 통화하고 입씨름하는 일에 익숙하지 않았다. 이날 아침에 쿵스홀름스가탄에 일등으로 출근했는데, 보아하니 퇴근도 꼴등으로 할 것 같았다. 벤뉘 스카케가 최대한 버텼지만, 젊은 스카케조차도 너무 핼쑥하고 지쳐 보여서 마르틴 베크가 집으로 쫓아 보냈다.

"오늘은 이만 됐어, 벤뉘."

"경감님이 있는 한 저도 있겠습니다. 할 일이 있는 한." 스카케가 대꾸했다.

스카케는 노새처럼 고집스러웠다. 결국 마르틴 베크가 평소에 꺼리는 방법, 즉 상관으로서 권위적이고 무조건적인 명령을 내리는 방법을 썼다.

"집에 가라는 건 명령이야. 알아들었나? 퇴근해, 어서."

스카케는 알아들었다. 부루퉁한 표정으로 코트를 챙겨 떠났다.

끔찍한 하루였다. 국가경찰청장은 심사숙고의 노동을 마치고 최상의 컨디션으로 복귀했다. 그러고는 전령을 통해서 다양한 길이와 내용의 지시를 약 마흔네 건 내려보냈다. 대부분 뻔한 내용이었고, 대책반이 진작에 조율해서 처리한 사항이었다. 모든 지시에 은근한 질책이 담겨 있었는데, 고작 두 줄에 불과한 글도 예외가 아니었다. 청장은 대책반의 보고가 미흡하다고 여겼다.

좀더 직접적으로 질책하는 것은 스티그 말름의 몫이었다. 말름은 밖에서는 감시견으로, 안에서는 애완견으로 이중의 역할을 수행하느라 지쳐서 피곤하고 예민해 보였다.

"베크?"

"네."

"청장이 우리가 왜 헬리콥터를 두 대만 띄울 예정인지 알고 싶어 하셔. 우리 헬리콥터가 열두 대 있고 해군에서 더 빌려 올 수도 있는데 말이야."

"두 대면 충분하다고 생각합니다."

"청장은 그렇게 생각하지 않아. 자네가 헬리콥터 문제를 재고

하고, 그 점에 관해서 해군과 상의하면 좋겠다고 생각하신다네."

"원래는 헬리콥터를 아예 안 쓸 생각이었습니다."

"정신 나간 소리. 우리 것과 해군의 것을 합하면 영공을 완벽하게 통제할 수 있을 거야."

"왜 영공을 통제해야 합니까?"

"그리고 만약 공군이 주장을 관철시킨다면, 영공에 전투기 중대와 강습수송기 중대도 뜰 테지."

"공군이 굳이 비행기를 띄우겠다는 걸 저희가 막을 순 없다고, 저도 말했는데요."

"물론 막을 수 없지. 하지만 자네는 군과 우호적인 관계를 구축하기는커녕 기분만 상하게 했잖나. 자, 그러니 헬리콥터 문제를 재고할 텐가?"

"이미 생각해서 정한 일입니다."

"그건 청장이 기뻐할 대답이 아냐."

"청장을 기쁘게 하는 건 제 임무가 아닙니다. 적어도 제가 생각하기로는."

"조정자 역할도 쉽지가 않아." 말름이 무겁게 한숨을 쉬었다.

"그러면 시골 별장에라도 가서 찬찬히 생각해보십시오."

"자네…… 자네 정말 안 되겠군. 그리고 나는 시골 별장이 없어."

"아내분께는 있잖습니까?"

말름은 상당한 자산가와 결혼했다. 하지만 직접 만나본 사람들에 따르면, 그 아내는 짜증이 많고 성질을 잘 내는 성격에 외모도 평범하다고 했다. 평범함이란 보는 눈에 따라 다른 것이겠으나, 적어도 짜증과 성질에 관해서라면 마르틴 베크도 십팔 년의 결혼 생활 동안 남부럽잖게 겪었다. 그는 문득 말름이 딱하게 느껴졌다.

마르틴 베크가 감상에 젖을 새도 없이 또 전화가 울렸다. 이번에는 해군이었다. 무슨 지휘관이라고 했다.

"당신들이 원하는 것이 대형 버톨 헬리콥터인지, 더 작은 알루엣 헬리콥터인지 알고 싶어서 걸었습니다. 아니면 두 종류를 섞겠습니까? 각기 장점이 있습니다."

"비행기는 전혀 원하지 않습니다."

"이보세요, 경감." 군인이 딱딱하게 말했다. "헬리콥터는 비행기가 아니라 항공기입니다."

"알려주셔서 고맙습니다. 제가 틀린 용어를 썼다면 죄송합니다."

"아, 틀리게 아는 사람이 워낙 많습니다. 그래서, 해군 헬리콥터를 한 대도 원하지 않는다고요."

"네."

"국가경찰청장과 통화할 때는 다르게 들었습니다만."

"착오가 있었던 모양입니다."

"그렇군요. 그럼 끊겠습니다."

"들어가십시오." 마르틴 베크는 공손하게 말했다.

하루 종일 그런 식이었다. 자꾸만 윗선에서 결정이 내려졌고, 그러면 마르틴 베크가 입씨름해서 번복해야 했다. 보통은 설득이 먹혔지만, 가끔은 좀더 매몰찬 표현과 어조를 써야만 했다.

좌우간 이제 계획이 완성되었다. 쿵스홀름스가탄에서 일하는 사람들 중에서는 멜란데르가 가장 과중한 업무를 평소처럼 묵묵히 소화해냈다.

다른 사람들도 놀지는 않았다.

예컨대 뢴은 시간이 엄청나게 소요되는 임무를 맡고 있었다.

뢴은 그날 딱 한 번 본부에 나타났는데, 코가 빨갛고 눈 밑이 부어 있었다. 그 모습을 보고 군발드 라르손이 물었다.

"에이나르, 어떻게 돼가?"

"음, 괜찮은 것 같아. 하지만 예상보다 시간이 더 걸려. 내일도 시간이 별로 없어. 길어야 십오 분이야."

"십이 분, 아니면 십삼 분밖에 안 될걸." 군발드 라르손이 말했다.

"저런, 저런."

"조심해, 에이나르."

마르틴 베크는 떠나는 뢴을 물끄러미 보았다. 군발드 라르손과 뢴은 서로 전혀 다른 타입인데도 상대의 미묘한 기색을 읽어냈다. 둘은 심지어 친구였다. 진짜 친구였다. 한편 마르틴 베크 자신은 뢴과 일하는 것이 늘 어려웠다. 그들이 휴일에 만나거나 일 외의 이야기를 나눈다는 것은 상상도 할 수 없는 일이었다. 마르틴 베크의 입장에서는, 비록 퉁명스러운 태도와 이따금 튀어나오는 상스러운 발언을 참아야 하더라도, 군발드 라르손과 일하는 편이 더 쉬웠다. 처음에는 썩 좋지 못했던 둘의 관계는 그동안 많이 나아졌으나, 그래도 그들 역시 친구라고는 할 수 없었다.

계획은 괜찮아 보였다. 마르틴 베크가 바란 대로 상당히 절제된 계획이었다. 그들은 지붕에 저격수를 몇 명 배치할 예정이었지만, 수가 많진 않았다. 그리고 자동차 퍼레이드의 경로에 놓인 집들 중 몇 군데를 수색할 예정이었지만, 이것은 어디까지나 예외적인 경우였다.

묄레르의 근거리 경호 요원들이 맡은 일은 쉬울 것이었다. 물론 그들이 다른 때보다 더 세심하게 살펴야 할 대목이 몇 군데 있었다. 상원 의원이 공항에 도착하는 순간이 그랬고, 그가 왕궁을 방문하는 순간도 그랬다. 어쩌면 그가 선왕에게 화환을 바치는 순간도 그럴 수 있었다. 증정식은 리다르홀름쉬르칸 교회에서 하기로 되어 있었다. 사실 구스타프 6세 아돌프 선왕은 거기 묻히지 않았지만, 그 교회는 시내에 있고 경호 측면에서도 이상적인 장소였다. 그리고 다른 스웨덴 왕들은 대부분 거기 묻혀 있었다. 그러니 알 게 뭐람…….

그 장소 문제로 일정을 약간 조정해야 했으나, 쉽게 처리되는 일이었다.

고명한 손님의 방문 일정은 이미 언론에 공개되었다. 언론은 용케 세세한 사항까지 캐내어 남김없이 보도했다. 이 행사를 비판한 기사도 적지 않았지만, 아직까지 경찰을 공격한 기사는 없었다.

밤 11시 10분, 마르틴 베크는 사무실 불을 다 끄고 복도 문을 잠갔다. 뭔가 빠뜨린 듯이 찜찜했지만, 그게 무엇인지는 알 수 없었다.

밤을 혼자 보내고 싶지 않았기 때문에, 마르틴 베크는 레아의 집으로 갔다. 레아는 매주 수요일 저녁에 세입자들을 제 집에 초대하곤 했다. 마르틴 베크는 경찰 통제선, 특수 훈련을 받은 저격수, 헬리콥터, 정말로 설치될까 적이 의심되는 폭탄 생각으로 머리가 꽉 찬 이들이 아닌 다른 사람들과 대화하고 싶었다. 전담 운전기사가 쉬는 날이었기 때문에 순찰차에게 프레이가탄 거리까지만 태워달라고 부탁했다. 거기서 모퉁이를 돌면 레아의 집이었다.

마르틴 베크가 본부를 떠나고 사 분 뒤, 군발드 라르손이 승강기로 사무실에 올라와서 잠긴 문을 열고 책상 등을 켰다. 전구가 뜨끈했다.

보나마나 베크로군, 군발드 라르손은 생각했다.

군발드 라르손은 몸이 젖었고 머리카락도 엉망이었다. 밖에서는 갱들, 도둑들, 강도들, 술꾼들, 중독자들이 캄캄하고 춥고 비 오는 밤을 장악하고 있었다.

군발드 라르손은 피곤했다. 간밤에 울라그와 하늘을 나는 대통령의 머리통 따위를 생각하느라 한숨도 못 자고 누워만 있었다. 게다가 점심도 저녁도 걸렀고, 지난 몇 시간은 도움이 절실한 에이나르 뢴을 거들어서 주로 밖에서 일했다. 육체적으로도 정신적으로도 강건한 체질인 군발드 라르손도 모든 것을 버틸 수 있는 건 아니었다.

사무실에 커피포트가 있었다. 군발드 라르손은 책상 서랍에서 설탕과 티백 몇 개를 꺼냈다. 커피포트에 물을 붓고 전원을 꽂고 기다렸다. 티백을 우린 차는 콘돔을 우린 물이나 마찬가지로 맛없다는 것을 어려서부터 알지만 지금은 어쩔 수 없었다.

차가 그럭저럭 우려지자, 군발드 라르손은 책상에서 자기 컵을 가져왔다. 다른 사람들은 플라스틱 컵을 썼다.

군발드 라르손은 자리에 앉자마자 뜨거운 차를 꿀꺽꿀꺽 삼켜서 몸을 덥혔다. 그러고는 서류 가방에서 문서를 꺼내어 읽기 시작했다. 기분이 나빠서 잔뜩 찌푸린 터라 콧등에 주름이 잡혔다. 잠시 후에는 금발 눈썹에도 주름이 졌다.

뭔가 잘못될 게 분명하다는 생각이 들었다.

하지만 뭐지?

군발드 라르손은 멜란데르의 책상에서 보안청의 근거리 경호 계획서를 가져왔다. 축약어가 너무 많아서 거의 못 읽을 수준이었지만, 그는 한 쪽 한 쪽 힘겹게 읽어나갔다. 부록으로 딸린 표와 그림도 꼼꼼히 보았다.

대책반의 다른 사람들처럼, 군발드 라르손도 이것이 난공불락의 계획이라는 사실을 인정할 수밖에 없었다. 에리크 묄레르는 전문가였다. 묄레르의 판단은 정확했다. 근거리 경호가 상대적으로 쉬운 편이기도 했다. 묄레르가 "민감한 지점"이라고 부른 몇몇 장소에서는 자정부터 감시가 시작될 예정이었다.

군발드 라르손은 벽시계를 보았다. 자정 구 분 전이었다. 따라서 계획서에 언급된 경찰관 사백 명 중 일부는 이제부터 흠뻑 젖으려고 각자 위치로 가고 있을 것이었다.

군발드 라르손은 서류를 밀어두고 원거리 경호 계획을 생각하기 시작했다. 로고르덴은 묄레르에게만 좋은 게 아니라 저격수에게도 안성맞춤인 위치였다. 왕과 이놈의 미국인이 마치 연단에 올라간 것처럼 서 있을 테니, 블라시에홀멘이나 솁스홀멘에 있는 장거리 저격수에게 훤히 노출되었다. 저격수가 스트룀멘에 뜬 배나 부두에 있다고 해도 마찬가지였다.

하지만 정말로 경각심을 품을 이유가 있을까? 그들 다섯 명, 그러니까 군발드 라르손 자신, 베크, 멜란데르, 뢴, 스카케는 일찌감치 이런 위험을 인지했다. 그래서 그들은 솁스홀멘으로 통하는 다리를 몇 시간 전부터 막았고, 블라시에홀멘 부두의 건물들을 철저히 점검했다. 창문이 많은 그란드 호텔은 각별히 엄밀하게 확인했다.

군발드 라르손은 한숨을 쉬고 서류를 무작정 뒤적거렸다. 로고르덴은 지하에 하수구나 터널이 많지 않았고, 작업자들이 좋은 고무 작업복이 있거나 옷을 더럽히는 걸 개의치 않는다면 확인하기도 쉬웠다.

벽시계가 찰칵 소리를 냈다. 자정이었다.

군발드 라르손은 손목시계를 보았다. 아니나 다를까 벽시계가 또 맞지 않았다. 정확히 일 분 이십삼 초 느렸다.

군발드 라르손이 벽시계를 맞추려고 일어났다.

그때 노크 소리가 났다.

대책반 동료들은 노크하지 않으니, 다른 사람이었다.

"들어오세요." 군발드 라르손이 말했다.

젊은 여자가 들어왔다.

나이가 스물셋에서 서른 사이로 보이는 여자였다.

여자가 군발드 라르손을 보고 머뭇거리다가 인사했다.

"안녕하세요."

"안녕하십니까." 군발드 라르손도 새치름하게 인사했다.

그는 책상을 등진 채 팔짱을 끼고 서 있었다.

"무슨 일입니까?"

"저는 그쪽이 누구신지 알아요." 여자가 말했다. "강력반의 군발드 라르손 형사죠."

그는 대답하지 않았다.

"하지만 그쪽은 저를 모르시겠죠."

군발드 라르손은 여자를 보았다. 여자는 잿빛이 도는 금발, 푸른 눈, 가지런한 이목구비를 가졌다. 키가 꽤 커서 175센티미터 이상일 듯했고, 예뻤고, 회색 폴로셔츠와 잘 다려진 청색 바지와 낮은 구두 차림이었다. 뭔가 꿍꿍이를 감춘 사람이라기에는 침착해 보였다. 아무튼 군발드 라르손이 처음 보는 사람이라는 것은 확실했다. 그는 인상을 쓰면서 새파란 눈으로 여자를 응시했다.

"제 이름은 루트 살로몬손입니다." 여자가 말했다. "여기서 일해요, 수사국에서."

"뭘로?"

"경장입니다. 당직중이에요. 지금은 쉬는 시간이고요."

문득 차를 우렸던 게 떠올라서, 군발드 라르손은 몸을 반쯤 돌려서 단숨에 차를 다 마셨다.

"신분증 보여드릴까요?" 여자가 말했다.

"네."

여자가 바지 오른쪽 뒷주머니에서 신분증을 꺼내 건넸다.

군발드 라르손은 그것을 자세히 보았다. 스물다섯 살. 그런 것 같더라니. 그가 신분증을 돌려주었다.

"무슨 일입니까?"

"베크 경감, 스톡홀름 주 경찰청장, 국가경찰청장이 주관하는 특별 대책반에서 일하고 계시죠."

"베크만 말해도 됩니다. 그 이야기는 어디서 들었습니까?"

"아, 여기선 늘 소문이 도니까요. 그리고……."

"그리고?"

"음, 대책반이 어떤 사람을 찾는다는 얘기도 들었습니다. 이름은 확실하지 않지만, 인상착의를 들었어요."

"어디서?"

"신원확인부에서. 거기 친구가 있습니다."

"뭐든 아는 게 있다면 얘기하세요."

"앉으라고 하지 않을 건가요?"

"아니, 그럴 생각은 없는데. 무슨 얘깁니까?"

"음, 몇 주 전에……."

"정확히 언제?" 군발드 라르손이 끼어들었다. "나는 사실에만 관심 있습니다."

여자가 체념한 눈으로 군발드 라르손을 보았다.

"11월 4일 월요일이었습니다."

"4일 월요일에 무슨 일이 있었습니까?" 군발드 라르손이 격려하듯이 끄덕였다.

"저녁에 친구랑 춤을 추러 갔습니다. 아마란텐에 갔는데……."

"아마란텐?" 군발드 라르손이 또 끼어들었다. "거기서 춤도 춥니까?"

여자가 대답하지 않았다.

"아마란텐에서 춤도 춥니까?" 군발드 라르손이 재차 물었다.

여자가 갑자기 소심한 표정으로 고개를 저었다.

"그러면 친구랑 뭘 했습니까?"

"우리는…… 바에 갔습니다."

"함께?"

"아니요."

"그래서 무슨 일이 있었습니까?"

"거기서 덴마크 사업가를 만났습니다. 이름이 예르겐센이라고 했어요."

"아하, 그래서?"

"함께 우리 집으로 갔습니다."

"아하, 그래서?"

"그래서 어떻게 됐을 것 같나요?"

"나는 선입견이 없습니다." 군발드 라르손이 말했다. "특히 남의 사생활에 대해서는."

여자가 입술을 깨물었다.

"함께 밤을 보냈습니다." 여자의 목소리가 반항적이었다. "같이 잤다고요. 그다음에 그는 떠났고, 다시 만나진 않았습니다."

군발드 라르손의 오른쪽 관자놀이 혈관이 부풀었다. 그가 책상 주변을 오락가락 걷다가 오른손 주먹으로 책상을 쾅 쳤는데, 얼마나 세게 쳤던지 벽시계가 멎었다. 정확히 일 분 이십삼 초 늦은 시각에.

"지금 농담합니까?" 군발드 라르손이 성냈다. "나더러 어쩌라고? 경찰이 무료로 섹시한 아가씨를 제공하니까 아마란텐 바에 가서 찾아보라고 공지라도 써 붙일까요? 시간은 어떻게 됩니까? 매주 월요일 5시에서 11시까지?"

"이렇게 촌스럽고 딱딱한 반응을 기대하진 않았는데요." 여자가 대답했다. "저는 스물다섯 살이고, 미혼이고, 아이도 없습니다. 당분간 계속 그럴 거고요."

"스물다섯?"

"그리고 미혼이고 아이도 없다고요. 그런 제가 성생활을 즐길 권리도 없나요?"

"아니." 군발드 라르손이 말했다. "물론 있죠. 거기에 나를 끌어들이지만 않는다면."

"그럴 일은 없다고 장담할 수 있는데요."

여자의 비꼬는 기색을 알아차린 군발드 라르손이 또 주먹으로 책상을 쳤다. 너무 세게 쳐서 팔꿈치까지 아팠기에, 저절로 얼굴이 일그러졌다.

"호텔 바에서 남자를 만나고선 직장에 와서 덴마크 남자가 어쩌고저쩌고 떠드는 경찰관이라니."

군발드 라르손이 멈춘 벽시계와 자신의 손목시계를 확인했다.

"휴식 시간이 끝났겠군." 군발드 라르손이 말했다. "나가요!"

"저는 도움이 될까 해서 왔는데요." 여자가 말했다. "하지만 시간 낭비인 것 같군요."

"당연히."

"그렇다면 나머지 이야기는 하지 않겠어요."

"포르노에는 관심 없습니다."

"저도 없어요."

"그러면 나머지 이야기란 건 뭐요?"

"저는 그 남자가 마음에 들었어요. 교양 있고 재미있고, 여러모로 좋았습니다." 여자가 군발드 라르손을 차갑게 보면서 덧붙였다. "심지어 아주 잘생겼고요."

군발드 라르손은 아무 말 하지 않았다.

"그래서 열흘 뒤에 그가 묵고 있다고 말했던 호텔에 전화를 걸어봤습니다."

"아하?"

"그런데 호텔 접수 담당자가 그런 이름의 손님은 없고 투숙한 적도 없다고 하더군요."

"대단히 흥미롭군요. 그는 아마 각국의 여성 경찰관을 만난 뒤에 체험기 같은 걸 쓰려는 모양이지. 베스트셀러가 되겠군요. 수익금 계약은 확실히 했습니까?"

"당신 정말 못 말리겠군요."

"그렇습니까?" 군발드 라르손이 점잖게 대꾸했다.

"아무튼, 그날 같이 갔던 친구를 어제 만났어요. 친구도 그와 잠시 대화를 나눴거든요. 우리가 함께 집에 오기 전에."

"집이 어딥니까?"

"칼라베겐 27번지예요."

"고맙습니다. 내가 크리스마스에 주소록을 선물로 받으면 거기 써넣겠습니다."

여자는 슬슬 화가 나는 모양이었지만 그래도 꿋꿋했다.

"하지만 그럴 일은 없어요." 군발드 라르손이 입담 좋게 이어 말했다. "나는 크리스마스 선물을 전부 스스로 구입하니까."

"그 친구는 덴마크에서 몇 년 동안 일한 적 있어요. 그런데 친구 말이, 정말로 그 남자가 덴마크인이라면 아마 특이한 지방 출신일 거라는 거예요. 그의 덴마크어가 세기 초의 덴마크어였다고 하더군요."

"친구는 몇 살입니까?"

"스물여덟."

"뭐 하는 사람입니까?"

"대학에서 스칸디나비아어를 공부해요."

군발드 라르손은 많은 것을 불신했고 그중 하나가 대학 교육이었지만, 왠지 지금은 흥미가 동했다.

"계속 말해보세요."

"그래서 제가 오늘 외국인 등록부를 확인해봤는데, 거기도 그 이름이 없더군요."

"그의 이름이 뭐라고 했죠?"

"라인하르트 예르겐센."

군발드 라르손이 일어나서 멜란데르의 책상으로 갔다.

"어떻게 생겼죠?"

"체격은 그쪽과 비슷하지만 스무 살쯤 아래예요. 구레나룻이 있었고요."

"나만큼 컸습니까?"

"거의. 하지만 몸무게는 확실히 덜 나갔어요."

"나만큼 큰 사람은 별로 없는데."

"몇 센티미터 작았을 수도 있어요."

"자기 이름이 라인하르트라고 말했다고요?"

"네."

"신원 확인에 도움이 될 만한 특징이 있습니까?"

"아니요. 아, 피부를 짙게 태웠어요, 물론……."

"물론?"

"남자들이 보통 태우지 않는 부위는 빼고요."

"그리고 덴마크어를 썼다고요?"

"네. 나는 진짜 덴마크인의 덴마크어라고 생각했어요. 친구가 지적하기 전에는."

군발드 라르손이 멜란데르의 서류함에서 갈색 봉투를 하나 집었다. 그것을 손바닥에 올리고 한동안 무게를 가늠하는 듯하다가, 그 속에서 가로 10인치 세로 7인치의 사진을 꺼내어 루트 살로몬손에게 건넸다.

"이렇게 생겼습니까?"

"네, 이 사람이에요. 하지만 이건 이 년 전쯤 사진이네요. 최소한."

여자가 사진을 더 자세히 들여다보다가 덧붙였다.

"화질이 나쁘네요."

"작게 찍힌 단체 사진 중 일부를 확대한 겁니다."

"아무튼 이 사람이 맞아요. 확실해요. 진짜 이름은 뭔가요?"

"라인하르트 하이트. 남아공 출신인 것 같습니다. 그가 여기서 뭘 한다고 했습니까?"

"사업이요. 정밀 기계인가 하는 걸 사고판다고 했어요."

"그를 4일 저녁에 만났고요?"

"네."

"그는 혼자였습니까?"

"네."

"그를 마지막으로 본 게 언제였죠?"

"다음 날 아침 6시쯤."

"그에게 차가 있었습니까?"

"없었어요. 아무튼 그날은 없었어요."

"그가 어디에 묵고 있다고 말했죠?"

"그란드 호텔."

"그 밖에 또 아는 게 있습니까?"

"아니요, 그 밖에는 없어요."

"알겠습니다. 와줘서 고맙습니다." 군발드 라르손이 말했다.

"천만에요."

"아까 내가 생각 없는 말을 좀 했지요."

"섹시한 여성을 무료로 어쩌고 하는 거요?" 여자가 웃으면서 말했다.

"아니요." 군발드 라르손이 말했다. "여성 경찰관에 대해서요. 여성 경찰관은 더 많이 필요합니다."

"휴식 시간이 이제 확실히 끝났어요." 여자가 돌아서면서 말했다.

"잠깐." 군발드 라르손이 손가락 마디로 사진을 톡톡 치면서 말했다. "이자는 위험인물입니다."

"누구에게요?"

"모두에게. 누구에게든. 만약 이자를 다시 보면, 우리에게 알려야 합니다."

"그가 사람을 죽였나요?"

"많이." 군발드 라르손이 대답했다. "너무 많이."

마르틴 베크는 꽤 즐거운 저녁을 보냈다. 그가 도착했을 때 식탁에 일고여덟 명이 모여 있었는데, 몇 명은 전에 만난 사람들이었다.

켄트라는 청년도 그중 한 명이었다. 몇 년 전에 경찰이 될까 고민하는 중이라고 말했던 청년이었다. 마르틴 베크는 그때 이후로 처음 청년을 만난 것이라, 그동안 어떻게 지냈느냐고 물었다.

"경찰학교에서요?" 청년이 되물었다.

"네."

"입학은 했지만, 중간에 그만뒀어요. 거기는 정말 정신병자 소굴이었어요."

"지금은 무슨 일을 하나요?"

"쓰레기 수거요. 미화원이에요. 장족의 발전이죠."

레아의 식탁이 늘 그렇듯이, 대화는 이 주제에서 저 주제로 자유롭고 활발하게 흘러갔다.

마르틴 베크는 말없이 느긋하게 앉아서 가끔 와인을 홀짝였다. 한 잔만 마시겠다고 결심한 터였다.

악명 높은 상원 의원 이야기는 딱 한 번 나왔다. 누구는 시위하러 갈 생각이라고 말했고, 누구는 정부에 대한 불평을 투덜거리는 것으로 만족했다.

그러자 레아가 가스코뉴풍 생선 스튜와 브르타뉴 가재 이야기를 꺼내서 정치 이야기를 끝냈다.

일요일에 레아는 수시로 이런저런 도움을 요청하는 여동생에게 갈 예정이었다.

밤 1시에 레아가 마르틴 베크를 제외한 모든 손님을 돌려보냈다. 물론 마르틴 베크는 이제 손님이라고 할 수 없었다.

"당신, 당장 자지 않으면 내일 못 견딜 거예요." 레아가 말했다.

레아도 바로 침대에 들었지만, 삼십 분 후에 슬그머니 일어나서 부엌으로 갔다. 마르틴 베크는 레아가 오븐으로 달그락거리는 소리를 들었지만, 파르메산 치즈를 얹은 그라탱풍 햄 샌드위치를 먹어볼까 생각할 여력도 없을 만큼 피곤했기 때문에 그냥 누워 있었다.

레아는 잠시 후 돌아왔다. 그리고 한동안 책을 뒤적이다가 마르틴 베크에게 바싹 파고들었다. 레아의 몸은 따뜻했고, 눈에 보이지 않을 만큼 짧고 가는 솜털이 난 피부는 부드러웠다.

"마르틴?" 레아가 마르틴 베크가 깨어 있는지 확인하려는지 가만히 불렀다.

"음."

"할 말이 있어요."

"음."

"당신이 지난주 목요일에 왔을 때, 너무 피곤해서 나보다 먼저 잤잖아요. 나는 한두 시간 더 독서를 했어요. 하지만 당신도 알듯이 내가 호기심이 지나치게 많잖아요. 그래서 그때 당신 가방을 열어서 속에 든 서류를 봤어요."

"음."

"라인하르트 하이트라는 사람의 사진이 붙은 파일이 있더라고요."

"음."

"그걸 보니까, 어쩌면 중요할지도 모르는 일이 하나 떠올랐어요."

"음."

"나, 그 사람을 삼 주 전쯤에 봤어요. 키가 크고, 금발이고, 서른 살쯤 된 남자였어요. 내가 셰프만가탄 집에 갔을 때 우연히 마주쳤거든요. 볼후스그렌드 골목을 함께 걸었어요. 나보다 두 발짝 뒤에서 그가 걷기에, 먼저 지나가게 해줬죠. 스칸디나비아 사람처럼 보였고, 손에 스톡홀름 지도를 들고 있어서 관광객인가 보다 생각했어요. 아, 그는 또 구레나룻이 있었어요. 금발 구레나룻."

마르틴 베크는 잠이 확 깼다.

"그 사람이 뭐라고 말하던가요?"

"아무 말도 안 했어요. 그냥 나를 지나쳐서 걸어갔어요. 하지만 몇 분 뒤에 그를 또 한 번 봤는데, 그때는 스웨덴 번호판을 단 초록색 차에 타려는 중이었어요. 나는 차를 잘 몰라서, 무슨 메이커인지는 모르겠어요. 하지만 번호판은 봐뒀나 봐요. 알파벳이 'GOZ'였던 게 기억나거든요. 숫자는 기억나지 않아요. 봤었는지도 모르겠어요. 봤어도 어차피 숫자에 약해서 잊었겠지만."

마르틴 베크는 레아가 침대에서 다리를 내리기도 전에 전화기로 가서 군발드 라르손의 볼모라 집으로 걸었다.

"연인의 침대를 빠져나가는 속도 부문에서 세계 기록인데요." 레아가 말했다.

마르틴 베크는 전화벨이 열두 번 울리는 동안 참을성 있게 기다렸다. 아무도 받지 않았다.

그는 전화를 끊었다가, 경찰 본부 교환국으로 걸었다.

"혹시 군발드 라르손이 아직 건물에 있는지 압니까?"

"십 분 전까지는 있었습니다."

마르틴 베크는 강력반으로 돌려달라고 부탁했다. 곧바로 상대가 받았다.

"라르손입니다."

"하이트가 여기 있어."

"알아." 군발드 라르손이 말했다. "나도 들었어. 여기 수사국에서 일하는 경정 하나가 남자 보는 안목이 높아서 그런지 4일 밤에 그와 함께 잤다고 해. 자신이 만났던 사람이 그라고 확신하는 것 같았어. 자신이 덴마크인이라고 말했대. 좋은 남자였다는군. 스칸디나비아어를 하고."

"나도 목격자가 있어." 마르틴 베크가 말했다. "한 여성이 약 삼 주 전에 감라스탄의 셰프만가탄 거리에서 그를 봤어. 그가 슬룻스바켄 거리에서 스웨덴 번호판을 단 차에 타는 걸 봤고, 그 차는 남쪽으로 가는 것 같았대."

"자네의 목격자는 믿을 만한 사람인가?"

"내가 아는 한 세상에서 가장 믿을 만한 사람이야."

"아하, 그래." 군발드 라르손이 잠시 말을 멎었다가 덧붙였다. "개자식. 그가 우리를 앞질렀고, 우리는 이제 시간이 없어. 어쩌지?"

"생각해봐야지. 순찰차를 보내주면 내가 이십 분 안에 그리로 갈게."

"스카케와 멜란데르에게도 알릴까?"

"아니, 그 친구들은 자게 놔둬. 내일 피곤하지 않은 사람이 한 명이라도 있어야지. 자네는 어때?"

"방금 전까지 피곤해서 죽을 것 같았지만, 지금은 살아났어."

"나도 마찬가지야."

"음, 우리는 오늘 밤에 잠을 거의 못 자겠군."

"어쩔 수 없어. 만약 우리가 하이트를 잡을 수 있다면, 크나큰 위험을 미연에 제거하는 거야."

마르틴 베크는 전화를 끊고 옷을 입기 시작했다.

"그가 그렇게 중요한 인물이에요?" 레아가 물었다.

"엄청나게. 갈게요, 여러모로 고마워요. 내일 저녁에 만날까요? 우리 집에서?"

"좋아요." 레아는 쾌활하게 대답했다.

그러잖아도 레아는 마르틴 베크의 컬러텔레비전으로 행사중계를 보기 위해서 그 집에 갈 생각이었다.

마르틴 베크가 떠난 뒤, 레아는 한참 생각에 잠겨서 누워 있었다.

일이 분 전만 해도 기분이 좋았지만 지금은 우울했다. 레아는 직감이 유별나게 좋은 편이었다.

그리고 그녀는 이 상황이 마음에 들지 않았다.

20.

군발드 라르손과 마르틴 베크는 새벽 내내 열심히 생각했지만, 자책과 굴욕감과 심각한 피로가 그들의 발목을 잡았다. 둘 다 자신이 더는 젊지 않다는 것을 깨달았다.

그들이 갖가지 예방 조치를 치밀하게 취했는데도, 하이트는 이미 입국해 있었다. 하이트와 한 팀을 이루는 다른 테러리스트들도 오래전에 스톡홀름에 와 있다고 보는 것이 합리적이었다.

하이트가 단독으로 활동할 가능성은 극히 낮았다.

그들은 라인하르트 하이트에 관해서 꽤 많이 알았지만, 하이트가 지금 어디에 있는지는 몰랐고 그가 무슨 짓을 하려는지는 추측만 가능할 뿐이었다. 최악은 그것을 알아낼 시간이 없다는 점이었다.

하이트는 메이커를 알 수 없는 초록색 자동차를 갖고 있었고, 그 차에는 어쩌면 알파벳 'GOZ'가 포함되어 있는지도 모르는 스웨덴 번호판이 달려 있었다.

하이트는 차를 어디서 구했을까? 훔쳤을까? 그것은 쓸데없이 위험한 짓이었고, 하이트는 아마 쓸데없는 위험을 감수하는 사람이 아닐 것 같았다. 그래도 그들은 도난 차량 목록을 최대한 빨리 확인해보았다. 일치하는 차는 없었다.

하이트가 차를 사거나 빌렸을 수도 있었다. 하지만 그것을 다 확인하려면 며칠, 어쩌면 몇 주가 걸릴 터였다.

그들에게는 겨우 몇 시간밖에 없었고, 그 몇 시간마저도 평소 조용했던 사무실이 아수라장으로 바뀔 것이 뻔했다.

스카케와 멜란데르가 7시에 출근해서 울적한 얼굴로 새 소식을 듣고는 이내 전화기를 붙들고 일에 매달렸다. 하지만 너무 늦었다. 바삐 드나드는 사환들에 이어서, 갑자기 자신의 존재가 대책반에 꼭 필요할 것이라고 생각한 사람들이 쏟아져 들어왔다. 국가경찰청장이 스티그 말름을 뒤에 매달고 나타났고, 스톡홀름 주 경찰청장과 치안경찰청장도 나타났다. 곧이어 불도저 올손이 환한 얼굴을 비쳤고, 아무도 부르지 않은 소방본부장도 나타났다. 그냥 호기심에서 와본 듯한 경정도 두 명 있었다. 정부에서 보낸 비서관도 있었는데, 일종의 감시자로 온 듯했다.

에리크 묄레르의 화환처럼 동그랗고 빨간 머리카락도 한순간 인파 속에서 눈에 띄었으나, 그즈음에는 모두가 제대로 일할 수 있으리라는 기대를 접은 상태였다.

군발드 라르손은 볼모라의 집에 들러서 샤워하고 옷을 갈아입는 것은 불가능하다는 사실을 일찌감치 깨달았다. 마르틴 베크도, 혹시 비슷한 계획이 있었더라도, 금세 포기했다. 8시 반부터 한시도 쉬지 않고 전화에 매달려야 했기 때문인데, 심지어 대부분 상원 의원 방문과 거의 무관하다시피 한 사람들과의 통화였다.

소란의 와중에, 취재를 승인받은 범죄 전문 기자 두 명이 슬그머니 나타나서 뭐든 정보를 수집하려고 들었다. 경찰에게 우호적이라고 여겨지는 그 기자들의 심기를 어떤 식으로든 상하게 한다는 것은 안 될 말이었다. 그중 한 기자를 바로 옆에 두고서 청장이 마르틴 베크에게 물었다.

"에이나르 뢴은 어디 있나?"

"모릅니다." 마르틴 베크가 대답했다.

"그가 맡은 일이 뭐지?"

"그것도 모릅니다."

앞선 대답도 거짓말이었지만 이것은 더 거짓말이었다.

마르틴 베크가 사람들을 헤치며 그 자리를 벗어나는데, 뒤에서 청장이 중얼거렸다.

"놀라워. 지휘를 이런 식으로 하다니 놀라워."

10시가 갓 넘었을 때, 뢴이 전화를 걸어왔다. 전화는 이리저리 돌려진 끝에 간신히 군발드 라르손에게 연결되었다.

"어, 에이나른데."

"준비 다 됐나?"

"응, 그런 것 같아."

"잘했어, 에이나르. 아주 지쳤겠군."

"응, 솔직히 그래. 자네는 어때?"

"갓 잡은 돼지만큼 생생해." 군발드 라르손이 대답했다. "어젯밤을 꼴딱 새웠어."

"나는 두 시간쯤 잤어."

"한숨도 못 잔 것보다는 낫군. 이제 무진장 조심해야 해. 알았어?"

"응. 자네도."

군발드 라르손은 뢴에게 하이트 이야기를 하지 않았다. 주변에 듣는 귀가 너무 많기도 했거니와, 그 소식은 그러지 않아도 긴장해 있을 뢴을 더 긴장시킬 것 같았다.

군발드 라르손은 사람들을 헤치고 창으로 가서 보란 듯이 등을 돌리고 창밖을 보았다. 하지만 보이는 것은 한창 짓는 중인 새 경찰 본부 건물과 우중충한 회색 하늘 한 조각뿐이었다.

날씨는 예상을 벗어나지 않았다. 기온은 영하에 가까웠고, 북동풍이 불었으며, 간간이 진눈깨비가 내렸다. 야외에 배치된 수많은 경찰관들에게 기운 빠지는 날씨였지만, 따지고 보면 시위자들에게도 기운 나는 날씨는 아니었다.

10시 반, 마르틴 베크는 사무실에 있는 동료 셋을 어렵사리 아수라장으로부터 빼내어 근처의 빈방으로 데려갔다. 군발드 라르손이 대뜸 문을 잠그고 전화선을 모조리 뽑았다.

마르틴 베크가 짧게 말했다.

"라인하르트 하이트가 스톡홀름에 있다는 사실, 그리고 아마 숙련된 테러리스트 팀 전부가 와 있으리라는 사실을 아는 건 우리 넷뿐이야. 이 사실에 근거하여 우리 계획을 수정해야 한다고 생각하는 사람 있나?"

아무도 대답하지 않았다. 결국 멜란데르가 입에 문 파이프를 뽑으며 말했다.

"내 생각에는 바로 이 상황이야말로 우리가 그동안 가정하고 대비해온 상황이야. 따라서 이 단계에서 계획을 수정할 이유는 없다고 봐."

"뢴과 그쪽 인원이 감당할 위험은 얼마나 됩니까?" 스카케가 물었다.

"상당히 커." 마르틴 베크가 대답했다. "내 판단으로는 그래."

군발드 라르손만이 주제에 벗어난 소리를 했다.

"만약 이놈의 하이트와 그 일당이 이 나라를 살아서 빠져나간다면, 난 그걸 개인적 패배로 간주할 거야. 그놈들이 그 미국인을 폭탄으로 산산조각 내든 말든."

"쏴 죽일 수도 있죠." 스카케가 말했다.

"쏴 죽이는 건 불가능해." 멜란데르가 태연하게 말했다. "바로 그 일을 예방하도록 원거리 경호가 설계되었으니까. 그가 방탄 차량에서 내릴 때에는 매 순간 총기와 방탄 장비를 갖춘 경찰관들이 그를 삼엄하게 보호할 거야. 문제되는 지점들은 계획에 따라 어젯밤 자정부터 수시로 수색하고 있고."

"오늘 저녁 만찬장에서는?" 군발드 라르손이 불쑥 물었다. "샴페인도 방탄유리잔에 따라서 대접한다나?"

오직 마르틴 베크만이 웃었다. 큰 소리는 아니어도 진심에서 나온 웃음이었다. 이런 상황에서 웃을 수 있다는 사실에 마르틴 베크는 스스로 놀랐다.

멜란데르가 참을성 있게 말했다. "만찬은 묄레르의 일이야. 그리고 내가 계획을 제대로 읽었다면, 오늘 밤 스탈메스타레고르덴에 배치된 인원은 대부분 무기를 소지하고 있을 거야."

"음식은?" 또 군발드 라르손이었다. "음식도 묄레르가 직접

조리한다나?"

"주방장과 요리사들은 믿을 만한 사람들이고, 철저한 수색과 감시를 받을 거야."

잠시 침묵이 흘렀다. 멜란데르는 파이프를 빼끔거렸고, 군발드 라르손은 창문을 열어서 찬바람과 더불어 약간의 진눈깨비와 일상적인 매연을 들였다.

"질문이 하나 더 있어." 마르틴 베크가 말했다. "하이트가, 그리고 아마 나머지 울라그 조직도 스톡홀름에 와 있다는 사실을 보안청장에게 알려야 할까?"

군발드 라르손이 경멸하는 투로 창밖으로 침을 뱉었다.

이번에도 사태를 논리적으로 정리한 것은 멜란데르였다.

"막판에 그 정보를 얻는다고 해서 에리크 묄레르와 그의 근거리 경호 계획에게 도움이 되진 않을 거야, 안 그래? 오히려 반대겠지. 혼란과 혼선이 야기될 거야. 근거리 경호 담당자들은 이미 잘 조직되어 있고 임무를 숙지하고 있어."

"오케이." 마르틴 베크가 말했다. "자네들도 알다시피, 우리 넷과 뢴만 알고 있는 사실이 몇 가지 있어. 몇 가지보다는 더 되지만. 만일 일이 잘못되면, 우리가 모든 비난을 감수해야 해."

"저는 전혀 이의 없습니다." 스카케가 말했다.

군발드 라르손은 다시 경멸하는 투로 창밖으로 침을 뱉었다.

멜란데르는 가만히 주억거렸다. 멜란데르는 경찰관으로 삼십사 년 일했고, 쉰다섯을 앞둔 나이였다. 정직이나 심한 경우 해고가 따른다면, 멜란데르는 잃을 게 많았다.

"아니." 이윽고 멜란데르가 말했다. "나는 벤뉘처럼 전혀 이의 없다고 말할 순 없어. 하지만 계산된 위험을 감수할 준비는 되어 있지. 이게 그런 경우야."

군발드 라르손이 시계를 보았다. 마르틴 베크는 군발드 라르손의 시선을 좇고서 말했다.

"자, 시간이 다 되었어."

"계획을 엄격하게 고수합니까?" 스카케가 물었다.

"그래, 상황이 갑자기 극단적으로 바뀌지 않는 한. 그런 경우에는 자네들 각자의 판단에 맡기지."

스카케가 끄덕였다. 마르틴 베크가 이어 말했다.

"군발드하고 나는 제일 빠른 경찰차, 포르쉐를 탈 거야. 자동차 행렬을 빠르게 앞질러야 하고, 필요한 경우에는 되돌아오기도 해야 할 테니까."

경찰은 기적 같은 속도를 내는 흑백 포르쉐를 열 대 미만으로 갖고 있었다.

"자네 둘, 벤뉘와 프레드리크는 무선통신 밴에 타. 행렬 맨 앞, 오토바이 호위대와 방탄 리무진 사이에 자리 잡아. 거기서 라디오와 텔레비전을 둘 다 확인할 수 있고, 우리 무선도 확인할 수 있어. 운전사 외에 최고 기술자라는 무선 전문가도 그 차에 탈 거야."

"좋아." 멜란데르가 말했다.

그들은 작전 본부로 돌아갔다. 이제 사람들이 다 사라지고, 스톡홀름 주 경찰청장만 남아서 거울 앞에서 세심하게 머리를 빗고 있었다. 그다음 그는 여느 때처럼 단색으로 된 실크 넥타이를 점검했는데, 오늘은 연노랑색이었다.

전화가 울렸다. 스카케가 받았다.

영문 모를 통화를 짧게 마친 후, 스카케가 수화기를 내려놓으면서 말했다.

"묄레르 청장 전화였습니다. 깜짝 놀랐다고 하는군요."

"본론부터, 벤뉘." 마르틴 베크가 재촉했다.

"자기 부하 중 한 명이 특등급 인원 명단에 올라 있다는 사실에 놀랐다고 합니다."

"특등급 인원 명단이 뭐야?" 군발드 라르손이 물었다.

"그 부하는 빅토르 파울손이라는 사람이고요. 묄레르가 아침에 여기에 와서 특등 명단을 가져간 것 같습니다. 중요한 근거리 경호 임무를 맡길 인원이 필요했다고 해요. 그런데 자기 부하 파울손이 그 명단에 있으니까, 이제 그들을 모두 자기가 지휘하겠다고 합니다."

"하느님 맙소사!" 군발드 라르손이 외쳤다. "아니야, 사실일 리 없어! 그가 등신들 명단을 가져가다니! 오목이나 둬야 할 등신들! 반드시 내근을 시켜야 할 등신들!"

"어쩌죠, 그가 이미 그들을 데려갔답니다." 스카케가 말했다. "전화를 어디서 거는지는 알려주지 않았습니다."

"묄레르가 '특별한 등신들'을 '특등급'으로 해석했단 뜻인가?" 마르틴 베크가 물었다.

"안 돼!" 군발드 라르손이 주먹으로 제 이마를 때리면서 부르짖었다. "이럴 순 없어! 그가 그들을 어디에 쓰겠다고 말하던가?"

"중요한 임무라고만 말했습니다."

"국왕 경호 같은?"

"왕에 관한 일이라면 아직 바로잡을 시간이 있지." 마르틴 베크가 말했다. "아니라면……."

"아니라면 우리는 손가락 하나 까딱 못 해." 군발드 라르손이 말했다. "왜냐하면 우리는 지금 출발해야 하니까. 제기랄! 돌아버리겠네!"

차를 운전하여 시내를 통과할 때, 군발드 라르손이 덧붙였다.

"내 잘못이야. 내가 왜 '특별한 등신들' 명단이라고 솔직하게 적지 않았지? 왜 그걸 서랍에 넣고 잠가놓지 않았지?"

호위 차량들은 개별적으로 공항에 가게 되어 있었다. 군발드 라르손은 전체 상황을 살펴보기 위해서 쿵스가탄과 스베아가탄을 통과하는 길을 택했다. 제복 경찰은 물론이고 사복 경찰도 아주 많았는데, 대부분 지방에서 올라온 형사와 순경이었다.

그들 뒤로 벌써 팻말과 플래카드를 든 시위자들이 운집해 있었다. 그냥 호기심에서 구경하러 나온 사람도 많았다.

시립 도서관 맞은편 리알토 영화관 앞 보도에, 마르틴 베크가 잘 알지만 여기서 만나리라고는 기대하지 않았던 사람이 서 있었다. 경찰치고 크지 않은 편에다 비바람에 단련된 얼굴과 짧은 안짱다리를 가진 남자였다. 남자는 더플코트를 걸쳤고, 회색과 갈색과 초록색 줄무늬에 아래로 갈수록 좁아지는 바지를 긴 초록색 장화에 쑤셔 넣어 입고 있었다. 색을 꼬집어 말하기 어려운 사파리 모자가 뒤통수에 얹혀 있었다. 아무도 그를 경찰관이라고 생각하지 않을 것 같았다.

"잠깐 세워주겠어?" 마르틴 베크가 말했다. "사파리 모자를 쓴 저 사람 앞에서."

"누구야?" 군발드 라르손이 브레이크를 밟으며 말했다. "비밀 요원인가? 아니면 코르필롬볼로의 정보국장쯤 되나?"

"뇌이드야. 헤르고트 뇌이드. 안데르슬뢰브의 경찰관. 안데르슬뢰브는 말뫼와 위스타드 사이에 있고, 트렐레보리 지구 소속이야. 여기서 뭘 하는 거지?"

"홈레고르덴에서 사슴 사냥을 할 건가 보지." 군발드 라르손이 차를 세우며 말했다.

마르틴 베크는 차 문을 열고 불렀다. "헤르고트?"

뇌이드가 놀라서 마르틴 베크를 보았다. 그러고는 사파리 모자를 잡아당겨서, 발랄한 한쪽 눈 위로 챙이 덮이도록 끌어내렸다.

"여기서 뭐 합니까?" 마르틴 베크가 물었다.

"나도 모르겠습니다. 오늘 아침에 말뫼, 위스타드, 룬드, 트렐레보리의 경찰관을 가득 태운 전세 비행기로 날아왔어요. 그리고 여기 배치되었죠. 난 여기가 어딘지도 모르는데."

"오덴가탄과 스베아베겐 교차로예요. 아무 지장이 없다면, 호위대가 이 길로 지나갈 겁니다."

"좀 전에 웬 주정뱅이가 내게 대신 가게에 들어가서 술을 사다달라고 부탁했어요. 본인은 출입 금지당한 모양이에요. 내가 참말로 촌놈처럼 보이나 봅니다."

"아주 좋아 보입니다."

"날씨는 왜 이 모양인지!" 뇌이드가 말했다. "동네도 끔찍하구먼."

"무장했습니까?"

"네, 그러라고 지시받았어요."

뇌이드가 코트를 끌러서 바지 벨트에 클립으로 찬 대형 리볼버를 보여주었다. 군발드 라르손도, 물론 자동 권총을 선호하지만, 그런 식으로 총을 찼다.

"당신이 이 서커스를 지휘합니까?" 뇌이드가 물었다.

마르틴 베크는 끄덕인 뒤에 물었다. "당신이 여기 와 있으면 안데르슬뢰브는 어떡합니까?"

"아, 괜찮습니다. 에베르트 요한손에게 맡겨뒀고, 다들 내가 모레 돌아간다는 걸 아니까 허튼짓하지 않을 겁니다. 작년 그 일, 그러니까 당신이 다녀갔던 때 이후로 안데르슬뢰브에는 아무 일 없었어요."*

"그때 내가 환상적인 식사를 대접받았죠. 오늘 저녁을 함께 먹을까요?"

"꿩 사냥을 했던 것 말입니까?" 뇌이드가 깔깔 웃고서 말했다. "네, 좋죠. 다만 이상한 지시가 자꾸 내려오고 있어서, 어떻게 될지 모르겠습니다. 웬 빈집에서 다른 열일곱 명과 함께 자라고 하더군요. 말로는 숙소라는데, 에이그."

---

* 두 사람은 '마르틴 베크' 시리즈 9권 『경찰 살해자』에서 만나 함께 사건을 수사했던 사이이다.

"괜찮을 겁니다. 내가 치안경찰청장에게 말해두겠습니다. 지금은 그가 내 부하인 셈이니까요. 내 전화번호와 주소를 갖고 있죠?"

"네엡." 뇌이드가 뒷주머니를 두드리면서 말했다. "저분은 누굽니까?"

뇌이드가 궁금한 듯이 군발드 라르손을 보았지만, 군발드 라르손은 전혀 반응하지 않았다.

"군발드 라르손이라고 합니다." 마르틴 베크가 말했다. "원래 강력반에서 일합니다."

"저런, 성함 들어봤습니다. 딱한 일을 하시네요. 그나저나 이렇게 큰 분에게 이렇게 작은 차라뇨. 나는 헤르고트 뇌이드라고 합니다. 웃긴 이름이지만 익숙해졌어요. 안데르슬뢰브 사람들은 이제 아무도 웃어주지도 않아요."

"가야 해." 군발드 라르손이 말했다.

"오케이." 마르틴 베크가 말했다. "그러면 저녁에 우리 집에서 봅시다. 일이 꼬이면, 서로 전화하도록 하죠."

"좋습니다." 뇌이드가 말했다. "그런데 뭔가 특별한 일이 벌어질 것 같습니까?"

"무슨 일이 벌어지긴 할 것 같습니다만, 정확히 어떻게 될지는 모르겠군요."

"음." 뇌이드가 말했다. "그저 그 일이 나한테 벌어지지만 않으면 좋겠어요."

그들은 인사를 나누고 헤어졌다. 군발드 라르손이 쌩 속력을 냈다. 속력을 내라고 만들어진 차였다.

"괜찮은 사람 같군." 군발드 라르손의 평이었다. "아직도 저런 경찰관이 남아 있는 줄 몰랐어."

"한두 명은 있지. 많진 않지만."

노르툴에서 마르틴 베크가 물었다. "뢴은 어디 있지?"

"잘 숨어 있어. 하지만 좀 걱정되는군."

"뢴은 잘하잖아." 마르틴 베크가 말했다.

"자네는 그 점에서 생각을 잘 밝히지 않는 편인데."

"그러게. 나는 생겨먹길 그런 것 같아."

공항까지 가는 길 내내 경찰관들이 도열해 있었고, 그 뒤로 군데군데 시위자들이 모여 있었다. 경찰은 그 인원을 만 명으로 집계했지만, 엄청나게 줄여 잡은 수인 듯했다. 실제로 삼만 명은 되어 보였다.

그들이 국제공항으로 들어설 때, 비행기가 착륙하는 모습이 보였다.

작전이 시작되었다.

경찰 무선에서 금속성 목소리가 흘러나왔다.

"지금부터 모든 통신은 Q 부호를 준수한다. 다시 알린다. 지금부터 다른 지시가 주어질 때까지, 모두 Q 부호를 준수한다. 앞으로 베크 경감의 지시만 전송된다. 답신은 엄금한다."

마르틴 베크가 씩 웃었다.

Q 부호는 대단히 이례적으로만 사용되는 부호로서, 경찰 무선을 완벽하게 잠재우는 것을 뜻했다.

"제기랄, 샤워할 시간도 옷 갈아입을 시간도 없었네." 군발드 라르손이 투덜거렸다. "그놈의 하이트 자식 때문이야."

마르틴 베크는 동료를 흘긋 보고, 그럼에도 군발드 라르손이 자신보다는 상당히 나아 보인다는 것을 확인했다.

군발드 라르손은 공항 밖에 차를 세웠다. 비행기는 아직 완전히 내리지 않았다. 우여곡절에도 불구하고 그들은 여유 있게 도착했다. 최소한 몇 분은 있었다.

21.

반짝거리는 알루미늄 제트기는 예정보다 십이 분 삼십칠 초 이르게 도착했다.

비행기는 에리크 묄레르가 직접 위험하지 않다고 지정한 활주로로 들어왔다.

계단이 내려지고, 여전히 예정보다 십이 분 삼십칠 초 이르게 상원 의원이 객실에서 나왔다. 그는 키가 크고, 피부를 태웠고, 새하얀 이를 드러내며 호감 가는 미소를 지을 줄 아는 남자였다.

그가 황량한 비행장과 주변의 꾀죄죄한 숲을 둘러보았다. 그러고는 흰색 카우보이모자를 들어서, 관람석에 모인 시위자들과 경찰관들에게 명랑하게 흔들어 보였다.

시력이 나쁜가 보군, 군발드 라르손은 생각했다. 그래서 팻말과 플래카드에 적힌 글을 "양키 고 홈"이나 "살인자는 물러가라" 대신 "차기 대통령 만세"라고 읽는 게지. 마오쩌둥과 레닌의 초상도 자기 사진이라고 생각할지 몰라. 별로 닮지 않았지만.

상원 의원은 내내 미소 지으며 비행기를 내려와서 공항 사장과 정부 대표와 악수했다.

그 뒤로 산만 한 덩치에 큰 체크무늬 코트를 걸친 남자가 계단에 서 있었다. 화강암을 깎아서 만든 듯한 남자의 얼굴에 거대한 시가가 마치 여분의 수족처럼 붙어 있었다. 남자의 코트는 품이 넉넉한데도 왼쪽 겨드랑이 밑이 눈에 띄게 불룩했다. 상원 의원의 개인 보디가드인 모양이었다.

스웨덴 총리에게도 보디가드가 있었다. 스웨덴 역사상 최초로 보디가드를 둔 총리였다. 아무튼 이 나라의 정치 지도자인 그는 다른 정부 요인들과 함께 VIP실에서 기다리는 쪽을 선택했다.

묄레르의 엘리트 요원들이 상원 의원과 바위처럼 무표정한 보디가드를 군대에서 빌린 방탄 차량으로 안내하여, VIP실까지 몇백 미터를 타고 가게 했다. 묄레르는 어떤 위험도 감수하지 않으려는 것 같았다.

VIP실에서, 상원 의원과 총리는 텔레비전과 신문 사진기자들을 위해서 길고 화기애애하게 악수를 나누었다. 그렇다고 해서 러시아 정치인들처럼 입까지 맞추고 그러지는 않았다.

약간 예민하고 신경질적인 타입인 총리는 다소곳하고 조금 슬퍼 보이는 남자였다. 전임 총리들의 공통된 특징이자 장점으로 여겨졌던 가부장적 태도가 그에게서는 전혀 느껴지지 않았다. 그의 외모와 행동에 대한 일각의 분석에 따르면, 그에게서는 대신 모종의 죄의식과 유년기의 좌절이 감지된다고 했다.

한편 상원 의원이 악수에 도가 튼 사람이라는 사실은 누구나 척 보면 알 수 있었다. 상원 의원은 대사관에서 나온 통역을 거느린 채 방 안의 모든 사람을 일일이 찾아가서 손을 잡았다. 첫 순서로 그 은혜를 입은 마르틴 베크는 상원 의원의 악수가 참으로 굳고 믿음직하다는 데 놀라지 않을 수 없었다.

그 악수에 골을 낸 사람은 군발드 라르손뿐이었다. 군발드 라르손은 좌중으로부터 등을 돌린 채 창밖을 보고 있었다. 밖에서는 묄레르의 요원들이 진눈깨비 속에서 방탄 리무진을 출입문 바로 앞에 세우고 그 앞뒤로 퍼레이드 차량들을 배치하느라 바빴다.

얼마나 그러고 있었을까, 누가 어깨를 턱턱 두드리기에 군발드 라르손이 돌아보았더니, 시가를 문 바위 얼굴이 그를 보고 있었다.

"상원 의원이 악수하고 싶어 하십니다." 보디가드가 시가를 약간 달싹거리면서 말했다.

상원 의원이 한층 더 매력적인 미소를 지으면서 군발드 라르손의 새파란 눈을 마주 보았다. 상원 의원의 눈동자는 티베트 호랑이의 눈동자 같은 노란색이었다.

군발드 라르손은 잠시 망설이다가 털북숭이 오른손을 내밀어 상대의 손을 최대한 세게 잡았다. 이것은 군발드 라르손이 해군에 있을 때부터 치던 장난이었다. 군발드 라르손이 계속 그렇게 움켜잡고 있자, 상원 의원은 웃는 것도 찡그린 것도 아닌 표정으로 얼굴이 굳어졌다. 바위 얼굴은 이 장면을 다 지켜보았다. 하지만 그가 문 시가는 털끝만큼도 움직이지 않았다. 그에게는 표정이 하나뿐인 것 같았다.

상원 의원 뒤에서 통역이 "지휘관"이니 "경찰관"이니 하는 말을 중얼거렸다. 이윽고 군발드 라르손이 손을 놓았을 때, 외국에서 오신 손님의 얼굴은 뒷간에서 힘주는 사람처럼 경직되어 있었다.

멋진 각도를 얻기 위해서 몸을 웅크린 사진기자들이 분주히 돌아다녔다. 심지어 한 사진기자는 아예 드러누워서 찍었다. 총리도 제 보디가드를 거느리고 분주히 움직였다. 사실 총리는 어서 그곳을 벗어나고 싶었지만, 그전에 일단 샴페인을 마셔야 했다. 게다가 현장에 있는 텔레비전 프로듀서가 계속 지적하듯이, 일정이 예상보다 십이 분가량 빠르게 진행되고 있었다.

밖에서 오토바이들이 웅웅거렸다. 경찰 내 특수 오토바이 부대였다. 경찰의 날 같은 행사에서 종종 시범을 보이는 그들은 오토바이를 타고 돌아다니는 것이 재미있겠다고 생각해서 경찰에 들어온 사람들이었다.

멜란데르와 스카케는 스스로 VIP실에 들어갈 위치가 안 된다고 생각하여 무선 밴에 남았다. 경찰 무선 주파수에서는 침묵만이 흘렀지만, 정규 라디오와 텔레비전 방송은 논평가를 붙여서 전 대선 후보자의 방대한 정치 이력을 엄숙하고 진지하게 해설하고 있었다. 그들은 그의 이데올로기적 태도나 반동적인 국내외 정책은 언급하지 않았다. 다만 그가 사는 곳, 그가 기르는 개들, 그가 한때 야구 선수가 될 뻔했던 이야기, 그의 아내가 영화배우가 될 뻔했던 이야기, 그의 딸들이 여느 딸들처럼 생겼다는 이야기, 그가 보통 슈퍼마켓에서 직접 쇼핑한다는 이야기, 그가 최소한 선거 기간에는 기성복을 입는다는 이야기, 그의 재산이 어마어마하다는 이야기, 그가 한번은 상원의 탈세조사위원회에 회부될 뻔했는데 자신이 위원장이라서 면했다는 이야기를 청취자들에게 들려주었다. 그의 아내는 한국전쟁에서 아버지를 잃은 고아들을 위한 고아원을 열었다고 했다. 젊을 때 그는 트루먼 대통령에게 최초의 원자폭탄을 떨어뜨리라고 조언했고, 나이 들어서도 여러 행정부에서 긴요한 역할을 수행했다고 했다. 그는 매일 아침을 한 시간의 승마로 시작하며, 평상시에는 매일 천 미터씩 수영한다고 했다. 그는 태국, 한국, 라오스, 베트남, 캄보디아에서 "해법"을 찾아내는 데 적극적으로 관여했으며—이렇게 말한 텔레비전 기자는 좌파가 아닌 듯했다—정치가들의 노쇠화가 만연한 분야에서 젊고 신선한 바람을 불어넣고 있다고 했다.

이제 모든 퍼레이드 차량들과 인원들이 제자리에 늘어섰다. 예정에서 일 분 앞선 시각이었다.

상원 의원과 총리가 방탄 리무진 뒷좌석에 탔다. 총리는 바위 얼굴도 뒤따라 타는 것을 보고 약간 놀랐고, 더구나 바위 얼굴이 자신과 마주 보는 보조석에 앉느라 그의 시가가 자신의 코끝에 닿을 뻔했을 때는 짜증을 내기 일보 직전까지 갔다. 총리의 보디가드는 다른 차에 타야 했다.

총리는 영어를 완벽하게 구사했으므로, 총리와 상원 의원 사이에 앉은 통역은 별로 할 일이 없었다.

"오케이, 가지." 군발드 라르손이 이렇게 말하고 시동을 걸었다.

포르쉐가 달리기 시작했다. 마르틴 베크가 몸을 틀어, 퍼레이드 행렬도 예정대로 출발하는지 살펴보았다. 예정대로였다.

상원 의원은 푸른색 차창 너머로 경치를 흥미롭게 살펴보았다. 하지만 경찰관들과 엄청난 수의 시위자들을 제외하고는, 스톡홀름과 그로부터 꽤 먼 공항 사이의 길에서 구경할 것이라고는 다소 칙칙한 교외 풍경뿐이었다. 상원 의원은 뭔가 긍정적인 발언을 할 소재를 찾으려고 한참 보았지만, 이윽고 포기하고 총리에게 그저 자신이 지을 수 있는 최고의 선거용 미소를 지어 보였다.

총리는 인사치레로 할 말을 VIP실에서 다 써버린 뒤였다. 그래서 총리도 그저 미소로 답했다.

상원 의원은 오른손을 쫙쫙 펼치면서 손가락을 풀었다. 지금까지 악수를 수십만 번은 해온 그였지만, 군발드 라르손처럼 억센 손은 처음 잡아보았다.

잠시 후, 군발드 라르손은 갓길로 빠져서 차를 세웠다. 호위대가 질서 정연하고 적절한 속도로 옆을 지나쳐 달려갔다.

"묄레르가 등신 특공대를 어디에 쓸 생각인지 모르겠어." 군발드 라르손이 행렬을 지켜보다가 말했다.

"알게 되겠지." 마르틴 베크는 차분하게 대답했다.

군발드 라르손이 다시 시동을 켜고, 액셀을 밟아서 차량 대열을 쏜살같이 앞질렀다.

포르쉐는 직선 주로에서 시속 225킬로미터까지 낼 수 있었다.

"좋은 차야." 군발드 라르손이 말했다. "우리에게 이 차가 몇 대나 있지?"

"많아야 열두 대." 마르틴 베크가 말했다.

"뭐에 쓰는데?"

"청장을 시골 별장으로 태워다주는 데."

"전부 다? 그 인간은 차 열두 대를 동시에 타고 다니나?"

"사실은 주로 과속 운전자나 마약상을 잡는 데 써."

그들은 이제 스톡홀름에 거의 다다랐다. 하지만 풍경은 여전히 우울했다. 상원 의원은 다시 창밖을 관찰했으나, 이내 체념한 듯했다.

뭘 기대했던 거야? 총리는 저도 모르게 얄미운 미소를 떠올리면서 생각했다. 라플란드인들이 알록달록한 전통 의상에 은빛 종을 걸고 나와서 환영할 줄 알았나? 눈가리개를 한 매를 어깨에 얹고 안장 없이 순록을 탄 원주민들을 기대했나?

그때 총리는 바위 얼굴이 눈동자를 약간만 움직여서 자신을 보고 있다는 것을 알아차리고, 황급히 국제수지나 석유 위기나 무역협정과 같은 중요한 사안을 떠올리기 시작했다.

잠시 후, 호위 차량들이 멈췄다. 옆면에 큰 글씨로 "경찰"이라고 적힌 또 다른 포르쉐가 차량들을 쌩 지나쳐서 달려왔다.

그 흑백 스포츠카가 리무진 옆에 서고 스포츠카를 운전하던 오사 토렐이 몸을 숙여서 왼쪽 차 문을 열었을 때, 이후 어떤 일이 벌어질지 아는 사람은 마르틴 베크와 군발드 라르손을 제외하고는 거의 없었다. 총리가 차를 갈아탔다. 오사는 한마디 말도 없이 액셀을 밟아서 다시 스톡홀름을 향해 달려갔다. 곧 차량들도 다시 달리기 시작했다. 손님은 심드렁하게 그 과정을 지켜보았다. 채 삼십 초도 걸리지 않은 일이었다.

하가 공원 북문에 시위대가 특히 많이 모여 있었다. 언뜻 보면 시위대가 경찰과 싸우고 있는 것 같았지만, 자세히 보면 경찰은 가만히 서 있을 뿐이었고, 시위대가 싸우는 상대는 성조기와 반티에우 정권 깃발과 타이완 깃발을 흔드는 소수의 반대 시위자들이었다.

노르툴을 지날 때 마르틴 베크가 물었다.

"에이나르는 어디 있지?"

"저기 모서리 돌아서 단네모라가탄에." 군발드 라르손이 대답했다. "거리를 완전히 차단했지만, 그래도 어떤 건 운에 맡길 수밖에 없어. 의심 많은 주민이라든가."

"그런 사람이 있더라도, 응급 신고 센터나 경찰 교환국에서 저지할 거야." 마르틴 베크가 말했다.

카펠가탄의 방 두 개짜리 아파트에서, 라인하르트 하이트는 모든 준비를 훌륭하게 갖췄다는 데 만족했다. 하이트와 르발루아는 그들이 작전실이라고 부르는 방에 있었다. 텔레비전이 두 대 다 켜져 있었고, 라디오들도 켜져 있었다. 모든 방송이 오랜만의 거물급 미국 정치인 방문을 보도하고 있었다. 하이트가 신경 쓰이는 점은 하나였다.

경찰 무선은 왜 잠잠하지?

“경찰이 송수신을 멈췄어. 차량들도 마찬가지고.” 르발루아가 말했다.

“우리 장비에 이상이 있는 건 아니고?” 하이트가 말했다.

“말도 안 돼.”

하이트는 생각에 잠겼다. Q 부호라는 것이 무선을 잠재우라는 뜻인 듯했지만, 그것은 그가 입수한 부호 목록에 없는 부호였다. 아마 아주 이례적인 부호인 모양이었다.

르발루아가 장비들을 재점검했다. 벌써 몇 번째 재점검인지 셀 수 없었다. 르발루아가 다른 주파수들도 확인해보고는 고개를 저으면서 말했다.

“우리 장비는 이상 없어. 그냥 놈들이 무선을 쓰지 않는 거야.”

그 말에 하이트가 웃었다. 르발루아가 의아한 듯 하이트를 보았다.

"멋지군." 하이트가 말했다. "바보들이 무선을 안 쓰는 수법으로 우리를 속이려 들다니."

하이트가 텔레비전 화면을 흘긋 보았다. 차량 대열이 막 로테브로의 OBS 백화점 앞을 지나고 있었다.

라디오도 같은 정보를 보도하며, 시위대가 갈수록 많이 모이고 있다는 소식을 덧붙였다.

텔레비전 중계자는 말이 많지 않았다. 카메라가 도로 동쪽에 모여든 사람들과 경찰들을 훑어 보여줄 뿐이었다.

호위대보다 약 오백 미터 앞선 지점에서 경찰차 한 대가 길을 트며 달리고 있었고, 차량 대열 맨 끝에서도 추월을 방지하기 위해 경찰차 한 대가 달리고 있었다.

군발드 라르손이 앞 유리를 올려다보고 말했다.

"저기 헬리콥터가 있군."

"응." 마르틴 베크가 말했다.

"세르겔스토리 광장 위에 있어야 하지 않나?"

"뭐, 아직 시간이 많으니까. 저기 누가 탔는지 맞혀보겠어?"

"상원 의원." 군발드 라르손이 농담으로 받아넘겼다. "그러면 끝내줬을 텐데. 알란다 공항에서 갈고리를 내려서 그를 태운 뒤에 의사당 지붕에 내려주는 거야."

"좋군." 마르틴 베크가 동의했다. "저 헬리콥터에 누가 탔을 것 같나?"

"내가 어떻게 알아?" 군발드 라르손이 으쓱했다.

"말름. 내가 그에게 연락책은 헬리콥터에 타는 게 좋지 않겠느냐고 말했더니, 그가 옳다구나 수락했어."

"말름이라, 그렇군. 그자는 헬리콥터광이지."

라인하르트 하이트는 슬슬 기분이 좋아졌다. 하가 공원 북문에서 싸움이 벌어진 것을 좀 전에 화면으로 보았다. 때가 다가오고 있었다.

르발루아는 여전히 장비들과 연결들을 살피고 있었다.

"차량들은 이제 하가 남문을 지나고 있습니다." 라디오에서 아나운서가 말했다. "거리에 시위자가 가득합니다. 모두 한목소리로 구호를 외치고 있습니다. 하가 법원 앞은 더 붐빕니다."

하이트는 그 장면을 직접 보려고 텔레비전으로 시선을 돌렸다. 텔레비전 중계로는 사람들의 소리가 잘 들리지 않았는데, 기자는 구태여 구호의 내용을 알려주지는 않고 이렇게만 말했다.

"상원 의원이 탄 특수 제작 방탄 차량이 이제 스탈메스타레고르덴을 지나고 있습니다. 오늘 저녁 바로 이 스탈메스타레고르덴에서, 정부가 주최하는 특별 만찬이 열립니다."

때가 아주 가까워졌다.

"현재, 상원 의원과 총리가 탄 차는 솔나를 지나서 스톡홀름 경계로 들어서고 있습니다."

때가 아주아주 가까워졌다.

르발루아가 작고 검은 상자에 달린 흰 단추를 가리켰다. 르발루아 자신은 시스템에 단락을 일으킬 수 있도록 전선 두 가닥을 들고 대기하고 있었는데, 아마 하이트가 갑자기 쓰러져 죽거나 손가락이 마비될 경우에 대비하는 듯했다. 프랑스인은 어떤 위험에도 준비되어 있었다.

하이트가 텔레비전 화면을 지켜보면서 흰 단추에 검지를 가볍게 얹었다.

몇 초가 흘렀다. 하이트는 흑백 포르쉐를 보면서 생각했다. 저 좋은 차를 저렇게 낭비하다니.

지금이다.

하이트가 정확한 순간에 단추를 눌렀다.

하지만 아무 일 없었다.

르발루아가 즉시 두 전선을 접촉시켜서 회로를 닫았다.

그래도 아무 일 없었다.

텔레비전 화면에 차량 대열이 노르툴을 지나서 스베아베겐으로 꺾어드는 모습이 보였다. 그다음 오덴가탄과 스베아베겐 교차로를 보여주는 정지 카메라 화면이 나왔다. 경찰의 빈틈없는 저지선 너머에 시위자와 구경꾼 수백 명이 있었다.

하이트는 화면 속에서 사파리 모자를 쓰고 장화를 신은 경찰관을 보고 비밀 요원인가 보다 하고 생각했다.

"우리가 망쳤어." 하이트가 차분하게 말했다. "폭탄이 터지지 않았어. 일진이 나쁜 날이군."

하이트가 웃음을 터뜨린 뒤에 덧붙여 말했다.

"상원 의원이여, 그대에게 목숨을 돌려드리겠노라. 그것이 언제까지 이어질지는 모르겠지만."

하지만 대형 헤드폰을 쓴 르발루아는 고개를 흔들었다.

"아니야." 르발루아가 말했다. "폭탄은 네가 단추를 눌렀을 때 제대로 터졌어. 하늘에서 흙인지 뭔지가 떨어지는 소리가 아직 들려."

"하지만 그건 불가능해." 하이트가 말했다.

텔레비전 화면에서 방탄 차량이 도서관을 지나갔고, 곧이어 큰 회색 건물을 지나갔다. 하이트는 그 건물이 스톡홀름 경제대학이라는 것을 알고 있었다.

이제 시위 인파가 발 디딜 틈도 없이 빽빽했다. 하지만 경찰은 차분해 보였고, 시위대 해산을 시도하지도 않았다. 경찰봉이나 총을 꺼내 든 경찰관은 아무도 없었다.

"기묘하네." 르발루아가 말했다.

"이건 불가능해." 하이트가 또 말했다. "나는 정확한 순간에 단추를 눌렀어. 어떻게 된 거지?"

"모르겠어." 르발루아의 대답이었다.

사실 라인하르트 하이트는 아무도 다치지 않을 정확한 순간에 폭탄을 터뜨렸다.

그가 하늘로 날린 것은 정확히 291개의 샌드백과 산처럼 쌓인 방화성 유리섬유 단열재였다.

사람과 관련된 피해는 딱 하나, 갈가리 찢어져서 형체마저 사라진 에이나르 뢴의 모자뿐이었다.

뢴은 대형 트럭 스물다섯 대, 가스 회사의 수리 밴, 구급차 세 대, 확성기 차 두 대, 그리고 소방대에서 빌린 급수차와 사다리차를 단네모라가탄 거리에 대기시켜두었다. 또 주로 치안경찰에서 선별한 남녀 경찰관 서른 명을 거느리고 있었는데, 그들 모두가 헬멧을 썼고 절반은 메가폰을 갖고 있었다.

차량 대열이 지나간 뒤, 뢴에게는 지하에 폭탄이 설치되어 있을지도 모르는 거리의 해당 구역을 샌드백과 단열재로 막을 시간이 십이 분에서 십오 분가량 주어졌다. 뢴은 또 도로를 다 막아야 했고, 일대의 사람들을 모두 피신시켜야 했다.

십이 분은 그 모든 일을 하기에 충분한 시간이 아니었지만, 다행히 실제 주어진 시간은 그보다 조금 더 길어서 십사 분 십삼 초였다.

뢴은 헬멧이 잘 맞지 않았다. 그래서 계속 모자를 쓰고 있다가 마지막 순간에 바꿔 썼는데, 그러고는 그만 정신이 팔려서 샌드백 더미 위에 모자를 놓아둔 것이었다.

대형 트럭 한 대는 갑자기 시동이 걸리지 않아서 짐을 비우지 못했다. 그래도 별 차이 없었다. 폭탄이 이룬 성과는 거대한 모래 기둥과 흰 유리섬유 구름을 피워 올린 것, 그리고 임시 수리에만 몇 시간이 걸릴 듯한 상당한 규모의 가스관 파열뿐이었다.

폭발로 도시의 몇 블록이 지진이라도 난 것처럼 흔들릴 때, 상원 의원은 이미 의사당에서 람뢰사 탄산수를 마시고 있었다. 바위 얼굴도 불붙이지 않은 시가를 입에서 뽑아 탁자 모서리에 내려둔 뒤 지니고 있던 술병으로 위스키를 한 모금 마시는 인간적인 모습을 처음 보였다. 그다음 그는 다시 시가를 물고 평소의 표정으로 돌아갔다.

상원 의원이 자신의 보디가드를 흘긋 보고 좌중에게 설명했다.

"레이는 담배를 끊는 중입니다. 그래서 불을 안 붙이는 거지요."

문이 열렸다.

"외무부 장관과 통상부 장관이 오셨군요." 총리가 명랑하게 말했다.

문이 또 열렸다. 이번에 들어온 것은 마르틴 베크와 군발드 라르손이었다. 총리가 고맙지 않은 눈으로 그들을 보고 말했다.

"고맙지만, 그쪽은 여기 있을 필요 없습니다."

"그렇다니 내가 고맙습니다." 군발드 라르손이 대꾸했다. "우리는 보안청장 묄레르를 찾으러 온 것뿐입니다."

"에리크 묄레르? 그도 여기서 볼일 없습니다. 그의 요원들에게 물어보세요. 그들은 사방에 깔려 있으니까. 방금 난 큰 소리는 뭡니까?"

"상원 의원 차량 폭파 시도였습니다."

"폭탄?"

"네, 대충."

"책임져야 할 자들을 당장 잡아들이세요."

"대단하신 분부로군." 군발드 라르손이 승강기로 걸어가면서 말했다.

"말름이 떠올라." 마르틴 베크가 말했다.

"이제 집에 가도 되나?" 군발드 라르손이 물었다.

"그래야지. 가서 일요일까지 처박혀 있어야지."

라인하르트 하이트는 금요일에 신문을 읽고서도 사태를 이해할 수 없었다.

당혹한 사람은 하이트만이 아니었다. 국가경찰청장과 스티그 말름도 당혹하여, 당장 마르틴 베크와 군발드 라르손을 불러들였다. 뢴은 자신이 할 일은 다 마쳤다고 판단하여, 벨링뷔의 비탕이가탄 거리에 있는 집으로 갔다. 집에서는 아내 운다와 아들 맛스가 콘플레이크와 오트밀 중 어느 쪽이 더 영양가 있는가 하는 문제로 설전을 벌이고 있었다.

하지만 그들은 남편이자 아버지인 뢴을 사랑했기에, 뢴이 엄청나게 지친 모습인 것을 보자마자 입씨름을 멈췄다.

“오셨어요, 아빠.” 맛스가 말했다. “일은 어땠어요?”

“괜찮았어. 내 모자가 완전히 망가지긴 했지만.”

“내가 내일 새로 사줄게요.” 운다가 말했다.

뢴은 자기 모자를 직접 사는 편이 좋았지만, 거절하지 않고 가만히 있었다.

모두가 침대를 보았다. 뢴은 신발도 벗지 않고 침대에 쓰러졌다.

아내와 아들이 뢴의 옷을 벗겨주었다.

“내가 네게 좋은 아빠를 줬다는 걸 알고 있겠지.” 운다가 말했다.

"최고의 아빠죠." 맛스가 대답했다.

뢴은 둘의 대화를 알아들었지만, 뭐라고 반응할 겨를도 없이 곯아떨어졌다.

그러고는 꿈도 꾸지 않고 깊게 잠들었다.

이튿날 아침에 깨었을 때, 뢴이 떠올린 것은 순서대로 숯불에 구운 살기, 팔트, 그리고 수르스트뢰밍이었다.* 그다음 그는 오트밀 죽 아침이 차려진 부엌으로 갔다.

잠시 후, 그는 지하철을 타고 쿵스홀멘으로 출근했다.

* 살기는 연어과의 물고기, 팔트는 감자 반죽에 고기소를 넣은 일종의 떡, 수르스트뢰밍은 청어를 발효시킨 음식이다.

22.

마르틴 베크와 군발드 라르손은 본디오 빌라도 앞에 불려갔다. 상원 의원이 의사당에 도착한 지 삼십 분도 안 된 시점이었다.

경찰 무선의 침묵은 깨어졌고, 각종 보고가 감당하지 못할 정도로 쇄도했다.

이 상황의 치욕스러움을 감당하지 못하는 사람이 또 있었으니, 스티그 말름이었다.

"자네는 어떻게 돼먹은 연락책이 이 모양인가." 청장이 말했다. "내가 블로융프룬 섬에 있었대도 이렇게 소식에 깜깜하진 않았을 거야. 그리고 대체 무슨 일이 있었던 건가?"

"저도 모릅니다." 말름이 불안에 떨면서 대답했다. "친애하는…….”

“자네에게 ‘친애하는’ 같은 소리를 듣고 싶진 않아. 나는 이 나라 경찰의 고위 책임자야. 경찰 내에서 벌어지는 모든 일을 보고받고 싶다고. 들었나? 모든 일을. 그리고 현재는 자네가 그 연락을 맡고 있지. 대체 무슨 일인가?”

“말씀드렸듯이, 저도 정말 모릅니다.”

“아무것도 모르는 연락책이라.” 청장이 고함쳤다. “대단하군, 대단해. 그러면 자네가 아는 게 뭔가? 자네 똥구멍을 언제 닦았는지는 아나?”

“네, 하지만…….”

말름이 무슨 말을 하려 했지만, 청장이 그것을 잘랐다.

“치안경찰청장, 묄레르, 베크, 라르손, 파케인가 마케인가 하는 것들은 왜 보고하러 오지 않는 건가, 전화라도…….”

“교환국은 사모님이 아니고서는 절대 청장실에 연결해주지 않습니다.” 정신을 좀 추스른 말름이 은근히 비난조로 말했다.

“그럼 암살 시도에 대해서라도 설명해봐.”

“저는 정말 아무것도 모릅니다. 하지만 베크와 라르손이 여기로 오고 있을 것 같습니다.”

“오고 있을 것 같다고? 빌어먹을, 연락책이라는 자가 아무것도 몰라. 기이하군. 하지만 결국 희생자가 되는 건 누구지?”

늘 같은 사람이지, 말름은 속으로만 생각하고 입을 열었다.

"우리 대원의 이름은 마케가 아니라 벤뉘 스카케입니다. 그리고 이 맥락에서는 '희생양'이라고 표현해야 합니다. 또 '기이하다'는 주로 초현실적인 현상에 쓰는 단어입니다."

말름은 거의 화가 나려고 했다.

청장이 휘청하더니 창가의 묵직한 커튼으로 총총 걸어갔다.

"아무도 나를 지적하지 못해!" 청장은 노발대발했다. "내가 희생자라면 희생자인 거야! 수정할 것이 있더라도 내가 해!"

또 커튼을 기어오르려는 건가, 말름은 생각하면서 체념했다. 이번에도 커튼이 그의 머리 위로 떨어지면 좋겠군.

그때 노크 소리가 났다.

마르틴 베크와 군발드 라르손이 들어왔다.

마르틴 베크도 결코 작은 키가 아니었지만, 군발드 라르손 옆에서는 그저 귀여워 보일 뿐이었다.

군발드 라르손이 눈앞의 장면을 보고 말했다.

"아, 때가 됐나 보군요. 우리 때문에 중단할 것은 없습니다."

"자, 폭탄에 대해서 빠짐없이 듣고 싶네." 청장이 마음을 가다듬고 말했다.

"우리는 처음부터 군발드의 가설과 최근 경험에 입각하여 계획을 짰습니다." 마르틴 베크가 입을 열었다. "군발드의 생각을 뒷받침하는 증거는 많았습니다. 울라그가 아직 유럽에서 활동한 예가 없다는 것도 그랬고, 갈수록 경찰이 더 많이 동원되는데도 불구하고 최근 들어 대도시에서 테러를 자행하기 시작했다는 것도 그랬습니다. 게다가 우리 고명한 손님은 여러 부류의 테러 조직들이 노릴 만한 표적입니다."

"여러 부류?"

"네. 전투적 해방운동 및 좌파 단체들은 그의 반동적 정책에 항의하고 싶어 할 겁니다. 한편 우파 분자들 중에도 단지 위기를 야기할 목적으로 그를 공격하고 싶어 하는 이들이 있습니다. 그가 세계 평화를 위협한다고 믿는 평화주의 단체들도 마찬가지고요. 그는 많은 사람이 두려워하는 정치인입니다. 사람들은 그 개인을 두려워한다기보다는 그가 대변하는 주의를 두려워하죠. 이 모든 점이 울라그에게 유혹적이었을 겁니다. 몇 년 전에 그가 대통령 후보가 되었을 때는 그의 대외 정책이 야기할지도 모르는 결과를 걱정한 나머지, 가령 초강대국들과 중국의 직접 대결 같은 결과를 걱정한 나머지, 그가 아니라면 누구든 좋으니 무조건 다른 후보를 찍겠다고 한 시민이 많았습니다. 그는 베트남 문제에서 이른바 매파로서 가장 적극적으로 활약했고, 아옌데 대통령을 포함하여 수천 명을 죽인 칠레의 파시스트 군사정부를 지원했던 것도 분명합니다. 그에 관해서 좋게 말할 수 있는 점은 그가 어느 정도의 도덕적 용기를 보여주었다는 것, 그리고 교양 있고 호감 가는 인물이라는 것뿐이지요."

"자네는 정치에 관심이 없는 줄 알았는데." 청장이 말했다.

"맞습니다. 저는 그저 사실을 말한 것뿐입니다. 아, 그는 닉슨 정부가 무너졌을 때도 상원과 출신 주와 나라 전체에서 정치적 입지를 탄탄하게 유지했다는 점을 덧붙여야겠군요."

마르틴 베크가 군발드 라르손을 보자, 그가 끄덕였다.

"이제 암살 시도로 넘어가겠습니다." 마르틴 베크가 이어 말했다. "우리는 꽤 일찍부터 울라그나 그와 비슷한 조직이, 이를테면 팔레스타인 불법 단체 중 하나가 테러를 벌일 가능성이 있다고 판단했습니다. 군발드가 목격했던 유월 암살이 철저한 경호에도 불구하고 성공했으므로, 우리는 테러 조직이 여기서도 같은 수법을 쓰리라고, 말름 국장이 자주 쓰는 표현으로는 '모두스 오페란디'죠, 확신하게 되었습니다. 대책반의 핵심 멤버는 다섯 명입니다. 베스트베리아에서 온 저와 벤뉘 스카케, 강력반에서 온 군발드 라르손과 에이나르 뢴, 그리고 우리의 귀중한 관리자이자 평가자인 사기수사과의 프레드리크 멜란데르. 우리 다섯 명은 상원 의원의 차를 노린 폭탄이 설치될 가능성이 가장 높은 장소를 각자 나름대로 추측해보았습니다. 그런데 다섯 명이 고른 장소가 정확히 일치했습니다."

"노르퉐?"

"맞습니다. 그리고 만약 차량 대열이 다른 길로 우회하게 되었다면, 아마 다른 폭탄 위를 지나갔을 겁니다. 말이 나왔으니 말인데, 그 다른 폭탄은 우리가 아직 찾아내지 못했습니다. 아무튼 그래서 우리는 두 가지 조치를 취하기로 결정했습니다."

마르틴 베크는 입이 말랐다. 그래서 옆을 보았더니, 군발드 라르손이 재깍 설명을 이어받았다.

"유월 암살 후, 저는 두 가지 결론을 내렸습니다. 하나는 그 폭탄들을 감지기로는 찾아낼 수 없었다는 것입니다. 더 중요한 두 번째 결론은 폭탄을 터뜨린 사람이 현장으로부터 멀리, 적어도 눈으로 현장을 볼 수 없을 만큼 멀리 떨어져 있었고 희생자의 차량 위치를 단파 무전기로 그에게 알려줄 조수를 두지도 않았다는 것입니다. 그러면 그는 폭탄을 터뜨려야 할 순간을 어떻게 알았을까요? 답은 간단합니다. 그는 정규 라디오와 텔레비전 방송을 들었던 겁니다. 방송들이 대통령의 도착과 공항에서 왕궁까지 오는 길을 생중계했으니까요. 그는 경찰 무선으로도 추가 정보를 얻었을 겁니다. 그쪽 경찰은 무선을 막지 않았으니까요. 그 방법으로 그는 차량 행렬이 어디까지 왔는지를 제 눈으로 보고 라디오로도 들었을 겁니다."

군발드 라르손은 목을 가다듬었다. 하지만 마르틴 베크가 설명을 이어받을 기미가 없기에, 그는 계속 말했다.

"이 가설을 시작점으로 삼아서, 우리는 여러 단계로 조치를 취했습니다. 우선 우리는 방송사 사장과 논의했습니다. 길고 어려운 논의 끝에, 사장은 생중계를 하지 않기로 동의했습니다. 그 대신 녹화해둔 영상을 십오 분 뒤에 내보내기로 결정했습니다. 방송사에서 우리에게 보낸 기술자들도, 갖가지 반대 의견을 냈지만, 결국에는 동의했습니다. 다음으로 우리는 행사를 중계할 해설자들과 이야기를 나눴습니다. 그들은 자신들의 일에는 아무런 차이가 없다고 하더군요."

이번에는 마르틴 베크가 이어받을 준비가 되어 있었다.

"우리는 모든 관련자들에게 절대 비밀을 지켜야 한다고 강조했습니다. 경찰 무선에 관해서는 스톡홀름과 이웃 구역의 경찰국장들에게 협조를 구했고, 반대가 좀 있었지만, 결국에는 모두 동의해주었습니다."

군발드 라르손이 끼어들었다.

"가장 어려운 임무는 에이나르 뢴에게 맡겼습니다. 그 시간대에 노르툴은 통행량이 아주 많습니다. 그런데 우리는 그 일대의 사람들을 전원 대피시켜야 했고, 그와 동시에 폭탄뿐 아니라 만에 하나 발생할 경우 폭탄보다 훨씬 더 위험한 결과를 낼 수도 있는 가스 폭발의 충격을 억제하는 작업을 진행해야 했습니다."

군발드 라르손이 잠시 멎었다가 이어 말했다.

"쉬운 일이 아니었습니다. 겨우 십오 분 안에 그 작업을 마쳐야 했으니까요. 뢴은 단네모라가탄에서 경찰관 서른 명과 함께 작업했습니다. 그중 절반은 여성 경찰관이었고요. 뢴은 또 확성기 차 두 대, 소방차 두 대, 샌드백과 매트와 방화재를 실은 대형 트럭 여러 대를 지휘했습니다."

"그래서 부상자가 아무도 없었나?"

"네."

"재산 피해는?"

"유리창이 몇 장 깨진 게 다입니다. 물론 가스 누출이 있었고요. 그걸 수리하는 데는 시간이 좀 걸릴 겁니다."

"그 뢴이라는 친구가 일을 잘했구만." 청장이 말했다. "그 친구는 지금 어디 있나?"

"집에서 자고 있겠죠." 군발드 라르손이 대답했다.

"총리가 우리도 모르게 차를 갈아탄 건 왜 그랬지?" 말름이 물었다.

"그냥 상원 의원과 총리가 결정적인 지점을 따로 지나가는 게 좋겠다고 생각했습니다." 마르틴 베크가 대답했다.

말름은 더 묻지 않았다.

군발드 라르손이 시계를 보고 말했다.

"삼십삼 분 뒤에 리다르홀름쉬르칸 교회에서 예식이 있습니다. 그 행사의 경호는 묄레르의 일입니다만, 가서 살펴보고 싶습니다."

"묄레르 말인데, 오늘 그를 봤나?" 청장이 물었다.

"아니요." 마르틴 베크가 말했다. "하지만 우리도 그를 찾고 있습니다."

"왜?"

"특별한 사정이 있습니다." 군발드 라르손이 말했다.

"폭탄 테러 시도가 다시 발생할 가능성은 얼마나 되지?" 청장이 물었다.

"지극히 낮습니다." 마르틴 베크가 대답했다. "그렇다고 해서 완전 경계 태세를 풀어선 안 되겠지만요."

"우리가 첫 단계를 통과했다고 봐도 좋습니다." 군발드 라르손이 말했다. "하지만 어쩌면 남은 단계가 훨씬 더 어려울지도 모릅니다."

"무슨 뜻인가?" 말름이 연락책으로서의 임무를 수행하려고 그러는지 대뜸 물었다.

군발드 라르손이 대답했다.

"테러리스트들을 잡는 일 말입니다."

23.

상원 의원이 디자인한 화환은 정말로 거대했다.

마르틴 베크와 군발드 라르손이 평생 본 것 중 가장 거대할뿐더러 가장 조악한 화환이었다.

상원 의원이 무슨 의도로 그런 색깔 조합을 지시했는지는 알겠지만, 그 결과는 기가 막혔다. 멀리서 보면 꼭 정신 나간 뱃사람이 거대한 구명환에 제멋대로 색칠해둔 것 같았다.

화환은 크게 네 구역으로 나뉘었다. 첫 번째와 세 번째 구역에는 빨간색, 흰색, 푸른색 혹은 터키석 빛깔에 가까운 카네이션이 꽂혀 있었고, 두 번째와 네 번째 구역에는 푸른색 수레국화와 노란색 데이지가 꽂혀 있었다. 성조기와 스웨덴 국기를 뜻하는 그 구역들 사이의 경계에는 그 다섯 가지 꽃이 섞여 있었고, 간간이 벌써 시들기 시작한 초록색 잎사귀도 꽂혀 있었다. 화환 가장자리는 은색 전나무 가지가 동그랗게 둘러쌌고, 그 바깥으로 정교하게 도금된 월계수 잎이 둘러쌌다.

화환 꼭대기에는 흰머리독수리가 그려진 커다란 금색 방패가 얹혀 있었고, 그 뒤로 성조기와 스웨덴 국기가 V 자 모양으로 꽂혀 있었다. 화환 아래로 함치르르 늘어진 푸른색 실크 리본에는 공간이 비좁았던지 좀 빼곡한 글씨로 "스웨덴의 위대한 국왕이었던 구스타프 6세 아돌프 왕의 영전에 미합중국 국민들이 바칩니다"라고 적혀 있었다.

화환은 트뤼케리가탄 거리에 주차된 대형 트럭의 짐칸에 눕혀 있었다.

마르틴 베크와 군발드 라르손은 스베아 상소법원의 계단에 자리 잡고 섰다. 바람이 얼굴을 때리는 각도였다. 두 사람은 트럭 짐칸의 흉물을 보고 어이없어한 뒤, 본격적으로 주변을 살펴보았다.

관공서 건물 십여 채가 모여 있는 리다르홀멘 섬은 감라스탄의 최서단에 있는 작은 섬이었다. 섬은 좁은 리다르홀름 운하와 철로로 감라스탄으로부터 나뉘었다. 걸어서 섬으로 들어가는 길은 세 개뿐이었다. 하나는 철교의 인도를 걸어서 들어가는 길이었고, 다른 하나는 뭉크브로함넨 부두에서 헤베스 계단을 통해 들어가는 길이었고, 마지막은 철로와 운하를 둘 다 가로지르는 리다르홀름스브론 다리를 건너서 들어가는 길이었다.

지금은 세 통로 모두 막혀 있었다.

에리크 묄레르와 특별반이 일대를 통제하고, 허가받지 않은 사람은 들어가지 못하도록 조치해두었다. 간단한 일이었다. 공식 행사의 관계자를 제외하고는 섬 내의 직장에 다니는 사람들만 출입할 수 있었다.

시위자나 구경꾼은 다리 건너편의 리다르후스토리에트 광장까지만 접근할 수 있었다.

차량 행렬이 도착하기 십 분 전, 묄레르는 교회로 사람을 두 명 보냈다.

그들이 할 일은 목에 카메라를 건 일본인 관광객들이 예식 중에 교회에 남아 있는 일이 없도록 점검차 둘러보는 것이었다.

그 두 사람은 '특등 명단'에서 발탁된 칼 크리스티안손과 알도르 구스타브손 형사였다. 전자는 천성이 게으르기 짝이 없는 인간이었고, 후자는 오만하고 부주의한 청년이었다.

구스타브손은 입구 안쪽에 서서 담뱃불을 붙였고, 크리스티안손은 성스럽고 역사적인 건축물을 둘러보았다. 크리스티안손은 어릴 때 억지로 박물관 같은 곳에 갈 때마다 그냥 죽도록 지루할 뿐이었건만 뭘 느꼈는지 글로 써내야 했던 기억이 떠올랐다. 자신이 견진성사 이래 교회에 들어온 것이 처음이라는 사실도 떠올랐다.

크리스티안손은 동료에게 돌아갔다. 구스타브손은 담배 연기에 휩싸인 채 몸을 앞뒤로 흔들면서 문 옆에 서 있었다.

"양키가 오 분 뒤에 도착할 거야. 자리로 가는 게 좋겠어." 구스타브손이 말했다.

크리스티안손은 끄덕이고 구스타브손을 뒤따라 걸었다.

그동안 마르틴 베크와 군발드 라르손은 얼음장 같은 바람을 맞으며 비르게르얄스토리 광장을 바라보고 있었다. 광장 곳곳에 경호 요원이 배치되어 있었고, 대형 트럭에서 교회 입구까지도 무장한 요원이 줄지어 있었다.

군발드 라르손이 문득 얼굴에서 비를 훔치면서 팔꿈치로 마르틴 베크를 쿡 찔렀다.

"제기랄!" 군발드 라르손이 말했다. "그럴 줄 알았어. 저기 봐, 등신 특공대야!"

마르틴 베크가 보니, 구스타브손이 크리스티안손을 거느리고 교회에서 어슬렁어슬렁 나오고 있었다. 한편 브랑엘스카 언덕 쪽에서 온 리카르드 울홀름이 교회를 지나 다리 쪽으로 서둘러 가는 모습도 보였다.

마르틴 베크는 시간을 확인했다. 오 분 전이었다.

"이제 우리가 손쓸 방법은 없겠군. 지켜보는 수밖에. 그런데 묄레르는 어디 있지?"

"저기 있어." 군발드 라르손이 교회를 가리킨 뒤 손바닥으로 제 이마를 치면서 말했다. "등신들 중에서도 상등신들을 거느리고 있군."

교회 입구를 향해 씩씩하게 걸어가는 에리크 묄레르의 뒤를 보 사크리손과 켄네트 크바스트모가 따르고 있었다. 그들이 걸음을 멈췄다. 묄레르가 자신의 정예 부대를 점검했다.

마르틴 베크와 군발드 라르손은 묄레르가 네 부하에게 돌아가며 지시하는 모습을 지켜보았다. 묄레르는 평소의 차분한 그가 아니었다. 묄레르는 쉴 새 없이 시계를 보며, 곧 차량 행렬이 나타날 리다르후스토리에트 광장 쪽을 불안한 눈으로 흘금거렸다. 최종적으로 묄레르가 지시를 내린 모양이었다. 사크리손과 크리스티안손이 현관문 한쪽 편에, 구스타브손과 크바스트모가 반대쪽에 자리 잡고 섰다.

"나는 한 발짝도 움직이지 않을 거야." 군발드 라르손이 말했다. "묄레르가 알아서 처리해야 해. 맙소사, 무슨 저런 특공대가 다 있나. 그리고 무슨 저런 끔찍한 화환이 다 있나. 받는 사람이 못 보기에 망정이지."

마르틴 베크는 옷깃을 세우고 손을 주머니에 넣었다.

"저 사람들이 저걸 바치면, 여러 세대의 왕들이 무덤에서 돌아눕겠어." 마르틴 베크가 말했다. "굳이 저 멀리서 여기까지 나른다는 것도 바보 같은 생각이야."

"광장을 가로질러 행차하는 게 더 엄숙하다고 생각한 모양이지." 군발드 라르손이 트럭으로 다가가는 네 해군 장교를 진눈깨비 사이로 바라보면서 말했다. "우리 자리는 박스석이고 말이야. 박수도 쳐야 하는지 모르겠네."

마르틴 베크는 교회 너머 다리 발치에 모인 기자들을 보았다. 그 한복판에서 리카르드 울홀름이 요란하게 몸짓하고 있었다. 에리크 묄레르가 다리의 바리케이드가 치워졌는지 보기 위해서, 또 텔레비전 중계차 사람들에게 지시하기 위해서 다리 쪽으로 걸어가는 중이었다.

모든 사람이 뮌트가탄 거리 쪽을 주시하고 있었다. 이윽고 그곳에서 차량 행렬이 나타나자, 리다르후스토리에트 광장의 시위자들에게서 함성이 터져 나왔다.

에리크 묄레르는 이쪽저쪽 지시를 내리면서 허둥지둥 왔다 갔다 하다가, 이제 크고 흉측한 화환을 내릴 준비를 하고 차려 자세로 서 있는 해군 장교들에게 손짓했다.

차량 행렬이 리다르홀름스브론 다리를 느릿느릿 건너왔다. 맨 먼저 경찰 오토바이 부대가 왔고, 다음으로 상원 의원과 총리와 입에서 시가를 뺀 보디가드가 탄 방탄 리무진이 왔고, 그 다음으로 경호 요원들과 총리의 보디가드와 미국 대사와 그 밖의 유력 외교관들과 정부 요인들이 탄 차들이 왔다.

자신의 죽은 할아버지를 기리는 이 자리에 젊은 왕도 초대받았으나, 왕은 마침 이웃 나라를 방문하는 중이라서 참석할 수 없었다.

차량 행렬이 우회전하여 스텐복스카 궁 앞에서 멈췄다. 마르틴 베크와 군발드 라르손이 선 곳으로부터 정면으로 맞은편이었다.

리무진 앞좌석에서 운전사가 허겁지겁 내린 뒤, 검은색 큰 우산을 펼치고 뒷좌석 문을 열었다.

총리의 보디가드도 우산을 펼쳐 들고 잽싸게 달려왔다. 두 유력가도 차에서 내려서, 각자의 우산 운반인을 옆에 거느리고 광장으로 걸어 나왔다. 바로 뒤에서 따라오는 바위 얼굴은 비를 피할 도리가 없었지만, 본인은 의식조차 하지 않는 듯했다. 그의 얼굴에는 표정이랄 것이 아예 없었다.

상원 의원이 갑자기 발길을 멈추더니, 비에 젖은 거대한 청동 등을 그들에게 돌리고 선 비르게르 얄을 가리켰다. 상원 의원을 뒤따르던 사람들도 일제히 멈춰서 동상을 올려다보았다.

비가 우산도 없이 갈수록 침울해지는 사람들 위로 내리부었다.

총리는 동상의 인물이 누구인지 설명했고, 상원 의원은 끄덕이면서 흥미롭게 들었다. 이 도시를 세운 사람으로 일컬어지는 중세 정치가에 대해서 상원 의원은 더 듣고 싶어 하는 눈치였다.

이제 행사에 참석하고자 정장을 갖춰 입은 남자들은 물에 빠진 쥐처럼 보였고, 머리를 단장하고 온 여자들의 눈에는 절망감이 비쳤다. 하지만 우산 밑의 고명한 신사들은 그런 상황을 알아차리지 못했다. 총리는 긴 강의를 늘어놓았다.

바위 얼굴은 상원 의원 바로 뒤에 서서, 고용주의 목덜미에 시선을 고정하고 있었다. 두 신사가 우산 운반인들과 함께 동상을 천천히 한 바퀴 돌면서 총리는 계속 강의하고 상원 의원은 가끔 질문할 때도, 바위 얼굴은 마치 실로 고용주에게 묶인 것처럼 일정 간격을 두고 따라 움직였다.

"맙소사, 비르게르 얄에 대해서 수다를 그만 떨거나, 아니면 저 망할 화환을 그에게 대신 바치거나 해버려." 군발드 라르손이 짜증을 냈다.

군발드 라르손은 자신의 이탈리아제 스웨이드 구두를 보았다. 구두는 이제 쫄딱 젖었다. 영영 못 쓰게 된 것 같았다.

"국가원수를 영어로는 뭐라고 부르는지 생각하고 있었어." 마르틴 베크가 말했다. "스테이트 마셜State Marshal?"

"그건 국가원수보다는 연방보안관에 가까울걸." 군발드 라르손이 말했다.

군발드 라르손은 비에 젖은 개처럼 몸을 턴 뒤, 이제 동상 앞에 서서 고개를 뒤로 한껏 꺾고 올려다보는 두 남자를 보았다.

"바위 얼굴 좀 봐." 마르틴 베크가 말했다.

"그러게." 군발드 라르손이 말했다. "저 친구는 지금 비가 오는 척하고 있어. 하하하."

"총리는 비르게르 얄에 대해서 어떻게 저렇게 많이 알지? 숙제를 해 왔을까? 아니면 그걸 아는 것도 총리의 의무인가?"

"내가 비르게르 얄에 대해서 아는 거라곤 그가 여성해방인가 뭔가를 했다는 것뿐이야."* 군발드 라르손이 말했다. "학교에서 그에 대해 배울 때 내가 홍역이라도 앓았나 봐."

상원 의원이 문득 자신은 관광하러 온 것이 아니며 자신이 할 일은 강의를 듣는 것이 아니라는 사실을 깨달은 듯했다.

사람들이 다시 대열을 정비하여, 리다르홀름쉬르칸 교회 정문을 향해 천천히 나아가기 시작했다.

총리와 상원 의원이 맨 앞에 섰고, 그들 양옆으로 우산이 돌풍에 뒤집히거나 날아가지 않도록 요리조리 돌리는 데 매섭게

---

* 비르게르 얄은 13세기에 이른바 '여성 자유법'을 제정하여 당시 공공연히 벌어지던 여성 납치 및 강간을 최대 사형으로 다스렸고, 새 상속법을 제정하여 여성이 남자 형제가 없을 때만 재산을 상속받을 수 있었던 것을 여성도 무조건 상속받도록 바꾸었다.

집중하며 유력가들을 비로부터 보호하는 운전사와 보디가드가 붙어 있었다.

"저 두 사람이 배를 타고 리다르피에르덴 만을 건너오면 멋있지 않았을까." 군발드 라르손이 말했다.

"메리 포핀스처럼." 마르틴 베크가 받아쳤다.

선두의 두 사람으로부터 삼 미터 뒤에 화환을 든 장교들이 따랐고, 그 뒤로 나머지 사람들이 둘씩 짝지어 걸었다.

화환의 푸른 리본이 바람에 뒤집혔다. 독수리가 그려진 황금색 문장이 위험천만하게 흔들렸다. 예술적으로 주름을 잡아서 드리웠던 두 국기는 이제 한 쌍의 헌 행주 같았다.

비에 젖은 네 장교는 무거운 짐에 짓눌린 것처럼 보였다.

"가련한 것들." 군발드 라르손이 말했다. "나는 저렇게 한심한 임무는 맡은 적 없어. 저런 일을 해야 했다면, 자신이 바보 멍청이처럼 느껴졌을 거야."

"저 친구들은 뭔가 벌을 받는 중일지도 몰라." 마르틴 베크가 말했다.

"바보 이야기가 나왔으니 말인데, 등신 특공대를 지켜보려면 우리가 자리를 옮기는 게 좋겠어."

마르틴 베크와 군발드 라르손은 네 명의 경호 요원을 끝으로 행렬이 다 지나갈 때까지 기다렸다가 상소법원 모퉁이로 자리를 옮겼다. 그곳에서는 교회 정문이 잘 보였다.

정문 오른쪽에 선 크리스티안손과 사크리손은 엄숙한 분위기에 휩싸여서 마치 두 개의 석상처럼 서 있었다.

정문 왼쪽에는 구스타브손과 차려 자세로 딱딱하게 굳은 크바스트모가 있었다.

교회 맞은편의 국세청 외벽 가까이에는 빅토르 파울손이 있었다. 파울손은 주변 환경에 자연스레 녹아들고자 시도하는 희한한 가장 때문에 모르면 몰라도 보안청을 통틀어 가장 눈에 잘 띄는 요원이었다. 오늘은 그의 중산모 챙에서 떨어진 빗방울이 코트의 벨벳 칼라를 적시고 있었다. 팔에 낀 《스벤스카 다그블라데트》 신문은 해체 일보 직전이었다.

에리크 묄레르는 보이지 않았다. 하지만 리카르드 울홀름은 여전히 신문과 텔레비전 기자들을 한자리에 잡아두려고 분주하게 움직이고 있었다.

엄숙한 행렬은 천천히 교회로 다가갔다.

입구 바로 앞에서, 총리의 보디가드와 상원 의원의 운전사가 걸음을 멈추고 우산을 접은 뒤에 고명하신 손님과 주최자의 뒤로 물러나서 바위 얼굴에게 합류했다.

그들이 막 계단을 오르는데, 교회 안에서 누가 나왔다. 젊은 여자였다. 긴 금발 머리, 부릅뜬 갈색 눈, 꽉 다문 입, 창백하고 진지한 얼굴의 여자였다. 여자는 스웨이드 재킷과 초록색 벨벳 긴치마를 입었고, 가죽 부츠를 신었다.

여자의 손에 작고 반들거리는 리볼버가 들려 있었다. 여자가 문지방을 밟고 서서 팔을 올리고 총을 쏘았다.

총구, 그리고 총알이 뚫고 들어간 총리의 미간 사이의 거리는 겨우 이십 센티미터였다. 총리는 뒤의 보디가드에게로 나자빠졌다. 여태 우산을 든 보디가드는 총리에게 떼밀려 뒤둥그러졌다.

발사의 반동에 뒤로 움찔했던 여자가 똑바로 서서 천천히 팔을 내렸다.

총성이 사방의 벽에 부딪혀 메아리쳤다. 사람들은 몇 초가 지나고서야 제각각 반응하기 시작했다.

아무 반응을 보이지 않은 사람은 총알이 뇌를 뚫고 들어간 순간에 즉사한 총리뿐이었다.

"제기랄!" 마르틴 베크가 외쳤다.

빅토르 파울손이 냉큼 교회로 뛰어왔지만, 도중에 접은 신문에 끼워두었던 총을 떨어뜨렸다. 총은 빗물 웅덩이에 빠졌다.

파울손은 푹 젖은 《스벤스카 다그블라데트》만을 든 채 교회 앞 무리에게 합류했다.

상원 의원이 젊은 여자의 손에서 니켈 도금된 총을 차분하게 빼냈다. 그의 보디가드는 헐렁한 코트 안에서 거대한 리볼버를 제꺼덕 꺼냈다.

상원 의원은 여자에게서 눈을 떼지 않은 채, 공교롭게도 가장 가까이 있던 사크리손에게 살인 무기를 건넸다.

무기를 잃은 여자에게 바위 얼굴이 피스메이커를 겨눴다. 와이엇 어프 혹은 존 웨인의 손에 맞게끔 만들어진 그 총은 바위 얼굴의 커다란 손에서도 거대해 보였다.

그때 보 사크리손이 여자의 작은 리볼버를 들어서 바위 얼굴의 손에 들린 무기를 쏴 날리려고 했다. 하지만 상원 의원의 보디가드는 벼락처럼 날래게 움직였다. 아무런 표정 변화 없이, 보디가드는 콜트로 사크리손의 손을 쳤다. 사크리손은 꺅 소리 지르면서 리볼버를 떨어뜨렸다.

지금껏 차려 자세로 서 있던 켄네트 크바스트모가 이제 여자에게 몸을 던져서 여자의 두 팔을 등 뒤로 꺾었다. 여자는 크바스트모의 거친 취급에 찡그리면서 몸을 숙일 뿐 저항하지 않았다.

총리의 보디가드가 황망히 일어나서, 자신의 발치에 쓰러져 죽은 총리를 경악한 표정으로 보았다. 총리의 보디가드는 여태 한 손에 우산을 든 채였다.

행사의 참석자들로부터 겁먹고 충격받은 비명이 터져 나왔다. 리카르드 울홀름을 선두로 하여 기자들이 달려왔다. 마르틴 베크와 군발드 라르손도 교회 앞으로 달려갔을 때, 교회 안 어딘가에 있던 에리크 묄레르가 뛰어나왔다. 당황한 부하들에게 떽떽 지시하면서, 묄레르는 죽은 남자 주변으로 몰려들기 시작한 사람들을 밀어내려고 애썼다.

마르틴 베크는 크바스트모의 손아귀에 붙들린 채 몸을 숙인 레베카 린드를 바라보았다.

"놓아줘." 마르틴 베크가 말했다.

크바스트모가 잡은 것을 풀지 않고 항의하려는데, 군발드 라르손이 다가와서 크바스트모를 밀쳤다.

"내가 우리 차로 데려가지." 군발드 라르손은 이렇게 말한 뒤 레베카를 데리고 흥분한 사람들을 비집고 나가기 시작했다.

마르틴 베크는 바위 얼굴이 사크리손의 손을 쳐서 떨어뜨린 리볼버를 주웠다.

최근에 이것과 비슷한 무기를 본 적이 있었다.

콜베리가 있는 군사박물관에서였다.

콜베리가 초소형 리볼버에 대해서 뭐라고 말했는지도 떠올랐다.

콜베리는 그런 총으로도 일이십 센티미터 떨어진 거리에서라면 양배추를 맞힐 수 있다고 했다. 단 양배추가 꼼짝 않고 있어야 한다고 했다.

죽은 총리의 박살 난 이마를 내려다보면서, 마르틴 베크는 레베카의 사격이 딱 그 정도의 일이었다고 생각했다.

현장은 이제 아수라장이었다.

상황을 침착하게 받아들이는 사람은 상원 의원과 그의 보디가드와 네 해군 장교뿐인 듯했다. 장교들은 화환을 총리의 발치에 내려놓았다.

얼굴이 빨게진 리카르드 울홀름이 혼란을 다스리려고 애쓰는 에리크 묄레르에게 말했다.

"난 이 사태를 옴부즈맨에 신고할 겁니다. 이건 신고해야 마땅한 직무 방기예요. 지독한 직무 방기라고요."

"닥쳐." 묄레르가 말했다.

얼굴이 더한층 빨게진 울홀름은 여태 배치받은 자리에 가만히 서 있는 크리스티안손에게 말했다.

"당신도 신고할 거야. 당신들 전부 다 신고할 거야!"

"나는 아무것도 안 했는데요." 크리스티안손이 말했다.

"그러니까!" 울홀름이 외쳤다. "바로 그 점을 신고할 거라고, 두고 봐!"

마르틴 베크가 울홀름에게로 몸을 돌려서 말했다.

"거기서 쓸데없는 소리를 지껄이지 말고 가서 당신 일을 하세요. 사람들을 해산시켜요. 크리스티안손, 당신도.”

그다음 마르틴 베크는 묄레르에게 가서 말했다.

“상황 정리는 당신이 하십시오. 나는 여자를 서로 데려가겠습니다.”

묄레르는 총리의 시신에 몰려든 사람들을 간신히 떼어낸 뒤였다. 총리는 젖은 교회 계단에 누워 있었고, 그 발치에는 흉측한 화환이 놓여 있었으며, 화환 옆에는 잘 그은 얼굴에 심란한 표정을 띤 키 큰 상원 의원과 아직도 카우보이 총을 손에 든 바위 얼굴이 서 있었다.

리다르후스토리에트 광장 쪽에서 사이렌 소리가 들려왔다.

마르틴 베크는 반들거리는 작은 리볼버를 주머니에 넣고, 군발드 라르손이 레베카 린드와 함께 기다리는 차로 걸어갔다.

24.

이것은 마르틴 베크에게 새로운 상황이 아니었다.

그는 책상에 앉아 있었고, 맞은편 의자에는 누군가를 죽인 사람이 앉아 있었다.

그는 이런 상황을 그동안 수없이 겪었다. 이것은 일의 일부였다.

하지만 범행이 저질러진 순간으로부터 삼십 분도 지나지 않아서 취조하는 것, 그 순간을 수많은 경찰들이 목격한 것, 범인이 열여덟 살 여성인 것, 범인이 언제 어디서 어떻게 범행을 저질렀는가는 이미 알기 때문에 왜 저질렀는지만 물어보면 되는 것은 흔하지 않은 상황이었다.

경찰관으로 산 세월 동안, 마르틴 베크는 사회 각계각층의 살인자들과 피해자들을 만났다. 하지만 그가 조사하는 살인 사건의 피해자가 이렇게 중요한 인물, 즉 정부 수반인 경우는 처음이었다.

지금 그의 책상에 놓여 있는 것 같은 물건이 살인 무기로 쓰인 경우도 기억에 없었다.

니켈 도금된 소형 리볼버 옆에는 오래된 탄약 상자가 놓여 있었다. 연녹색 마분지 상자는 모서리가 다 우그러졌고, 인쇄된 라벨은 거의 읽을 수 없는 상태였다. 총리의 뇌를 뚫고 들어간 총알은 그 상자에서 나온 것이었다. 여자가 경찰서로 오는 차 안에서 제 숄더백에 들어 있던 것을 꺼내어 마르틴 베크에게 건넨 상자였다.

군발드 라르손은 방에 오래 머물지 않았다. 이 대화는 마르틴 베크 혼자서 더 잘 풀어낼 수 있다는 것을 알기에, 군발드 라르손은 마르틴 베크와 말없이 눈빛을 주고받은 뒤에 두 사람을 두고 떠났다.

레베카 린드는 등을 꼿꼿이 세우고, 맞잡은 손을 허벅지에 얹고, 어린 티가 가시지 않은 얼굴은 창백하게 긴장한 채로 마르틴 베크의 맞은편에 앉아 있었다. 뭐든 먹거나 마시거나 피우지 않겠느냐고 마르틴 베크가 묻자, 레베카는 고개를 저었다.

“내가 요전 날 당신을 찾으려고 했습니다.” 마르틴 베크가 말했다.

레베카는 놀라서 그를 보고는 잠시 후에 물었다. “왜요?”

“브락센 변호사에게 당신 주소를 물었는데, 그도 모른다고 하더군요. 지난여름 재판 뒤에, 당신이 어떻게 지낼까 가끔 궁금했습니다. 당신이 힘든 상황을 겪고 있겠다, 도움이 필요할지도 모르겠다는 생각이 들었습니다.”

“네.” 레베카가 어깨를 으쓱하고 말했다. “하지만 이젠 너무 늦었어요.”

마르틴 베크는 자신이 한 말을 후회했다. 레베카가 옳았다. 이젠 너무 늦었다. 그리고 그가 건성으로 그녀를 찾아보았다는 사실은 현 상황에서 그녀에게 별 위안이 되지 못할 것이다.

“지금은 어디 삽니까, 레베카?”

“지난주에는 친구 집에 있었어요. 친구 남편이 몇 주 집을 비워서, 그동안 카밀라와 함께 그 집에 있을 수 있었어요.”

“카밀라는 아직 거기 있습니까?”

레베카가 끄덕이고는 불안한 듯 물었다.

“카밀라가 계속 거기 있을 수 있을까요? 당분간이라도? 친구는 기꺼이 카밀라를 돌봐줄 거예요.”

“괜찮을 겁니다. 친구에게 전화하고 싶습니까?”

“아직 아니에요. 나중에요. 해도 된다면.”

"해도 됩니다. 당신은 또 변호사를 부를 권리가 있습니다. 아마 브락센 씨를 원하겠지요?"

"전 그분밖에 몰라요." 레베카가 또 끄덕였다. "그리고 그분은 제게 아주 친절했어요. 하지만 저는 그분 전화번호도 몰라요."

"그가 당장 여기 오면 좋겠습니까?"

"모르겠어요. 제가 어떻게 해야 하는지 알려주세요. 보통은 어떻게들 하는지 저는 몰라요."

마르틴 베크는 전화를 들어서 교환원에게 브락센을 찾아달라고 요청했다.

"그분은 제가 편지 쓰는 것도 도와줬어요." 레베카가 말했다.

"압니다." 마르틴 베크가 대답했다. "그저께 그의 사무실에서 사본을 봤습니다. 기분 나쁘다면 미안합니다."

"뭐가요?"

"내가 당신 편지를 읽은 것 말입니다."

"아니요, 왜 기분이 나쁘겠어요? 그러면 어떤 답장이 왔는지도 아시겠네요?" 레베카가 어두운 표정으로 마르틴 베크를 보았다.

"네. 그다지 힘이 나거나 도움되는 내용은 아니더군요. 답신을 받고서 어떻게 했습니까?"

레베카가 어깨를 수그리며 손을 내려다보았다. 그렇게 잠시 말이 없다가 입을 열었다.

“아무것도요. 어떻게 해야 할지 몰랐어요. 물어볼 사람도 없었어요. 이 나라에서 제일 중요한 사람이라면 뭔가 해줄 거라고 생각했는데, 그가 신경도 안 쓴다니…….”

레베카가 살며시 체념의 손짓을 하고 거의 속삭이는 목소리로 말을 이었다.

“이제 상관없어요. 이젠 아무것도 상관없어요.”

레베카가 앉아 있는 모습이 어찌나 작고 외롭고 처량해 보이는지, 마르틴 베크는 다가가서 그녀의 매끄러운 머리카락을 쓰다듬어주거나 품에 안고 위로해주고픈 마음까지 들었다. 그 대신 그는 물었다.

“지난 몇 달 동안은 어디서 살았습니까? 친구 집에 가기 전에는?”

“아, 여기저기 있었어요. 한동안 박스홀름의 별장에서도 지냈고요. 친구가 자기 부모님이 외국에 나가 있는 동안 우리가 살아도 좋다고 빌려줬어요. 부모님이 돌아온 뒤에는 우리가 있기가 좀 그래서, 친구가 여자 친구와 함께 그곳으로 옮기고 대신 자기 집을 우리에게 빌려줬어요. 하지만 며칠 뒤부터 집주인이 난리를 피워서, 하는 수 없이 다시 옮겼어요. 음, 그후에는 여러 친구들에게 신세를 졌어요.”

"사회복지국에 가볼 생각은 안 했나요?" 마르틴 베크가 물었다. "그러면 그들이 살 곳을 찾아줬을 텐데요."

"저는 그들을 안 믿어요." 레베카가 고개를 흔들면서 말했다. "그들은 제게 아동 담당자를 붙였을 거고, 그러고는 카밀라를 빼앗아 갔을 거예요. 이 나라의 공무원은 아무도 믿으면 안 돼요. 그들은 유명하거나 부자가 아닌 보통 사람에게는 신경 쓰지 않고, 그들이 말하는 도움은 내가 바라는 도움이 아니에요. 그들은 우리를 속일 뿐이에요."

레베카는 분개한 듯했다. 마르틴 베크는 그녀와 논쟁해봐야 소용없다는 것을 알았다. 그녀의 말이 대체로 사실이었으니 논쟁할 까닭도 없었다.

"음." 마르틴 베크가 할 수 있는 말은 이것뿐이었다.

전화가 울렸다. 교환원이 브락센은 사무실에도 법원에도 없고, 전화번호부에 그의 집 전화번호는 실려 있지 않다고 말했다.

브락센은 아마 사무실에서 살면서 그 전화만 쓰거나, 아니면 다른 번호를 전화번호부에는 싣지 않은 모양이었다. 마르틴 베크는 교환원에게 계속 찾아보라고 부탁했다.

"그분이랑 연락이 안 되어도 상관없어요." 마르틴 베크가 수화기를 내려놓자 레베카가 말했다. "이번엔 그분도 저를 도울 수 없을 거니까요."

"아, 도울 수 있습니다." 마르틴 베크가 말했다. "포기하면 안 됩니다, 레베카. 어떤 일이 있든 변호사는 필요하고, 브락센은 좋은 변호사예요. 당신이 구할 수 있는 최고의 변호사죠. 하지만 그동안은 나와 이야기해도 됩니다. 내게 상황을 설명해보겠습니까?"

"하지만 직접 보셨잖아요."

"봤죠. 하지만 그전의 상황 말입니다. 당신은 이 일을 전부터 고민했겠죠."

"그 사람을 죽이는 일 말인가요?"

"네."

레베카는 한동안 말없이 바닥만 보았다. 그러다가 다시 고개를 든 그녀의 눈에 절망이 어찌나 가득한지, 마르틴 베크는 그녀가 금방이라도 울 것 같다고 생각했다.

"짐이 죽었어요." 레베카가 담담하게 말했다.

"어쩌다……?"

마르틴 베크는 레베카가 몸을 숙여서 가방을 뒤지기 시작하는 것을 보고 말을 멈춘 뒤, 재킷 주머니에서 깨끗하지만 좀 구겨진 손수건을 꺼내어 책상 너머로 내밀었다. 하지만 레베카는 물기 없는 눈으로 그를 보며 고개를 저었다. 그는 손수건을 도로 넣고, 그녀가 찾던 것을 가방에서 꺼낼 때까지 기다렸다.

"짐은 자살했어요." 레베카가 가장자리에 빨간색과 흰색과 파란색 줄무늬가 있는 항공우편 봉투를 책상에 올려놓으면서 말했다. "짐의 어머니가 보낸 편지예요. 읽어보세요."

마르틴 베크는 봉투에서 편지를 꺼냈다. 타자기로 친 편지는 고작 한 페이지였다. 어조는 담담하고 신중했으며, 글 어디에서도 짐의 어머니가 레베카를 딱하게 여긴다는 느낌이 들지 않았거니와 자기 아들의 일을 애통해한다는 느낌조차 들지 않았다. 어떤 감정도 드러나지 않은 편지였고, 그래서 잔인하게 느껴졌다.

짐은 10월 22일에 교도소에서 죽었다고 했다. 담요로 만든 줄을 감방의 침대 위층에 걸어서 목을 맸다. 어머니가 아는 한 짐은 부모에게도, 레베카에게도, 다른 누구에게도 설명이나 변명이나 전갈을 남기지 않았다. 어머니는 레베카가 짐을 걱정한다는 것을 알고 "짐의 딸일지도 모르는" 아이를 데리고 있다는 것을 알기에 소식을 전한다고 했다. 코스그레이브 부인은 자신의 남편이 아들이 그렇게 죽었다는 사실에—죽음 자체가 아니라 죽은 방식이 문제인 듯했다—충격을 받아서 원래 나빴던 건강이 더 악화했다는 말로 편지를 맺었다.

마르틴 베크는 편지를 접은 다음 다시 봉투에 넣었다. 11월 11일 소인이 찍혀 있었다.

"이걸 언제 받았습니까?"

"어제 아침에요." 레베카가 대답했다. "짐의 어머니가 아는 주소가 제가 작년 여름에 살았던 친구 집 주소라서, 편지가 거기 며칠 있다가 제게 전달되었어요."

"친절한 편지는 아니로군요."

"네."

레베카는 책상에 놓인 편지를 보면서 잠시 말이 없었다.

"짐의 어머니가 이럴 줄은 몰랐어요." 레베카가 이윽고 꺼낸 말이었다. "너무해요. 짐은 부모님 이야기를 자주 했고, 부모님을 아주 좋아하는 것 같았어요. 아마 아버지를 좋아한 거겠죠."

레베카가 으쓱하고는 덧붙였다.

"부모가 늘 자식을 좋아하는 건 아니지만 말이에요."

레베카가 자신의 부모를 떠올리면서 한 말이란 것을 아는데도, 마르틴 베크는 그 말이 자신에게 해당된다고 느꼈다. 마르틴 베크에게는 곧 스무 살이 되는 아들 롤프가 있었다. 부자 사이는 늘 나빴다. 그는 이혼하기 전에는, 아니, 레아를 만나서 우리가 타인뿐 아니라 자기 자신에게도 솔직해야 한다는 것을 배우기 전에는 자신이 아들을 그다지 좋아하지 않는다는 사실을 인정할 용기가 없었다. 그런데 지금 씁쓸하게 굳은 레베카의 얼굴을 보니, 자신이 아들에게 깊은 애정이 없다는 사실이 아들의 정서에 어떤 악영향을 미쳤을까 하는 데에 생각이 미쳤다.

그는 롤프 생각을 밀어내고 레베카에게 말을 걸었다.

"그러면 그때 결심했습니까? 편지를 받았을 때?"

레베카는 대답을 망설였다. 마르틴 베크는 레베카가 답이 애매해서가 아니라 솔직하고자 하는 마음 때문에 망설인다고 생각했다. 적어도 그 정도로는 그녀를 알 것 같았다.

"네, 그때 결심했어요."

"총은 어디서 구했습니까?"

"원래 갖고 있었어요. 몇 년 전에 엄마의 이모님이 돌아가셨을 때 물려받았어요. 그분이 저를 좋아해서, 어릴 때 자주 그분과 지냈어요. 그분이 돌아가시면서 제게 물건을 몇 개 주셨죠. 총도 그때 받은 거예요. 하지만 이전에는 총 생각을 하지 않고 살았고, 총알이 있다는 것도 잊고 있었어요. 이사를 자주 다녔으니까, 짐에 싸둔 채 갖고만 다녔어요."

"전에 총을 쏴본 적 있나요?"

"아니요, 한 번도 없어요. 제대로 작동할는지도 몰랐어요. 오래된 물건인 것 같아서."

"맞습니다. 최소 팔십 년은 됐을 겁니다."

마르틴 베크는 총에 그다지 관심이 없었고, 총기에 관해서는 꼭 필요한 내용만 알았다. 반면에 만약 이 자리에 콜베리가 있었다면, 이 총은 레밍턴 사에서 1885년 제조한 해링턴 앤드 리처드슨 32 싱글 액션 모델이라는 것을 그들에게 알려주었을 터였다. 총알은 근거리 사격이 가능한 장약을 채운 황동 탄피 납탄으로, 레밍턴 사가 1905년에 제조한 것이라고도 알려주었을 것이었다.

"어떻게 안 들켰습니까? 경찰이 리다르홀멘 전체를 막고, 들어가는 사람은 모두 확인했는데요."

"총리가 차를 타고 그걸…… 뭐라더라…… 그걸 한다는 걸 들었어요."

"자동차 퍼레이드 말이군요."

"네, 그 미국인과 함께. 그들이 어디에 가고 무얼 할 건지를 신문에서 읽었는데, 교회가 제일 나을 것 같았어요. 그래서 어젯밤에 교회에 들어가서 숨었어요. 밤새, 그리고 오늘 그들이 도착할 때까지 거기 있었어요. 숨어 있는 건 어렵지 않았어요. 목마르거나 배고플 때 마시려고 발효유도 갖고 있었고요. 경찰인 것 같은 사람들이 교회에 들어왔지만, 그들은 저를 못 봤어요."

등신 특공대로군, 마르틴 베크는 생각했다. 당연히 그들은 못 봤겠지.

"이십사 시간 가까이 지났는데 먹은 게 그것뿐인가요? 정말로 지금 뭘 먹지 않아도 괜찮겠습니까?"

"아니요, 고맙습니다. 배고프지 않아요. 저는 음식을 많이 먹지 않아요. 이 나라 사람들은 대부분 너무 많이 먹어요. 배가 고프면 가방에 깨소금을 묻힌 대추야자가 있으니까 괜찮아요."

"알겠습니다. 하지만 뭐든 원하는 게 있으면 말하세요."

"고맙습니다." 레베카가 예의 바르게 대답했다.

"지난 이십사 시간 동안 잠도 거의 못 잤겠군요."

"네, 못 잤어요. 어젯밤 교회에서 잠시 잤고요. 오래는 아니고 길어야 한 시간쯤. 꽤 추웠어요."

"오늘은 이야기를 많이 하지 않아도 괜찮습니다." 마르틴 베크가 말했다. "조금 쉰 뒤에 내일 마저 해도 됩니다. 혹 나중에 필요하다면, 잠이 잘 오게 하는 약을 드리죠."

"저는 약은 절대 먹지 않아요."

"교회에 있을 때는 시간이 아주 느리게 갔겠죠. 기다리는 동안 뭘 했나요?"

"생각했어요. 주로 짐에 대해서 생각했어요. 그가 죽었다는 사실을 받아들이기 어려워요. 하지만 그가 감옥을 견디지 못할 거라는 건 알고 있었어요. 그는 갇히는 걸 견디지 못했을 거예요."

"짐은 자기 나라 법에 따라 형을 선고받았고……."

"짐을 벌준 건 여기예요." 레베카가 얼굴을 내밀면서 끼어들었다. "사람들이 짐에게 처벌이 없을 테니까 고향에 가라고 속였을 때, 그때 이미 그에게 벌을 준 거예요. 아니라고 말하지 마세요. 안 믿을 테니까."

마르틴 베크는 아무 말도 하지 않았다. 레베카는 다시 등을 기대면서 뺨에 떨어진 머리카락을 쓸어 넘겼다. 마르틴 베크는 그녀가 다시 입을 열 때까지 기다렸다. 질문이나 알은체하는 말을 던져서 그녀의 생각을 끊고 싶지 않았다. 한참 뒤에 그녀가 더 느릿느릿 말하기 시작했다.

"제가 아까 짐이 죽었다는 소식을 들었을 때 총리를 쏘기로 결심했다고 말했는데요, 그건 사실이에요. 하지만 어쩌면 전에도 그런 생각을 해본 것 같아요. 확실히는 모르겠어요."

"하지만 전에는 총을 갖고 있다는 사실조차 잊고 지냈다고 하지 않았나요."

레베카가 찌푸렸다.

"맞아요. 총 생각은 어제서야 났어요."

"만약 전부터 그를 쏠 생각이었다면, 총 생각도 전부터 났겠죠."

"그렇겠죠." 레베카가 끄덕이면서 말했다. "모르겠어요. 제가 아는 건, 짐이 죽었으니까 이제 다 상관없다는 거예요. 제가 어떻게 되든 상관없어요. 제게 중요한 건 카밀라뿐이에요. 저는 카밀라를 사랑하지만, 그 애에게 사랑 말고는 아무것도 줄 수 없어요. 사람들이 서로 거짓말하는 세상에서 산다는 건 끔찍한 일이에요. 어떻게 악당이자 배신자인 사람이 이 나라를 결정하는 자리에 오를 수 있죠? 그는 그런 사람이었어요. 썩은 배신자. 그렇다고 해서 앞으로 그의 자리를 차지할 사람은 더 나을 거라고 기대하는 건 아니에요. 제가 그렇게 바보는 아니에요. 하지만 그들에게, 정부에서 결정하는 사람들에게, 시민들을 속이고도 영원히 무사할 순 없다는 걸 보여주고 싶었어요. 시민들은 그들이 우리를 속이고 배신한다는 걸 알면서도 너무 무서워서, 아니면 지금 이대로가 편해서 아무 말 하지 않는 거예요. 시위나 불평도 소용없어요. 왜냐하면 힘 있는 사람들이 전혀 신경 쓰지 않으니까요. 그들은 자신들의 자리에만 신경 쓰지, 보통 사람들에게는 신경 쓰지 않아요. 그래서 제가 그를 쏜 거예요. 그들을 겁주고 싶어서요. 우리가 그들 생각처럼 약하지 않다는 걸 깨닫게 하고 싶어서요. 그들은 시민들에게 무엇이 필요한지 신경 쓰지 않고, 도움을 얻지 못한 시민들이 불평해도 신경 쓰지 않고, 그저 자기 목숨만 신경 써요. 하지만 저는……."

전화가 울려서, 레베카의 말이 끊어졌다. 마르틴 베크는 방해하지 말라고 미리 지시해두지 않은 것을 후회했다. 레베카가 이렇게 말이 많은 것은 아주 드문 일일 것 같았다. 지난번에 봤을 때 레베카는 낯을 가렸고 말이 없었다.

마르틴 베크는 전화기를 들었다. 브락센을 계속 찾고 있지만 아직 소득이 없다고 알리는 교환원의 전화였다.

마르틴 베크가 수화기를 내려놓는 순간, 노크 소리가 들리고 헤도발드 브락센이 들어왔다.

"안녕하십니까." 브락센은 마르틴 베크에게 인사하고 곧장 레베카에게로 향했다. "여기 있었군요, 로베르타. 총리가 총에 맞았다는 뉴스를 라디오에서 들었는데, 범행을 저지른 사람의 인상착의를 들어보니 누구인지 알겠어서 바로 달려왔습니다."

"안녕하세요." 레베카가 말했다.

"당신을 찾고 있었습니다." 마르틴 베크가 말했다.

"의뢰인을 만나는 중이었습니다." 브락센이 말했다. "딴소리지만, 아주 재밌는 사람이었어요. 각종 흥미로운 주제에 대해서 방대한 식견을 가진 사람이더군요. 그의 아버지는 플랑드르 직물 제조의 권위자로 유명하답니다. 그 사람 집에 있다가 라디오를 들었지요."

브락센은 길고 누르죽죽하고 얼룩덜룩한데다가 튀어나온 배 부분이 팽팽한 코트를 어렵사리 벗어서 의자에 내던졌다. 그리고 서류 가방을 책상에 놓으면서 총을 보았다.

"흠." 브락센이 말했다. "나쁘지 않군요. 저걸로 사람을 맞히기는 쉽지 않지요. 아마 전쟁 직전이었던 것 같은데, 어느 쌍둥이 형제가 피고인이었던 사건에서 저것과 비슷한 무기가 문제가 된 사례가 있었답니다. 볼일이 끝나셨으면, 내가 레베카와 잠시 단둘이 이야기해도 되겠습니까?"

브락센은 서류 가방을 뒤져서 낡은 황동 담뱃갑을 꺼낸 뒤, 그 속에서 끄트머리를 씹다 만 시가를 꺼냈다.

마르틴 베크는 의자에서 일어났다.

"그러시죠. 저는 잠시 후에 돌아오겠습니다."

마르틴 베크가 문으로 갈 때, 브락센이 이렇게 말하기 시작했다.

"자, 레베카, 이봐요, 상황이 좋지 않지만, 우리는 해낼 수 있어요. 기운을 내요. 그러고 보니 크리스티안스타드에서 그쪽과 나이가 비슷한 아가씨를 만났던 사건이 떠오르는데, 그게 1946년 봄이었죠, 그러니까 그해가……."

마르틴 베크는 한숨을 쉬면서 등 뒤로 문을 닫았다.

25.

마르틴 베크가 청장에게 상원 의원을 노린 테러가 또 한 번 있을 가능성은 아주 낮다고 말했던 것은 정확한 판단이었다. 울라그의 원칙 중 하나는 신속하게 공격한 뒤 종적을 남기지 않고 사라진다는 것이었다. 작전을 실패해놓고선 더 나은 결과를 바라며 바로 재시도하는 것은 이 원칙을 위배하는 위험한 짓으로 간주되었다.

후부스탄의 아파트에서, 르발루아는 벌써 장비를 싸기 시작했다. 신속하게 움직일수록 이 나라를 무사히 빠져나갈 가능성이 높다는 것을 알기 때문이었다. 르발루아의 입장에서는 일단 덴마크까지만 가면 비교적 안전하다고 느낄 수 있을 터였다. 이 프랑스인은 벌어진 일에 대해서는 별로 생각하지 않았다. 그런

유형의 사람이 아니었다.

라인하르트 하이트의 상황은 퍽 달랐다. 경찰이 하이트의 인상착의를 알고 있고 그를 찾을 것이기 때문이었다.

집이 더워서, 하이트는 러닝셔츠와 흰 팬티만 입고 침대에 누워 있었다. 막 샤워한 뒤였다.

하이트는 이곳을 빠져나갈 방법을 아직 진지하게 생각해보지 않았다. 아마도 알맞은 때를 기다리면서 이 집에서 꽤 오래 숨죽여 지내야 할 것 같았다.

두 일본인도 비슷한 지시를 받았다. 그들은 위험 없이 떠날 수 있을 때까지, 즉 경찰이 그들을 찾기를 포기하고 모든 상황이 정상으로 돌아갈 때까지 쇠데르말름의 아파트에 머물 예정이었다. 하이트처럼 그들도 한 달 이상 먹을 수 있는 양의 통조림을 구비해두었다. 그것은 그들의 식성에 맞춘 음식이라서, 하이트라면 그것으로는 며칠 이상 버티지 못할 터였다. 하지만 하이트는 자기 입맛에 맞는 음식을 사두었고 그 양도 한 명이 오래, 필요하다면 일 년까지도 버틸 수 있는 정도이니 괜찮았다.

이 순간 하이트가 생각하는 것은 다른 문제였다. 자신들은 대체 왜 실패했을까? 그는 오래전에 훈련소에서 실패와 희생이 불가피한 것임을 배웠고, 그보다는 설령 작전에 실패하거나 요원이 죽더라도 그로 인해 울라그가 추적당하는 일이 없도록 하는 것이 더 중요한 문제라고 배웠다.

르발루아는 폭탄이 제대로 터졌다고 장담했다. 그리고 르발루아는 절대 틀리지 않는다고 봐도 좋은 사람이었다. 두 일본인이 폭탄을 엉뚱한 곳에 설치했을 가능성도 논외로 쳐도 좋았다.

하이트는 정확한 계산과 복잡한 문제 해결에 능한 사람이었다. 침대에 누워 있던 그는 이십 분도 지나지 않아서 이것이 어떻게 된 일인지 알아차렸다. 그는 일어나서 작전실로 갔다. 르발루아는 몇 안 되는 소지품을 다 꾸리고 코트를 입는 중이었다.

"어떻게 된 일인지 알겠어." 하이트가 말했다.

프랑스인이 묻는 눈으로 하이트를 보았다.

"그들이 우리를 속였어. 아주 간단하게. 라디오와 텔레비전은 생중계가 아니었어. 삼십 분 정도 시간 지연이 있었던 거야. 우리가 작전을 실시했을 때는 이미 차량 행렬이 지나간 뒤였어."

"음. 그럴듯하네."

"그러면 경찰 무선이 잠잠했던 것도 설명돼. 경찰이 무선을 썼다가는 라디오와 텔레비전 중계 속임수가 들통날 테니까."

"꽤 교묘한데. 인정할 수밖에 없네." 프랑스인이 씩 웃으면서 말했다.

"내가 경찰을 과소평가했어. 놈들도 바보가 아니었던 거야."

"뭐, 이런 일도 있기 마련이지." 르발루아가 방을 둘러보면서 말했다. "그럼 나는 갈게."

"차를 가져가도 돼. 이제 내게는 쓸모가 없어." 하이트가 말했다.

프랑스인은 잠시 생각해보았다. 지금쯤 전국에, 특히 스톡홀름 일대에 경찰 바리케이드가 깔렸을 터였다. 경찰이 벌써 그 차를 추적하는 데 성공했을 가능성은 낮지만 그래도 위험했다.

"아니야. 기차로 갈게. 안녕." 르발루아가 말했다.

"안녕. 언젠가 또 보자고." 하이트가 말했다.

"그러자고."

르발루아의 계산은 정확했다. 르발루아는 아무 문제 없이 이튿날 아침에 엥엘홀름에 도착했고, 거기서 버스를 타고 토레코브까지 갔다.

고깃배는 약속대로 항구에서 대기하고 있었다. 르발루아는 곧장 배에 탔다. 하지만 항해는 날이 어두워진 뒤에야 할 수 있었다.

이튿날 아침에 르발루아는 코펜하겐에 도착했다. 이제 비교적 안전하다고 볼 수 있었다.

르발루아는 곧장 기차역으로 갔고, 거기서 기다리다가 아침 신문의 머리기사를 보았다.

르발루아가 떠난 뒤에도 라인하이트 하이트는 손깍지로 머리를 받치고 침대에 누워 있었다. 라디오를 흘려들으면서, 최초의 철저한 패배를 곱씹었다. 자신이 완벽한 계획을 완벽하게 시행했는데도, 누군가 자신을 속였다.

이토록 교묘한 솜씨로 그에게 한 방 먹인 인간은 누구일까?

라디오에서 특별 보도가 시작되었다. 하이트는 침대에서 일어나서 놀라운 뉴스를 들었다.

설상가상이라더니, 자신은 이제 거의 우스꽝스러운 수준의 우연에까지 얽힌 셈이었다.

하이트는 자신도 모르게 하하 웃었다.

하지만 이제 집 밖으로 나가는 위험을 더욱더 감수할 수 없게 되었다는 것은 웃을 일이 아니었다.

자신이 여러 번 반복해서 읽고 곱씹을 만한 책들을 사두는 선견지명을 발휘했다는 점이 다행스러웠다.

피터마리츠버그에 다시 가기까지는 시간이 많이 걸릴 것 같았다. 그리고 하이트는 바깥 활동을 선호하는 전형적인 야외형 인간인지라, 기다림이 힘겨울 수도 있을 것 같았다.

마르틴 베크에게 이 놀라운 날의 대미를 장식한 것은 헤르고트 뇌이드의 전화였다. 뇌이드는 이제 일이 끝났지만 안타깝게도 자신이 있는 곳이 어디인지 모르겠다고 말했다.

"다른 사람들도 모릅니까?" 마르틴 베크가 물었다.

"몰라요. 다들 스코네에서 온 친구들이라."

"그럼 거기까지는 어떻게 갔습니까?"

"경찰 버스로요. 하지만 버스는 가버렸고, 내일 새벽같이 다시 데리러 온답니다. 내가 아는 건 근처에 철로가 있다는 것뿐이에요. 열차는 초록색이고요."

"지하철이군요." 마르틴 베크가 곰곰이 생각하면서 말했다. "교외인 모양인데."

"아니, 아니, 이 열차는 지하로 달리지 않아요."

"그에게 밖으로 나가서 제일 가까운 길모퉁이로 간 뒤 거리명을 보라고 하세요." 늘 통화를 엿듣는 레아가 끼어들었다.

"유령입니까?" 뇌이드가 껄껄 웃었다.

"그건 아닙니다만." 마르틴 베크가 말했다.

"여성분이 말씀하신 것, 들었습니다. 잠시 기다리세요."

뇌이드가 정확히 사 분 뒤에 돌아와서 말했다.

"뤼스빅스가탄. 짚이는 게 있습니까?"

마르틴 베크에게는 의미 없는 지명이었지만, 레아가 또 끼어

들었다.

"파르스타에 있는 모양이네요." 레아가 말했다. "그가 거기서 여기까지 찾아오기는 너무 어려울 거예요. 길이 사방으로 갈라져 있거든요. 그에게 방금 갔던 길모퉁이에서 기다리고 있으면 내가 이십 분 뒤에 간다고 말하세요."

"들었습니다, 들었어요." 뇌이드가 말했다.

레아는 벌써 빨간색 장화를 신고 더플코트 단추를 채우면서 현관문을 열고 있었다.

"다녀올게요." 레아가 말했다. "그리고 오븐에 손가락이라도 댔다가는 지옥 불에서 구워질 줄 알아요."

"거참 점잖은 여성분입니다." 뇌이드가 웃으면서 말했다. "성함이 뭡니까?"

"직접 물어보세요." 마르틴 베크가 대답했다. "좀 있다 봅시다."

레아는 낡은 볼보 밴을 갖고 있었고, 그것으로 종종 도로를 위험하게 만들었다. 이 분야의 많은 감식가들이 트랙터 혹은 스팀 롤러라고 부르는 그 모델은 결코 고장 나거나 망가지지 않는다는 점에서 성공적인 설계였다. 그래서 자연히 회사는 그 모델을 단종시켰다. 이 일을 두고 레아는 자본주의가 오직 자신의 규칙만을 지킨다는 것을 보여주는 수많은 증거 중 하나라고 말했다.

정확히 사십사 분 뒤, 레아가 뇌이드와 함께 돌아왔다. 두 사람이 승강기에 오르면서 동시에 말하고 웃는 소리가 들려오는 것으로 보아, 그들의 첫 만남은 성공적인 게 분명했다.

레아는 집에 오자마자 외출복을 벗어 던지고 시계를 흘긋 보고는 서둘러 부엌으로 갔다.

뇌이드는 아파트를 구경한 뒤에 말했다.

"스톡홀름에 사는 것도 나쁘지 않은 것 같습니다. 그런데 오늘 무슨 일이 있었던 겁니까? 이 도시 경찰들도 아무것도 모르던데요. 자신들도 그냥 지시받은 자리에 서 있을 뿐이라면서."

그 말이 옳았다. 이런 상황에서 길거리의 경찰관이 아는 바는 전쟁터의 병사가 아는 바에 비길 수 있을 정도였다. 달리 말해, 아무것도 알 수 없었다.

"어떤 여자가 총리를 총으로 쐈습니다." 마르틴 베크가 말했다. "여자는 리다르홀름쉬르칸 교회에 숨어 있었는데, 그곳을 수색하기로 되어 있던 보안 요원들이 실수로 놓쳤어요."

"내가 총리의 지지자라고 말할 순 없습니다만, 이건 좀 무의미한 짓 같네요. 그쪽 사람들은 그와 똑 닮은 후보를 삼십 분 만에 찾아낼 텐데요."

마르틴 베크는 끄덕인 뒤에 물었다.

"안데르슬뢰브에서는 그동안 별일 없었습니까?"

"많았죠." 뇌이드가 대답했다. "하지만 다 좋은 일이었습니다. 예컨대, 칼레와 내가 주류 판매소를 지키는 데 성공했어요. 그걸 닫게 만들지 못해서 안달 난 주민이 있었지만, 사제와 경찰서장이라는 강력한 적 앞에서 어지간한 사람은 당할 재간이 없죠."

"폴케 벵트손은 어떻게 지냅니까?"

"잘 지내는 것 같습니다. 예전과 하나 다를 게 없어 보여요. 하지만 웬 정신 나간 스톡홀름 사람이 시그브리트 모르드의 집을 여름 별장으로 샀어요." 뇌이드가 껄껄 웃고 덧붙였다. "그리고 베르틸 모르드에게 희한한 일이 있었습니다."

"무슨?"

"그에게 부동산이랑 기타 등등에 관해서 몇 가지 물으려고 찾았단 말입니다. 그런데 그가 집이며 술집이며 갖고 있던 전 재산을 팔고 다시 바다로 나갔다지 뭡니까. 무슨 바람이 불어서 그랬나 몰라요."

마르틴 베크는 대꾸하지 않았다. 모르드를 부추긴 바람이 바로 마르틴 베크였다.

"그래서 여기저기 문의를 넣었죠. 결국 타이완 타이베이의 한 해운 회사에서 보내온 아주 멋들어진 편지를 받았어요. 자기

네가 넉 달 전에 라이베리아에서 모르드 선장을 고용했고, 지금 그는 '타이완 선'이라는 배의 선장으로 스팍스에서 보타포구까지 에스파르토*를 운반하고 있다더군요. 그쯤에서 나는 포기했습니다. 하지만 하나 궁금하긴 합니다. 모르드는 그러다 죽겠다 싶을 정도로 술을 마셔댔으니까, 깨끗한 건강증명서를 받을 수 없었을 거란 말이죠. 그런데 어떻게 그렇게 큰 배의 선장이 됐을까요?"

"몬로비아에서 알맞은 의사를 찾아가서 오백 달러를 찔러주면, 당신에게 나무 의족과 유리알 의안이 있다고 보장하는 증명서도 뗄 수 있을 겁니다." 마르틴 베크가 말했다. "나는 그저 그가 스스로 그런 생각을 떠올리지 못했다는 게 이상할 뿐이에요."

"스스로." 뇌이드가 말했다. "그렇다면 바로 당신이……."

마르틴 베크는 끄덕였다.

"그리고 살인 사건 수사에 관해서 의아한 점이 몇 가지 있습니다." 뇌이드가 말했다. "사람들은 그 살인자가, 이름은 잊었습니다만, 경찰이 자신을 잡으러 온 걸 보고 심장 발작을 일으켜서 죽었다고 말하던데요."

* 남부 스페인 또는 북부 아프리카에서 생산되는 벼과의 야생초. 펄프의 원료로 쓰인다.

"그런데요?"

"심장 발작은 그렇게 주문하면 짠 하고 나오는 게 아니란 말입니다. 그런데 그때 그를 담당했던 의사를 나중에 내가 트렐레보리에서 우연히 만났거든요. 의사 말이, 그는 원래 심장이 아주 안 좋았답니다. 그래서 담배도, 술도, 계단 오르기도, 흥분도 하면 안 되는 상태였대요. 그가 또 뭘 하면 안 되었느냐, 섹……."

그때 레아가 방에 들어오자, 뇌이드가 입을 닫았다.

"그가 또 뭘 하면 안 되었는데요?" 레아가 물었다.

"섹스요." 뇌이드가 대답했다.

"불쌍한 사람." 레아는 이렇게 말하고 부엌으로 돌아갔다.

"또 하나." 뇌이드가 말했다. "그의 차가 도둑맞았을 때, 차문은 잠겨 있지 않았고 차고도 훤히 열려 있었단 말입니다. 왜 그랬을까요? 누군가 차를 훔쳐주기를 그가 바랐기 때문이겠죠. 그 차가 시그브리트 모르드 살인의 증거가 되리라는 걸 알았으니까요. 차는 살인 후에 계속 그렇게 세워져 있었지만, 살인 전에는 안 그랬습니다. 그의 여편네만 아니었다면, 그는 차를 도둑맞고도 신고하지 않았을 겁니다."

"당신은 살인수사과에서 일해야겠는데요." 마르틴 베크가 말했다.

"뭐요? 나요? 미쳤습니까? 나는 이런 일은 두 번 다시 생각도 안 할 겁니다. 장담하죠."

"'여편네'라고 누가 말했죠?" 레아가 부엌에서 외쳤다.

"저분이 레드스타킹*은 아니겠죠?" 뇌이드가 목소리를 낮추어 물었다.

"아닐걸요." 마르틴 베크가 대답했다.

"저였습니다!" 뇌이드가 외쳤다.

"그래요." 레아가 말했다. "나를 가리킨 말만 아니라면 됐어요. 음식이 다 됐어요. 부엌으로 오세요. 얼른. 식기 전에."

레아는 요리를 좋아하는 만큼, 아무것이나 꾸역꾸역 입에 넣고 말 한마디 없는 손님을 싫어했다.

안데르슬뢰브의 경찰관은 모범적인 손님이었다. 자신도 뛰어난 요리사인 뇌이드는 모든 것을 찬찬히 맛본 뒤에 한마디라도 꼭 덧붙였고, 그 말들은 모두 극찬이었다.

몇 시간 뒤에 마르틴 베크와 레아가 셉스브론 다리에서 뇌이드를 택시에 태워 보냈을 때, 뇌이드는 아주 만족한 얼굴이었다.

11월 22일 금요일, 헤르고트 뇌이드는 또다시 스베아베겐 거

* 1969년 미국에서 급진주의 여성운동 단체 '레드스타킹'이 결성된 지 일 년 뒤, 덴마크에서도 같은 이름으로 단체가 결성되었다. 그들은 1970년대에 덴마크뿐 아니라 스칸디나비아의 여성운동에 기여했다.

리의 도서관 맞은편에 서 있었다. 차량 행렬이 지나갈 때, 마르틴 베크는 손을 들어서 뇌이드에게 인사했다.

"사슴 사냥꾼에게 인사한 건가?" 군발드 라르손이 물었다.

마르틴 베크는 끄덕였다.

마르틴 베크와 군발드 라르손은 간밤의 만찬에 누가 참석할지를 동전 던지기로 정했는데, 이번에는 행운이 마르틴 베크의 편이었다. 마르틴 베크와 뇌이드가 레아의 요리를 즐기는 동안, 군발드 라르손은 괴로운 임무를 수행했다.

스탈메스타레고르덴에서 열린 만찬은 우수가 깃든 자리였다. 하지만 상원 의원과 황급히 총리 대리로 임명된 인사는 일정을 강행했다. 둘 다 연설에서 '비극적 사건'을 언급했지만, 그보다 더 자세한 이야기는 하지 않았다. 그 대목을 제외하고는 평소처럼 우정과 평화와 동등한 기회와 상호 존중에 대해서 지껄이는 연설이었다.

군발드 라르손은 두 정치인이 같은 사람에게 연설문 작성을 맡긴 것처럼 들린다고 생각했다.

이번에 에리크 묄레르의 경호는 한 치의 오점도 없이 수행되었고, '특공대'는 눈 씻고 봐도 보이지 않았다.

군발드 라르손에게는 지루해죽을 것 같은 밤이었다. 군발드 라르손이 입을 연 것도 한 번뿐이었다. 바위 얼굴의 재킷에 거대한 혹이 불룩 튀어나온 것을 보고, 군발드 라르손은 마침 휴대품 보관소에 함께 있던 묄레르에게 물었다.

“저 친구는 어떻게 해외로 무기를 갖고 올 수 있었죠?”

“특별 허가가 있었습니다.”

“특별 허가? 누구의?”

“해당 인물은 이제 살아 있지 않습니다.” 묄레르가 흔들림 없이 대답했다.

보안청장이 떠난 뒤, 군발드 라르손은 생각에 빠졌다. 법률 지식이 풍부하진 않은 군발드 라르손인지라, 죽은 사람이 내린 불법 행위에 대한 허가가 얼마나 또 언제까지 유효한지 알 수 없었다. 답을 찾지 못한 군발드 라르손은 대신 바위 얼굴을 뜯어보기 시작했고, 이내 그 남자에게 딱한 마음이 들었다.

무지무지 끔찍한 직업이야, 군발드 라르손은 생각했다. 불붙이지 않은 시가를 얼굴에 꽂고 다닐 때는 더 그렇겠지.

상원 의원의 미소는 가라앉아 있었다. 행사 전체가 그랬다. 파티는 새벽까지 이어지지 않았다.

이튿날 아침, 사람들은 왕이 오찬을 취소할지 말지를 두고 추측을 남발했다. 전날 그런 사건이 있었던데다가 왕은 막 핀란드 방문에서 돌아온 참이었으니, 오찬을 취소할 이유는 충분했다.

하지만 왕궁으로부터는 아무 소식이 없었다. 마르틴 베크의 대책반은 그 행사를 위해 준비해둔 복잡한 계획을 예정대로 실행했다. 국왕 비서관의 말마따나, 왕은 겁내지 않았다. 왕은 로고르덴으로 걸어나와서 친히 상원 의원을 맞이하며 방문을 환영했다.

왕궁과 미국 대사관 사이에 접촉이 있었음을 알려주는 증거는 바위 얼굴이 방탄 차량에 남았다는 점뿐이었다. 경호 요원들이 "민감한 지점"이라고 부르는 계단을 상원 의원이 무사히 올라가자, 방탄 차량은 그제서야 왕궁 마당에 주차했다. 마르틴 베크가 그 곁을 지나가면서 푸르스름한 유리창을 들여다보았을 때, 상원 의원의 보디가드는 시가를 치워두고 버드와이저 캔과 틀림없이 점심 도시락처럼 보이는 것을 꺼내고 있었다.

그 세부적인 사항을 제외하고는, 예상치 못한 일은 전혀 벌어지지 않았다. 오찬은 왕이 사적으로 마련한 자리였으므로, 그곳에서 무엇이 이야기되고 행해졌는가는 참석자들만의 문제였다.

왕궁 밖의 시위대는 예상보다 규모가 적었고, 로고르덴에서 두 인물이 만날 때 "양키 고 홈" 하고 외치는 소리 못지않게 "우리도 왕을 보고 싶다" 하고 외치는 소리도 컸다.

시간은 경찰에게 중요한 고려 사항이었다. 이 행사의 원거리 경호를 치안경찰청장과 함께 총괄하는 군발드 라르손에게는 특히 그랬다. 군발드 라르손은 수시로 손목시계를 보았는데, 매번 행사가 예정대로 진행되고 있다는 것을 확인하고 살짝 놀랐다. 대개의 고위 정치가와 공직자는 합의된 시간을 지키는 편이라, 왕도 상원 의원도 시간표를 어기지 않았다. 상원 의원은 정확한 시각에 북쪽 계단을 올라가서 로고르덴에 나타났고, 왕도 정확히 그때 상원 의원을 맞이하러 나왔다. 둘은 악수했고, 정확한 시각에 왕궁 동문으로 걸어 들어갔다.

그들이 왕궁에 들어간 순간, 가장 결정적인 대목이 지나간 셈이었다. 마르틴 베크와 관련자들은 모두 안도의 한숨을 쉬었다.

식사는 정확한 시각에 끝났다. 상원 의원은 예정보다 십오 초 늦게 방탄 차량에 탔다.

늘 그렇듯이, 묄레르는 모습을 드러내진 않았어도 틀림없이 근처에 있을 터였다. 차량들이 늘어섰고, 알란다 공항으로 가는 여정이 시작되었다. 묄레르는 수중에 거느린 최고의 요원들로 왕궁 마당에 바리케이드를 치다시피 했다. 일대 수색도 이번에는 충분히 시간을 두고 철저히 수행했다.

차량 행렬은 아직도 한참 더 걸릴 가스관 수리 작업이 한창인 폭발 지점을 우회하려고 살짝 돌아갔지만, 그 뒤에는 전날보다 더 빠르게 달렸다.

군발드 라르손은 전날처럼 빠른 포르쉐를 제멋대로 몰면서 행렬을 앞뒤로 오락가락했다.

한동안 물밑에 숨어 있을 하이트와 일당 생각에 빠져 있는지, 군발드 라르손은 과묵했다.

"괜찮은 단서가 몇 가지 있긴 해." 이윽고 군발드 라르손이 마르틴 베크에게 말했다. "그 차, 그리고 하이트의 인상착의."

마르틴 베크는 끄덕였다.

한참 후에 군발드 라르손이 혼잣말처럼 덧붙였다.

"이번에는 그 자식도 빠져나가지 못할 거야. 우리가 할 일은 두 가지야. 그 초록색 차를 팔거나 빌려준 회사를 찾는 것. 그리고 놈들이 밖으로 나오기를 기다리는 것. 당장 두어 명을 그 일에 붙여야 해. 누구를 붙이지?"

마르틴 베크는 오래 고민한 뒤에 말했다.

"뢴과 스카케. 쉬운 일이 아니겠지만, 스카케는 노새처럼 끈질기고 뢴은 반복 작업에 뛰어나니까."

"예전에는 그렇게 생각하지 않았잖아."

"사람은 시간이 흐르면 변하지. 나도 마찬가지고."

길가에 시위대가 많이 나와 있었지만, 전날에 비하면 수가 훨씬 적었다. 간밤에 날씨가 궂어서 텐트에서 잔 사람들은 힘들었을 테고, 그게 아니라도 전날 발생한 뜻밖의 사건 때문에 기운이 빠진 사람들이 많았다. 별다른 사건은 벌어지지 않았다. 수많은 피켓이 궂은 날씨에 금방 망가진 게 전부였다.

공항 VIP실에서 사람들은 또다시 샴페인 잔을 들었다. 군발드 라르손은 또다시 제 잔을 가까운 화분에 태연하게 부어버렸다.

상원 의원은 이제 가라앉았다기보다는 안도한 미소를 띠고 또다시 한 사람 한 사람 악수하며 돌아다녔지만, 군발드 라르손 앞에서는 손을 바지 주머니에 꽂고 고개를 끄덕하면서 자신이 지을 수 있는 최고로 매력적인 선거용 미소를 지어 보이기만 했다. 상원 의원의 어깨 너머로 바위 얼굴이 아쉬운 심정을 안다는 표정으로 군발드 라르손을 보았다. 그것은 바위 얼굴이 평범한 인간에 가까운 감정을 비친 드문 순간이었다.

상원 의원은 중립적이고 형식적인 감사 인사를 남겼는데, 그 간명한 인사말에서도 다시 한번 '비극적 사건'이 언급되었다.

그 뒤에 상원 의원은 자신을 비행기까지 데려다줄 보안청 지프에 탔다. 멀찍이 세워진 차는 철통처럼 보호되고 있었다. 차에는 상원 의원 외에도 마르틴 베크, 묄레르, 전날 환영 만찬을 주재했고 이제 황급히 무임소장관으로 승격된 비서관, 그리고 바위 같은 얼굴에 시가를 문 남자가 탔다.

상원 의원이 비행기 계단을 오를 때, 관람석에 있던 한 흑인 탈영병이 외쳤다.

"더러운 개새끼!"

상원 의원은 소리 친 남자에게 활짝 웃으며 손 흔들어주었다.

십 분 뒤, 비행기는 공중에 떠 있었다.

가파르게 날아오른 비행기는 반짝이는 알루미늄 곡선을 그리면서 크게 방향을 틀어서 궤도에 올랐고, 그로부터 십 분 후에는 벌써 시야에서 사라졌다.

스톡홀름으로 돌아오는 차에서 군발드 라르손이 말했다.

"저 자식이 탄 비행기가 추락했으면 좋겠어. 하지만 너무 큰 꿈이겠지."

마르틴 베크는 곁눈질로 군발드 라르손을 보았다. 군발드 라르손이 이렇게 진지한 모습은 처음이었다.

군발드 라르손이 액셀을 밟자, 속도계가 시속 이백 킬로미터까지 치솟았다. 다른 차들이 정지해 있는 것처럼 느껴졌다.

포르쉐를 경찰서 마당에 세울 때까지, 두 사람은 말이 없었다.

"이제 진짜 일이 시작되는군." 군발드 라르손이 그제야 말했다.

"하이트와 초록색 차를 찾는 것?"

"그리고 그의 일당도. 하이트 같은 사람은 혼자 일하지 않아."

"아마 그럴 거야."

"번호판에 'GOZ'가 있는 초록색 차." 군발드 라르손이 말했다. "목격자가 오래전에 본 건데도 정확하게 기억하고 있다고 믿어도 될까?"

"확실하지 않으면 말하지 않는 사람이야." 마르틴 베크가 대답했다. "하지만 물론 이런 일에선 누구나 틀릴 수 있겠지."

"목격자가 색맹도 아니고?"

"아니야."

"만약 훔친 차가 아니라면, 놈이 직접 구입했거나 빌렸을 거야. 어느 쪽이든 추적 가능해."

"맞아. 스카케와 뢴이라면 할 만한 일일 거야. 두 사람이 발로 뛰고, 멜란데르가 전화를 맡으면 되겠지."

"우리는 뭘 하지?"

"기다려야지." 마르틴 베크가 말했다. "기다리면서 상황을 봐야지. 울라그 녀석들처럼. 그들은 지금쯤 뭔가 잘못됐다는 걸 알 테고, 아마 어딘가에 납작 숨어서 조심하고 있을 거야."

"그래, 그럴 것 같군."

두 사람의 생각은 옳았다. 단 칠십오 퍼센트만 옳았다.

11월 22일 금요일 오후의 상황은 이러했다.

라인하르트 하이트는 후부스타의 아파트에 있었고, 두 일본인은 쇠데르말름의 아파트에서 자신들이 처한 상황을 생각해보고 있었다.

상원 의원은 굉음을 내며 바다 위를 서쪽으로 날아가는 전용기 안에서 좌석을 끝까지 젖히고 누워서 잠들어 있었다.

바위 얼굴은 이제 더는 참을 수 없었기에, 스탈메스타레고르덴 홍보용 성냥을 꺼내어 시가에 불을 붙였다.

마르틴 베크와 군발드 라르손은 동료들에게 지시를 내리고 있었다. 뢴은 하품했다. 멜란데르는 파이프의 재를 비우면서 노골적으로 시계를 보았다. 늘 점수 딸 기회를 엿보는 스카케는 열심히 들었다.

그로부터 몇백 미터 떨어진 곳에서, 레베카 린드는 또다시 기소인부 절차를 밟고 있었다. 처리가 늦어진 것은 사건이 불도저 올손에게 할당된 탓이었다. 불도저는 처음에 이 사건을 식은 죽 먹기라고 생각했지만, 불청객의 장광설을 들을 생각을 하니 질려서 멀쩡히 출근해놓고도 갑자기 병가를 선언했다.

불도저를 대신하여 나온 여성 검사는 주저 없이 피고인의 감금과 "피고인의 정신 상태에 대한 철저한 감정"을 신청했다. 그것은 종종 여러 달이 걸리는 과정이었다.

레베카는 말이 없었다. 레베카의 왼쪽에 상냥하게 생긴 여성 경찰관이 앉아 있고 오른쪽에 헤도발드 브락센이 앉아 있는데도, 그녀는 세상 천지에 외톨이처럼 보였다.

검사가 진술을 마치자, 모두 브락센이 입을 열기를 초조하게 기다렸다. 법정 직원들은 집에 가고 싶어서였고, 기자들은 어서 가까운 전화기로 달려가고 싶어서였다.

하지만 그들은 오래 기다려야 했다.

브락센은 먼저 슬픈 눈으로 의뢰인을 보았고, 두 번 트림한 뒤, 벨트를 한 구멍 풀어서 느슨하게 만들었다.

그러고는 이윽고 입을 열었다.

"검사의 진술은 전혀 옳지 않습니다. 의심할 나위 없이 진실인 대목은 오직 하나, 레베카 린드가 총리를 쏴서 죽였다는 것뿐입니다. 지금쯤 온 국민이 그 사건을 텔레비전으로 시청했겠지요. 불과 한 시간 전에도 텔레비전이 그 장면을 처음부터 끝까지, 무려 열여섯 번째 재방송했으니까요.

나는 레베카의 변호인 겸 법률 자문으로서 그녀를 잘 알게 되었고, 그리하여 그녀가 이 자리에 있는 어느 누구보다도 더 건강하고 덜 왜곡된 정신 상태를 갖고 있다고 확신합니다. 나 자신도 포함해서 말입니다. 나는 그 사실을 재판에서 증명해 보일 수 있기를 바라며, 또한 반드시 재판이 열리기를 바랍니다.

사실인즉, 레베카 린드는 우리 모두가 잠자코 받아들여야만 하는 이 사회체제의 전횡을 짧은 인생에서 반복적으로 겪었습니다. 이 사회는, 달리 말해 이 사회를 낳은 철학은 단 한 번도 그녀에게 도움을 주지 않았거니와 그녀를 이해해주지도 않았습니다. 검사는 범죄에 동기가 없다는 점을 근거로 들어서 그녀의 정신감정을 촉구했지만, 그것은 순진하기 짝이 없고 어리석은 판단입니다.

사실 레베카의 행동에는 정치적 동기가 있습니다. 그녀가 어떤 정치 집단에도 속하지 않았고, 이 나라 국민들이 겪는 거의 모든 일을 좌우하는 정치 체제에 관해서 완벽하게 무지한 채로 행복하게 살아왔음에도 불구하고 말입니다. '정치의 논리적 귀결은 전쟁이다' 하는 터무니없는 생각이 오늘날에도 유효하다는 것을 잊지 맙시다. 그 금언은 자본주의 사회에 복무함으로써 대가를 두둑이 받는 이론가들이 지어낸 것이라는 점도 잊지 맙시다. 이 젊은 여성이 어제 행한 일은, 비록 무의식적이기는 하나 정치적인 행동이었습니다. 나는 레베카 린드가 다른 수많은 젊은이보다도 이 사회의 부패를 더 명료하게 꿰뚫어 보았다고 주장합니다. 그녀가 정치와 접촉한 바 없는데다가 혼합경제 정부가 무엇인지 전혀 모른다는 점을 고려하면, 그녀의 통찰이 더욱더 놀랍게 느껴집니다.

최근 들어, 아니, 내가 기억하는 한 오래전부터, 자본주의 블록 안의 크고 힘 있는 국가들은 사회가 인정한 법적 규범에 따르자면 범죄자라고 볼 수밖에 없는 인간들에 의해 운영되고 있습니다. 권력과 경제적 이득에 대한 욕망 때문에, 그들은 국민들을 이기주의, 방종, 그리고 물질주의와 타인에 대한 냉혹함을 바탕에 둔 세계관으로 몰아넣고 있습니다. 그런 정치인들이 처벌받는 경우는 극히 드물거니와, 처벌받더라도 그것은 형식에 불과하고, 후계자들도 같은 동기에 따라 행동합니다. 이 법정에서 하딩, 쿨리지, 후버 같은 정치인들을 기억할 만큼 나이가 든 사람은 나뿐인 듯합니다. 그때 사람들은 그들의 행동을 비난했습니다만, 이후에 의미 있는 발전이 있었던가요? 우리는 히틀러와 무솔리니, 스트로에스네르, 프랑코, 살라사르, 장제스, 이언 스미스, 포르스터르와 페르부르트, 칠레 군벌의 시대를 살아왔습니다. 그들은 제 국민들을 재앙으로 몰고 갔고, 그렇지 않을 때라도 자신의 사적인 이득을 위해서 마치 정복군이 피점령국의 시민들을 대하듯이 국민들을 억압했습니다."

판사가 짜증스러운 표정으로 시계를 보았지만, 브락센은 아랑곳하지 않고 계속 말했다.

"우리 나라는 작지만 굶주린 자본주의 국가다 하고 누가 말했던가요. 그것은 정확한 판단입니다. 깨끗한 정신으로 사고하는 사람에게, 예컨대 곧 구금될 테고 이미 삶을 망친 이 젊은 여성과 같은 사람에게, 우리 사회와 같은 체제는 분명 불가해하고 적대적인 체제로 보일 것입니다. 그리고 정상적이고 인간적인 방법으로는 문제의 인물에게 가닿을 수도 접촉할 수도 없다는 걸 깨달았을 때, 이 여성은 절망과 무분별한 증오에 사로잡혔습니다.

내가 이렇게 길게 이야기하는 것은, 그간의 법조계 경험으로 미루어 보아, 레베카 린드가 재판을 받을 일은 없다고 생각하기 때문입니다. 내가 지금 이 자리에서 하는 말이 그녀를 위해 할 수 있는 유일한 변론이라고 생각하기 때문입니다. 그녀는 정말로 희망이라고는 없는 처지였습니다. 그녀가 자신의 인생을 망가뜨린 사람들에게 한 번만이라도 제대로 받아치겠다고 결심했던 것은 이해할 만한 일이었습니다."

브락센은 잠시 말을 멈췄다가 결론을 지었다.

"레베카 린드는 살인을 저질렀습니다. 따라서 나는 체포에 반대할 수 없습니다. 나 또한 그녀의 정신감정을 요청합니다만, 검사와는 전혀 다른 이유에서 그러고자 합니다. 그녀를 맡게 될 의사가 누구이든, 어쩌면 그가 나와 같은 결론과 확신에 도달할지도 모른다는 희망을 나는 미약하게나마 품고 있습니다. 그녀가 우리 대부분의 사람들보다 더 현명하고 제대로 생각할 줄 안다는 결론 말입니다. 만일 그렇게 된다면, 그녀는 정의로운 국가에 걸맞은 방식으로 재판정에 설 수 있을 것입니다. 하지만 안타깝게도 내 희망은 실현 가망이 높지 않습니다."

브락센은 자리에 앉았다. 다시 트림을 하고는, 다듬지 않은 제 손톱을 슬픈 눈으로 바라보았다.

판사가 레베카 린드를 구속하고 국립정신의학연구소로 보내어 장기간 정신감정을 받도록 하라는 결정을 내리는 데는 삼십 초도 걸리지 않았다.

헤도발드 브락센이 옳았다. 정신감정은 아홉 달 가까이 걸렸고, 그 결과에 따라 레베카 린드는 정신병원으로 이송되었다.

석 달 뒤, 레베카 린드는 벽에 몸을 던져서 자살했다. 얼마나 세게 부딪쳤던지, 두개골이 박살 났다.

레베카 린드의 죽음은 사고로 기록되었다.

26.

에이나르 뢴와 벤뉘 스카케가 문제의 렌터카 회사를 찾아내는 데는 일주일 남짓 걸렸다. 하이트는 허츠나 에이비스 같은 대형 회사가 아니라 작은 사설 회사를 쓴 것으로 밝혀졌다.

하이트가 빌린 차는 지극히 평범한 모델인 오펠 사의 레코르트였다. 초록색에 번호판이 'FAK 311'인 차였다. 하이트가 차를 빌리자마자 번호판을 갈아 끼운 게 분명했다. 그는 앤드루 블랙이라는 이름을 썼고, 주소도 가짜로 댔다. 하지만 아마 그가 스톡홀름 지리를 잘 알지 못해서 생긴 일이었을 텐데, 그에게는 불리하게도 그 주소는 그와 두 일본인이 실제로 머문 곳과 한동네였다. 그 덕분에, 동네를 가가호호 방문하기 시작한 스카케와 뢴은 놀랍게도 금세 단서를 잡았다.

“실례합니다. 혹시 이 사람을 보신 적 있습니까?” 벤뉘 스카케는 제 신분증을 보여준 뒤에 모르면 몰라도 850번째로 같은 질문을 반복했다.

“네.” 문을 열어준 여자가 대답했다. “그분 초록색 차를 갖고 있고, 여기 12층에 살았던 분이잖아요. 일본인 신사 두 사람과 함께. 아, 두 분은 아직 여기 있어요. 키 작은 분하고 엄청나게 큰 분. 하지만 사진의 남자분은 삼 주쯤 전에 떠났어요. 승강기에서 마주칠 때 보면 다들 점잖고 좋은 분들이에요. 사업가들일 거예요. 그 집은 사무용 아파트거든요.”

“그러면 일본인들은 아직 그 집에 있다는 겁니까?” 뢴이 물었다.

“네, 하지만 그분들은 외출하지 않은 지 오래됐어요. 그전에 버스 정류장에 있는 슈퍼마켓에서 식료품을 큰 상자로 잔뜩 구입했고요.”

여자는 관찰력이 좋은 타입, 엄밀히 말하자면 남의 일에 참견하기 좋아하는 타입인 게 분명했다. 스카케는 기회를 놓치지 않고 물었다.

“일본인 신사들이 외출하거나 승강기를 쓰는 걸 본 지 얼마나 오래됐는지, 혹시 기억하십니까?”

“리다르홀멘의 끔찍한 살인 사건 이후로는 못 봤네요.” 여자는 이렇게 말한 뒤 제 이마를 탁 때리고 호기심을 드러내며 물었다. "혹시 그분들이……."

"아뇨, 아뇨, 전혀 아닙니다." 뢴이 얼른 말했다.

"살인을 저지른 사람은 현장에서 붙잡히지 않았습니까." 스카케도 거들었다.

"그렇죠. 그 아가씨가 두 일본인으로 변장할 순 없지 않겠어요?" 여자는 웃고 나서 덧붙였다. "두 동양인 신사에 대해서는 불평할 게 전혀 없어요. 사진의 남자분도 그렇고요. 참, 이분은 아주 잘생겼더라고요."

폭탄 테러와 충격적인 살인이 벌어진 지 십칠 일이 지났다. 대책반은 이제 두 가지 어려운 문제에 직면했다.

첫째, 하이트는 아직 국내에 있을까, 아니면 벌써 용케 빠져나갔을까?

둘째, 틀림없이 완전 무장을 했을 테고 아마 끝까지 저항하라고 지시받았을 두 일본인을 어떻게 처리하면 좋을까? 그들은 항복하느니 자신을 덮친 사람들과 함께 자폭하는 쪽을 택할 수도 있었다.

군발드 라르손이 창밖을 보면서 울적하게 말했다.

"그 자식들을 생포하고 싶은데."

"그 두 사람과 하이트가 테러 조직 전부일 거라고 보십니까?" 스카케가 물었다.

"아마 네 명일 거야." 마르틴 베크가 대답했다. "그리고 네 번째 사람은 벌써 도주했을 거야."

"왜 그렇게 보십니까?" 스카케가 또 물었다.

"나도 모르겠어."

마르틴 베크는 종종 정확한 추측을 해냈고, 사람들은 그것을 직관이라고 부르곤 했다. 하지만 마르틴 베크가 생각하기에 직관은 경찰의 현실 업무에서 중요한 요소가 아니었다. 애초에 그런 능력이 존재하는지조차 의문이었다.

에이나르 뢴은 탄토에 나가 있었다. 경찰이 강제로 수용하다시피 해서 그곳에 아파트를 마련했다. 경찰은 결국 집주인에게 뇌물을 줘야 했는데, 집주인에게 시내의 가장 호화로운 호텔 중 한 곳에서 식사까지 포함하여 숙박하게 해주는 비용이 포함되었다.

뢴은 레이스 커튼 뒤에 숨어서 관찰하고 있었다. 전등이나 성냥을 켜지만 않는다면 안전했다. 뢴은 둘 다 하지 않았다. 뢴은 담배를 피우지 않았다. 반쯤 든 프린스 담뱃갑을 재킷에 넣어다니기는 했지만 그건 니코틴에 굶주린 용의자를 만났을 때 서비스로 제공하기 위해서였다.

여섯 시간 망보는 동안, 길 건너편 아파트에서 일본인들이 움직이는 모습이 룀의 성능 좋은 쌍안경에 딱 두 번 잡혔다. 두 번 다 그들은 경기관총을 갖고 있었다. 룀은 그들이 서로 전혀 닮지 않았다고 생각했다. 한국인이나 중국인이나 아무튼 그쪽 사람들이 다들 어슷비슷하게 생겼다는 말은, 사미족과 집시에 관한 말처럼 미신일 뿐이었다.

건물 간의 거리는 약 사백 미터였다. 만약 룀이 명사수라면, 실제로는 아니었지만, 그리고 만약 룀에게 좋은 망원 조준기가 달린 라이플이 있었다면, 두 일본인 중에서 적어도 한 명, 처음 커튼을 들췄던 덩치 큰 사람쯤은 맞혀서 무력화할 수 있을 것 같았다.

열 시간 뒤 교대할 때, 룀은 이미 이 일이 지긋지긋했다.

교대하러 온 스카케는 지시가 별로 마음에 들지 않는 모양이었다.

"군발드 라르손은 저들을 생포할 거라고 말하던데요." 스카케가 신랄하게 말했다. "하지만 어떻게 그러죠?"

"음, 군발드는 사람을 죽이는 걸 싫어해." 룀이 하품하면서 대답했다. "사 년 전 달라가탄 거리의 지붕 위 작전 때, 자네는 없었지?"

"네. 그때 저는 말뫼에서 근무했어요."

"말뫼라. 경정들마저도 부패한 도시잖아. 대단한 곳이야." 뢴은 이렇게 말하고는 성급히 덧붙였다. "물론 자네가 그 일에 관련이 있다는 얘긴 아니야. 당연히 아니지."

뢴은 코트를 입고 현관으로 가다가 몸을 돌려서 말했다.

"커튼을 만지면 안 된다는 것 잊지 마."

"네, 당연히 안 만지겠습니다."

"무슨 일이 있으면, 거기 종이에 적힌 번호로 전화해. 베크나라르손에게 직통으로 연결될 거야."

"푹 주무세요." 스카케가 말했다.

스카케는 무의미해 보이는 열 시간의 철야를 앞두고 있었다.

밤이 깊어지자, 건너편 집 창문들이 어두워졌다. 스카케는 처음에 두 남자가 자러 간 줄 알았지만, 불 하나가 계속 켜져 있는 것을 보니 남자들이 교대로 자나 보다 싶었다. 추측이 사실로 확인된 것은 자정 직후였다. 스카케는 그때 처음 두 남자 중 한 명을 보았다.

둘 중 덩치가 작은 남자가 커튼을 들치고 밖을 보았다. 남자는 별다른 흥밋거리를 보지 못한 모양이었지만, 좋은 야간 쌍안경을 가진 스카케는 남자의 오른팔 팔꿈치에 경기관총이 얹혀 있는 것을 똑똑히 보았다. 남자들이 감시할 방향은 두 군데인데 비해 경찰은 건물의 한 면만 지키면 된다는 생각이 스카케에게 떠올랐다. 건물 정문과 지하실 출입구가 같은 쪽에 있기 때문이었다.

한참 뒤, 요즘 들어 갈수록 흔해지는 비행 청소년 무리가 나타났다. 아이들이 가로등 유리를 죄 박살 내면서 지나가는 바람에 일대가 캄캄해졌다. 무리에 남자아이뿐 아니라 여자아이도 있는 것 같았지만, 거리가 있다 보니 정확히 구별되진 않았다. 일본인 중 한 명이, 이번에도 덩치가 작은 쪽이 무슨 일인가 하고 밖을 내다보았다.

오전 7시에 뢴이 왔을 때, 스카케는 이렇게 말했다.

"둘 중 한 명을 두 번 봤습니다. 무장하고 있더군요. 하지만 우리 도시의 훌리건들에 비하면 평화로워 보이던데요."

뢴은 '훌리건'이라는 단어를 만네르하임 원수*가 라디오에서 말했던 때 이래 처음 들은 것 같았는데, 그것은 아주 오래전이었다.

벤뉘 스카케는 떠났고, 뢴은 레이스 커튼 옆에 자리 잡았다.

쿵스홀름스가탄의 경찰서에 있는 사람들도 딱히 즐거운 시

* 핀란드의 정치가이자 원수(元帥). 1차세계대전과 러일전쟁에 참전하였으며, 1944년 핀란드의 제6대 대통령에 취임했다.

간을 보내진 않았다. 프레드리크 멜란데르는 자정 직후에 퇴근했지만, 가까이 살았기 때문에 쉽게, 아니, 사실은 약간 어렵게 다시 불러왔다.

마르틴 베크와 군발드 라르손은 칙칙하고 더럽고 우울한 회색 새벽이 지붕들 위로 슬금슬금 다가올 때까지 탄토 지구의 지도, 스케치, 건물 평면도를 들여다보며 궁리했다.

멜란데르는 떠나기 전에 한마디를 남겼다.

"그 건물은 표준적인 아파트 건물이지? 비상계단이 있는?"

"응." 군발드 라르손이 대답했다. "그게 왜?"

"비상계단은 건물 뒷면에 있겠지?"

"그게 왜?" 이번에는 마르틴 베크가 물었다.

"내 처남이 그런 건물에서 살았거든." 멜란데르가 말했다. "그래서 그런 건물이 어떻게 지어졌는지 알아. 한번은 처남이 거울을 거는 걸 도와달래서 갔어. 아주 큰 거울이었지. 그런데 그만 거울이 벽과 함께 비상계단으로 무너졌고, 벽의 나머지 절반은 옆집 거실로 무너져 내렸지 뭐야."

"옆집 사람은 뭐라던데?" 군발드 라르손이 물었다.

"좀 놀란 것 같았어. TV를 보고 있었는데. 영국 축구를."

"무슨 얘기를 하고 싶은 거야?"

"어쩌면 그 사실이 도움이 되지 않을까 해서 말한 거야. 특히 우리가 그들을 서너 방향에서 동시에 덮치고 싶다면."

이 말을 남기고, 멜란데르는 결코 거를 수 없는 밤잠을 챙기기 위해서 귀가했다.

비교적 고요한 쿵스홀름스가탄에서, 마르틴 베크와 군발드 라르손은 멜란데르의 아이디어를 단초로 삼아서 계획이라고 부르기엔 다소 민망한 방안을 발전시켰다.

"그들은 주의가 온통 문에 쏠려 있을 거야. 더구나 문이 하나뿐이니까." 마르틴 베크가 말했다. "그들은 누군가가, 이를테면 자네가 문을 박차고 열어서 경찰 부대와 함께 뛰어 들어오리라고 예상할 거야. 내가 그들의 수법을 제대로 이해했다면, 아마 그들은 경찰을 최대한 많이 죽이려고 애쓸 거야. 그러다가 희망이 사라지면, 그땐 폭발물로 자살하겠지. 덤으로 경찰도 몇 명 데려가고."

"그래도 나는 놈들을 생포하고 싶어." 군발드 라르손이 음울하게 말했다.

"어떻게? 굶겨 죽일까?"

"좋은 생각이야." 군발드 라르손이 말했다. "그러다가 크리스마스이브에 산타로 분장한 청장에게 라이스 푸딩을 한가득 들려 보내는 거야. 놈들은 깜짝 놀라서 당장 항복하겠지. 말름이 헬리콥터 열두 대에 경찰견, 장갑판, 방탄조끼를 갖춘 인원

350명을 거느리고 합세한다면 더 그럴 테고."

마르틴 베크는 평소처럼 낡은 철제 캐비닛에 팔꿈치를 올리고 벽 옆에 서 있었다.

군발드 라르손은 자기 책상에 앉아서 종이칼로 이를 쑤셨다.

이후 한 시간 동안, 두 사람이 나눈 말은 고작해야 한마디였다.

벤뉘 스카케는 명사수였다. 그리고 그 사실을 사격장뿐 아니라 업무 현장에서 선보일 기회가 있었다. 만일 스카케가 기념으로 사람 머리를 수집하는 인간 사냥꾼이었다면, 한때 세상에서 가장 위험한 인간 열 명에 꼽혔던 어느 레바논인의 다소 못생긴 머리통으로 컬렉션을 빛낼 수 있었을 터였다.*

스카케는 또 야간 시력이 좋았다. 밖이 칠흑처럼 캄캄한데다가 두 일본인이 불을 최소한만 켰는데도, 스카케는 그들이 식사 중임을 알아보았다. 저녁 식사는 그들에게 신성한 의식인 모양이었다. 그들은 유도복처럼 생긴 흰옷을 입고, 접시와 작은 사발을 늘어놓은 사각형 테이블보를 사이에 두고 무릎 꿇고 앉아 있었다.

평온하고 느긋해 보이는 장면이었다. 하지만 스카케는 이내

---

* '마르틴 베크' 시리즈 6권 『사라진 소방차』에서 스카케가 벌인 활약을 언급하는 것이다.

그들이 경기관총을 차고 있고 여분의 탄창도 가까이 두었다는 것을 알아차렸다.

스카케의 라이플은 현관에 세워져 있었다. 브라우닝 사의 하이파워 라이플 메달리언 그레이드 458 매그넘 모델이었다. 스카케는 두 남자가 숨거나 응사할 겨를도 없이 자신이 둘 다 쏴버릴 수 있다고 확신했다.

하지만 그랬다가는 어떻게 될까?

게다가 지시를 어겨도 될까?

스카케는 마지못해 저격에 대한 생각을 접었다.

그러고는 캄캄한 창밖을 울적하게 내다보았다.

마르틴 베크와 군발드 라르손은 난감한 과제에 직면했다.

어쨌든 우선 몇 시간이라도 자둬야 했다. 그들은 유치장으로 가서, 대량 살인이나 그에 준하는 심각한 범죄가 발생하지 않는 한 깨우지 말라고 지시해두고 각자 빈칸에 누웠다.

그들은 6시 전에 일어났다. 군발드 라르손이 뢴에게 전화를 걸었다. 역시 막 일어났다는 뢴은 살짝 예민한 목소리였다.

"에이나르, 오늘은 탄토로 가지 않아도 돼."

"음? 정말? 왜?"

"여기서 함께 나눌 이야기가 있어."

"스카케는 누가 교대하지?"

"스트룀그렌이나 에크가 하면 될 거야. 썩 어려운 임무는 아니니까."

"나는 몇 시까지 갈까?"

"신문을 읽고 커피를 마시고 나서 와. 뭐가 됐든 자네가 평소 아침에 하던 일을 다 마치고 와."

"좋아, 알았어."

군발드 라르손은 전화를 끊은 뒤 마르틴 베크를 한참 보았다.

"세 명이면 충분할 거야." 군발드 라르손이 이윽고 말을 꺼냈다. "한 명은 발코니로, 한 명은 현관으로, 나머지 한 명은 비상계단으로."

"벽을 통해서."

"그렇지."

"자네는 잠긴 문을 잘 깨부수지." 마르틴 베크가 말했다. "하지만 벽은 어떨까?"

"맞아, 그건 불가능해. 벽으로 진입할 사람은 소음기가 달린 공압 드릴을 써야 할 거야. 우리가 별도로 소음을 낸다고 해도, 드릴 소리를 완벽하게 가릴 순 없겠지. 놈들은 현관문도 예의 주시할 거야. 따라서 내 생각에는 발코니로 진입하는 사람이 가능성이 제일 높아. 어때?"

"좋아. 하지만 세 명을 누구로 하지?"

"두 명은 뻔하지." 군발드 라르손이 대답했다.

"자네하고 나."

"우리 계획이니까. 게다가 실행하기 어려운 계획이고. 그 책임을 남에게 지울 순 없잖아?"

"없지. 하지만 누구를 더……?"

군발드 라르손이 눈에 띄게 주저하면서 제안했다.

"스카케?"

"스카케는 너무 젊어." 마르틴 베크가 반대했다. "아이도 어리고. 스카케가 열심히 배우고는 있지만 아직 경험이 적어. 실제적인 문제에서는 더 그래. 난 스텐스트룀이 버스에 죽어 있던 것처럼 스카케가 그 아파트에 죽어 있는 모습은 도저히 감당할 수 없어."

"그러면 누가 거기 죽어 있는 모습은 감당할 수 있겠나?" 군발드 라르손이 보기 드물게 날카롭게 말했다.

마르틴 베크는 대답하지 못했다.

"멜란데르는 너무 나이가 많아." 군발드 라르손이 말했다. "물론 멜란데르는 자원하겠지. 하지만 그는 곧 쉰다섯 살이 돼. 그동안 이런 일을 제 몫 이상으로 해왔어. 게다가 행동이 느린 편이지. 물론 우리도 그다지 젊지 않지만, 우리는 굼뜨진 않으니까."

"그러면 남는 사람은……."

"에이나르." 군발드 라르손이 깊게 한숨을 쉬었다. "나도 계속 생각하고 있었어. 에이나르에게는 우리가 둘 다 아는 여러 단점이 있지만, 그걸 상쇄할 큰 장점도 있지. 우리와 오래 함께 일했기 때문에 우리 생각을 잘 안다는 것."

마르틴 베크는 콜베리가 그리웠다. 뢴이 군발드 라르손의 생각을 안다는 것은 사실이겠지만, 마르틴 베크의 생각을 모르는 것 또한 사실이었다. 혹시 알더라도, 뢴은 한 번도 그런 기색을 비치지 않았다.

"뢴과 의논해야 해." 마르틴 베크가 말했다. "이건 그냥 '시키는 대로 해라' 하고 지시할 수 있는 임무가 아니니까."

"뢴은 곧 여기로 올 거야." 군발드 라르손이 말했다.

그들이 기다리는 동안, 탄토의 아파트에는 스트룀그렌이 파견되었다. 스카케는 너무 지쳐서 놀랄 힘도 없었다. 스카케는 훌륭한 라이플을 악기 케이스처럼 보이는 케이스에 넣고 아파트를 나가서 아직 새것에 가까운 차를 몰고 집으로 자러 갔다.

뢴의 빨간 코가 문간에 나타난 것은 9시 직전이었다. 뢴은 한껏 여유를 부리다가 오는 길이었다. 너무 오래 여유를 즐기지 못했던데다가, 군발드 라르손의 전화 목소리가 아무래도 즐거운 소식을 전하려는 것 같진 않았기 때문이었다. 운전을 좋아하지 않는 뢴은 지하철로 출근했다.

두 동료와 인사한 뒤, 뢴은 자리에 앉아서 경계하는 눈으로 그들을 보았다.

마르틴 베크는 뢴의 친구인 군발드 라르손이 말을 꺼내는 편이 낫겠다고 생각했다. 군발드 라르손도 같은 생각이었다.

"베크하고 내가 그동안 탄토의 놈들을 잡을 방법을 고민해봤어. 그래서 가능성이 없지 않은 방법을 하나 생각해냈어."

마르틴 베크는 '가능성이 없지 않다'라는 표현이 참으로 정확하다고 생각했다. 군발드 라르손이 계획을 설명했다.

뢴은 한참 말없이 두 동료를 보았다. 마르틴 베크의 얼굴은 마치 그동안 자주 봐서 더 볼 게 없다는 듯이 흘긋 보았고, 군발드 라르손의 얼굴은 훨씬 더 오래 찬찬히 보았다. 침묵이 견디기 힘들 정도였다. 그들이 사전에 멜란데르에게 전화를 다 당겨받으라고 일러두었기 때문에, 벨이 울려서 긴장을 깨줄 가능성도 기대할 수 없었다. 족히 몇 분이 흐른 뒤, 뢴이 말했다.

"보통 사람들은 이걸 자살이라고 불러. 이 계획이라는 걸 멜란데르에게도 들려줬나?"

"응." 마르틴 베크가 대답했다. "사실 기본 발상은 멜란데르가 냈어."

"무슨 기본 발상? 자신이 관여하지 않아야 한다는 발상?"

군발드 라르손과 마르틴 베크는 자신들의 계획에 대한 뢴의 평가에 실망한 마음을 애써 감췄다. 하지만 뢴이 갑자기 일어나서 창가로 가더니, 진눈깨비를 내다보며 울적하게 말했다.

"음, 내가 할게. 계획안인가 뭔가 하는 걸 줘봐, 다시 읽어보게."

삼십 분쯤 지나서, 뢴이 말했다.

"군발드가 현관을 박차고 들어가고, 마르틴은 윗집을 통해서 발코니로 내려온다는 거지."

"응." 군발드 라르손이 대답했다.

"나는 굉음을 내면서 벽을 깨부수고 들어가고. 이 일이 언제 벌어지지?"

"그들은 보통 몇 시에 아침을 먹지?" 마르틴 베크가 물었다.

"9시." 뢴이 대답했다. "9시 정각에 첫 끼를 먹어. 보통 여러 코스로 아주 오래 먹어."

"그러면 우리는 9시 5분에 그들을 덮치도록 하지."

"그래." 뢴이 말했다. "그리고 군발드?"

"응?"

"만에 하나 문이 안 잠겨 있다면, 그 집이 12층이라는 걸 잊지 마.* 그건 그렇고, 이 준비물은 다 어디서 구하지?"

"도로관리국." 마르틴 베크가 대답했다.

"그걸 누가 다루고?"

"경찰관들." 군발드 라르손이 말했다. "도로관리국 작업자들에게 불합리한 위험을 감수하라고 요구할 순 없어."

"불합리한 위험이라, 그렇지." 뢴이 말했다. "그리고 우리는 어떤 차림을 하지?"

군발드 라르손이 한껏 찌푸린 뒤에 말했다.

"전신 작업복, 도로관리국에서 빌린 걸로. 그리고 에이나르?"

"응."

"자네가 한 가지 알아줬으면 해."

"뭘?"

"이 빌어먹을 임무는 자원한 일이라는 것."

"알았어." 뢴이 말했다.

* '마르틴 베크' 시리즈 8권 『잠긴 방』에서, 군발드 라르손이 평소처럼 문을 박살 내려고 달려들었다가 문이 열려 있는 바람에 방 반대편 창문까지 달려가서 하마터면 지상 5층에서 추락할 뻔했다.

27.

12월 13일의 금요일이었다. 하지만 그 사실을 가지고 농담하는 사람은 아무도 없었다.

그들 세 명 중에서 행여 공압 드릴 열 대가 폐쇄된 공간에서 내는 소음이 기대에 못 미칠까 봐 걱정한 사람이 있었다면, 심지어 밖에서는 굴착기 두 대와 포장 기계 네 대가 미친 듯이 시끄럽게 땅을 파고 있는데도 그럴까 봐 걱정한 사람이 있었다면, 그날 아침 9시가 되기 이 분 전에 그 공연한 걱정을 내버렸을 것이다.

뢴은 세 조수와 함께 계단통에서 작업했다. 그들은 벽에 얕은 구멍을 무수히 뚫어서 아주 약한 힘만 가해져도 와르르 무너질 상태로 만드는 작업을 썩 잘해냈다. 뢴은 공교롭게도 공압 드릴을 써본 경험이 있는 몇 안 되는 사람 중 하나였다. 건물 밖의 중장비는 도로관리국에서 빌려온 작업복을 입은 경찰관들이 작동시키고 있었다.

승강기 앞에서 대기중인 군발드 라르손은 자신이 드릴질에 소질이 없다는 것을 깨달은 뒤였다. 그가 얼굴이 벌게지도록 용써봐도 드릴이 자꾸 미끄러져서, 기껏해야 요란한 소음을 내는 데만 성공했다.

마르틴 베크는 한 층 위의 발코니에 엎드려 있었다. 옆에는 경량 알루미늄 사다리가 놓여 있었다. 그 집에 사는 가족은 다른 층으로 대피해 있으라는 경찰 지시에 별 이의를 제기하지 않았다. 일본인들의 층에 있는 또 다른 집은 원래 비어 있었다. 건물이 부실하게 지어졌는데도 세가 너무 비싸서, 그 집세를 감당할 수 있는 사람들이라면 차라리 다른 곳으로 옮기는 편을 택했다.

얼마 전에는 이 아파트를 소유한 다국적 기업이 이 아파트를 건설한 다른 다국적 기업을 고소하는 일마저 있었다. 작업 태만, 부실 자재, 사기 등등 스웨덴의 대규모 주택 개발 사업에 으레 따르는 온갖 악습과 관련해서 계약 위반을 주장하는 소송장이었다.

하수관의 갈라진 틈 사이로 아래층 발코니의 일부가 마르틴 베크의 눈에 들어왔다. 두 일본인은 바깥의 굴착기와 포장 기계를 확인하느라 두 번 발코니로 나왔다 들어갔다.

마르틴 베크의 팀은 준비 작업에 약 팔 분이 걸릴 것이라고 예상했었는데, 실제로 딱 그만큼 걸렸다. 9시 5분, 군발드 라르손이 현관문을 박차고 집 안으로 뛰어들었다. 인조 목재 문은 순식간에 여전히 잠금장치를 매단 쓰레기로 변했다.

두 일본인 중 큰 쪽이 경기관총을 들고 아침 식사 자리로부터 펄쩍 뛰어올라서 군발드 라르손을 마주 보았다. 그 순간, 남자의 오른쪽에 있던 벽이 허물어졌다. 벽의 널찍한 부분이 에이나르 뢴과 함께 집 안으로 우르르 쏟아져 내렸다. 발터 권총을 뽑아 든 뢴은 정말로 살벌해 보였다. 같은 순간, 마르틴 베크가 발코니 문을 냅다 걷어찼다. 그러면서 그는 비록 유리와 하드보드로 된 문일지라도 문을 박차는 것이 굉장히 재미있다는 사실을 깨달았다.

두 일본인의 훈련과 용기에는 문제가 없었고, 전략 이해에도 문제가 없었다. 그들이 충분히 경계했는데도 느닷없이 세 방향에서 습격당한 것이 문제일 뿐이었다. 만일 저항한다면, 아마 경찰일 듯한 오렌지색 작업복의 세 남자가 대번에 그들을 쏴 죽일 것이었다. 그들은 말이 없었다. 하지만 큰 쪽이 몸을 살짝 틀어서 뢴과 무너진 벽을 보았다. 군발드 라르손은 그 기회를 놓치지 않고, 사비로 구입했지만 사람에게는 한 번도 쏴본 적 없는 자신의 훌륭한 권총 38 마스터의 손잡이로 큰 일본인의 뒤통수를 쳤다.

거의 동시에, 크기와 모양이 시가 상자와 비슷한 작은 나무상자 두 개가 남자들이 아침 식탁보로 쓰던 흰 천에서 바닥으로 떨어졌다. 두 상자에서 나온 끈이 두 남자의 손목으로 하나씩 이어져 있었다.

그 물건이 무엇인지 추측하기는 어렵지 않았다. 그것은 소형 폭탄이었고, 남자들의 손목에 매인 끈이 기폭 장치에 연결되어 있는 것이었다. 둘 중 한 명이라도 끈을 잡아당길 경황이 있다면…….

그런데 왜 그러지 않는 것일까? 홱 당기기만 하면 폭탄이 터져서 모든 게 끝날 텐데.

군발드 라르손은 혼란스러웠다.

그때, 자신이 쳐서 쓰러뜨렸던 거한이 정신을 차리고 끈을 당기려는 몸짓을 하는 것이 눈에 들어왔다.

자신들의 목숨은 오 초, 아니면 십 초쯤 남은 것 같았다.

군발드 라르손은 거의 자포자기하는 심정으로 외쳤다.

"에이나르! 저 끈!"

그러자 뢴이 스스로도 남들도 영원히 이해하지 못할 일을 해냈다.

경찰 내에서 사격 실력이 제일 형편없는 뢴이, 발터 권총을 몇 센티미터쯤 들어서, 기폭 장치에 연결된 끈을 인간의 수준을 넘어선 정확성으로 맞힌 것이다.

끈이 바닥에 떨어져서 무의미한 타래가 되자, 군발드 라르손이 괴성을 지르면서 자신만큼 덩치가 큰 남자에게 몸을 날렸다.

군발드 라르손과 큰 일본인이 싸우는 동안, 뢴이 마르틴 베크와 작은 일본인에게로 몸을 돌려서 차분하게 말했다.

"마르틴, 그쪽 끈."

두 상대를 마주한데다가 들고 있던 경기관총은 마르틴 베크가 쳐서 떨어뜨린 까닭에 사실상 무장해제된 작은 일본인은 그동안 경황이 없어서 못 했던 일을 이제 하려고 했다. 남자는 묘한 표정으로 뢴을 보면서, 오른 손목에 매여 늘어진 끈을 거둬들이기 시작했다. 남자는 뢴의 권총을 보며 이렇게 생각하는 듯했다. 저 사람은 왜 나를 죽이지 않지?

남자의 시선이 뢴에게 고정된 동안, 마르틴 베크가 안주머니에서 작은 가위를 꺼내어 태연하게 끈을 싹둑 잘랐다.

남자가 놀라서 마르틴 베크를 보자, 뢴이 권총 손잡이로 남자의 뒤통수를 냉정하게 때렸다. 남자는 신음조차 내지 않고 풀썩 쓰러졌고, 뢴은 무릎을 꿇고 남자에게 수갑을 채웠다. 마르틴 베크는 시가 상자 같은 것을 발로 밀어 치웠다. 더는 위험하지 않은 물건이었지만 또 모르는 일이었다.

큰 일본인은 군발드 라르손보다 최소한 스무 살 아래였다. 게다가 어마어마하게 강하고 민첩했으며, 유도와 주짓수와 가라테의 명수였다.

하지만 걷잡을 수 없는 분노에 휩싸인 군발드 라르손을 상대로 그게 무슨 소용이겠는가? 군발드 라르손은 자신이 누구를 왜 죽이는지에는 신경 쓰지 않고 오로지 돈 때문에 사람을 죽이는 인간들에 대한 분노가 통제 불능으로 끓어오르는 것을 느꼈다.

몇 분간의 격렬한 싸움 끝에 군발드 라르손이 우위를 점했다. 군발드 라르손은 상대의 얼굴과 가슴을 벽에 연거푸 처박았다. 마지막 두 번은 상대가 이미 의식을 잃었고 옷이 피로 물들었는데도, 군발드 라르손은 축 늘어진 거대한 몸뚱어리를 거머쥔 손을 놓지 않고 다시 일으켜서 벽에 박으려고 했다.

"그만하면 됐어, 군발드." 마르틴 베크가 조용히 말했다. "수갑 채워."

"응." 군발드 라르손의 새파란 눈이 초점을 되찾았다. "내가 자주 이러진 않아."

"알아." 마르틴 베크가 말했다.

마르틴 베크는 의식을 잃은 두 남자를 내려다보았다.

"살아 있군." 마르틴 베크가 중얼거렸다. "결국 계획이 성공했어."

"그래, 성공했어." 군발드 라르손은 아픈 어깨를 가까운 문기둥에 대고 비비면서 혼잣말처럼 덧붙였다. "우라지게 셌어, 저놈."

이후에 벌어진 일은 용두사미라는 표현이 제격이었다.

마르틴 베크는 발코니로 나가서, 여태 소음을 내고 있는 경찰관들에게 그만하라고 신호했다.

집 안으로 돌아가보니, 뢴과 군발드 라르손이 오렌지색 전신 작업복을 벗느라고 용쓰고 있었다.

그때 그들이 모르는 경찰관 하나가 망가진 현관문을 빼꼼 들여다보고는 뒤에 있는 누군가에게 안전하다는 신호를 보냈다.

그러자 승강기가 열리면서, 불도저 올손이 고개를 숙인 채 통통걸음으로 아파트로 들어왔다.

불도저는 먼저 의식을 잃은 일본인들을 보고, 난장판이 된 집을 둘러보고, 마지막으로 그 명랑한 눈동자로 마르틴 베크와 군발드 라르손과 에이나르 뢴을 차례차례 보았다.

"훌륭하게 해냈군요, 여러분." 불도저가 말했다. "여러분이 진짜 해낼 줄은 몰랐습니다."

"그래요?" 군발드 라르손이 빈정거렸다. "그건 그렇고, 댁은 여기 무슨 볼일입니까?"

불도저 올손은 폭넓은 넥타이를 손가락으로 한두 번 쓸었다. 불도저의 오늘의 선택은 초록색 바탕에 흰 코끼리가 그려진, 미국 어느 정당의 넥타이였다.

불도저가 목청을 틔우고 말했다.

"히타디치와 마쓰마 레이추, 당신들을 살인 미수, 테러, 공무집행에 대한 무력 저항 죄목으로 체포한다."

작은 일본인은 이미 정신을 차렸다.

"실례합니다만, 그것은 우리 이름이 아닙니다." 일본인이 영어로 정중하게 말했다. "그것을 우리 이름이라고 부른 것이라면 말입니다."

"아, 이름 문제는 차차 해결하지요." 불도저는 쾌활하게 말하고 뒤에 있는 경찰관에게 손짓했다. "오케이, 이들을 쿵스홀름으로 데려가요. 누구든 좋으니 이들에게 권리를 설명해주고, 정식 기소는 내일 될 거라고 알려주세요. 변호사가 없으면 우리가 붙여준다고도 말해주고."

잠시 후 불도저가 덧붙였다. "불청객은 아닌 편이 좋겠지만."

불도저가 데리고 온 사람들이 들어와서 두 남자를 데리고 갔다. 한 명은 제 발로 걸어 나갔고, 다른 한 명은 들것에 누워서 나갔다.

"좋아요." 불도저가 말했다. "일류의 솜씨였습니다, 여러분. 아까 말했듯이. 훌륭하게 해냈어요. 하지만 여러분이 왜 이런 일을 직접 하는지는 여전히 이해되지 않는군요."

"그렇겠죠. 당신 같은 인간은 이해 못 합니다." 군발드 라르손이 말했다.

"라르손, 당신은 희한한 사람이에요."

"그리고 그 미국 선거 프로파간다용 넥타이는 저기 쓰레기통에 버려요."

"절대 안 됩니다." 불도저가 말했다. "나는 이 넥타이가 좋아요. 뉴욕 주에 갔을 때 그곳 주지사에게 받았죠. 그가 공화당원이었거든요. 그곳 시장에게 민주당 넥타이도 얻으려고 했지만 없다고 하더군요. 대신 다음 선거 때 내게 보내주겠다고 말했어요. 그리고 이후에 선거가 있었지만, 나는 아직 민주당 넥타이를 받지 못했고요."

불도저는 한순간 거의 슬픔에 빠진 것처럼 보였다. 그러나 이내 그가 고개를 흔들며 말했다.

"사람을 믿어선 안 돼요."

이 말을 남기고, 구깃구깃한 파란색 양복 안에 담긴 수석 검사는 둥실둥실 걸어 나갔다.

"대체 누가……?" 불도저가 사라진 뒤에 군발드 라르손이 말했다.

마르틴 베크도 같은 의문을 떠올렸지만 잠자코 있었다.

사정은 간단했다. 불도저는 도처에 정보원을 두고 있었다. 정보원들을 통해서 온갖 일에 기웃거리다가, 기회가 되면 공을 날름 차지하는 것이었다. 마르틴 베크는 불도저가 살인수사과에는 정보원을 심지 못했다는 것을 거의 확신했지만, 이제 보니 강력반에는 정보원이 있는 모양이었다.

누구일까?

에크?

스트룀그렌?

스트룀그렌일 가능성이 있었다. 물론 본인은 딱 잡아뗄 터였다.

"음, 이제 재미는 끝난 거지?" 뢴이 문득 말했다.

"재미?" 군발드 라르손은 뢴을 한참 보았지만, 무슨 말을 덧붙이진 않았다.

마르틴 베크는 상자 폭탄을 살펴보았다. 곧 감식반에게 넘길 물건이었다.

그로부터 사백 미터 떨어진 곳에 있는 스트룀그렌은 레이스 커튼 뒤에 서서 담배를 피웠다. 한 시간 전에 불도저와 이야기한 뒤로, 스트룀그렌은 줄담배 외에는 아무것도 손에 잡히지 않았다. 스트룀그렌은 이번에야말로 불도저의 특별반으로 전출되어서 바라마지않는 승진을 할 수 있으리라고 생각했다.

벤뉘 스카케는 자기 집 침대에 있었다. 이 순간에 스카케가 몰두한 일은 사적인 것이었다.

"망할 하이트 놈은 어디 있지?" 군발드 라르손은 실망한 듯했다.

"잠시라도 딴생각을 할 순 없어?" 뢴이 말했다.

"딴생각, 뭐?"

"어, 예를 들어, 내가 저 끈을 명중시켰다는 사실 같은 것. 불가능에 가까웠는데."

"에이나르, 지난번 훈련 시합에서 몇 점 쐈지?"

"영점." 대답하는 뢴의 목이 빨개졌다.

"우라지게 셌어, 그놈." 군발드 라르손이 허리를 움켜잡으면서 말했다.

그로부터 십오 초 뒤에, 군발드 라르손은 또 중얼거렸다.

"망할 하이트 놈은 어디 있지?"

28.

두 일본인에 대한 공식 처분은 16일 아침에 이뤄졌다. 그것은 스톡홀름 법정 역사상 가장 우스꽝스러운 소극으로 꼽을 만한 광경이었다.

스웨덴에서는 사건을 담당할 검사를 제비뽑기로 배정하는데, 그것은 공정이라는 착각을 주기 위한 제도인 듯했다.

물론 그랬을 가능성은 낮지만 실제로 제비뽑기를 했더라도, 불도저가 모든 제비에 자신의 이름이 적혀 있도록 손써둔 게 분명했다. 지금 불도저가 자신이 아닌 다른 사람이 이 역할을 맡는 건 어불성설이라는 듯이 거만하고 당당하게 구는 것을 보면 그랬다. 오늘은 불도저의 양복이 다려져 있었다. 최소한 아침에 한 번 다린 것 같았다. 구두도 닦여 있었다. 넥타이는 밝은 초록색 바탕에 빨간색 석유 굴착기가 그려진 것으로, 이란 국왕에게 받은 선물인 듯했다. 적어도 불도저 자신은 그렇게 주장했다.

불도저는 마르틴 베크, 군발드 라르손, 에이나르 뢴에게 법정에 와달라고 특별히 부탁했다. 법정은 그들 외에도 그냥 호기심이나 정보를 알아둬야 한다는 의무감에서 온 사람들로 가득했다. 후자에 해당하는 국가경찰청장과 스티그 말름은 방청석 맨 앞줄에 번듯이 앉아 있었다. 보안청장의 여우처럼 붉은 머리털이 동그랗게 둘러싼 대머리는 그보다는 덜 두드러졌다. 묄레르가 11월 21일 이래 공개적인 자리에 모습을 드러낸 것은 이번이 처음이었다.

두 일본인에게 배정된 변호인은 어떤 사람인가 하면, 그와 비교하자면 헤도발드 브락센은 클래런스 대로와 에이브러햄 링컨을 합한 인물로 보일 정도였다.

두 테러리스트 중 덩치가 큰 쪽은 군발드 라르손에게 된통 당한 터라 옛날 보리스 칼로프 영화에 나온 미라 같은 몰골이었다. 반면 작은 쪽은 누구하고든 눈이 마주쳤다 하면 점잖게 웃으면서 까딱 인사했다.

지금 그들은 영어를 못 알아듣는 듯 시치미를 떼고 있었다. 그래서 통역자가 필요했고, 절차가 더 복잡해졌다.

불도저의 입장에서 최고의 약점은 두 피고인의 이름을 모른다는 것이었다. 모두 절차에서, 불도저는 인터폴 수배 명단에 오른 이름 중 열네 개를 하나씩 읽어내려갔다. 그때마다 미라와 그보다 좀더 협조적인 동료는 고개를 살래살래 저었다.

결국 판사가 참을성이 바닥나서, 통역사가 두 일본인에게 이름과 생년월일을 물어봐도 괜찮다고 허락했다.

통역자가 묻자, 협조적인 쪽이 자신들은 가이텐과 가미카제라고 대답하고 생년월일도 알려주었다. 미라는 말할 마음이 없었다.

마르틴 베크와 군발드 라르손은 놀라서 마주 보았다. 하지만 다른 사람들은 반응이 없었다. 가이텐은 인간 어뢰를, 가미카제는 자살 공격 조종사를 뜻한다는 것을 아는 사람이 둘뿐인 듯했다. 게다가 일본인이 댄 생년월일은 도고 제독과 야마모토 제독의 생년월일이었는데, 그게 사실이라면 그들은 서른 살에서 하루도 더 먹지 않은 듯한 외모에도 불구하고 170세와 100세쯤 된다는 소리였다.

하지만 법정은 그 정보를 받아들였고, 서기는 열심히 받아 적었다.

그다음 불도저는 피고인들이 여러 죄목에 대해서 합리적 혐의를 받고 있다고 진술했다. 죄목으로는 반역, 그리고 총리와 왕과 미국 상원 의원과 그 밖에도 군발드 라르손과 마르틴 베크와 에이나르 뢴을 포함하여 구체적으로 이름이 명시된 열여덟 명에 대한 살인 미수를 들었다. 불도저는 이어서 체제 무력 전복, 도시가스 시설 파손, 불법 무기 소지, 불법 입국, 탄토 지구 건물들에 대한 심대한 재산 피해, 사기, 무기 밀반입, 경찰관에 대한 무력 저항, 불법 약물 조제(그들의 아파트에서 아편 팅크제가 든 감기약이 한 통 발견되었다), 식품법 위반(아이스박스에 해체된 닥스훈트가 한 마리 들어 있었다), 불법 동물 취득, 서류 위조, 도박법 위반을 열거했다. 마지막 죄목의 경우, 그들이 가지고 놀던 희한한 나무판과 말들을 도박 용품으로 판단한 것이었다.

이 대목에 이르렀을 때, 불도저가 갑자기 아무 설명 없이 쌩하고 법정을 나갔다. 모두 놀라서 바라보았다.

불도저는 몇 분 뒤에 흡족한 표정으로 통통거리며 돌아왔다. 그 뒤로 관처럼 생긴 나무 상자와 커다란 접이식 탁자를 든 일꾼이 예닐곱 명 따라 들어왔다.

불도저가 상자에서 폭탄 부속, 수류탄, 탄약 등등 증거품을 꺼내기 시작했다. 그는 그것들을 하나씩 꺼낼 때마다 방청객들과 판사에게 일일이 보여주고서야 탁자에 놓았다.

상자를 반쯤 비웠을 때, 불도저가 셀로판에 싸인 개의 머리통을 꺼내어 맨 먼저 국가경찰청장과 스티그 말름에게 보여주었다. 말름은 곧바로 바닥에 토했다.

성공에 고무된 불도저가 포장까지 벗긴 물건을 판사의 코밑에 갖다댔다. 판사는 윗주머니에서 손수건을 꺼내어 입을 막고 잠긴 목소리로 말했다.

"그만하면 충분합니다, 검사, 충분해요."

불도저는 이제 개의 몸통을 꺼내기 시작했지만, 판사가 힘주어 말했다.

"충분하다고 말했습니다."

불도저는 넥타이로 얼굴을 닦아서 실망한 기색을 털어낸 뒤, 법정을 한 바퀴 빙 돌고 나서 미라 앞에 서서 말했다.

"이에 저는 가이텐 씨와 가미카제 씨의 공식 기소를 요청하는 바입니다. 해외에서 추가 증거가 더 입수될 것으로 기대하고 있다는 점도 덧붙입니다."

통역자가 말을 옮겼다. 미라가 끄덕였다. 미라의 동료는 점잖게 미소 지으면서 끄덕였다.

이제 변호인이 나섰다. 변호인은 진작 불이 꺼져서 버려진 시가 꽁초처럼 생긴, 메마르기 짝이 없는 남자였다.

불도저가 무심코 상자를 내려다보았다. 그러고는 꼬리가 달린 개의 궁둥이를 집어 들고서 국가경찰청장의 면전에 증거랍시고 보여주었다. 청장의 얼굴이 불그죽죽해졌다.

"기소에 반대합니다." 변호인이 말했다.

"왜요?" 판사가 순수하게 놀란 말투로 물었다.

변호인은 한참 묵묵히 있다가 대답했다. "저도 잘 모르겠습니다."

그 대단한 발언과 함께 절차가 끝났고, 두 일본인은 정식으로 체포되었으며, 방청객들은 법정을 빠져나갔다.

후부스타의 카펠가탄 거리에 있는 아파트에서, 라인하르트 하이트는 침대에 누워서 생각하는 중이었다.

그는 막 목욕을 했다. 욕실에서 침대까지 바닥에 흰 수건이 줄줄이 깔려 있었다.

그 자신은 아무것도 입지 않은 상태였다. 욕실에서 그는 거울로 제 몸을 오래 관찰하여 두 가지 결론을 내렸다. 첫째는 선탠한 피부가 옅어지기 시작했다는 것, 둘째는 그것을 어쩔 도리가 없다는 것이었다.

생전 처음 울라그의 작전이 완벽한 실패로 끝났다. 그들은 작전을 망쳤을 뿐 아니라, 조직에서 최고 중 하나로 꼽히는 요원을 포함한 두 활동가가 적에게 생포되었다.

르발루아가 무사히 탈출했다는 사실은 큰 위안이 되지 않았다.

그들의 적은 한둘이 아니었으나, 현재로서 주적은 스웨덴 경찰인 듯했다.

하이트는 텔레비전에서 "두 일본인 테러리스트 체포를 막후에서 지휘한" 장본인이라는 수석 검사 스텐 로베르트 올손을 보았다.

올손은 한심한 넥타이를 매고, 거만한 표정을 하고, 통통한 볼을 가진 남자였다.

뭔가 수상쩍었다.

'불도저'라고 불린다는 올손이 정말로 울라그를 패배시킨 장본인일까?

하이트는 그렇다고 믿기 어려웠다. 아니, 그것은 새빨간 거짓말이라고 거의 확신했다.

올손이 아니라, 어딘가에 제 침대에 누운 채 지금 하이트가 어디 있고 앞으로 어떻게 할 작정인지 알아내려고 애쓰는 딴 사람이 있는 게 분명했다.

누가 되었든 바로 그 사람이 하이트에게 가장 큰 위험이었다.

어쩌면 11월 21일의 이상한 사건과 관련해서 텔레비전에 나왔던 경감이 그 사람일지도 모른다. 하이트는 그의 생김새와 이름을 기억해두었다.

베크 경감이라고 했다.

그 베크라는 자를 꾀어서 만나볼 가치가 있을까? 가장 위험하지 않은 상대는 죽은 사람이라는 것을 하이트는 경험으로 알았다.

하지만 정말로 그 베크가 자신에게 가장 위험한 인물일까?

생각하면 할수록 하이트는 자신의 주적이 다른 사람이라는 쪽으로 판단이 기울었다.

어쩌면 11월 21일에 자신과 르발루아를 속인 것도 불도저라는 남자일까?

아니었다. 두 남자를 다 본 지금, 하이트는 둘 다 아니라고 생각했다. 적어도 올손이라는 남자는 확실히 아니었다. 가이텐과 맞붙어서 죽거나 중상을 입지 않고 오히려 가이텐을 생포하는 마법을 부린 사람이 올손일 리 없었다.

훈련소 시절에 가이텐은 하이트와 마찬가지로 육체적인 측면의 에이스였다. 힘으로 가이텐을 제압하기란 사실상 불가능했다. 하이트도 그런 짓은 시도하지 않으려니와, 시도하더라도 승산이 미미하다고 판단할 터였다.

라인하르트 하이트는 위험한 인간이었고, 스스로도 그 사실을 자랑스레 인식하고 있었다. 훈련소도 일등으로 졸업한 하이트였지만, 그때도 신체 능력 부문에서는 가이텐보다 현저히 낮은 점수를 받았다. 그런데 그 가이텐과 동료가 실내에서 제압당해 붙잡혔다고 했다. 불가능한 일이었다. 하지만 그 일을 해낸 사람이 실제로 있었다. 경찰이 인해전술을 구사한 것도 아닌 듯했다. 기껏해야 세 명쯤이었을 테고, 베크라는 사람이 대장이었을 것이다.

그중 한 명이 가이텐을 무력화했다. 가이텐을 죽이지 않고도, 또한 스스로 부상당하지 않고도.

바로 그자가 위험했다.

하지만 그게 누구란 말인가? 베크?

아니면 최고의 CIA 요원이 가세했나? 그것도 늘 배제할 수 없는 가능성이었다.

아니면 정말로 스웨덴 경찰관이었을까?

그간 하이트가 스웨덴 경찰을 봐온 바로는 얼토당토아니한 이야기였다.

하이트는 이 나라의 국가경찰청장이라는 사람을 지금까지 세 번 텔레비전에서 봤고, 무슨 국장이라나 하는 사람도 한 번 봤다. 둘 다 바보 천치까지는 아니라도 경찰 업무는 쥐뿔도 모르면서 무의미하고 거창한 연설만 일삼는 관료 나부랭이로 보였다.

이 나라의 비밀 보안 세력은 당연히 공개적으로 모습을 드러내지 않았지만, 들리는 바로 시민들에게 조롱당하는 신세인 듯했다. 아무려면 시민들이 말하는 것처럼 그렇게까지 무능할 리야 없겠지만 말이다.

그 세력은 상원 의원 경호에서 일부분에만 관여한 듯했다. 아마 경찰의 관점에서 최악의 결과를 낸 부분이 아니었을까 싶었다. 하지만 계획의 나머지 부분은 기발했다. 그 사실은 하이트 자신이 누구보다 먼저 인정했다. 누군가 분명 자신을 속였다.

누구였을까?

그가 가이텐을 때려눕히고 감방에 가둔 인간과 동일인이었을까?

하이트가 중대한 위험으로 여겨야 할 만큼, 라인하르트 하이트에게 지대한 관심을 품은 사람일까?

그런 듯했다.

하이트는 몸을 뒤집어서 엎드렸다. 그리고 스칸디나비아 지도를 앞에 펼쳤다.

하이트는 곧 이 나라를 뜰 테고, 일단 어디로 갈 것인지는 잠정적으로 정해두었다.

그곳은 코펜하겐이었다. 르발루아와 여러 동조자가 거기에 있었다.

하지만 거기까지 어떻게 가지?

경로는 여러 가지가 있었다. 그중 몇 가지는 하이트가 일찌감치 기각했다. 가령 경찰이 쉽게 통제할 수 있는 정기 항공편이 그랬다. 르발루아의 방법도 마찬가지였다. 그것이 르발루아에게는 알맞은 길이었겠으나, 그 일을 성사시키기 위해서 르발루아는 오 년간 인맥을 쌓아왔다. 하이트에게는 그런 인맥이 없었다. 따라서 배신당할 위험이 컸다.

핀란드로 가는 것도 위험해 보였다. 스웨덴과 소통이 원활한 나라라는 것이 첫 번째 이유였고, 핀란드 경찰은 다른 스칸디나비아 경찰들보다 더 위험한 상대라고 일컬어진다는 것이 두 번째 이유였다.

이렇게 저렇게 제하고 남은 경로는 소수였으나, 그 경로들은 희망이 있었다.

개인적으로 하이트는 기차나 차로 오슬로에 가서 그곳에서 여객선으로 코펜하겐에 가는 방법이 끌렸다. 여객선에는 쾌적한 선실과 우아한 살롱이 있을 테니, 만족스럽게 틀어박힐 수 있을 것 같았다.

하지만 과연 그 길이 가장 안전할까? 어떻게 생각하면 그런 것 같다가도, 또 어떻게 생각하면 헬싱보리에서 헬싱외르로 가는 배편이 안전 면에서 더 나은 것 같았다. 크리스마스 직전에 그 배는 대단히 붐빌 터였다.

말뫼와 코펜하겐을 오가는 수중익선은 더 그랬다. 그 배편은 매년 크리스마스마다 혼란스럽기 짝이 없었다.

또 다른 방법도 있었다. 가령 란스크로나에서 투보르와 코펜하겐으로 가는 여객선과 소형 보트가 있었다. 헬싱보르, 말뫼, 트렐레보리에서 독일로 가는 연락선도 있었다. 위스타드에서 스비네뮌데로, 지금은 폴란드 땅이 되어서 이름이 시비노우이치에인가 뭔가로 바뀌었다지만, 가는 연락선도 있었다.

문제는 폴란드와 동독은 출입국 관리가 철저하다는 것이었다. 아니, 그보다는 오슬로에서 덴마크로 가는 대형 여객선이나 헬싱외르행 연락선이나 말뫼와 코펜하겐을 오가는 수중익선을 타야 했다. 크리스마스 인파가 절정일 때.

아직 마음을 정하지 못했지만, 하이트는 만약을 위해서 벌써 '콩 올라브 5세'라는 이름의 오슬로발 여객선에 특실을 예약해 두었다.

하이트는 지도를 보면서 관절이 삐걱거릴 때까지 스트레칭을 했다.

잠시 가이텐과 가미카제를 떠올리기도 했으나 불안하지는 않았다. 그 둘은 경찰이 아무리 가혹하게 다그쳐도, 심지어 고문을 하더라도 입도 뻥긋하지 않을 것이다.

한편 마르틴 베크라는 자를 처리하는 것은 괜찮은 생각일 수도 있겠다 싶었다. 경찰은 몇 안 되는 두뇌를 잃고서는 속수무책일 테니까.

하이트에게는 야간 망원 조준기가 달린 라이플이 있었다.

그는 며칠 전에 그것을 조립해서 언제든 쓸 수 있도록 옷장에 세워두었다.

하지만 가이텐과 가미카제를 붙잡고 이제 자신을 덫으로 꾀어낼 궁리를 하고 있을 사람이 정말 마르틴 베크일까?

그 점은 미심쩍었다.

아무튼 속단할 수는 없었다.

하이트는 알몸으로 옷장에 가서 라이플을 가져왔다. 그것을 해체한 뒤에 부속을 꼼꼼히 점검했다.

모두 제대로였다. 하이트는 라이플을 다시 조립했다. 그다음 여행 가방의 비밀 바닥에서 탄알을 한 움큼 꺼내와서 장전하고, 장전된 총을 침대 밑에 넣어두었다.

라인하르트 하이트의 추측은 옳았다. 다만 그의 보이지 않는 적수는 그의 생각보다 좀더 멀리 있었다.

스톡홀름 북서쪽 후부스타에서 시 남동쪽으로 한참 치우친 칙칙한 교외 지역 볼모라까지는 꽤 멀었다.

군발드 라르손은 막 슈퍼마켓에 다녀온 참이었다. 슈퍼마켓의 사람들은 모두 크리스마스 때문에 신경이 곤두선 것 같았다. 매장에 〈루돌프 사슴코〉가 연속 다섯 번 울려 퍼지는 것을 듣노라니 얼이 나가서, 군발드 라르손은 치즈를 잘못 샀다. 덴마크산 브리가 아니라 스웨덴산 카망베르를 사버렸다. 차도 잘못 샀다. 트와이닝스의 랍상소우총이 아니라 얼그레이를 사버렸다. 줄이 긴 계산대를 간신히 통과하여 슈퍼마켓을 벗어났을 때, 군발드 라르손은 지긋지긋하고 피곤하고 짜증이 났다.

식사를 한 뒤, 군발드 라르손은 욕조에 오래 몸을 담그고 다양한 가능성을 따져보았다. 그러고는 몸을 닦고, 깨끗한 실크 잠옷을 입고, 슬리퍼와 가운을 걸치고, 큰 스칸디나비아 지도를 바닥에 펼쳤다.

그다음에는 침대에 베개들을 요리조리 배치한 뒤에 엎드렸다. 가이텐과의 싸움으로 가슴과 허벅지에 멍이 여러 개 들었기 때문이다. 그 자세로 그는 지도에 집중했다.

예전에, 사실은 지난 세월 내내 군발드 라르손은 절대로 집에 일을 가져오지 않았다. 퇴근하는 순간 자신이 경찰관이라는 사실조차 잊곤 했다. 그런 시절은 이제 끝났다.

지금 군발드 라르손은 라인하르트 하이트 생각뿐이었다.

이쯤 되니 심지어 자신이 하이트를 아는 것 같았다. 하이트가 아직 이 나라에 있다는 것은 거의 확신했다. 하이트가 크리스마스의 혼란을 틈타서 빠져나가려고 하리라는 것도 거의 확신했다.

군발드 라르손은 지도에 파란색과 빨간색 화살표를 그려두었다.

수가 더 많은 것은 빨간색으로, 그것은 군발드 라르손이 생각하기에 확률이 더 높고 통제하기도 더 어려운 탈출 경로였다. 파란색 화살표는 좀더 우회하는 경로를 뜻했다.

파란색 화살표는 동쪽을 향한 것이 많았다. 화살표는 주로 핀란드로 갔고, 소련으로 가는 것도 몇 개 있었으며, 남쪽의 폴란드와 동독과 서독으로 가는 것도 몇 개 있었다.

파란색 화살표 중 서쪽으로 가는 것은 예테보리에서 영국 템스 강 하구의 틸버리 항으로 가는 것, 또는 영국 이밍엄으로 가는 것, 덴마크 윌란 반도의 프레데릭스하운으로 가는 것이 있었다. 바르베리에서 덴마크 그레노로 가는 것도 있었다.

다행히 수가 그다지 많지 않은 국제공항에도 파란색 동그라미가 쳐져 있었다. 공항은 감시하기 쉬웠다. 게다가 최근에 비행기 공중 납치가 판친 탓에 통제 체제가 비교적 잘 구축되어 있으니, 약간 다그치기만 하면 될 것이었다.

정말로 문제가 되는 경로들은 딴 방향이었다. 노르웨이 남부로 가는 고속도로, 유럽 고속도로 6호선과 18호선, 노르웨이 수도로 가는 철로에 빨간색 화살표가 그어져 있었다. 오슬로에서 코펜하겐까지 가는 바닷길에도 빨간색 선이 굵게 그어져 있었다. 군발드 라르손은 그 경로를 오래 곰곰이 들여다보았다.

다음으로 그는 시선을 스웨덴 남부로 옮겼다. 헬싱보리에서 헬싱외르로 가는 굵은 빨간색 선은 그곳을 운항하는 덴마크 열차 연락선, 스웨덴 자동차 연락선, 소형 여객선을 뜻했다. 스웨덴과 덴마크를 오가는 배편의 빈도는 이 시기에 연중 최고여서, 보통 십오 분에 한 척씩 있었고 그보다 더 자주 있을 때도 많았다.

란스크로나에서 덴마크 수도로 가는 배편도 두 종류가 있었다. 투보르 항으로 들어가는 자동차 연락선과 내항까지 들어가는 소형 여객선들이었다.

하지만 그 배들은 운항 간격이 길었고, 크리스마스 통행이 절정인 시기라도 확인이 불가능할 만큼 승객이 많지는 않았다.

군발드 라르손은 그곳에 파란색 화살표를 그려두는 것으로 만족했다.

말뫼는 상황이 전혀 달랐다. 말뫼에서 코펜하겐으로 가는 배편은 자유항으로 들어가는 열차 연락선, 내항까지 들어가는 두 회사의 중간 규모 여객선들, 그리고 유명한 수중익선이 있었다. 특히 수중익선은 국가 명절 같은 성수기에는 정해진 시간표 없이 계속 왕복 운행했다. 게다가 림함에서 덴마크 아마가르 섬의 드라괴르로 가는 자동차 연락선도 있었는데, 크리스마스 직전 며칠은 그 노선에 최소 다섯 척 이상이 운항했다.

군발드 라르손은 스트레칭을 한 뒤에 더 생각해보았다.

만일 자신이 하이트의 처지라면, 군발드 라르손은 오래 망설이지 않을 것이었다. 그는 차로, 가능하다면 기차가 더 낫겠지만, 오슬로에 가서 그곳에서 배로 코펜하겐에 갈 것이다. 코펜하겐에서 그를 저지하는 것은 덴마크 경찰의 일이고, 따라서 사실상 불가능에 가까웠다. 일단 코펜하겐까지만 가면, 전 세계가 활짝 열린 것이나 마찬가지였다.

하지만 하이트는 다르게 생각할 수도 있었다. 그리고 아마 하이트에게 선원 경력은 없을 터였다.

그렇다면 하이트는 그보다 가장 붐비는 경로를 택할 가능성이 있는데, 그것은 헬싱보리나 말뫼였다.

군발드 라르손은 일어나서 지도를 접었다.

통제력을 집중할 곳은 세 군데였다. 오슬로로 빠져나가는 도로, 말뫼 항, 헬싱보리 항이었다.

이튿날 아침, 군발드 라르손은 마르틴 베크에게 말했다.

“어젯밤에 지도를 연구하느라고 한숨도 못 잤어.”

“나도.”

“그래서 자네 결론은 뭐야?”

"멜란데르에게 물어봐야 한다는 것." 마르틴 베크가 대답했다.

두 사람은 옆방으로 갔다. 멜란데르는 파이프를 빨려고 애쓰고 있었다.

"어젯밤에 지도를 연구하느라고 밤을 새웠나?" 군발드 라르손이 물었다.

멍청한 질문이었다. 멜란데르가 절대 밤을 새우지 않는다는 것은 모르는 사람이 없는 사실이었다. 멜란데르에게는 더 중요한 일, 즉 잠이 있었다.

"아니." 멜란데르가 대답했다. "전혀 아니야. 하지만 오늘 아침에 사가가 아침을 차리는 동안 들여다봤어. 식사 후에도 봤고."

"그래서 자네 결론은?"

"오슬로, 헬싱보리, 말뫼." 멜란데르가 말했다.

"음." 군발드 라르손이었다.

두 사람은 파이프를 만지작거리는 멜란데르를 두고 마르틴 베크가 아직 임시 사무실로 쓰는 방으로 돌아갔다.

"자네 결론하고 일치하나?" 마르틴 베크가 물었다.

"정확히. 자네 결론하고도?"

"그래."

그들은 잠시 말이 없었다. 마르틴 베크는 평소처럼 서류함 옆에 서서 오른손 엄지와 검지로 콧등을 문지르고 있었고, 군발드 라르손은 창가에 서 있었다.

마르틴 베크가 재채기했다.

"조심해." 군발드 라르손이 말했다.

"고마워. 하이트가 아직 여기 있다고 생각하나?"

"확신해."

"확신이란 강한 표현인데."

"그럴지도." 군발드 라르손이 말했다. "하지만 확신이 들어. 놈은 여기 어디에 있는데, 우리가 못 찾고 있어. 망할 자동차조차 못 찾고 있지. 자네는 어떻게 생각해?"

마르틴 베크는 한참 조용했다.

"좋아." 이윽고 마르틴 베크가 말했다. "나도 그가 아직 여기 있다고 생각해. 하지만 확신하는 건 아냐."

마르틴 베크가 고개를 흔들었다.

군발드 라르손은 창밖에서 거의 완성되어 가는 거대한 건물을 말없이 침울하게 바라보았다.

"라인하르트 하이트를 만나고 싶지?" 마르틴 베크가 물었다.

"자네가 그걸 어떻게 알지?" 군발드 라르손이 말했다.

"우리가 안 지 얼마나 됐나?"

"십 년, 아니면 십이 년. 더 됐을 수도 있고."

"그러니까. 그게 자네 질문에 대한 답이야."

또 침묵. 긴 침묵이 흘렀다.

"자네는 하이트 생각을 많이 하지." 마르틴 베크가 불쑥 말했다.

"항상. 잘 때만 빼고." 군발드 라르손이 말했다.

"하지만 자네가 동시에 세 군데에 있을 순 없어."

"없지."

"그러면 선택해야 해. 가장 가능성이 높은 곳이 어디라고 보나?"

"오슬로. 그곳에서 22일 저녁에 출항하는 코펜하겐행 배에 수수께끼의 인물이 예약을 해뒀어."

"어떤 배인데?"

"콩 올라브 5세. 호화 여객선이야."

"멋지겠군." 마르틴 베크가 말했다. "어떤 예약인데?"

"로저 블랙먼이라는 영국인."

"노르웨이에는 영국인 관광객이 사시사철 많아."

"맞아. 하지만 그런 경로로 여행하는 사람은 별로 없어. 그리고 이 블랙먼이란 사람은 추적이 안 돼. 최소한 노르웨이 경찰은 추적하지 못했어."

마르틴 베크는 잠시 생각하다가 말했다.

"내가 벤뉘와 함께 말뫼로 갈게."

"스카케?" 군발드 라르손이 말했다. "왜 에이나르를 안 데려 가고?"

"벤뉘는 자네 생각보다 괜찮은 친구야. 그리고 벤뉘는 말뫼를 잘 알아. 말뫼에도 좋은 경찰관이 꽤 있고."

"정말?"

"페르 몬손 같은 친구도 훌륭하지."

군발드 라르손이 끙 소리를 냈다. 그가 그렇다고 인정하는 대신 종종 보이는 반응이었다.

"그러면 에이나르와 멜란데르가 헬싱보리로 가야 한다는 건데. 헬싱보리는 더럽게 어려워."

"알아." 마르틴 베크가 말했다. "그러니까 둘에게는 적절한 지원이 필요할 거야. 그건 준비하면 돼. 자네는 노르웨이에 스트룀그렌을 데려가고 싶나?"

군발드 라르손은 고집스레 창밖을 응시하면서 말했다.

"스트룀그렌하고는 오줌도 같이 싸러 가고 싶지 않아. 무인도에 단둘이 떨어졌대도 안 그럴 거야. 스트룀그렌에게도 그렇다고 말해뒀어."

"자네의 인기가 왜 그런지 알겠군."

"그래?"

마르틴 베크는 군발드 라르손을 보았다. 마르틴 베크가 군발드 라르손을 참을 수 있게 되기까지 오 년이 걸렸고, 이해할 수 있게 되기까지 또 그 정도의 시간이 걸렸다.

앞으로 오 년이 더 지나면, 두 사람이 서로를 좋아하게 될지도 모를 일이었다.

"제일 중요한 날이 언제일까?" 마르틴 베크가 물었다.

"20일에서 23일까지." 군발드 라르손이 대답했다.

"그러면 금요일, 토요일, 일요일, 월요일?"

"아마."

"크리스마스이브는 왜 아니지?"

"좋아. 크리스마스이브도 안 될 것 없지."

"전면 경계 태세를 취해야 할 거야."

"이미 전면 경계 태세야."

"우리 다섯 명은 내일 밤부터 시작하고. 만에 하나 이브까지 아무 일이 없다면, 크리스마스 당일까지 계속해야 할 거야."

"놈은 일요일에 나갈 거야." 군발드 라르손이 말했다.

"그건 자네 생각이지. 하지만 하이트의 생각은 어떨까?"

군발드 라르손이 계속 음침한 회색 창밖을 보면서 큼직한 털북숭이 두 손을 창틀에 얹고 말했다.

"웃긴 소리이지만, 나는 하이트를 알 것 같아. 놈의 생각을 알 것 같아."

"정말?"

마르틴 베크는 약간 감명받았다. 그러다가 문득 딴생각이 났다.

"멜란데르가 참 좋아라 하겠군. 헬싱보리 선착장에서 꽁꽁 얼어야 한다니. 그것도 크리스마스이브에."

프레드리크 멜란데르가 자진하여 살인수사과에서 강력반으로 옮겼다가 강력반에서도 옮긴 것은 집을 오래 떠나 있기 싫어서였다. 승진은 고사하고 연봉 인상에서도 손해를 보는 이동인데도 구두쇠 멜란데르가 그렇게 선택한 것이었다.

"감수해야지." 군발드 라르손이 말했다.

마르틴 베크는 조용히 있었다.

"있잖아, 베크." 군발드 라르손이 고개를 돌리지 않은 채로 말했다.

"왜?"

"내가 자네라면, 아마 조심할 거야. 오늘과 내일은 특히."

마르틴 베크는 놀랐다.

"무슨 소리야? 내가 경계해야 한다는 건가? 하이트를?"

"응."

"왜?"

"자네는 신문에 많이 나왔고, 최근에 라디오와 텔레비전에도 나왔으니까. 하이트는 골탕 먹는 데 익숙하지 않아. 그리고 우리가 딴 데 집중하도록 만들고 싶을지도 몰라. 여기 스톡홀름에 집중하도록."

"말도 안 돼."

마르틴 베크는 이렇게 말하고 방을 나갔다.

군발드 라르손은 푹 한숨을 쉬었다. 그러고는 눈앞의 풍경을 보면서도 보지 않는 새파란 눈으로 계속 창밖을 응시했다.

29.

라인하르트 하이트는 욕실 거울 앞에 서 있었다. 막 면도했고, 이제 구레나룻을 빗는 중이었다. 잠시 구레나룻을 밀어버려야 한다는 생각이 들었지만, 이내 생각을 떨쳤다. 전에도 다른 상황에서 그 생각이 든 적 있었다. 그때 상사도 명령에 가깝게 권유했었다. 하이트는 거울 속 얼굴을 뜯어보았다. 그을린 피부가 매일 조금씩 옅어지고 있었다. 그래도 그의 외모는 나무랄 데 없었다. 그는 늘 그렇다고 생각했고, 그의 외모를 나쁘게 평하는 사람도 전혀 없었다. 그러기만 해보라지.

하이트는 욕실을 나와서 방금 아침 식사를 마친 부엌으로 갔다가, 침실로 갔다가, 약 한 달 전에 그와 르발루아가 작전실로 썼으나 지금은 텅 빈 큰 방으로 갔다.

외출을 일절 하지 않았기에, 하이트는 신문에서 뭐라고들 말하는지 알지 못했다.

하지만 신문 못지않게 두 일본인의 체포와 재판에 관심이 많은 텔레비전과 라디오가 수시로 소식을 전해주었다.

올손이라는 자가 기껏해야 행정가일 뿐이라는 사실은 이제 명백해졌다. 진짜 위험인물은 빈번히 언급되는 경찰관, 즉 마르틴 베크인 듯했다. 한 달 전의 암살 시도를 저지한 장본인도 베크였다. 스웨덴 같은 나라에 그런 경찰관이 있다니, 하이트는 이해할 수 없었다.

하이트는 그다지 넓지 않은 아파트를 방에서 방으로 성큼성큼 조용히 오갔다. 그는 맨발이었고, 흰 러닝셔츠와 흰 팬티만 입었다. 옷을 많이 가져오지 않았지만, 어차피 요즘은 나가지 않으니 차려입을 이유가 없었다. 속옷은 매일 저녁 욕실에서 빨았다.

하이트에게는 당장 해결해야 할 문제가 두 가지 있었다.

첫 번째는 스웨덴을 탈출하는 문제였다. 언제 나갈 것인지는 정했지만, 어느 경로로 나갈 것인지는 여태 망설여졌다. 12월 19일인 오늘은 그것도 결정하리라고 마음먹은 터였다. 아무래도 첫 생각대로 오슬로와 코펜하겐을 거치는 길을 택하겠지만, 다른 후보들도 가능성이 열려 있었다.

두 번째 문제는 더 민감했다. 가이텐과 가미카제가 붙잡힌 뒤에야 고민하기 시작한 문제였다.

베크를 제거해야 할까?

그러면 어떤 이점이 있을까?

하이트는 복수 같은 단어로는 생각하지 않았다. 일단 그에게는 실망, 질투, 굴욕, 두려움 같은 감정이 전무하거니와, 그는 철저한 현실주의자였다. 그는 모든 행동을 현실적 고려에 따라 결정했다.

훈련소에서 하이트는 스스로 결정해야 하고, 결정을 신중하게 검토해야 하며, 그 뒤에는 망설임 없이 행동으로 옮겨야 한다는 것을 배웠다.

신중한 계획이 전투의 절반에 해당한다는 것도 배웠다.

결정을 내리지 못한 그는 선반에서 전화번호부 첫 권을 꺼낸 뒤, 침대에 앉아서 책장을 뒤적이다가 원하는 쪽을 찾았다. 그렇게 간단한 일이었다. 그는 읽어보았다.

베크, 마르틴, 경감, 셰프만가탄 8번지, 22 80 43.

하이트는 옷장 선반에서 스톡홀름 도시 계획도를 꺼냈다. 한 달 반 전에 그 거리를 걸었던 것이 기억력 좋은 그의 머릿속에 떠올랐다. 왕궁에서 가까운 곳이었다. 그는 상세한 도시 계획도에서 쉽게 해당 건물을 찾아냈다. 건물은 대로가 아닌 골목에 있는 듯했고, 주변 건물들이 쓸 만해 보였다.

하이트는 도시 계획도를 바닥에 펼쳐두고, 침대 밑에서 라이플을 꺼냈다. 울라그의 모든 장비가 그렇듯이 그 총은 완벽했다. 야간 망원 조준기가 달린 영국제 총이었다.

하이트는 총을 해체해서 서류 가방에 넣었다. 그리고 다시 침대에 누워서 생각했다.

마르틴 베크를 제거함으로써 얻는 이점은 두 가지였다. 우선 경찰에서 제일 유능하고 위험한 인물을 없앨 수 있었고, 둘째로 경찰의 주의를 스톡홀름에 집중시킬 수 있었다.

단점도 있었다. 일단 경찰이 총동원령을 내릴 것이다. 둘째, 가능한 탈출 경로들을 경찰이 지금보다 더 철저히 점검할 것이다. 다만 그런 조치는 마르틴 베크가 제거되었다는 사실을 경찰이 즉시 알아야만 제때 시행될 것이다.

한 가지는 확실했다. 만약 하이트가 베크 경감을 제거할 것이라면, 장소는 경감의 집이어야 한다는 점이었다. 베크가 이혼하고 혼자 산다는 것을 하이트는 사전 조사로 알고 있었다.

어려운 결정이었다.

하이트는 손목시계를 보았다. 두 문제를 확실히 결정해야 하는 순간까지 아직 몇 시간 남아 있었다.

문득 경찰이 차를 발견했는지 아직 못 했는지가 궁금했다.

뉴스에서 언급이 없었으니, 차는 아직 르발루아가 버려둔 곳에 있을 것 같았다. 그 차 대신 구입한 베이지색 폭스바겐은 아파트에서 가까운 곳에 세워져 있었다.

하이트는 잠시 차 생각을 하다가, 이내 다시 집 안을 오락가락하기 시작했다.

같은 날 오전, 마르틴 베크는 벤뉘 스카케를 먼저 말뫼로 보냈다. 스카케는 주행 경비를 청구할 기회다 싶어서 제 차를 몰고 갔지만, 차를 오래 타면 으레 속이 불편해지는 마르틴 베크는 밤 기차로 가기로 했다. 그보다 더 중요할지도 모르는 이유는 그러면 설령 크리스마스를 망치게 되었더라도 최소한 하루 저녁은 레아와 함께 보낼 수 있다는 것이었다. 물론 레아가 나타난다면 말이다. 레아가 와줄지 여부는 마르틴 베크가 확신할 수 있는 일이 아니었다.

뢴과 멜란데르는 마르틴 베크가 지금까지 본 것 중에서 가장 우울한 표정으로 헬싱보리행 기차를 타러 갔다.

운전을 좋아하는 군발드 라르손은 자기 차를 몰고 새벽같이 떠났다. 그 차는 동독 회사인 아이제나허 모토렌베르크, 즉 EMW의 제품이지만 거의 모든 사람들이 BMW를 잘못 표기한 것이라고 생각하는 특이한 고급 차였다.

뢴과 멜란데르가 부루퉁한 데 비해, 군발드 라르손은 기대에 찬 듯했다. 그리고 스카케는 그저 즐거워했다. 호시탐탐 점수 딸 기회를 노리는 스카케에게 이번 일은 또 한 번의 기회였다.

마르틴 베크는 레아와 연락이 닿지 않았지만, 레아의 일터인 사회보장국에 메시지를 남겨두었다. 그리고 집에 가야겠다고 생각하고 코트를 입으려는데, 전화가 울렸다. 그는 책임감과 그보다 더 인간적인 본능 사이에서 갈등하다가 책상으로 돌아가서 수화기를 들었다.

"베크입니다."

"함마르그렌입니다." 상대가 예테보리 말투로 말했다.

마르틴 베크는 모르는 이름이었지만, 아마 경찰관이지 싶었다.

"네, 무슨 일입니까?"

"그쪽이 찾는 차를 우리가 발견했습니다. 초록색 오펠 레코르트. 가짜 번호판을 단 차요."

"어디서요?"

"여기 예테보리의 스칸디아함넨 부두에서요. 로이드 사의 배인 사가가 정박하는 곳입니다. 차가 거기에 벌써 몇 주째 서 있었는데 그동안 아무도 몰랐던 것일 수도 있습니다."

"그리고요?"

"차에 지문은 전혀 없습니다. 싹 닦아낸 것 같아요. 서류는 조수석 사물함에 다 들어 있었습니다."

마르틴 베크는 울적했지만, 그런 티를 내지 않고 물었다.

"그게 답니까?"

"아닙니다. 우리가 사가 호 승무원들을 조사했거든요. 로이드 소속 선장인 에이나르 노르만부터 시작해서 선원들을 다 만나봤습니다. 그다음에 하르킬드라는 관리자를 대동하고 직원들도 다 만나봤습니다. 특히 승무원과 선실 직원을 중점적으로. 하지만 아무도 그 하이트라는 사진 속 남자를 알아보지 못하더군요."

"관리자요?" 마르틴 베크가 물었다. "이제 사무장이라는 용어를 안 씁니까?"

"뭐, 사가가 수에시아Suecia나 브리태니아급 배는 아니잖습니까. 요즘엔 다들 사무장을 관리자라고 부르고, 식당 승무원을 수석 웨이터라고 부릅니다. 이러다 곧 칸막이벽을 그냥 벽이라고 부르고, 좌현을 왼쪽이라고 부르지 싶습니다. 그렇게 되면……."

"그렇게 되면?"

"배는 끝장난 것이니 대신 비행기를 타는 게 나을 거라고 말하려고 했습니다. 여담이지만, 에이나르 노르만은 지난 반년 동안 선장모를 한 번도 안 썼답니다. 선장들도 곧 신선한 공기 부족으로 졸도하겠어요."

마르틴 베크는 이 예테보리 경찰관에게 공감했다. 하지만 이제 대화를 제 궤도로 돌려야 했다.

"하이트에 대해서는……."

"아무것도 못 알아냈습니다." 함마르그렌이 말했다. "그가 배에 탄 것 같지도 않습니다. 그런 외모라면 틀림없이 누군가 그를 기억했을 텐데요. 하지만 차는 분명히 거기 히싱엔에 있었습니다."

"실험실 검사 결과는?"

"거기서도 아무것도 안 나왔습니다, 전혀."

"알겠습니다. 전화해줘서 고맙습니다."

마르틴 베크는 힘차게 두피를 문질렀다. 차는 미끼일 수도 있었다. 하이트는 사가보다 덜 눈에 띄는 배로 이 나라를 떴을 가능성이 있었다. 예테보리는 매일 많은 배가 떠나는 큰 항구였다. 여객선은 아니지만 여객을 태울 수 있는 허가를 받은 배들도 있었다. 작은 배들 중에는 웃돈을 내고서라도 익명으로 항해하고 싶어 하는 여행객을 태워주는 배도 많았다.

종합하자면, 하이트가 이미 몇 주 전에 스웨덴을 떠서 자신들이 붙잡을 수 없는 곳에 가 있을 가능성이 있었다.

마르틴 베크는 시계를 보았다. 지금 동료들을 불러들이는 것은 성급한 짓 같았다. 불러들이는 것 자체가 실수일 수도 있었다. 만일 차가 완벽한 미끼이고 하이트가 아직 이곳을 뜨지 않았다면 어쩌겠는가? 차가 폭탄 테러 이전에도 그곳에 세워져 있었는지 여부를 예테보리에서 모른다는 것이 몹시 아쉬웠다. 그 점을 안다면 상황이 명확해질 텐데.

지금은 모든 것이 하나의 거대한 물음표였다.

마르틴 베크는 임시 사무실 문을 쾅 닫고 귀가했다. 차야 어떻든 계획을 고수하는 편이 최선일 것 같았다.

기차는 스톡홀름 중앙역에서 자정 직전에 출발할 예정이었다. 마르틴 베크에게는 아직 시간이 많았다.

지붕에 얼음이 얇게 껴 있었지만, 날이 특별히 춥지는 않았다.

라인하르트 하이트는 꼼짝 않고 가만히 있었다. 그의 체온에 몸 밑과 옆의 얼음이 녹았다.

하이트는 검은색 터틀넥 스웨터를 입고, 검은색 울 모자를 귀와 이마가 덮이도록 눌러 쓰고, 검은색 코듀로이 바지를 입고, 검은색 양말을 신고, 고무 밑창에 검은색 구두약을 칠한 검은색 신발을 신고 있었다. 그리고 얇고 긴 검은색 장갑을 끼고 있었다.

라이플은 총신이 검은색이고, 개머리판은 진갈색이었다. 누군가가 하이트의 존재를 알아차릴 수 있는 유일한 단서는 야간 조준기가 반사하는 빛일 테지만, 그 렌즈에도 반사를 막기 위한 특별 코팅이 되어 있었다.

이런 차림은 당연히 사람들의 눈에 띄지 않기 위한 것이었다. 하이트는 몰랐겠지만, 만약 정상 시력을 가진 사람이 무슨 별난 이유에선지 갑자기 지붕에 올라와서 겨우 이 미터 떨어진 곳에서 하이트를 보더라도 정말로 그를 알아차리지 못했을 터였다.

하이트는 천창을 통해서 쉽게 지붕으로 올라왔다. 폭스바겐은 슬롯스바켄에 세워두었고, 자신도 길에서는 밝은색 비옷을 걸쳤다. 비옷은 지금 서류 가방과 함께 지붕 아래 꾀죄죄한 다락 한구석에 숨겨져 있었다.

상황은 완벽했다. 마르틴 베크의 집에 있는 모든 창이 하이트의 시야에 들어왔다. 창들이 다 동쪽으로 나 있기 때문이었다.

하지만 집은 아직 조용하고 캄캄했다.

라이플은 야간 저격용으로 특별 제작된 물건이었다. 하이트는 집의 불이 다 꺼져 있는데도 내부 구조를 얼추 파악할 수 있었다. 하이트의 뒤쪽으로 셉스브론 다리를 지나는 차들의 소리가 완벽한 배경 소음이 되어주었다. 영국제 라이플은 조용한 편이었다. 단 한 발의 총성은 차들의 엔진 소리, 끼익 하는 브레이크 소리, 털털거리는 배기관 소리에 묻힐 게 분명했다.

하이트와 네 창문 사이의 거리는 오십 미터 내지 육십 미터를 넘지 않았다. 하이트는 설령 그보다 열 배 먼 거리였더라도 목표물을 맞힐 수 있다고 자신했다.

하이트는 이제 가만히만 있지 않았다. 몸이 굳는 것을 막기 위해서 손가락과 다리를 조금씩 움직였다. 거의 가만히 있되 작은 근육들을 조금씩 움직여둬야만 결정적 순간에 몸이 말을 듣지 않는 낭패를 면할 수 있다는 것은 오래전에 배운 바였다.

그러면서 그는 간간이 진정한 기술적 걸작인 라이플의 조준기를 들여다보았다.

그가 그렇게 사십 분쯤 지붕에 엎드려 있었을 때, 승강기통에 불이 켜지더니 곧 네 창문 중 가장 먼 쪽에 불이 켜졌다.

하이트는 개머리판을 어깨에 대고 손가락을 방아쇠울에 넣어서 방아쇠를 쓰다듬었다.

자신의 무기에 익숙한 그는 정확히 어느 지점에 얼마나 힘을 주어야 하는지 익히 알았다.

그의 계획은 간단했다. 신속하게 행동하여, 베크라는 남자가 모습을 드러내자마자 쏜 뒤 재빠르되 침착하게 그 동네를 벗어나는 것이었다.

누가 첫 번째 창문을 지나고 두 번째 창문도 지나서 세 번째 창문 앞에 섰다.

훌륭한 저격수라면 누구나 그렇듯이, 하이트는 느긋했다. 몸은 기분 좋고 만족스러운 온기로 따뜻했고, 총은 신비롭게도 신체의 일부가 된 듯이 느껴졌다.

그의 오른손 검지는 조금도 떨리지 않고 방아쇠에 얹혀 있었다. 그는 육체적으로나 정신적으로나 빈틈없이 자신을 제어하고 있었다.

누가 세 번째 창문 앞에서 등을 돌리고 섰다.

하지만 다른 사람이었다.

여자였다.

키가 작고 어깨가 꽤 넓은 여자였다.

여자의 금발 머리카락은 곧았고, 목은 짧았다.

여자는 밝은색 블라우스와 무릎까지 내려오는 트위드 치마, 그리고 아마도 스타킹을 입고 있었다.

갑자기 여자가 뒤로 돌아서 하늘을 올려다보았다.

하이트는 여자의 곧게 내린 앞머리와 꿰뚫어 보는 듯한 푸른 눈동자를 보기 전에도 그녀가 누구인지 알아보았다.

하이트는 육 주 전에 여자를 본 적 있었다.

그때 여자는 검은색 더플코트와 색 바랜 청바지와 빨간색 장화 차림이었다.

하이트는 여자를 어디에서 봤는지도 정확히 기억했다. 처음은 셰프만가탄에서였고, 다음은 이름을 잊은 골목길에서, 그리고 그 직후에 슬롯스바켄에서도 한 번 더 봤다.

비록 여자의 정체는 몰라도, 하이트는 단번에 여자를 알아보았다. 만일 하이트에게 놀라움을 느끼는 능력이 있다면 이 상황에 놀랐겠지만, 대신 그는 망원 조준기로 여자의 머리카락을 관찰하면서 요전의 짐작과는 달리 탈색한 것이 아닐지도 모르겠다고 생각할 뿐이었다.

그때 한 남자가 시야에 들어왔다. 키가 꽤 크고, 이마가 넓고, 코가 곧고, 입은 길고 얇으며, 턱이 각진 남자였다.

하이트는 그가 텔레비전에서 본 남자라는 것을 바로 알아차렸다. 바로 저 사람이 자신의 적, 마르틴 베크였다. 암살을 비참한 실패로 귀결시킨 사람, 울라그 요원 중 물리적으로 가장 위험한 인물인 가이텐을 무력화한 사람, 이제 하이트 자신이 이 나라를 뜨기 위해서 제거해야 할 사람이었다.

남자가 여자에게 팔을 두르고 여자를 돌려세워서 제 품으로 끌어당겼다.

별로 위험해 보이지 않는걸, 하이트는 이렇게 생각하면서 총신을 아주 약간만 들어서 야간 조준기의 십자 눈금이 정확히 경찰관의 미간에 놓이도록 했다.

남자를 죽이는 것은 쉬운 일이겠지만, 그러면 그 뒤에 여자도 죽여야 했다. 그리고 그 모두를 아주 빠르게 해치워야 했다. 결과는 전적으로 여자의 반응에 달려 있었다. 여자를 오래 지켜본 것은 아닌데도, 하이트는 어쩐지 그녀가 매우 기민할 것 같다는 느낌이 들었다. 그렇다면 그녀는 첫 번째 총성에 즉시 몸을 숨긴 뒤에 경보를 울릴 수도 있는데, 그럴 경우 지붕 위의 하이트는 어려운 처지에 놓일 터였다. 만약 이 근처에 경찰이 많다면, 하이트는 고립된 위치와 어둠으로부터 보호받기는커녕 안전한 도주로가 없어서 독 안에 든 쥐 신세가 될 터였다.

하이트는 명료하고 신속하게 상황을 분석한 뒤, 아직 시간이 많다고 결론지었다. 좀더 기다리면서 두고 봐도 괜찮았다.

레아 닐센은 까치발을 딛고 서서 마르틴 베크의 뺨을 장난스럽게 깨물었다.

"요즘 나는 근무시간이 규칙적이란 말이에요." 레아가 말했다. "상사도 있고요. 그런데 웬 경찰관이 퇴근 시각보다 사십오 분이나 빨리 와서 나를 데리고 나가면 이상해 보일 거 아니에요."

"약간 특수한 상황이니까요." 마르틴 베크가 말했다. "혼자 집에 오기는 싫었고요."

"무슨 상황?"

"오늘 밤에 출장을 가야 해요."

"어디로?"

"말뫼로. 사실은 벌써 갔어야 해요."

"그런데 왜 아직 안 갔어요?"

"그전에 먼저 하면 좋을 것 같은 일이 있어서."

"무슨 일? 어디에서? 침대에서?"

"그것도 좋죠."

두 사람은 창문에서 멀어졌다. 레아가 마르틴 베크의 모형 배를 손가락으로 쓸면서 미심쩍이 그를 보았다.

"얼마나 가 있을 거예요?"

"확실히는 몰라요. 사나흘 걸릴 수도 있어요."

"그러면 크리스마스이브까지? 젠장. 난 아직 당신 줄 선물도 못 샀는데."

"나도 아직 못 샀어요. 하지만 아마 크리스마스이브에는 돌아올 거예요."

"아마? 그건 그렇고, 오늘 나 멋져 보이지 않아요? 치마에 블라우스에 스타킹에 진짜 구두에, 체크무늬 브라랑 세트인 팬티까지 입었다고요."

마르틴 베크가 웃었다.

“왜 웃는 거예요? 내 여성성을 보고?”

“그건 당신의 옷에 있지 않아요.”

“다정한 사람.” 레아가 불쑥 말했다.

“그렇게 생각해요?”

“응, 그렇게 생각해요. 그리고 내가 당신 생각을 제대로 읽은 거라면, 우리 어서 침대로 직행해야겠네요.”

“내 생각을 제대로 읽었어요.”

레아가 신발을 차서 각각 다른 방향으로 날려 보내며 말했다.

“그러면 먼저 냉장고와 찬장을 확인해두는 게 좋겠어요. 나중에 배고파서 날뛰면 곤란하니까.”

레아가 부엌으로 갔다. 마르틴 베크는 창가로 가서 하늘을 올려다보았다. 밤하늘이 맑았고, 별이 보였다. 이 시기에는 기상학적 기적이라고 할 만한 일이었다.

“이 바닷가재는 어디서 났어요?” 레아가 소리쳐 물었다.

“회토리스할렌 시장에서.”

“이걸로 맛있는 걸 많이 만들 수 있어요. 시간이 얼마나 있어요?”

“당신이 부엌을 얼마나 오래 뒤지느냐에 달려 있죠.” 마르틴 베크가 말했다. “아니, 사실 시간은 많아요. 몇 시간쯤.”

“오케이, 가요. 와인은 있어요?”

"있어요."

"좋아요."

레아는 블라우스를 벗어서 부엌에 떨어뜨리는 것을 시작으로, 옷을 하나씩 벗으면서 침실로 왔다.

"가려워서요." 레아의 설명이었다.

침대에 다다른 레아는 체크무늬 브라만 입고 있었다.

"이건 당신이 벗겨요." 레아가 익살스럽게 아양을 떨면서 말했다. "드문 기회잖아요. 나는 브라를 거의 하지 않으니까."

그들은 블라인드를 치지 않았다. 보통은 다른 사람이 그 집을 들여다볼 길이 없기 때문이었다.

지붕 위의 하이트에게 침대까지 보이진 않았다. 하지만 침실이 어두워지는 것을 보았으므로, 이후 어떤 일이 진행될지는 충분히 추론할 수 있었다.

한참 뒤, 다시 불이 켜지고 여자가 창문에 나타났다. 여자는 옷을 벗은 채였다.

하이트는 망원 조준기로 여자의 왼쪽 가슴을 아무 감정 없이 응시했다. 십자 눈금이 갈색 젖꼭지 바로 위에 놓였다. 야간 조준기는 배율이 워낙 좋아서, 대상이 시야를 가득 채웠다. 젖꼭지 위에 난 약 일 센티미터 길이의 금색 털까지 보였다.

저건 뽑아야 되겠는데, 하이트는 이렇게 생각하면서 총신을 살짝 내렸다. 십자 눈금이 왼쪽 가슴 바로 밑에 놓였다. 여자의 심장에.

하이트는 방아쇠를 몸 쪽으로 0.5밀리미터 당기면서 지그시 힘이 들어가는 것을 느꼈다.

만약 그가 방아쇠를 0.5밀리미터 더 당기면, 총이 발사되어 총알이 여자의 심장을 때릴 것이었다.

그는 초고속 총탄을 쓰기 때문에, 뒤로 떼밀린 여자는 저쪽 벽에 등이 닿기도 전에 죽을 것이었다.

레아는 아직 창가에 서 있었다.

"별 좀 봐!" 레아가 말했다. "그런데 말뫼에는 왜 가요? 이것도 그 구레나룻 있는 남자 때문이에요? 하이트?"

"맞아요."

"내 생각에는 그가 지금 뭘 할 것 같은지 알아요? 그는 발리에서 훌라훌라 아가씨를 무릎에 앉히고 금붕어 낚시를 하고 있을 거예요. 자, 가서 가재를 요리하자고요."

오십 미터 떨어진 곳에서, 라인하르트 하이트는 이 일이 재미도 의미도 없다고 결론 내렸다. 그는 꿈틀꿈틀 천창을 내려간 뒤, 총을 해체하여 서류 가방에 넣었다. 그다음 밝은색 비옷을 걸치고 그곳을 떠났다.

볼후스그렌드 골목을 침착하게 걸어가면서, 그는 언제 어디서 어떻게 이 나라를 뜰지 결정했다.

30.

마르틴 베크의 세대가 어렸던 시절부터, 크리스마스는 전통의 가족 명절에서 싸구려 물건 팔이의 기회 혹은 상업적 광기라고나 불러야 할 행사로 변하기 시작했다. 크리스마스이브 한 달 전부터 거의 모든 것을 파는 광고가 사람들의 돈을 마지막 한 닢까지 우려낼 작정으로 모두의 신경을 필사적으로 자극했다. 크리스마스는 여러모로 어린이의 축제로 여겨지지만, 많은 아이가 대망의 날이 도달하기 몇 주 전부터 신경이 곤두서고 탈진해버렸다.

크리스마스는 또 여행 철이 되었다. 전 국민이 어디로든 가고 싶은 광적인 욕구에 휩싸였다. 차들의 행렬이 끝이 없었다. 감비아, 몰타, 모로코, 튀니스, 말라가, 이스라엘, 캐나다, 카나

리아 제도, 알가르브, 페로 제도, 카프리, 로도스, 그 밖에 이 시기에는 덜 매력적인 장소들로 가는 비행기도 예약이 다 찼다. 국영철도회사는 열차를 증편했다. 불편하기 짝이 없는 버스들이 세플레, 보리홀름, 요처럼 이상한 장소로 떠났다. 유르고르덴 페리와 비스뷔행 배마저 꽉 찼다.

마르틴 베크는 말뫼행 야간열차에서 잠들지 못했다. 고위 공직자로서 일등석을 탈 수 있는데도 그랬다. 위층 침대 승객도 그의 잠을 방해했다. 그 승객은 코를 고는 것은 물론이고 잠꼬대에 이까지 갈았으며, 자주 내려와서 소변을 보았다. 기차가 덜커덩덜커덩 말뫼 역에 들어설 무렵, 동료 승객은 열네 번째로 소변을 보았다. 분명 방광에 문제가 있는 것 같았다.

하지만 마르틴 베크는 딴생각을 하고 있었다. 주로 라인하르트 하이트 생각이었다.

몇 시간 전에 레아가 발가벗은 채 셰프만가탄의 집 창가에서 있고 자신은 침대에 누워서 레아의 등과 근육질 종아리를 감상하고 있었을 때, 마르틴 베크는 문득 군발드 라르손의 경고가 떠올랐다. 그래서 펄쩍 뛰어오르다시피 하여 레아를 창에서 끌어냈다. 군발드 라르손은 심각한 이유가 있지 않는 한 결코 그런 말을 하지 않는 사람이었다. 잠시 후에 레아가 쉴 새 없이 조잘대고 와당탕대면서 가재를 절반은 밴더빌트풍이고 절반은 레아 닐센풍인 요리로 변신시키는 동안, 마르틴 베크는 집 안을 돌아다니며 블라인드를 다 내렸다.

당연히 하이트는 위험하다. 하지만 하이트가 정말 스웨덴에 있을까?

그리고 그 물음표는 마르틴 베크가 자신과 네 명의 충실한 동료, 개중 셋은 아이도 있는 이들의 크리스마스를 망치기에 충분한 이유일까?

글쎄, 시간이 말해줄 터였다. 혹은 시간이 아무것도, 최소한 라인하르트 하이트에 관해서는 아무것도 말해주지 않을 수도 있었다.

솔직히 마르틴 베크는 군발드 라르손이 하이트의 턱에 한 방 먹여줄 수 있도록 하이트가 오슬로를 거치는 길을 선택하기를 바랐다. 군발드 라르손에게 그보다 멋진 크리스마스 선물은 없을 것이다.

그다음에 지금쯤 멜란데르와 뢴이 헬싱보리 경찰에게 침울함을 퍼뜨리고 있으리라는 것에 생각이 미쳤다. 하지만 둘은 좋은 경찰관이었다. 멜란데르는 늘 그랬고, 뢴은 많은 사람의 반대된 예상에도 불구하고 그렇게 되었다. 만약 하이트가 그 길로 벗어나려고 한다면, 성공 가망은 낮았다.

하지만 말뫼는⋯⋯ 말뫼의 출입국 통제는 그야말로 엉망이었다. 스웨덴으로 들어오는 마약은 거의 모두 그곳을 통해서 반입되었고, 다른 밀수품도 대부분 마찬가지였다.

방광에 이상이 있는 승객이 일층으로 내려왔다. 번거롭게 돌아눕고 싶지 않았던 마르틴 베크는 동료 승객이 옷 입는 모습을 고스란히 올려다보게 되었다. 먼저 승객의 양말과 속바지와 러닝셔츠가 몸에 감겨 올라갔고, 그다음 바지와 멜빵이 힘겹게 꿰였다. 그 모습을 다 지켜보고서야 마르틴 베크는 옷을 입을 수 있었다.

마르틴 베크는 가볍게 뛰어서 사보이 호텔로 갔다. 가끔이라도 말뫼에 올 때 항상 묵는 곳이었다. 긴 외투를 입은 문지기가 황송하게 반겨주었다.

마르틴 베크는 방에 올라가서 면도하고 샤워한 뒤, 택시로 경찰서에 가서 곧 페르 몬손의 사무실로 안내되었다. 지난 한 해는 말뫼 경찰에게 가혹하리만치 힘든 해였지만, 늘 입에 물고 있는 이쑤시개를 태평하게 씹으면서 마르틴 베크를 반기는 몬손에게서는 그런 기색을 전혀 찾아볼 수 없었다.

"벤뉘는 여기 없습니다." 몬손이 말했다. "그 친구는 저기 비행정 선착장에서 살다시피 해요."

왠지 몰라도 말뫼 사람들은 수중익선을 비행정이라고 불렀다.

"다른 곳은?"

"다른 곳은 우리가 철저히 확인해봤습니다." 몬손이 말했다. "하지만 이 시기에는 여행객이 워낙 많아서요. 양방향 모두. 아주 아수라장입니다. 그래도……."

"그래도?"

"놈의 생김새가 우리에게 유리하니까요. 그 하이트라는 놈은 무지막지하게 크더구만요. 네 발로 기어서 개인 척하면 통할 정도이던데요. 이제 덴마크에 개를 데리고 갈 수 없지만 말입니다. 거기 여우들에게 광견병이 퍼졌나 봅디다."

"글쎄요." 마르틴 베크가 말했다. "큰 사람은 많지 않습니까. 하이트가 가령 군발드 라르손만큼 큰 건 아니니까요."

"하지만 라르손 그 친구는 꼬마들을 소스라치게 할 만큼 크지 않습니까." 몬손이 필기구함에서 새 이쑤시개를 집으며 말했다.

"어떻게 생각합니까? 당신은 이곳 통행 사정을 잘 알잖습니까."

"음, 가끔 내가 뭘 알기나 하나 싶을 때가 있죠. 아무튼 열차 연락선 말뫼후스는 확인하기가 제일 쉽습니다. 놈이 그걸 탄다면 분명 붙잡힐 거예요. 그다음은 외르넨, 그리펜, 외레순드 같은 큰 배들입니다. 림함에서 떠나는 자동차 연락선은, 이름이 햄릿과 오필리아였나, 좀더 까다롭죠. 하지만 뭐니 뭐니 해도 최악은 비행정 선착장입니다. 거기는 지옥이에요."

"수중익선요." 마르틴 베크가 말했다.

"오케이, 아무튼 거기는 지옥입니다. 배가 수시로 드나들고, 선착장 건물은 얼굴을 들이밀기도 힘들 만큼 사람이 많죠."

"알 것 같습니다."

"직접 보기 전에는 전혀 모릅니다. 검표원이 사람들에게 짓밟힌다니까요. 출입국 경찰은 따로 방에 숨어 있어요. 그러지 않으면 십 분 만에 팬케이크처럼 납작해질 테니까요. 그 사람들을 집 대문 밑으로 밀어 넣어서 퇴근시킬 수 있을 정도로." 몬손이 이쑤시개를 문 채 말을 멈췄다가 덧붙였다. "시시한 농담이지만."

"그러면 스카케는 뭘 하고 있습니까?"

"벤뉘요? 부두에 서서 시퍼레진 얼굴로 오들오들 떨면서 칼바람을 맞고 있죠. 어젯밤에 도착한 뒤로 계속 그러고 있어요."

군발드 라르손도, 비록 그래야 할 이유가 있긴 해도, 오들오들 떨고 있었다. 노르웨이-스웨덴 국경은 말뫼보다 기온이 몇도 더 낮았지만, 군발드 라르손은 (평소 혐오하는) 긴 내복에 두꺼운 코듀로이 바지, 스키 바지, 두꺼운 양말, 양가죽 코트, 털모자로 철저히 갖춰 입고 있었다.

군발드 라르손은 거의 국경선 바로 위에 서 있었다. 소나무를 등지고 서서 끊임없는 차량 행렬과 세관 건물과 국경 울타리와 임시 바리케이드에 시선을 고정한 채, 운전자들이 이것저것 캐묻는 경찰관들에게 퍼붓는 악담을 멍하니 듣고 있었다. 우리나라에는 여행의 자유가 있지 않습니까? 노르웨이가 갑자기 사우디아라비아처럼 가기 어려운 나라가 됐습니까? 스칸디나비아 자유 통행 협약은 어쩌고? 이거 북해 유정 때문이오? 아니면 스웨덴 경찰이 바보 천치라서? 왜 내 이름이 하이트일 거라는 거요? 그리고 내 이름이 뭐든 경찰이 뭔 상관이야? 내가 스웨덴 시민인 한, 이름이 페롱크비스트이든 헬란이든 할반이든 당신들 알 바 아니잖아. 당신들이 일으킨 교통 체증을 좀 보라고.

군발드 라르손은 한숨을 쉬면서 차량 행렬을 보았다. 실제로 줄이 눈에 띄게 길어지고 있었다. 반면 정다운 이웃 노르웨이에서 스웨덴으로 들어오는 반대 차선에서는 차들이 막힘없이 달렸다. 바리케이드의 경찰관 중 일부가 멍청하게 행동하는 것도 한 원인이었다. 모두들 하이트의 사진과 인상착의를 갖고 있었다. 하이트가 스웨덴어를 못 하지만 덴마크어는 손색없이 한다는 것도, 나이가 약 서른 살이고 키는 195센티미터라는 것도 알았다. 그런데도 어떤 경찰관은 베름란드 사투리가 역력한 육십 대 대머리 노인을 십 분씩 괴롭혔다. 군발드 라르손은 지난 세월 동안 경찰 내부의 어리석음을 대신 수습하느라 수명이 몇 년은 준 것 같았다. 이제 그런 일은 차세대 돈키호테가 떠맡을 때인 것 같았다.

거의 모든 차가 지붕에 스키와 눈삽과 순록 뿔을 얹고 있었다. 순록 뿔은 스웨덴 쪽 국경에서 몇몇 영리한 악덕 상인들이 바가지 가격에 판매하는 물건이었다. 군발드 라르손은 그것들을 지긋지긋한 심정으로 쳐다보았다.

군발드 라르손은 사실 라플란드를 아주 좋아했다. 하지만 여름에만 좋아했다.

뢴과 멜란데르는 오들오들 떨고 있지 않았다. 그들은 헬싱보리 경찰이 특별히 내준, 한 면이 유리로 된 막사 안에서 비교적 편안한 의자에 앉아 있었다. 성능 좋은 전기난로 두 대가 안을 따뜻하게 만들어주었고, 젊은 경찰관들이 정기적으로 커피가 든 보온병과 플라스틱 컵과 과자와 페이스트리가 담긴 접시를 들고 왔다. 차량 행렬은 막사의 유리 벽 앞을 지나도록 유도되었다. 만약 그들이 유심히 살펴봐야 할 여행객이 있다면, 성능 높은 프리즘 쌍안경 두 대가 손 닿는 곳에 놓여 있었다. 그들은 또 자동차와 기차 승객을 확인하는 경찰관들과 무전으로 연락을 주고받았다.

그런데도 뢴과 멜란데르는 둘 다 기분이 나빠 보였다. 상대적으로 편안하다고는 해도 크리스마스를 망친 것은 마찬가지이기 때문이었다.

사적으로 전화할 틈을 내어 각자 아내에게 불평할 때 외에는 둘 다 말도 별로 없었다.

크리스마스이브 나흘 전인 12월 20일 금요일의 사정은 그러했다. 토요일은 더 나빴다. 일을 쉬는 사람이 더 많아서, 엄청난 수의 승객이 외레순드 해협을 건넜다.

마르틴 베크는 표를 예매하지 못했지만 어떻게든 다음 배를 탈 수 있기를 바라며 몰려든 신경질적인 인파를 힘겹게 헤치고 수중익선 선착장 앞 부두로 내려갔다. 그런데 뢰베렌이라는 배의 덴마크인 검표원은 자신이 경감이라고 주장하면서도 신분증을 제시하지 못하는 인물을 극도로 불신하는 사람이었다. 마르틴 베크는 재킷을 갈아입는 바람에 신분증을 호텔 방에 두고 온 터였다. 결국 이제 모든 검표원들에게 얼굴이 알려진 벤뉘 스카케가 나타나서 구해주었다.

살을 에는 듯 심술궂고 습한 바람이 마르틴 베크를 때렸다. 스웨덴 남부, 특히 말뫼의 전형적인 겨울 날씨였다. 마르틴 베크는 자신의 부하를 보았다. 스카케 뒤로는 산타클로스들이 한 줄로 서서 경제 위기와 통화 가치 절하의 위험에도 불구하고 덴마크 수도가 제공할 수 있는 갖가지 좋은 것들을 선전하는 전단지를 사람들에게 나눠주고 있었다.

스카케는 끔찍한 몰골이었다. 뺨은 창백한 연보라색이었고, 이마와 코는 사색이었고, 모직 목도리 위로 드러난 목은 거의 투명했다.

"여기 얼마나 오래 있었나?"

"5시 반부터 있었습니다." 스카케가 덜덜 떨면서 대답했다. "첫 배가 떠날 때부터 있었습니다."

"당장 가서 뭐 좀 따뜻한 걸 먹어, 지금 당장." 마르틴 베크가 단호하게 말했다.

스카케가 사라졌다. 하지만 겨우 십오 분 뒤에 스카케는 정상에 약간 가까워진 혈색을 하고 돌아왔다.

토요일에는 아무 일이 없었다. 만취한 사람들이 싸움을 많이 벌인 것이 다였다. 마르틴 베크는 최근에 어느 기사에서 스웨덴인, 미국인, 핀란드인이 다른 어느 나라 사람들보다 싸움을 많이 벌인다고 읽었던 것이 떠올랐다. 아마도 일반화의 오류이겠지만, 가끔 저 말이 진실로 보일 때가 있었다.

밤 10시경 마르틴 베크는 호텔로 돌아갔다. 지나치게 열심인 스카케는 마지막 배가 떠나는 것까지 보겠다며 부두에 남았다.

스카케는 한때 동료였던 말뫼 경찰을 신뢰하지 않는 것이 분명했다.

마르틴 베크는 방 열쇠를 찾아서 승강기로 가다가 마음을 바꾸어 바로 갔다. 크리스마스 직전에 늘 그렇듯이 손님이 많았지만, 바 앞에 빈자리가 하나 있기에 거기에 앉았다.

"아, 안녕하십니까." 바텐더가 말했다. "늘 드시는 대로 얼음물 탄 위스키를 드릴까요?"

이 바텐더는 기억력이 비상했다.

마르틴 베크는 주저했다. 바람 찬 부두에 종일 서 있다 온 터라 얼음물이 그다지 당기지 않았다. 옆자리 손님을 슬쩍 보았더니, 그 사람은 뭔지 몰라도 황금색 액체를 큰 잔으로 마시고 있었다. 좋아 보였다. 마르틴 베크는 옆자리 사람을 보았다. 턱수염이 있고 머릿결이 매끄럽고 젊어 보이는 오십 대 남자였다.

"드셔보세요." 남자가 말했다. "윌렌크로크입니다. 미국인들은 골든후크라고 부르죠. 이 바에서 개발한 칵테일입니다."

마르틴 베크는 남자의 조언을 따랐다. 음료는 훌륭했다. 마르틴 베크는 그 안에 무슨 재료가 들어갔을지 맞히려고 해보았지만 허사였다. 대신 음료를 권한 남자를 다시 흘긋 보았다가, 입을 열었다.

"뵌 적 있는 분이군요. 작년 가을에 뵈링에 호수에서 시그브리트 모르드의 시신을 발견한 식물학자 아니십니까."

"으으." 남자의 대꾸였다. "그 얘기는 하지도 마십시오. 적어도 여기서는."

잠시 후 남자가 마르틴 베크를 흘긋거리면서 말했다.

"그럼 그렇지. 당신은 나중에 나를 면담했던 스톡홀름 경감이군요. 이번엔 무슨 사건입니까?"

"그냥 일상적인 일입니다." 마르틴 베크는 어깨를 으쓱하며 대답했다.

"아, 그래요." 시신 발견자가 말했다. "내 알 바 아니죠."

삼 분 뒤, 마르틴 베크는 인사하고 자러 갔다. 너무 피곤해서 레아에게 전화를 걸 기력도 없었다.

12월 22일 일요일, 수중익선 선착장은 전날보다 더 혼란스러웠다. 전단지를 나눠주는 산타클로스가 전날보다 더 많아진 것을 보면, 가게들은 아직 문을 여는 모양이었다. 인파 중에는 아이도 많았다. 정오였고, 혼잡한 시간대였고, 날씨를 제외하고 모든 것의 성수기였다. 습하고 시리도록 찬 북풍이 항구로 불어닥쳐서 몸 가릴 곳 하나 없는 부두를 무자비하게 휩쓸었다.

배 두 척이 곧 떠나려고 했다. 플뤼베피스켄이라는 이름의 덴마크 배와 테르난이라는 스웨덴 배였다. 둘 다 승객이 다 차면 금세라도 떠날 태세였다.

덴마크 배가 밧줄을 풀었다. 그 배의 트랩 옆에 서 있던 벤뉘 스카케가 스웨덴 배 쪽으로 걸음을 옮기기 시작했다. 마르틴 베크는 스웨덴 배의 출입구 옆에 서 있었다. 마르틴 베크의 앞에서 스웨덴 검표원이 번개 같은 속도로 승객들의 표에 구멍을 내어 확인하면서 동시에 다른 손에 든 기계식 계수기로 딸깍딸깍 수를 헤아렸다.

바람이 매서웠다. 마르틴 베크가 얼굴을 보호하려고 잠시 고개를 숙였는데, 누가 검표원에게 덴마크어로 말하는 소리가 들렸다.

마르틴 베크는 고개를 들었다.

의심의 여지가 없었다.

라인하르트 하이트가 밖에 있는 경찰관들뿐 아니라 이제 검표원까지 지나쳐서 벌써 트랩으로 가고 있었다. 마르틴 베크로부터 겨우 일 미터 떨어진 거리였다.

하이트의 짐은 옆면에 산타클로스가 인쇄된 갈색 종이봉투 하나가 전부였다.

막 떠난 배와 이제 떠날 배의 중간 지점인 이십오 미터 거리에 있던 스카케도 시선을 돌린 순간 그 남아프리카인을 알아보았다. 스카케는 그 자리에 멈춰 서서 공무용 권총으로 손을 옮졌다.

하지만 하이트가 먼저 스카케를 보았고, 사복 경찰관이라고 제대로 알아보았다.

스카케가 하이트를 보면서 오른손을 코트에 넣는 순간, 하이트에게 상황은 명백해졌다. 앞으로 몇 초 뒤에 누군가는 죽을 운명이었다. 그리고 하이트는 그것이 자신일 리 없다고 확신했다. 하이트는 저 경찰관을 쏜 뒤에 울타리를 넘어 도로로 나가서 차들 사이로 도망칠 생각이었다. 하이트는 봉투를 떨어뜨렸다. 하이트의 손이 잽싸게 재킷 속의 총을 잡았다.

벤뉘 스카케는 제대로 훈련되어 있고 날렵했다. 하지만 라인하르트 하이트는 그보다 열 배 더 빨랐다. 마르틴 베크는 그렇게 날쌘 움직임을 난생 처음 보았다. 영화에서도 본 적 없었다.

마르틴 베크가 빠른 것은 상황 파악이었다. 마르틴 베크는 한 발 앞으로 나서면서 말했다.

"잠깐, 하이트 씨……."

동시에 마르틴 베크는 하이트의 오른팔을 잡았다. 벌써 콜트 권총을 손에 쥔 남아프리카인은 자신의 팔을 끌어내리려고 안간힘 쓰는 마르틴 베크의 손아귀를 온 힘으로 거스르면서 천천히 팔을 올렸다.

자신의 목숨이 경각에 달려 있고 마르틴 베크가 자신에게 계속 살아 있을 수 있는 일말의 가능성을 제공하는 상황에서, 스카케는 발터 권총을 겨누고 쏘았다.

총알은 하이트의 입을 맞히고 들어가서 척추 꼭대기에 박혔다. 하이트는 즉사했다. 그리고 죽는 순간, 방아쇠를 당겼다. 총알은 벤뉘 스카케의 오른쪽 엉덩이 높이 박혔다. 스카케는 팽이처럼 뱅글 돌아서 산타클로스들 속으로 쓰러졌다.

스카케는 엎어진 채 피를 철철 흘렸으나 의식은 잃지 않았다. 마르틴 베크가 곁에 무릎을 꿇었을 때, 스카케는 이렇게 말했다.

"어떻게 됐나요? 하이트는?"

"자네가 그를 맞혔어. 즉사시켰어."

"어쩔 수 없었어요." 스카케가 말했다.

"자네는 제대로 행동했어. 그게 자네의 유일한 기회였어."

페르 몬손이 갓 내린 커피의 향을 풍기면서 어디에선가부터 달려왔다.

"곧 구급차가 올 거야." 몬손이 말했다. "가만 누워 있어, 벤뉘."

가만 누워 있어라. 마르틴 베크는 만약 하이트의 생명이 십분의 일 초만 더 길었더라도 벤뉘 스카케는 영원히 가만 누워 있어야 했을 것이라고 생각했다. 설령 백분의 일 초였더라도,

스카케는 평생 가는 장애를 입었을 것이다. 지금 스카케는 괜찮았다. 마르틴 베크는 총알이 어디에 맞는지 보았는데, 엉덩이에서 한참 바깥쪽이었다.

경찰관 한 무리가 나타나서, 시신을 둘러싼 구경꾼들을 해산시키기 시작했다.

구급차 사이렌이 들려올 때, 마르틴 베크는 하이트를 내려다보고 있었다. 하이트는 얼굴이 살짝 일그러져 있었지만, 전반적으로 죽어서도 잘생겨 보였다.

유럽 고속도로 18호선의 국경 관리소에서 전화를 받은 남자는 약간 짜증 난 목소리였다.

전화가 너무 자주 울리는데다가, 늘어선 차들의 줄이 갈수록 길어지고 검문은 갈수록 어려워지고 있어서였다.

"네, 그는 여기 있습니다. 잠시 기다리세요." 국경 경찰관이 수화기를 손바닥으로 덮고 말했다. "군발드 라르손? 그거 백만장자처럼 입고 저기 나무 근처에서 어슬렁거리는 덩치 큰 한량 아니야?"

"응, 그럴걸." 동료가 말했다.

"그 사람 찾는 전화야. 빌어먹을 하이트인가 하는 놈 문제래."

군발드 라르손이 와서 전화를 받았다. 군발드 라르손의 대답은 외마디 일색이어서, 그것만 듣고는 무슨 일인지 알 수 없었다.

"응…… 아…… 죽어? ……다쳐? ……누가? ……스카케? ……괜찮아? ……끊어."

군발드 라르손은 수화기를 내려놓은 뒤 국경 관리소 사람들에게 말했다.

"차들을 그냥 통과시키고 바리케이드를 치워도 됩니다. 이제 필요 없어요."

"당신은 어쩔 겁니까?"

"운전해서 집에 가야죠."

"정말 괜찮겠습니까?"

갑자기 군발드 라르손은 너무 오래 잠을 못 잤다는 기분이 들었다.

차를 몰고 돌아가던 중, 군발드 라르손은 칼스타드에서 포기하고 호텔에 들었다.

헬싱보리에서, 프레드리크 멜란데르가 수화기를 내려놓고 씩 웃었다. 그러고는 시계를 보았다. 통화를 엿듣고 있던 뢴도 아주 만족스러운 표정이었다.

그들은 크리스마스를 집에서 축하할 수 있게 되었다.

1975년 1월 10일 금요일 저녁은 모두가 이런 날이 더 많았으면 하고 바랄 만한 날이었다. 모두가 느긋하고, 자기 자신뿐 아니라 세상과 조화를 이루는 날이었다. 모두가 배불리 먹고 마셨고, 아주 특수하거나 끔찍하거나 예기치 못한 일이 벌어지지 않는 한 이튿날 쉴 수 있다는 것을 아는 날이었다.

단 이때 '모두'란 극소수의 사람들을 가리켰다.

정확히 말하자면 네 명이었다.

마르틴 베크와 레아는 렌나르트 콜베리 부부와 저녁을 보내고 있었다. 그들이 함께 만들어낸 분위기는 누구라도 즐기고 싶어 할 만큼 좋았다.

아무도 말을 많이 하지 않았다. 그들이 크로스워드라는 게임을 하고 있기 때문이었다. 각자 종이에 스물다섯 칸짜리 격자를 그린 뒤 한 명씩 돌아가면서 알파벳을 하나씩 부르는데, 참가자들은 그 알파벳을 어느 칸에든 적어 넣어야 하고 그럼으로써 가로나 세로로 뜻이 통하는 단어를 만드는 게임이었다.

"엑스X." 콜베리가 이번 판에 들어서 세 번째로 이 알파벳을 부르자, 다들 땅이 꺼져라 한숨을 쉬었다.

이 게임은 흠이 하나 있지, 마르틴 베크는 생각했다. 다섯 판 중 네 판을 콜베리가 이겼고 나머지 한 판만 레아가 이겼다는 거야.

하지만 마르틴 베크도 군 콜베리도 게임에서 지는 데는 워낙 익숙했기 때문에 크게 문제되지 않았다.

"전직 경찰expolis이라고 할 때의 엑스X 말이야." 콜베리가 쾌활하게 말했다.

콜베리는 그 대책 없는 알파벳을 끼워 넣어서 단어를 또 하나 더 만드는 것이 얼마나 힘든 일인지 전혀 모른다는 투였다. 마르틴 베크는 제 종이를 잠시 보다가 어깨를 으쓱하고 포기했다.

"렌나르트?"

"응."

"십 년 전 기억나나?"

"우리가 폴케 벵트손을 쫓던 때, 그리고 경찰이 막 국영화되었던 때? 기억하다마다. 그때는 기억할 만한 시절이었던 것 같아. 하지만 그후에 벌어진 일들은? 제기랄, 전혀 아냐."

"그 시기에 모든 일이 시작되었다고 생각하나?"

"아니, 그건 아냐." 콜베리가 고개를 흔들었다. "더 나쁜 게 뭔지 알아? 지금 이 상태도 끝은 아닐 것 같다는 거야."

"와이Y." 레아가 말했다.

그 말에 모두가 잠시 입을 다물었다.

잠시 후에 점수를 매길 때가 되었다. 마르틴 베크는 종이에

제 점수를 계산해서 끼적였다. 또 꼴등이었다.

"그래도 한 가지는 분명해." 콜베리가 말했다. "그들이 그때 중대한 실수를 저질렀다는 것. 경찰을 폭력의 선봉에 두는 건 마차를 말 앞에 두는 것이나 마찬가지야."

"와! 내가 이겼다!" 레아가 말했다.

"확실히 이겼군요." 콜베리가 이렇게 말한 뒤 마르틴 베크에게 너그럽게 덧붙였다. "괜히 그런 생각에 빠져 있진 말아. 폭력은 지난 십 년 동안 서구 사회 전체를 눈사태처럼 덮쳤어. 그 사태를 자네 혼자 막거나 방향을 틀 순 없어. 어떻게 해도 폭력은 증가할 거야. 자네 탓이 아니야."

"그럴까?"

모두 종이를 뒤집어서 새로 칸을 그리기 시작했다. 콜베리는 다 그리고 나서 마르틴 베크를 보며 말했다.

"마르틴, 자네의 문제는 잘못된 직업을 가졌다는 것뿐이야. 잘못된 시대에, 잘못된 나라에서, 잘못된 체제에서."

"그게 다일까?"

"대충." 콜베리가 말했다. "내가 시작할 차례인가? 그러면 엑스로 하죠. 마르크스Marx의 엑스."

역자 후기

번역서가 독자를 만나는 일은 우연이 만드는 작은 기적이다. 따지자면 모든 책이 그렇지만, 번역서는 번역은 물론이거니와 출판 시장의 차이, 문화 차이 등 몇 가지 장애물을 더 넘어야 한다는 점에서 특히 더 그렇게 느껴진다. 초등학교 때 우연히 엘러리 퀸의 『Y의 비극』을 읽고 추리소설 독자가 된 나는 그 대수롭지 않은 만남이 한 사람의 독서 인생을 결정지었다는 사실을 그 책을 만든 사람들은 과연 알까 하고 수십 년째 궁금해해 왔다.

모종의 이유로 어떤 책을 번역 출간하기로 한 사람들이 다 사라진 뒤에도 책은 남아서, 전혀 다른 이유로 그 책을 집어든 독자를 다른 언어, 다른 시대, 다른 세계로 이어준다. 저자의 언어권에서는 이미 잊힌 책이 다른 언어권에서는 살아남아 그곳의 담론에 영향을 미치기도 한다. 이런 여러 겹의 우연이 작동하기를 바라는 것은 합리적인 계획이라기보다는 막연한 기원처럼 느껴질 때가 많고(실제로도 그렇다), 그래서 괜히 기적 같다는 둥 비합리적인 표현을 떠올리게 된다.

총 열 권의 '마르틴 베크' 시리즈를 완성하면서 쓰는 후기로는 좀 감상적인 이야기인지도 모르겠다. 이곳은 마땅히 작품의 의의를 해설해야 하는 자리가 아닌지? 하지만 시리즈에 대한 정보는 이미 1권 『로재나』에 충분히 실려 있으니, 여러분도 다시 펼쳐서 박광규 평론가의 해설과 작가 정보를 한 번 더 읽어보시길 바란다.

여기서는 번역본 이야기를 하자. 시작은 2009년이었다. "혹시 '마르틴 베크' 시리즈 번역에 관심이 있으세요?" 어느 편집자가 내게 물었고, 나는 당연히 있다고 대답했다. 그는 스웨덴 작가 욘 아이비데 린드크비스트의 『렛미인』을 편집하다가 이 시리즈를 알게 되었다고 했다. 『렛미인』에는 어느 시체 안치소 직원이 시신에서 흘러나온 피를 닦다 말고 "당장 집에 가서 잠든 아내 옆으로 기어들어가 『세플레의 인간 말종』이나 읽었으면 좋겠다"고 생각하는 장면이 나온다. 편집자는 저 대목에서 호기심을 느껴서 『세플레의 인간 말종』이 무슨 책인지 찾아보았고, 그 책이 '지붕 위의 남자'라는 제목으로 영화화될 정도로 스웨덴에서는 유명한 작품이라는 것을 알았고, 그것이 어느 추리소설 시리즈의 한 권이라는 것도 알았다. 그 책이 바로 '마르틴 베크' 시리즈 7권 『어느 끔찍한 남자』였다.

한편, 미래의 번역자인 나는 처음에 스웨덴 작가 헨닝 망켈이 쓴 '쿠르트 발란데르 경감' 시리즈의 팬이었다. 원래 추리소설이라면 가리지 않고 읽었지만, 2000년대 초에 번역된 '발란데르' 시리즈를 읽고 반해서 중년 경찰이 주인공인 수사물을 각별히 좋아하게 되었다. 그러다 보니 발란데르에게는 마르틴 베크라는 '선배'가 있다는 사실을 알았고, 내가 이미 일본어 중역으로 읽은 『웃는 경관』이라는 책이 그 시리즈의 네 번째 편이라는 것을 알았으며, 나머지 아홉 편도 영어판으로는 다 읽을 수 있다는 것을 알았다. 그래서 읽기 시작했다. 그리고 흠뻑 반했다.

이렇게 한국의 한 편집자와 번역자가 몇십 년 전 스웨덴 소설에 관심을 품게 된 것은, 사실 온 우주가 도운 덕분이었다. 아니, 정확히 그렇진 않았고…… 그로부터 몇 년 전부터 영어권 출판계가 스웨덴 추리소설에 흥미를 품은 덕분이었다. 계기는 여럿이지만 우선은 '쿠르트 발란데르 경감' 시리즈가 영국에서도 인기를 끈 것, 그래서 영국 감독 겸 배우 케네스 브래나가 헨닝 망켈에게 "내가 발란데르를 연기하고 싶습니다"라고 말했다는 소문, 역시 스웨덴의 작가 스티그 라르손이 남긴 '밀레니엄 삼부작'이 곧 전 유럽에서 베스트셀러가 되리라는 전망 등이 있었다. 1960~1970년대에 처음 영어판이 나왔던 '마르틴 베크' 시리즈도 그 덕에 기라성 같은 '후배' 작가들의 추천 서문을 싣고 2006년에 새로 나왔다. 1권 『로재나』의 서문을 쓴 것은 다름 아닌 헨닝 망켈이다. 그 밖에도 요 네스뵈, 아르네 달, 레이프 페르손 같은 북유럽 작가들과 마이클 코널리, 리 차일드, 데니스 루헤인, 밸 맥더미드 같은 영미 작가들이 서문을 썼다. 그즈음 독일어, 프랑스어, 이탈리아어, 스페인어 판본도 출간되었다. 바야흐로 세계가 이른바 스칸디나비아 누아르에 주목하던 시절이었고, 마르틴 베크는 그 장르의 선조였다. 2009년 한국에서 굳이 옛 스웨덴 소설을 내자는 기획이 통과한 데는 그런 배경이 있었다.

2009년이라니, 십사 년 전이다. 한 해에 한 권씩 나왔어도 진작 완간되었을 시간인데 이제야 끝맺게 된 것은 모두 번역자인 내 탓이다. 이 시리즈를 끔찍이 사랑하게 된 터라 열 권을 전부 도맡겠다고 과분한 욕심을 부리고서는 여러 차례 마감을 어기며 시간을 끌었다. 새삼스레 첫 작업 노트를 펼쳐보니 1권 초역에는 불과 열흘이 걸렸다고 적혀 있다. 그렇게 매 편 신나게 옮겼지만, 순전히 개인적인 사정으로 간격이 벌어졌다.

그로부터도 몇 년 뒤인 2017년부터 출간이 이뤄진 것은, 이런 장르소설 시리즈 기획이 결코 쉽지 않아서다. 시리즈가 빠짐없이 번역되는 경우는 소수의 예외뿐이다. 대개는 야심차게 전권 번역을 기획했더라도 호응이 기대에 못 미쳐서 중도 취소되거나, 후속편 출간이 기약 없이 미뤄지거나, 애초에 선집을 내게 된다. 하지만 시리즈란 들쭉날쭉함 속에서도 유지되는 연속성이 매력인 법이다. (주로 나로 인해 발생한) 우여곡절에도 끈기 있게 완간을 이뤄주신 엘릭시르 편집부와 편집자들께 한없이 감사하는 이유다.

열 권을 쭉 읽어보면, 무엇보다도 이야기의 진화가 눈에 띈다. 한 여성이 살해된 사건으로 시작되었던 이야기는 아동 성범죄, 총기 대량 살인, 경찰 내 부패, 마약과 포르노 산업, 국제 테러 등으로 시선을 옮기며 1960~1970년대 스웨덴 사회를 폭넓게 그린다. 갈수록 이야기가 커지고 사회 비판이 많아지는 것은 절반은 저자들의 의도였을 테고 절반은 자연스러운 변화였을 것이다.

잘 알려진 대로, 두 저자 마이 셰발과 페르 발뢰는 처음부터 딱 열 권의 '범죄 이야기'를 쓰기로 작정했고 미리 철저히 조사하여 시놉시스를 정한 뒤 공동으로 집필했다. 그러니 사회와 범죄의 다양한 면면에 열 번의 스포트라이트를 비춘다는 것은 계획대로였을 테지만, 그들이 집필에 익숙해지면서 자연히 점점 더 복잡한 플롯과 주제를 다루게 되었을 것이다. 더구나 그들은 셰발이 1장을 쓰면 동시에 발뢰가 2장을 쓴 뒤에 바꿔 읽고 3, 4장으로 나아가는 식으로 작업했는데, 이 특이한 방식이 분명 소설의 문체와 분위기에 영향을 미쳤을 것이다. 셰발에 따르면, 두 저자는 시놉시스에 없던 장면을 집어넣어서 상대를 놀라게 만드는 걸 즐겼다고 한다. 독자뿐 아니라 자신들의 재미를 위해서 삽입한 배역이라는 '멍청이 순찰조'를 쓰는 부분은 서로 맡겠다고 다툴 정도였다고 한다. 이런 과정에서 중심인물들의 성격도 더욱 입체성을 띠게 되었을 것이다. 셰발의 '최애(가장 좋아하는 캐릭터)'는 군발드 라르손이었고 발뢰의 '최애'는 에이나르 뢴이었다고 하는데, 성격이 정반대이지만 단짝인 두 인물은 이처럼 주거니 받거니 이야기를 발전시켰던 두 저자를 연상시키는 데가 있다.

1권에서는 거리상으로나 심정적으로나 멀게 느껴지던 1960년대 스웨덴이 10권에 와서는 제법 익숙하게 느껴지는 것도 재미다. 사실, 열 편의 범죄소설로 스웨덴 사회의 어두운 면을 보여주겠다는 저자들의 기획 의도는 현재의 독자가 선뜻 공감하기 힘든 것일지도 모른다. 당시 스웨덴은 정부가 노동과 자본의 협력을 이끌어서 경제 성장을 토대로 한 완전 고용과 생애 복지를 추구한다는 이른바 스웨덴(혹은 노르딕, 북유럽) 모델로 전 세계의 주목과 부러움을 받고 있었다. 그 노선을 추구한 사회민주노동자당(사민당)은 1950년대부터 장기 집권하고 있었으며, '마르틴 베크' 시리즈의 후반부에 총리였던 올로프 팔메는 지금까지도 스웨덴 역대 최고의 정치인으로 꼽힌다. 요컨대, 스웨덴은 상당히 부유하고 자유로운 복지국가였다. 그런 나라의 어둠이라고 해봐야, 당시 베트남전쟁과 냉전과 오일쇼크로 대표되는 나머지 세계의 고통에 비하면 무슨 대수라고?

하지만 셰발과 발뢰의 입장도 들어봐야 한다. 당시 스웨덴은 빛이 밝은 만큼 어둠도 짙었다. 급속한 자본주의화로 빈부 격차가 극심해졌고, 전통 산업 붕괴로 촉발된 실업은 복지 수당만으로 해결하기 역부족이었다. 환경오염은 유례없는 수준이었으며, 소련 블록과 서유럽의 사이라는 지리적 위치와, 양차 대전에서 중립국이었던 정치적 위치로 인해 물자와 인력뿐 아니라 범죄와 마약이 오가는 통로가 되면서 사회는 빠르게 혼란해지고 있었다. 안보와 성장을 위해 자본과 타협해온 사민당의 행보에 우파든 좌파든 시민들의 불만이 커졌다. '마르틴 베크' 시리즈가 완결된 지 일 년 만인 1976년에 사민당은 중도 우파에게 밀려 실각한다.

물론, 셰발과 발뢰는 더 철저한 개혁과 재분배를 주장하는 좌파였다. 10권 『테러리스트』의 마지막 문장("마르크스의 엑스.")을 봐도 그렇고, 소설에서 유일하게 긍정적으로 묘사되는 정치인이 당시 공산당 당수였던 칼 헤르만손인 것을 봐도 그렇고, 저자들은 제도권 정당 중에서는 스웨덴공산당(현 좌파당)을 지지하는 급진 사회주의자였다. 취재차 소련 블록인 헝가리를 다녀온 경험이 있었음에도 불구하고* 다소 순진한 마오주의자였던 것도 같다. 하지만 소설에서 드러나는 그들의 불만은 어떤 정치적 주의에서 비롯한 것이라기보다는 점진적 사회주의를 표방하는 체제가 기실 신자유주의적 자본의 편의만 봐주고 있다는 생각, 복지국가라는 허울로 만연한 빈곤을 방관하고 있다는 생각, 안보를 핑계로 국내의 불평분자 탄압을 일삼아 사회를 비민주화하고 있다는 생각에서 기인한다.

따라서 '마르틴 베크' 시리즈가 그리는 범죄 중 가장 크고 비난받을 만한 것은 그런 체제가 시민들에게 가하는 억압이다. 자본주의자들이 돈을 더 벌고자 저지르는 탈법적 횡포도 저자들이 보기에는 범죄다. 아무나 기소하고 없는 죄도 만들어 씌울 수 있는 사법제도의 작동도 범죄다. 학생들에게 약을 파는 마약

---

* '마르틴 베크' 시리즈 2권 『연기처럼 사라진 남자』 속 헝가리에 대한 묘사는 거기서 나왔다.

상이나 술김에 충동적으로 언쟁 상대를 죽이는 '진부한 스웨덴식' 살인자만 범죄자가 아니란 말이다. 하지만 현실에서 가장 확실하게 단죄받는 범죄는 가진 것 없는 사람이 막다른 골목에 몰려 반발을 꾀했다가 잘못된 선택으로 제 손에 피를 묻히고 마는 범죄다. 정치적으로 보수주의자에 가까워 보이는 마르틴 베크조차도 자신이 잡아들인 범죄자가 그런 사람일 때는 가치 판단이 흔들린다. 그처럼 교묘한 범죄가 만연한 세상을 이상적인 사회로 추어올릴 순 없다고, 저자들은 말한다. 복지 수당을 받으며 살아갈 수 있다고는 해도, 그것이 겨우 고양이 사료로나 연명할 수 있는 수준이라면 그곳은 꿈의 복지국가가 아니라고.

만약 이 소설들의 가치가 저자들의 이런 주장에만 있다면, 이후 역사의 진행을 다 아는 우리에게는 그다지 솔깃하지 않을 것이다. 물론 이 시리즈의 매력은 이런 배경과 주제가 아니라 소설로서의 재미다. 입체적이고 정이 가는 주인공들, 그들이 주고받는 유머러스한 대화, 밀실 살인과 시한폭탄 방화와 은행 강도 같은 사건들, 수사물의 정석에 가까운 플롯 전개, 종종 기자회견장의 일문일답이나 보고서를 전재하는 아기자기한 형식……. 마지막 편에 딸린 옮긴이 후기를 읽고 있는 여러분이라면 당연히 다 알고 공감하실 내용이겠기에 더 말할 필요가 없다.

그래도 그동안 흠뻑 정든 주인공들이 10권 『테러리스트』에 와서야 비로소 한 팀처럼 묘사되는 것이 퍽 감동적이더라는 점은 말하고 싶다. 초반에는 무인도에 단둘이 떨어진다고 해도 말 섞지 않을 것 같은 앙숙이던 렌나르트 콜베리와 군발드 라르손이 후반에는 손발이 척척 맞는 콤비가 되는 모습은 웃기면서도 가슴 뭉클하다. 마르틴 베크가 끝내 에이나르 뢴을 이해하지 못하면서도 그의 가치를 인정하고 자신의 편견을 수정하는 대목도 인상적이다. 강력반 생활이 싫어서 다른 팀으로 자원해 갔으면서도 마지막 사건을 위해 기꺼이 옛 동료들에게 합류하는 프레드리크 멜란데르의 의연함은 또 어떤가. 그들이 여러 갈등에도 불구하고 썩 좋은 팀이라는 사실을 마르틴 베크가 깨닫는 장면에서, 독자는 '그걸 이제 알았냐'고 외치게 된다. 각각 장점보다 단점이 많아 보이는 인물들이, 서로 좋아하지도 않는데도 어울려 일하며 각자의 삶을 살아가는 모습은 전혀 낭만적이지 않다. 하지만 그래서 좋다. 특히 툭하면 잘릴 짓을 하고 동료들에게도 기피 대상인 군발드 라르손이 쉰을 앞두고서 경감보가 되고 팀워크라는 것을 발휘하는 모습에서 왠지 희망을 얻었다.

10권 『테러리스트』에 유난히 자주 나오는 직설적인 사회 비판은 페르 발뢰의 유언이나 다름없다는 점도 적어두고 싶다. 그즈음 발뢰는 글을 쓰다가 픽 쓰러지곤 할 정도로 아팠다고 한다. 셰발은 그래서 마지막 편만큼은 발뢰가 혼자 맘껏 쓰도록 두었고, 결국 발뢰가 끝을 맺지 못하자 그가 쓴 것을 정리하고 마무리를 더하여 발뢰 사후에 펴냈다. 그 시대 독자들에게 그 비판은 생생한 현재형이었다. '마르틴 베크' 시리즈는 1965년부터 1975년까지 출간되었는데, 이야기의 시점은 1964년부터 1974년으로 거의 늘 출간되기 직전 해가 배경이었다. 당시 독자들은 올해 '마르틴 베크' 시리즈를 통해 지난해에 벌어진 사건을 다시 읽었다는 뜻이다. 거의 실시간 팩션 같지 않았을까. 게다가 『테러리스트』에는 누가 봐도 올로프 팔메를 본뜬 것이 분명한 스웨덴 총리가 어처구니없게 저격당하는 장면이 나온다. 당시 독자들이 이 설정을 어떻게 받아들였는지는 모르겠지만, 그로부터 십 년 뒤에 실제로 팔메가 암살당했을 때 그들 중 일부는 틀림없이 이 소설이 불길한 예언이 되어버렸다는 사실을 떠올렸을 것이다.

기획부터 출간까지 긴 시간 동안, 기록할 만한 일이 두 가지 있었다. 첫 번째는 2022년 개봉된 박찬욱 감독의 영화 〈헤어질 결심〉에 '마르틴 베크' 시리즈가 소품으로 등장했던 일이다. 형사 해준의 책상에 놓인 그 책들을 서래의 눈길이 슥 훑는 그 장면으로부터 여기로 오게 된 독자가 틀림없이 있을 것이다. 거꾸로, 아직 그 장면을 보지 못한 독자가 있다면 틀림없이 재미있으니 보시라고 권하고 싶다. 번역서가 얼마나 먼 시간과 공간을 건너서 뜻밖의 지점으로까지 가 닿을 수 있는지 보여주는 사례여서 그렇기도 하다.

두 번째는 마이 셰발이 2020년 4월에 84세를 일기로 사망한 일이다. 한국어판 완간을 셰발과 함께 축하하지 못하게 된 것이 순전히 내 탓이라 가슴이 아프다. 그래도 1권 『로재나』에 셰발의 서문을 실을 수 있었던 것은 두고두고 기억할 만한 일이다. 셰발은 자신과 발뢰가 소설로써 세상에 조금이나마 영향을 미치는 데는 완전히 실패했다고 웃으면서 말한 바 있지만, 그래도 그 소설들이 수십 년 뒤에도 먼 나라에서 읽힐 만하다고 여겨진 사실이 그에게 작은 기쁨이었기를 바란다. 왜냐하면 그것은 결코 하찮지 않은 성취이기 때문이다.

1권에서의 마르틴 베크의 나이(41세)보다 어릴 때 번역을 시작했던 내가 10권에서의 마르틴 베크의 나이(51세)에 가까워진 무렵에야 번역을 마쳤다. 처음에는 저자들의 이름조차 제대로 읽지 못했지만, 영어판을 저본으로 하되 스웨덴어판을 참조하며 번역하다 보니 이제 'Ingrid Bergman'이라는 이름을 보면 영어 번역자답게 '잉그리드 버그만'을 먼저 떠올리는 게 아니라 '당연히 잉리드 베리만이라고 읽어야지' 하고 생각하게 되었다. 그렇기는 하지만, 열 권의 소설 속에는 분명 앞뒤가 맞지 않는 번역이나 틀린 대목이 조금쯤 있을 것이고 그것은 모두 내 탓이다.

그러면 이제, 만약 살아 있었다면 2023년 9월 25일에 100세 생일을 맞았을 마르틴 베크여, 안녕.

김명남

김명남
KAIST 화학과를 졸업하고 서울대 환경대학원에서 환경 정책을 공부했다. 인터넷 서점 알라딘 편집팀장을 지냈고, 지금은 전문 번역가로 활동하고 있다. 옮긴 책으로는 『문학은 어떻게 내 삶을 구했는가』, 『우리 본성의 선한 천사』, 『블러디 머더—추리 소설에서 범죄 소설로의 역사』, 『우리는 언젠가 죽는다』, 『소름』, '마르틴 베크' 시리즈 등이 있다.

테러리스트—마르틴 베크 시리즈 10

초판 발행 2023년 12월 5일

지은이 마이 셰발 · 페르 발뢰
옮긴이 김명남

책임편집 김유진 | **편집** 임지호 박을진
표지디자인 이경란 | **본문디자인** 이원경 | **저작권** 박지영 형소진 최은진 서연주 오서영
마케팅 정민호 서지화 한민아 이민경 안남영 왕지경 황승현 김혜원 김하연 김예진
브랜딩 함유지 함근아 고보미 박민재 김희숙 박다솔 조다현 정승민 배진성
제작 강신은 김동욱 이순호 | **제작처** 한영문화사

펴낸곳 (주)문학동네 | **펴낸이** 김소영
출판등록 1993년 10월 22일 제2003-000045호

주소 10881 경기도 파주시 회동길 210
문의 031-955-2637(편집) 031-955-2696(마케팅) 031-955-8855(팩스)
전자우편 editor@elmys.co.kr | **홈페이지** www.elmys.co.kr
인스타그램 @elixir_mystery | **트위터** @elixir_mystery

ISBN 978-89-546-9627-2 04850
978-89-546-4440-2 (세트)

엘릭시르는 출판그룹 문학동네의 장르문학 브랜드입니다.

잘못된 책은 구입하신 서점에서 교환해드립니다.
기타 교환 문의: 031-955-2661, 3580